有爱的青春陪伴者

不知江月 著

戒肆

江苏凤凰文艺出版社
JIANGSU PHOENIX LITERATURE AND
ART PUBLISHING

图书在版编目（CIP）数据

戒肆 / 不知江月著. -- 南京：江苏凤凰文艺出版社，2025.8. -- ISBN 978-7-5594-9764-2

I. I247.5

中国国家版本馆CIP数据核字第2025QJ1422号

戒肆

不知江月 著

责任编辑	王昕宁
特约编辑	狐小九
责任校对	言　一
责任印制	杨　丹
出版发行	江苏凤凰文艺出版社
	南京市中央路165号，邮编：210009
网　　址	http://www.jswenyi.com
印　　刷	天津睿和印艺科技有限公司
开　　本	880mm×1230mm　1/32
印　　张	11
字　　数	466千字
版　　次	2025年8月第1版
印　　次	2025年8月第1次印刷
书　　号	ISBN 978-7-5594-9764-2
定　　价	42.80元

江苏凤凰文艺版图书凡印刷、装订错误，可向出版社调换，联系电话025-83280257

目录 CONTENTS

第一章·一朵山茶花　　　001

第二章·桂花红茶糯米粥　　032

第三章·紧急联系人　　　062

第四章·忍者神龟　　　095

第五章·琥珀色眼睛　　　126

第六章·许宁夏，我喜欢你　157

第七章·我等你回来	189
第八章·你别动，我过去	217
第九章·让我做你的影子	247
第十章·心心	278
第十一章·放肆爱我	307
独家番外·岁岁宁安	340

/第一章/
一朵山茶花

  微雨过后，落日晚霞染红天际。
  蔓延到医院窗檐上的三角梅挂满雨珠，水顺着花瓣脉络坠在玻璃上，流淌出一道道曲线，模糊了窗外景物。
  走廊上，护士从诊室探出头叫了一声。
  许宁夏一个字没听懂，但见对面身穿青黑色民族服饰的女人起身进了诊室，猜想叫的是人名。
  许宁夏想问什么时候轮到她，没等站起来，护士"啪"地关上了诊室的门。
  看看手里字体潦草的手写挂号单，许宁夏继续熬。
  今天凌晨，许宁夏坐飞机从北城飞到F省省会清城。
  因为没能抢上高铁票，又坐了五个小时的硬座从清城到羡安，再从羡安坐三小时小巴士前往九云。
  巴士车一路颠簸，晃得许宁夏的脑袋和五脏六腑摇摇欲坠。
  身边一个穿着肚兜的婴儿一直哭，每次哭得快要背过气的时候，都能奇迹般地吸口气，重新再哭，循环往复。
  周围人仿佛听不见，他们或拿着布袋或抱着编篓，头上包着当地人特有的头巾，和邻座说说笑笑，黝黑的肤色显得牙齿极白。
  许宁夏的耳膜和身心濒于崩溃。
  她想下车，可眼见两侧除了树就是长着树的山，长长的公路更是望不到头，勇气就一次次退却。
  她绝望地戴上墨镜，闭了一会儿眼，忽然发现身旁消停了。
  那孩子不知什么时候拿着她包上的双C拉链玩得不亦乐乎，他奶奶发现后立刻阻止，许宁夏想说不用，她送给他玩，随便玩。
  只是话没出口，车子一个颠簸，孩子奶奶布包上刺出来的不知道是什么的铁制品划破了许宁夏的手臂。
  余下的路，许宁夏在孩子奶奶不停的道歉声和孩子更大的哭声中度过，连绝望都被磨平了棱角。
  下了巴士，她逃荒一般上了一辆三蹦子，直奔医院。

现下，受伤快过去一个小时。

许宁夏真怕护士再不叫她，伤口自己愈合了。

她犹豫要不算了吧，整得弱不禁风似的。

但鉴于自己最近走背运，这个破伤风针不打又不安心，万一就中招了呢。

百无聊赖，许宁夏唯有刷手机。

梁嵘的电话在这时打进来。

"到了吗？"

许宁夏扫了眼身边排队等候的病友，说："快了，已经进九云了。"

"那就好。"梁嵘说，"你啊，好好放松，好好亲近大自然。咱们这种平时总被电子产品荼毒的人，就该学会慢生活。微博什么的就别看了。"

许宁夏勾勾唇。

她没涂口红，但本来的唇色就粉里透红，像浸了甜汁的蜜桃，晶莹柔软。

"都已经被骂成这样了，我还怕什么？"她自嘲道。

三个月前，许宁夏参加了一档服装设计师竞技节目。

她以第一名的成绩通过初赛复赛，晋级决赛，在一众选手中人气最高。

本以为能越战越勇，一举夺冠，结果同组的参赛者Wendy爆出她的设计作品抄袭。

Wendy有理有据，不仅拿出自己的手稿和许宁夏的对比，还放出录音说许宁夏曾经侮辱她，瞧不起像Wendy这种从小地方出来的设计师。

一时间，网上都在骂许宁夏是"抄袭狗"，说她恶毒无耻，甚至因为她在国外学习过，还把问题上升到作风和立场上。

许宁夏知道这事时，刚选好新设计要用的丝线。

看到微博私信里的一堆咒骂，才明白她以为来参加的就是个服装设计比赛，实际上是一场"宫心计"。

她被Wendy阴了。

所谓的手稿是Wendy在看过她的初设计后照猫画虎伪造的。那个录音更是可笑，当时她和另外两个参赛选手私下鄙视一个行业毒瘤，她随着人家说了两句，就被恶意剪辑。

凡此种种，许宁夏实属无辜。

但舆论已经形成，她发微博解释也再无作用。

而节目组为了热度，在这件事上推波助澜，导致许宁夏彻底一"抄"成名。

这段时间，她只要走在大街上，就有人认出她，然后对着她一通指指点点。

许宁夏气得够呛。

她气完又开始烦躁，最后干脆退出这个节目躲得远远的，寻个清静，便来了九云。

"不过要我说，任何事的热度在网上最多一礼拜。"梁嵘又说，"你在九云玩够了，回来该干吗干吗，不影响。"

许宁夏想说过了这阵她还是要报仇的，刚开口，楼道里响起了嘈杂声。

她循声看去。一个跪在地上的老人冲一名医生不停地道谢，医生搀扶起老人，弯下腰拍拍老人膝盖上的土，不知说了什么，老人重重点头。

这样的场景在医院里并不罕见，只是许宁夏瞧着这位白衣天使的背影，莫名眼熟。

"哎，我听说羡安那边有好多私人酒吧，遇见帅哥的概率可高了。"梁嵘换了话题，"我下周去找你，咱们喝一杯？"

许宁夏视线还停留在那抹身影上，皱着眉说："我现在有这个心情？要是有庙，我倒是可以拜拜。"

"拜佛啊？"梁嵘还当真了，"那得去J省，有个求财的老灵了！我听我四大爷说……"

"江医生！"

一个护士跑过去。

男人闻言回头。

一切发生得猝不及防。

许宁夏看清楚那张脸时，记忆瞬间就把它和曾经的那张脸重合到一起。

还是那么清冷疏离。

但与从前相比，又更加沉着严肃。

身体也再没有少年时期的稚嫩，黑裤子、白大褂，被笔直的长腿还有宽阔的肩膀撑起来，禁欲感呼之欲出。

这人怎么会在九云？

许宁夏低骂了一句："见鬼了。"

梁嵘还惦记去拜财神爷："见什么？神龟吗？有个寺里有一只，也是招财的。"

许宁夏收回视线，人也跟着转了180度。

"我有点儿事，晚些找你。"

"啊？我还没……"

挂了电话，许宁夏拉起行李箱走人。

她可没兴趣搞什么他乡遇故知的庸俗戏码，见了面，开口说什么？

"好久不见"还是"怎么这么巧"？

抑或这位也在网上看了她的新闻，来几句不痛不痒的问候？

光想想，就尴尬得能用脚抠一套带地下室的三层别墅来。

许宁夏避之不及。

可偏偏叫号护士这时用洪亮的声音喊了一嗓子："许宁哈！"

还带口音的，将"夏"念成了"哈"。

许宁夏头皮一麻，立刻瞄向走廊那边。

那人对这个名字丝毫没有反应，和护士交代完事情，微微颔首，往回走了。

许宁夏松了口气，但又有点儿不爽。

她的名字是泯于众人的吗？

这就忘了？

以前说什么记忆力超群都是吹牛呗。

· 003 ·

"许宁哈？许宁哈在不在？不在就哈（下）一个了。"

许宁夏内心闪过一排省略号。

"许宁哈"在的。

许宁夏又瞧瞧拐角处，人已消失不见。

她冷静下来，心想打完针就走，不会那么巧再碰上，还是命比较重要。

更何况那人应该也认不出她来——他们都快十年没见了。

诊室不大，两张旧得发黄的白色办公桌对着放。

一个约莫五十岁的女医生坐在靠左的位置。

"哪里不好？"医生拧上杯盖，"坐下吧。"

许宁夏将行李箱立在一边，说了情况。

医生让她伸出手臂，白皙的肌肤上有一道小小的红痕，格外明显。

医生又打量了一下许宁夏，这么漂亮的姑娘，她还没见过。

五官精致，肤如凝脂。一双琥珀色的眼眸明亮深邃，带着清澈灵动。

"来这里旅游的呀？"医生拿笔开单子，"九云这边很少有人来，都去羡安。"

许宁夏："这里很美。"

医生笑了笑，建议再做个伤口清洗。

许宁夏又跟着医生到诊室的角落。

她以为是有什么仪器，临近一看，就是一个水盆，以及一个连着药液桶的水龙头。

"你冲着。"医生说，"我去取针。"

许宁夏回到无聊状态。

她环顾四周，注意力转移到女医生对面的办公桌上。

那张桌子上放了很多书，按照大小码得整整齐齐。书尾放了一个细长玻璃瓶作为点缀，瓶子里插着一朵娇艳的山茶花。

许宁夏喜欢山茶花，掏出手机拍了一张照片，再调调色保存下来，又无事可做了。

通常这种情况，就难免手贱点进微博，想看看自己有没有新的"问候"。

有时人的心理就是这么奇怪。

明知道会不高兴，却非要"死"个明白，不然更难受。

抱着这样的心态，许宁夏还算坦然，但看到却是 #Wendy 坚信原创不死# 的热搜。

这还不如骂她。

许宁夏脾气一向来得快，这一下就被勾起这些日子受的委屈，再看看哼哧哼哧出水费劲儿的水龙头，火冒三丈。

她为什么要坐在一个大盆前被 Wendy 恶心？

许宁夏不冲了，正抽手，突然听到："伤口不彻底冲洗干净，会留疤。"

一如既往的清淡嗓音，让人浮想起冬日里的冷泉细流。

很符合某人的冻人气质。

许宁夏心里一串"我去"狂奔而过。

江肆居然是这个诊室的?

她这是撞枪口上了?

许宁夏没回头,也没应答。

听刚才的语气,江肆像是出于医生对患者的叮嘱,并没有认出她。

许宁夏不太确定,偷偷调整手机角度,借着黑屏反光看过去。

江肆说完话便坐下取出盒子里的眼镜戴上,之后打开电脑工作。

金丝细框压在高挺的鼻梁上,他眼睫低垂,瞳孔随屏幕上的内容轻微转动,眸光时明时暗。

许宁夏记得他以前不戴眼镜。

这人是公认的学霸,老师心中完美学生的化身,平日里严于律己,时刻都是一副"我很正经"的道德标杆模样。

现在多了一副眼镜,看起来更严肃正经了。

许宁夏心里腹诽,手臂不知不觉移回到药液下面,也忘了刚才的烦躁,只惦记不能留疤。

沉默的时间大概持续了三分钟,女医生取针回来。

看见江肆,女医生笑容和蔼:"送走阿公了?"

江肆点头:"回去了。"

"这次手术多亏你提的这套方案。"女医生又说,"你现在还在规培,等以后能进手术室了,肯定是个出色的医生。"

"您过奖了。"江肆淡声说,"都是我应该做的。"

女医生还在夸。

说江肆稳重踏实、专业过硬,不愧是谁谁的得意门生……江肆听着,面淡如水,好像夸的不是他。

许宁夏太熟悉他这副样子了。

以前在家里,许青浔拍桌子问她数学为什么又不及格时,总是会把江肆这个考满分的拉出来表扬一番。

好几次,江肆就在边上,面无表情地看着她爸爸夸他甚至比夸亲儿子还骄傲自豪。

坦白地讲,许宁夏和江肆委实没什么旧可叙。

她从来没把这个便宜哥哥放在眼里,两人不过是在同一屋檐下生活了三年,充其量算是有过短暂交集的陌生人。

而且,看江肆现在的态度,似乎也没认出她来。

挺好。

但许宁夏也很想问问:你这也好意思立学霸人设?连人的名字都记不住、背影也没印象,这是什么记忆力?

两人各自保持安静,无形中建立起平衡。

江肆在许宁夏治疗完成前,先一步离开诊室。

·005·

这下许宁夏彻底没了顾忌,听医生说完注意事项,果断地和医院拜拜。

许宁夏在九云租了房子。

九云不比羡安,因为公路才修好一年多,相对闭塞,吃不上旅游红利。

但有些爱投资的人还是看好这里,她的房东就是——在九云靠近古城的位置一口气买下两排小楼,一部分准备将来搞搞民宿,一部分就租给许宁夏这样整租的。

许宁夏在医院大厅接到房东的电话。

房东很热情,说准备了鲜花和水果,还给了她接待人的电话,让她现在联系。

许宁夏边走边拨号,拨到一半,有人叫了一声:"等等。"

不是许宁夏第六感灵敏。

而是在听了将近一天的外地话后,这会儿听到这么标准且冷淡的普通话,让她没办法忽略。

许宁夏不想动。

但脚步声越靠越近。

无法,许宁夏转身,对上江肆的眼睛。

江肆眼型线条流畅平直,眼尾微微上扬,直视的时候会给人威严的压迫感,整个人显得尤为疏冷。

可许宁夏向来不怕他。

"有什么事吗?"许宁夏眨了眨眼,"这位医生。"

江肆看着她,面上瞧不出情绪,片刻,递来墨镜。

许宁夏一顿,接过去:"谢谢。"

说罢,他们的视线再次触碰到一起,一个带着刻意的陌生,一个带着如常的淡漠。

许宁夏不再逗留,迈开步,又听见:"还有这个。"

许宁夏不耐烦地再次回头,江肆依旧沉静地看着她。

夕阳红霞洒在他的冷白皮上,柔化了棱角分明的下颌轮廓,让他看起来有种不符合本身冷淡的莹润清透。

虽然不想很承认,但这么多年过去了,也即便这人举手投足间已经完全是个成熟男人,许宁夏还是可以从江肆身上看到那种不染世俗的干净。

像夏夜里舒爽的风,吹动少年纯白的衣角。

"还有什么?"许宁夏伸手,"给我吧。"

江肆垂下眼,沉默了两秒,出声唤道:"许宁夏。"

许宁夏一愣,嘴巴快于脑子,脱口而出:"你还认得出来我?"

江肆的目光划过女人的手。

因为常年握画笔,她指甲留得短,纤细的手指上略露出半透明指尖,像一弯小小的月牙,柔弱又尖锐。

江肆将她落下的半包纸巾放在这只手掌上,声音有些轻飘:"嗯。"

第一眼，就认出来了。

周遭仿佛骤然静了下来。

许宁夏握了握手里的纸巾，在惊讶到头脑一片空白后，意识到哪里不对。

她这是不打自招了？

也不是吧。

许宁夏抿抿唇，两个小孩从大厅追跑而过，男孩扭头冲女孩说："你这个笨蛋。"

不是什么。

——你还认得出来我？

这是摆明告诉江肆：我认出你来了，但我装不认识，并且还自作聪明地认为你没认出来我，所以刚才和你演了两个来回的戏。

"傻了吧！有本事打我啊！"男孩又向女孩扮了个鬼脸。

许宁夏赶紧看了一眼江肆，他要是敢笑，她就让他"医生变患者"。

好在江肆还是万年冰山脸，免去了她出手。

既然很不幸地相遇了，秉承"只要自己不尴尬，尴尬的就是别人"的原则，许宁夏调整好情绪，自然地开口："好巧啊，你在这里工作？"

"规培。"

"什么？"

"规范化培训。"

"哦。"

许宁夏并不懂规培是什么，不过随口敷衍，就无话了。

窗外夕阳渐行渐远，雨后彩虹的残影匿在云朵身后，也快要不见。

江肆的视线掠过院门口的红豆杉，不经意轻擦着许宁夏的脸，落在她身边的行李箱上。

察觉到江肆的目光，许宁夏用身体挡了下箱子。

关于为什么会来九云，她一个字都不想解释，哪怕是瞎编个理由也不愿意。

她琢磨着怎么结束这个见面，忽然听他说："给你。"

许宁夏这才注意到江肆手里还有一个牛皮纸袋，摇头说："不是我的。"

"给患者的。"江肆解释，"注意事项。"

许宁夏有几分迟疑，抬头看向江肆。

江肆稍低下头，又说："和医生让我转交给你。"

和医生是刚才给许宁夏诊断打针的女医生，可能因为许宁夏说了九云很美，女医生对她颇为周到。

想想过往打疫苗也有医院比较人性化，不能因为九云医院小就区别对待，许宁夏最终接过了袋子。

"谢谢。"

"还有事，先走了。"江肆转身离开。

许宁夏望着那抹背影，后知后觉自己想象中的重逢对话半句都没有上演。

· 007 ·

除了在得知江肆也认出自己时的诧异后,她没有感到任何不舒服,对方的干净利落很好地避免了尴尬。

许宁夏紧绷的神经放松下来。

她并不是个怕事的人,更很少有怯懦的时候。

说来说去,还是自尊心不允许她在这么狼狈的时候遇见熟人。

看到网上那些骂她的话,她嘴上说没什么,反正都是假的,她坦坦荡荡、无愧于心。

可又有几个人喜欢被骂、被冤枉?

许宁夏叹了口气,再抬眼,江肆已经不见了。

接待许宁夏的是个当地小伙。

他帮许宁夏拎着行李箱,两人穿过居住区域,许宁夏看到古城那边两角翘曲的屋顶,悬挂在天暗未暗之际,显得尤为幽静。

"从这里去古城很方便的。"小伙笑着说,两颗虎牙尖尖,"走路也就十分钟。"

许宁夏问:"你叫什么名字?房东说我在这里有什么事可以找你。"

小伙"哎呀"一声,懊悔忘了自报家门:"李多南。阿姐叫我'多南'就好。"

辗转一天,许宁夏终于到达住处。

房子的建造很符合年轻人审美。

外形有当地建筑的影子,内里是简约北欧风。种满花草的前院方方正正,大小合宜,摆放着四把藤编休闲椅,还有一个双人秋千。

李多南和许宁夏介绍了使用事项,还说他家在这片房子的西门入口开了一家小超市,要是有什么需要的,可以过去看看。

说完这些,李多南用当地祝福语作为结束,离开。

许宁夏送走人,回屋第一时间便摊开行李箱取出洗漱用品,去浴室放洗澡水。

正要脱衣服,她想起一件头疼的事——伤口不能沾水。

许宁夏上网查了下方法,说是用纱布将伤口处包扎一下,再用保鲜膜缠裹好,可以确保伤口不碰到水。

方法是好方法,但这时候上哪儿去找纱布和保鲜膜?

许宁夏最怕留疤。

上学那会儿有次被A4纸划破手指,她都担心地立刻跑到医务室询问,更何况这次伤在手臂这么明显的位置。

许宁夏拨了李多南的电话,想问问附近哪里能买到这些东西。

对方没接。

干耗着也烦。

许宁夏从浴室出来,拿上包打算出门看看,结果包带倒椅子上的牛皮纸袋,里面的东西掉落一地。

有接种破伤风针注意事项的通知单，还有纱布和一小袋……保鲜膜。

许宁夏愣了半天。

想了一会儿，想起这是自己从江肆手里接过来的。

她蹲下将东西一一捡起来，仔细读起单子上的文字。

上面嘱咐要多休息，避免进行剧烈运动，还写了不能吃的食物，特别提示不要吃辣。

许宁夏是无辣不欢，看见这条，不开心地皱皱鼻子。

再看看纱布和保鲜膜，装它们的袋子上写着：九云人民医院。

看起来像是医院制式的一次性用品。

这多少打消了些许宁夏的疑惑，否则这么细心周到的准备要是出自江肆之手，就有点儿惊悚了。

许宁夏去浴室包裹伤口，顺便给梁嵘回电话。

梁嵘听她说受伤，吓了一跳："你之前怎么没告诉我？严重吗？"

"伤口比米粒大不了多少，"许宁夏淡声道，"你说严重吗？"

梁嵘放心了些："可你那么爱美，怕留疤啊。千万别沾水。"

许宁夏缠着纱布的动作一顿，问："你去过的医院有给患者提供保鲜膜的吗？"

"保鲜膜？美容院有。怎么想起来问这个？九云医院给你保鲜膜了？"

"嗯，让我包伤口，以免沾水。"

"正常。"梁嵘说，"现在医院也是有KPI的，服务是一大项。我有段时间因为减肥导致生理期紊乱，去医院看完之后，医院还送我健康减肥菜谱和益母草香包呢。"

听了这话，许宁夏安心了。

至于遇见江肆的事，她没和梁嵘提。

"对了，我改签了机票和高铁票。"梁嵘兴奋地说道，"周五就去找你'嗨皮'！"

许宁夏弯了弯唇："好啊，咱俩玩遍九云。"

二十分钟后，许宁夏躺进浴缸。

温热的水迅速遍及全身，疲惫消了大半。

许宁夏揉了揉肩膀。她右侧肩膀后面有一个山茶花文身，她上大学时文的，这会儿遇了水，变得鲜活起来。

享受了片刻，许宁夏的视线不自觉落到搭在浴缸边缘的手臂上。

一时间，回忆也如水般不受控地涌现。

她第一次见江肆，也是在七月，当时也是刚下完一场雨……

"小夏，别这样。"

保姆杨阿姨跟着许宁夏上二楼，嘴里不住地念叨。

"太太去世这么多年，先生不可能一辈子单着，总会找的。"杨阿姨放低了些声音，"这次这位是音乐老师，说是很贤惠、温和，是个……"

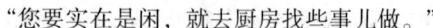

"您要实在是闲,就去厨房找些事儿做。"

少女的语气极为不耐烦,明明刚才在花园里还笑得明艳俏皮,这会儿只剩冰冷。

杨阿姨闭了嘴,想说送点儿甜点上来,就听楼下传来响动——许青浔带人回来了。

许宁夏不肯下楼。

最后,许青浔亲自上来命令她下楼,她才不情不愿地离开房间。

跟在许青浔身后,许宁夏斜了眼风瞥向楼下。

许家别墅客厅的一部分是中空的,巨大的水晶灯从天花板垂下,珠子折射出闪亮的光,与窗外雨后天晴的彩虹交相呼应,照得房子里泛着淡淡莹白。

穿着米色中式连衣裙的女人站在羊毛地毯之外,身形纤纤。

在她身后,是一个比她高出一大截的男生。

少年低着头,乌发浓密,简单的纯白色T恤和黑色运动裤勾勒出清瘦颀长的身姿。

"这是你丁阿姨。"许青浔介绍,"心心,叫人。"

许宁夏站在倒数第二级楼梯上不动,像只高傲的白天鹅,不肯弯下脖子。

丁静云脾气温和,见她这样,还是亲切地笑:"心心,你好。叫不习惯也没关系,你可以叫我'丁老师',我的学生也都和你差不多大。"

许宁夏不屑地转过眼。许青浔要说她,被丁静云拉住,摇摇头。

许青浔压压气,又说:"丁阿姨不和你计较,你别太过。下来,再给你介绍一下。这是丁阿姨的儿子江肆,你们同岁,以后就在一个学校上学了。"

这个消息如晴天霹雳。

许宁夏本就不愿意许青浔再娶,现在倒好,娶来的这个带个拖油瓶就不说了,还要和她一个学校,让同学们看她笑话吗?

许宁夏怒不可遏地看向少年。

对方很是平静,带着青涩的俊朗面容透露出不符合这个年纪的沉稳,漆黑的眼,眸光晦涩难辨,目光与她的轻淡一触,便垂下。

许宁夏本来还想着用力瞪回去,好在气势上压过一头,这下好似拳头打在了棉花上。

她张口要拒绝同校,许青浔抢先一步:"你比江肆小,叫哥哥。"

像是听到什么笑话,许宁夏一怔,随即笑了——讥笑。

她扬手甩掉楼梯旁罗马柱上的古董花瓶,半分面子没给,转身上楼。

"嗡嗡嗡——嗡嗡嗡——"

手机振动声拉回了许宁夏的思绪,她接通电话。

"不好意思,阿姐,刚才没听到。"李多南说,"有什么事吗?"

许宁夏坐直了些:"没什么重要事,就是问一下你知道哪里有卖保鲜膜的吗?还有,这附近有药店吗?"

李多南说保鲜膜他家小超市就有,可以随时去买。药店的话,他稍后发

· 010 ·

微信定位给她。

许宁夏道谢，躺回水里，断了的记忆又随之覆了上来。

那天之后，江肆和他的妈妈入住许家。

许宁夏不和他们母子说话，也不跟他们在一张桌上吃饭。许青浔起初还十分生气，要求她必须下来，后来也放弃了。

杨阿姨每每将饭菜端到房间，开门的那会儿工夫，许宁夏总能听到楼下三人吃饭的欢声笑语，好像他们才是真正的一家人。

许青浔也确实是喜欢江肆这个"儿子"，这不仅让许宁夏气愤，更多的还是深深的厌恶。

唯一叫她好受一点的是，江肆始终不肯叫许青浔"爸爸"。

许青浔为此郁郁。他需要继承人，但江肆也表示过不会继承许家的产业，他的理想是成为医生。

许宁夏蓦地睁开眼，也不知道自己哪根筋搭错，就想知道规培是什么。

规培，住院医师规范化培训，时长三年，是医生在正式给病人看病前最重要的环节。

许宁夏又搜规培的医院重要吗？这里答案比较多。

有人说规培得到的就是一个从业证，未来大家都在一个系统里工作，还是各凭本事。

也有人说从三甲医院规培出来的和从县医院规培出来的，能一样吗？

许宁夏不懂专业的东西。

但在她看来，以江肆的能力不该出现在九云这样的医院里。

她心里多少有几分好奇，但是——李多南的微信来了。

许宁夏点开定位，粗略地看了下路线，将手机放回小台上。

重新泡回浴缸里，她想的是，这些与她无关。

他们应该不会再见了。

过了八点，又开始下雨，雨珠"嗒嗒"地敲在窗户上。

江肆坐在工位上，手边是翻译了一半的德文著作，已经很久没有下笔。

空荡荡的诊室里，触目都是发旧的白，唯一的一抹色彩在他桌上。

李多南的到来打破了沉寂。

"江医生，我给奶奶拿药。"李多南擦擦头上的水，"对不住，接待了一个客人后，又帮着别人送东西，来晚了。"

江肆取出抽屉里早就备好的袋子："没关系，我今晚值班。"

李多南和江肆相识于半年前。

除了经营自家小超市外，李多南的主要工作是在九云送快递，至于接待外地游客的差事，算是兼职。

江肆刚到九云时，有一箱重要的专业书不见了，就去快递站找。

.011.

李多南当时在场，帮了忙，也没想到因为这个举动结下善缘。不久后，他奶奶突发心肌梗死，路过的江肆进行了紧急抢救，又把人背到医院，这才救了李奶奶一命。

　　自那开始，李家都把江肆当恩人。

　　"江医生，我奶奶想请你周五去家里吃饭。"李多南说，"都是新摘的菜，做石锅拌饭。"

　　说完，半天没有得到回应。

　　李多南看过去，就见江肆对着桌上的山茶花发呆。

　　印象里，江肆是个很讲礼貌的人。

　　虽然看着冷冰冰的不好接近，但真接触了，就知道这人只是性格寡言，内里却十分谦和。

　　像现在这样心不在焉、不认真听人讲话的情况，实属少见。

　　"江医生？"李多南又叫了一声，"没事吧？"

　　江肆回过神："抱歉，你刚才说什么？"

　　李多南又说了一遍邀请，得到江肆同意后也不再打扰，带着药离开。

　　出诊室前，他看见江肆再次望向山茶花。

　　许宁夏并没有着急去超市。

　　那一小包保鲜膜看着少，实际上能用几天。

　　她宅在房子里，画了几张设计稿，饿了就让附近的一家小餐馆送餐。

　　一直憋到周五，梁嵘这天要来，许宁夏终于出门。

　　她先熟悉了下周边环境，之后来到李多南家的小超市。

　　意外的是，看店的是一个七八岁的小孩。

　　"请问李多南在吗？"

　　许宁夏说这话时，没什么表情。

　　她的长相是明艳精致那一挂，开心的时候会带出来几分娇俏，但在平时，即便琥珀色的眼睛灵气十足，给人的感觉也更偏向冷艳。

　　好看，但很不好惹。

　　被问的男孩看得有些呆，嘴里的棒棒糖都不甜了。

　　"我、我阿哥送、送快递去了。"男孩拽拽小裤子，虎头虎脑的样子呆萌萌的，"阿姐找他有事？"

　　许宁夏眼里浮现出笑意，冷也随即转暖："来买东西。你叫什么名字？"

　　"李多亮。"

　　许宁夏说了几样商品，李多亮拎上小篮子去拿。

　　等待的这会儿工夫，许宁夏打量了下这家小超市。

　　很山寨的装修风格，但有些民族风的小摆件很好看，特别是挂在墙上的一幅刺绣，图案像是当地文化的古字。

　　"神明自会安排好一切。"

　　许宁夏转头，看到一位皮肤黝黑、身穿青黑两色服饰的老人站在里屋的门框旁。

"这是这几个字的意思。"老人说,"姑娘对九云文感兴趣?"

许宁夏道了一声"您好",说:"这些字的形状很生动。"

老人笑了笑,走出来。许宁夏才看到老人是挂着拐的。

她过去搀扶,老人摆手笑道:"可以的,可以的。"

说着,老人又看看许宁夏的穿着。

长裙简约,但布料和现在市面上卖的大多材质不一样,有种自然的轻盈感,裙摆和袖口的位置绣有别致的民族风图案。

"你是研究民族文化的老师?"老人问,"很年轻啊。"

许宁夏说:"您误会了。我是个服装设计师,不过,很喜欢咱们国家的民族文化。"

老人点头:"怪不得。"

李多亮拿来保鲜膜和其他日用品,见奶奶出来,说了几句家乡话,之后又和许宁夏用普通话做介绍。

许宁夏理清了关系。

老人是李多南的奶奶,也姓李,男孩则是李多南的弟弟。

"远方来的客人啊。"李奶奶表情慈祥,"要不要喝口茶?家里有不错的普洱。"

许宁夏走了好久,还真渴了,就没客套。

她去小超市外的木椅上落座,不一会儿,李多亮端着茶出来。

"阿姐,你是从哪里来的?"李多亮问,"到我们这里要多久?"

许宁夏说了地点和来这儿所需要的时间,李多亮一听北城,想起熟人,再要问问,又想起正事来。

"阿姐,你要的抽纸没货了。"男孩拘谨地揪着衣摆,像在老师面前承认错误,"你看怎么办?"

许宁夏觉得好笑。

这有什么怎么办,下次再来买就是啊。

可她从小就是个玩心重的,见小孩这憨样,忍不住想逗一下。

"没事,又不是只有你这一家超市。"许宁夏托着下巴说,"我去别家买。"

李多亮人虽小,但很懂捍卫自家买卖的道理,立刻表示:"货到了,我给阿姐送!"

许宁夏张张嘴,李多亮又说:"阿姐别看我瘦,我可有劲儿了!家里大大小小的活计,我都能干。"

这孩子肤色也是标准黝黑,长得谈不上好看,但一双眼睛黑亮黑亮,水洗过一般,透着淳朴真诚。

许宁夏从包里掏出巧克力,递给男孩:"那我请你帮我送。"

李多亮盯着巧克力,舔舔嘴,背着手不好意思接。

"这是酬劳,你应得的。"许宁夏笑道,"不然我去别家了。"

"别!我……谢谢阿姐!"

从李家超市出来。

许宁夏算算时间，发微信问梁嵘是否快到了。

嵘easy：别问。

嵘easy：问就是想跳车。

夏天不宁静：一会儿请你吃好的。

嵘easy：什么好的？特色菜吗？

嵘easy：我现在饿得能吃下一头牛！

说到特色菜，许宁夏这几天吃了石锅拌饭还有煎豆腐，至于其他的，有待开发。

夏天不宁静：你有什么想吃的？

梁嵘发来一个链接，是关于F省蘑菇的多种吃法。

嵘easy：这个看起来不错！

许宁夏刚收到这条消息，前面就有一个卖果蔬的小贩在卖新采摘的蘑菇。

说来也是巧，许宁夏在法国时就是靠蘑菇沙拉这道菜安抚自己的胃。

夏天不宁静：今晚，你将尝到米其林三星的水准。[墨镜.jpg]

入夜，江肆如约来到小超市。

李多亮早在门口等候，看见人，跑过去迎接。

"江肆哥哥，你可来了。"李多亮说，"阿哥买了烧鸡，说一会儿回来，咱们一起吃。"

江肆摸摸男孩的脑袋，进了屋，将刚买的水果放在桌上。

见李奶奶出来，他上前搀扶："给您添麻烦了。"

"哪里麻烦？"李奶奶说，"我巴不得你天天来吃饭。"

饭菜备好，但李多南还没回来，三个人先在小厅坐下闲话。

李奶奶和大多数长辈一样，爱问江肆工作辛不辛苦、累不累。

江肆："都还好。"

"那也得注意身体，别年轻就不当回事。"李奶奶叹了口气，"你说你，多好的高才生，怎么会来我们这里？"

江肆嘴角轻轻地牵了下："这是锻炼的好机会。而且，九云很好。"

李奶奶还要说什么，李多亮打断她："奶奶，你就别可惜了，每次江肆哥哥来都要说，我都听烦了。"

李奶奶："那听你说，你说。"

李多亮还真有话："江肆哥哥，我今天见到一个特别漂亮的阿姐，和你一样好看。你俩就是电视里的那种……CP！"

"又瞎学胡话。"李奶奶笑道，"不过那姑娘是漂亮哟。眼神清澈，证明心肠好。"

江肆将剥好的橙子递给李多亮。

没来得及接话，超市那边传来声响，李多南叫着来人。

今天下午，李多南替一家果农送货，走山路时摔了一跤，身上磕破好几处。

.014.

"就说山路难走，怎么还这么不小心？"李奶奶急道，"快涂药油。"

江肆让老人别急，说："我先检查下。"

好在没有伤筋动骨，只要这段时间注意别太累，别有太大的动作就行。

李奶奶松了口气，抽了一张纸递给李多南，让他擦擦汗，准备吃饭。

看见纸，李多亮猛地想起来："我忘给阿姐送抽纸去了！"

这事他本来是刻在脑子里的，可送货的今天送来了太多东西，他一直在搬运货物，就又忘了。

李多南说吃完饭他去送，答应人家了，不能不算数。

可阿哥一身的伤，李多亮说还是他去。

"你去什么去？"李多南说，"天都黑了。"

两人争了半天，最后江肆拦下他们，说："我去送。"

梁嵘进了屋就瘫在沙发上，一动不动。

要不是因为感天动地的闺蜜情，打死她也不受这个罪，屁股都快颠成八瓣了。

"这还是修了路了！"梁嵘感叹，"要是以前，怎么进来？"

许宁夏画完最后一笔："马车。"

"马车？"梁嵘弹起来，"你怎么知道的？"

许宁夏的语调很是平淡："我妈说的。"

梁嵘卡了下，反应过来后，又说："要不说这里是世外桃源呢，就得坐马车，这叫返璞归真！不愧是我阿姨的故乡！好地方啊！"

这波安慰大可不必。

但看着梁嵘两眼瞪得和铜铃一样，她还是别打击人家的一片好心。

梁嵘已经够不容易了，长了一张妖艳的脸，浑身却凑不出一个心眼子。

"洗手吧。"许宁夏说，"去院子里吃？"

"好啊。"

两人在小院的花藤架下吃饭。

梁嵘对吃情有独钟，因为爱吃，久而久之有了一条能品鉴美食的舌头。

在九云的第一餐，她一口下去，就爱上了九云的洋芋。

见她吃得起劲，许宁夏的米其林蘑菇沙拉只有自己捧场，便说："你尝尝我做的啊。"

"等等。"梁嵘说，"他们这儿的洋芋多少钱一斤？我买一箱寄回去。"

"……不就是土豆？"

"好吃的土豆！"

许宁夏无语，心想回头问问李多南吧，是否能让九云的土豆去北城。

她夹了一块豆腐给梁嵘，想说这个味道也不错，再一抬眼，却见梁嵘置身在一个巨大的苹果园里。

满园的苹果，红彤彤，挂在树上，看着特别诱人。

许宁夏放下碗筷过去摘苹果，梁嵘叨着土豆，问："你干吗？"

"快跟我一起！"许宁夏蹦起来摘到一个大个儿的，"快点儿。"

梁嵘不明所以，但出于真闺蜜处的就是个无条件信任，便听话地过去做上下抬手臂的动作。

"这是新姿势？"梁嵘问，"瘦拜拜肉的？"

许宁夏不回答，又跑到另一棵树下摘。

目前为止，这些树的高度对她很友好，她都够得到。

梁嵘跟在许宁夏身后，又问："几个八拍？咱吃完饭再练不行吗？"

"别废话，快摘苹果。"许宁夏说，"一会儿有人和咱们抢了。"

"摘、摘什么？"

"苹果啊。这么多，你看不见？"

梁嵘就是再没心眼，也咂出不对劲儿了。

"夏夏，你怎么了？别吓我啊，这里没有……"

"闪开！"

许宁夏以一个帅气标准的姿势接住了差点儿砸到梁嵘的苹果。

"幸亏有我。"许宁夏拍了拍梁嵘的肩膀，"不然砸到你，你的脑子就更不够用了。"

是挺不够用的，但是，这都什么跟什么？

梁嵘傻傻地看许宁夏"摘苹果"。

可能是摘太多了吧，手不够拿，许宁夏就把院子里的簸箕拿过来装苹果，说这竹篓结实。

梁嵘的太阳穴突突直跳，瞥见桌上的蘑菇，终于想起这边有不少蘑菇中毒的事故。

她赶紧掏手机拨 120，没打出去，院外传来敲门声。

梁嵘吼了句"谁啊"，跑过去打开门，愣住。

"江肆？"

梁嵘又凑近了些看看，确定是江肆。

就这么一张脸，别说十年没见，就是化成了灰，那也是帅哥灰，颜控女孩不会忘。

江肆也是一愣，稍微辨别了下："梁嵘。"

"你怎么会在九云？"梁嵘有点儿蒙，"你不是……"

"嵘嵘，快来摘苹果。"

闻言，梁嵘和江肆一同看向许宁夏。

刚才还在无实物摘苹果的许大小姐，这会儿已经无实物品尝上了，还吃得津津有味。

梁嵘无语。

江肆跨进院子："她怎么了？"

梁嵘心说这救星来得太及时了，指着桌子说："可能是蘑菇中毒。"

江肆快步走到许宁夏身边，许宁夏见了他，停止动作。

摘了这么久的苹果，许宁夏还没见过这么高的苹果树。

· 016 ·

而且，这棵苹果树顶端的苹果又红又漂亮，比她篮子里的任何一个都要鲜艳，肯定好吃。

"立刻去医院，带上她的证件。"

江肆打电话给李多南，问他借用车子。

而许宁夏看着这棵迎风而动的苹果树，扑过去一把抱住。然后，顺着树往上爬。

这个苹果，她许宁夏势在必得。

许宁夏是恶心着醒来的。

胃里极不舒服，头也昏昏沉沉，眼睛睁开适应了好一会儿，才从模糊中意识过来自己是在病房。

她不畅地喘了口气，视线下移，看到趴在床尾对面桌子上的梁嵘。

梁嵘肩膀在抖，隐隐有压抑的气声发出。

许宁夏心里"咯噔"一下：自己不会是得绝症了吧？

她动了动，梁嵘察觉到，扭过头，脸上的笑容收得及时。

"醒了？"梁嵘过去，"难受吗？"

"我怎么来医院了？"

梁嵘抿了抿嘴："你不记得啦？"

"什么？"

"没，没事。"梁嵘转过身，"我先叫医生过来给你瞧瞧。"

来的是一位女医生，和上次的那位和医生看起来差不多年纪。

经这位医生检查，许宁夏已经脱离危险，剩下的就是输液和静养，靠自身将毒素代谢掉就可以。

听完这话，许宁夏知道自己原来是蘑菇中毒了。

"不可能啊。"许宁夏说，"卖我蘑菇的人是九云当地人，我还特意问他这蘑菇安不安全，他说绝对安全。"

医生摇摇头："别说当地人，就算我们医生也有可能误食。F省的蘑菇种类太多了，有的长得很相似，但一个就是有毒的，另一个没毒。"

够倒霉的。

来九云吃了这么一次蘑菇就能进医院。

许宁夏无力生气。

只能说她今年流年不利，"背"字当头。

医生走后，梁嵘让许宁夏喝水润润喉，劝她看开些，就当多了一次特殊经历。

许宁夏叹了口气，见梁嵘表情，总觉得奇怪。

"你怎么了？"许宁夏问，"表情管理失控？"

梁嵘又抿了抿嘴："你真不记得了？"

"记得什么啊我记得？"

梁嵘深吸了口气，发了一条消息到许宁夏手机上，说："你自己看吧。"

许宁夏嘟囔着"神经兮兮",点开微信视频。

刚开始,画面很糊,根本看不清楚拍的是什么。

但可以听出是在户外,还有一句:"刮风了。"

是她的声音。

许宁夏皱皱眉头,接着看。

画面逐渐清晰,一辆小面包车出现,从车上下来一个人——居然是李多南。

他跑到后面拉开车门:"阿姐怎么样?吃了多少?"

镜头随即移动,许宁夏看到了自己……抱着江肆。

准确地说,是抱着江肆的脑袋。

江肆要把她放进车里,她不肯,抱着江肆不撒手,还揪人家的耳朵,喊道:"刮风了!苹果要被吹掉了!"

车旁的李多南挠挠脸,场面一度陷入死寂。

直到一个冷淡平静的声音回应她——

"没掉。

"听话,上车。"

再然后,画面旋转,视频结束。

病房里也陷入死寂。

许宁夏举着手机,看向早就躲在墙角的梁嵘,呆若木鸡。

梁嵘一脸严肃地说:"就是你看到的那样,你出现幻觉在摘苹果,然后把江肆当成了……苹果树。"

"啪!"

手机掉在病床上。

梁嵘爆笑。

"这都什么啊!江肆是什么超级大冤种!"梁嵘捶墙,"居然还和你说没掉!哈哈哈!太善良了!"

许宁夏做梦都没想到她人生最大的"社死"现场会发生在九云,而参与观看的人,是江肆。

闭上眼,她默念:如果我有罪,请让法律制裁我。

而不是让她以这种离奇的方式丢人!

"别抑郁嘛。"梁嵘捂着肚子说,"也很可爱,和过去的你挺像。"

许宁夏皮笑肉不笑:"你再说一句,我把你高中时的黑照发到同学群里。"

梁嵘举白旗,背过身继续捶墙狂笑。

等她笑够了,许宁夏问:"江肆怎么会去木月庭?"

梁嵘起初也纳闷,在许宁夏情况稳定之后,问了江肆,了解到来龙去脉。

"要说这缘分是真奇妙。"梁嵘说,"咱们和江肆多少年没见了?"

"忘了。"

"他可是一点儿没长残,越长越帅。"

许宁夏撇撇嘴:"一个'冰雕'和帅有关?"

"你就是嘴硬。人家这次……"

话没说完，梁嵘的手机响了，得出去接趟电话。

病房里消停下来。

许宁夏躺在病床上，对着天花板欲哭无泪。

经此一劫，想装陌生人是不能了，可不装又怎么面对？

许宁夏想用被子闷死自己。

这时，一名护士敲门进来，说是给她重新扎输液针。

许宁夏麻木地伸出手，还在琢磨如何能挽回面子，身旁的护士举着针，半天没动弹。

"怎么了吗？"许宁夏问。

护士摇头："没事。"然后两只手哆哆嗦嗦，找血管。

许宁夏当即收回手："您是紧张吗？"

护士绷不住，老实招了："阿姐，今天我第一天实习。我怕扎错了！"

这不早说？

许宁夏没那菩萨心肠当小白鼠，她可怕疼了，和护士说明，麻烦对方找一位稍微有经验的来。

护士说"行"，也松了口气："我叫江医生来！"

"啊？"许宁夏顿了顿，"哪个江医生？不用，就……"

"我这就去！"

"你扎也行！"

结束上午的门诊，江肆得以片刻休息。

他摘掉眼镜，捏捏眉心。

凸起的手指骨骼，依稀可见冷白皮下的青紫色血管。

正要起身，一只手压在他肩膀上，江肆又坐回工位。

"我听护士们说院里来了两个绝世大美女，还是跟你一起来的！"

江肆长睫轻颤，肩膀下滑，躲开压制，淡声道："你不是休假到7号？"

"我想你啊！"

说着，高大俊逸的男人从椅子后面出来，长腿一抬，半个屁股坐在江肆的办公桌上。高焰笑呵呵地说："咱俩是'北城双杰'，我哪舍得把你一个人丢在这里？"

江肆不言，整理桌上的病历。

高焰拿起桌上的油桃，随意擦了擦，一口咬下去："快回答我的问题。你是怎么遇上两个大美女的？你小子桃花运是不是过于好了？"

江肆："碰巧遇见。"

高焰："少扯，我怎么没碰巧过？"

江肆确实没撒谎。

九云说不大不大，说小也不小。

自那天后，他已经做好不会再见的准备，哪能想到不过是顺手帮个忙就

·019·

又遇到了？

——虽说这次再遇过于别开生面。

思及此，江肆又摸了摸自己的耳后。

这里有一道很小的伤口，不过一晚便凝血结痂，但他还是能摸出来。

"喂！"高焰大手拍在一摞病历本上，"走什么神？你就是有事瞒着我！"

江肆将手插进口袋里，手指蜷曲着，冷声说："你很无聊。"

"对啊，我无聊。"高焰承认，"所以八卦你。"

高焰和江肆同学这么久，从没听过江肆和哪个女的沾边。

可现在护士们都传遍了，说江肆昨晚抱着一个姑娘挂急诊，那姑娘对他又抓又挠，他都顺着，半点儿脾气没有。

"不说是吧？"高焰摸了摸下巴，"那我可自己打听喽。"

"妹妹。"

不知道是不是错觉，高焰觉得江肆说这两个字时，语气比之刚才更冷。

"妹妹？"高焰皱眉，"难道是之前那个想认你做儿子的……"

"江医生！江医生！"

话被打断，小护士跑进来说，请江肆给昨天那位女病人扎输液针。

高焰看向江肆，一副看好戏的样子。

江肆略微停顿，问："其他护士呢？"

其实也有有经验的护士可以给许宁夏扎针，但小护士不敢去说，怕挨批。而江肆不同，女病人是他带来的，他理应多关照。

"她说不要其他护士。"小护士说，"就要江医生给扎。"

江肆："……"

许宁夏祈祷九云人民医院有两位江医生。

最好是另一位江医生善良温和、医术高超，可以很好地照顾病患受伤的心灵。

然而，来的只有那一位江医生。

许宁夏一个人，也不知道梁嵘这电话是要打三天三夜吗，怎么还不回来。她心理建设根本没做好，脸上火辣辣的。

但低头，是不可能的。

还是那句话，只要自己不尴尬，尴尬的就是别人。

许宁夏整理了一下头发，故作强硬地说："叫护士长来，我不信任你的技术。"

江肆就像没听见，进来，反手关上门，长腿几步便走到病床旁，开始做埋针前的准备工作。

瞧他这行云流水的动作，加上刚才关门时眼中的冷淡，许宁夏想起以前看过的一部惊悚片。

里面有一位医生打着给证人看病的幌子，实际上药死了证人。

许宁夏心跳加快，脑子里"唰唰"划过刚刚视频中的画面——她几乎骑在江肆头上，对着江肆的脑袋连打带抓，还摇……江肆没在上车前把她扔了，大约是根本甩不掉她。

换位思考，要是被虐的人是她，她恐怕灭口的心都有了。

"昨天晚上……"

江肆低眸看过来。

他的眼睛很漂亮，就是眼神太冷，冷得似乎封印住了所有情绪，让人怎么都猜不透他到底在想什么。

许宁夏的底气有点儿漏了，语气缓和了些："这里的蘑菇害人。"

江肆撕开工具包装："嗯。"

这声回应好比一根杆子，许宁夏顺着赶紧爬："你们医院和医生都有责任。既然蘑菇中毒事故总发生，就该多加宣传，增强大家的防患意识。"

想起医院里贴得到处都是"当心误食蘑菇"的宣传海报，江肆还是——

"嗯。"

他料到她会找理由。

从前，她也是这样，要是不占理，就耍赖狡辩强行过关。

这么多年，一点儿没变。

江肆不禁嘴角轻扬，弯下腰。

许宁夏吓了一跳："你干什么？"

"埋针。"江肆答，"还是你要实习护士来？"

江肆重新俯身靠近。

口罩被他的鼻梁支起些弧度，露出的眉毛浓密犀利，轻微颤动了下的睫毛看起来有些硬，但很长，眨一下，像柄挥动的小羽扇。

"既然你来扎，我就给你一次机会。"许宁夏说，"你扎不好，我投诉你。"

江肆看着这只白皙的手。

手指纤纤，指头粉莹小巧。

他错开视线，绑上止血带，问："怕疼？"

"这有什么好怕的？"许宁夏好笑，"我只是不想疼，'不想'和'怕'是两个概念。"

江肆不置可否，拿起针。

许宁夏晕针啊，管不了那么多了，忙说："江肆，你要是报复我，可就小气了！"

"报复什么？"江肆语气很平，字与字之间却有短暂停顿，"你摘苹果？还是爬苹果树？"

"……"

两人又一次对视。

这次，许宁夏眼里是不掩饰的生气，再没有初见时的伪装，彻底恢复到以前的模样。

江肆则还是冷静如水，但其中又似乎隐藏了些别的。

几秒后——

"握手。"

"什么？"

"把手握起来。"

不知是中毒中傻了，还是叫江肆这两句苹果羞臊得傻了，许宁夏愣是就没明白。

就在她要发脾气时，一只手忽而扣住她的手指，带着她收入手心，握成了拳。

这只手的动作很轻很轻。

似有如无的触碰让许宁夏怔然，感觉有一朵雪绒花在她手中融化，带着温柔的凉意。

然后，那人对她说："不疼。"

许宁夏每天输液，至少要住院五天。

虽说是个单人间，但九云这里的条件可以想象，许宁夏不太适应，从第二天起，她就开始失眠。

梁嵘瞅她肉眼可见的憔悴，提议找江肆开些助眠药。

一提江肆，许宁夏眼睛里就跟长了刀似的，冒着寒光。

之前这人波澜不惊地说出摘苹果和苹果树的事情，她可没忘。

她有理由怀疑，自己失眠就是因为中了这两句话的魔咒，不然她不会一回想起这个声音就抓耳挠腮，感觉一辈子的脸都丢完了。

"你就是想太多，江肆根本不在意。"梁嵘"咔咔"嚼着洋芋片，"而且说实在的，江肆也从没做错过什么。"

许大小姐拒绝接话。

"我记得上了高中以后，你俩相处得还挺和谐的。"梁嵘又道，"都是你整他，他没还过手。"

"吃东西还堵不住你的嘴。"

"行吧。"梁嵘又开了一包辣味洋芋片，"真话总是刺耳。"

许宁夏望向窗户，哼了一声。

她懂梁嵘说的"江肆也从没做错什么"，就是不想认罢了。

当年，江肆和他妈妈搬进来后，许宁夏一度抗拒，却不料那所谓的新家庭不过是泡影，连半年都没能维持。

丁静云怕许青浔认为自己贪财，两人在一起后并没急着领证，想先相处着看看。

这一相处，丁静云发现自己和许青浔并不合适，提出了分手。

这样一来，江肆本该和丁静云一起搬出许家，但丁静云这个时候得到一个千载难逢的进修机会，要去柏林待两年。

江肆母子在北城无亲无故。丁静云一个寡母也做不到把江肆带去国外，商量之下，便将江肆寄养在了许家。

丁静云很感激许青浔，许青浔也大度地说做不成一家人，能帮的也该帮。

只有许宁夏知道，许青浔还是盘算江肆能做他儿子，哪怕不是继子，是个义子也好。

对儿子这件事，许青浔中毒太深。

在他眼里，只有儿子才是血脉传承，也只有儿子能延续许家的未来。

所以，即便许宁夏知道江肆无辜，但有他在，她就会想起许青浔的所作所为，更会想起自己妈妈遭受的一切。

"夏夏？夏夏？"

许宁夏手上一热，梁嵘掰开了她紧握的手。

"怎么了？"梁嵘问，"这手别那么使劲儿，针眼还没完全愈合。"

许宁夏正要说话，查房医生来了，连带的还有江肆。

看见江肆，许宁夏傲气地别过脸。

医生询问了许宁夏情况，又嘱咐几句，走之前，被梁嵘问了句江医生能不能留一下。

医院里都知道江肆和许宁夏有些渊源，带着江肆的主治医生就同意了。

等其他人离开，许宁夏瞪了梁嵘一眼，梁嵘当没看见。

"江肆。"梁嵘说，"不对，江医生，你能开些助眠药吗？"

"我现在没有这个权限。"

说着，江肆淡淡地看了许宁夏一眼又移开："睡不着？"

不等许宁夏怼他，梁嵘又说："是啊，这几天都没睡好。那要是不吃助眠药有其他方法吗？"

江肆低眸，长长的睫毛在口罩边缘留下几个小黑点。

"适当运动。"

"虚。"许宁夏说，"动不了。"

"听音乐。"

"更睡不着了，什么馊主意。"

连续两次，江肆合理提建议，都被许宁夏呛回去。

一旁的梁嵘咂嘴，心说还是开药吧，就听江肆第三次提出了建议：

"看书。"

简单两字，不仅许宁夏一愣，梁嵘也是。

几秒过后，梁嵘拍手道："我怎么把这个方法给忘了呢？夏夏，你不是一看那种理论书就打瞌睡吗？秒睡的那种。"

倒也不用说得这么具体。

"江医生，你肯定有很多读不下去的理论书吧。"梁嵘说，"能不能拿两本给夏夏？"

"嗯。"

等江肆也走了，许宁夏抱怨："你今天话是不是太多了？"

"都是老同学嘛，怕什么。"梁嵘摆摆手，"再说，我这也是为你好。我陪不了你几天就得走了，总得给你找个撑腰的吧。"

"走？去哪儿？"

"回北城啊。"

那天的电话,是梁嵘妈妈打来的。

说是梁嵘的三姑奶奶住院了,情况不太好,想她回来一趟,保不齐就是见最后一面。

"你认识你三姑奶奶吗?"许宁夏问,"我都没听你提过。"

"当然不认识。但我爷爷特别担心,我得陪着点儿。"

许宁夏这就理解了:"让爷爷别太着急,身体重要。"

"嗯。"梁嵘点头,"趁这几天,我帮你跟江肆搞好搞好关系,这样我走了还放心些。"

"我用得着他吗?"

梁嵘呵呵:"我那儿还有视频。"

"……"

梁嵘很满意这个沉默。

重新吃上洋芋片,梁嵘想起什么,忽然说:"刚才要不是江肆歪打正着提了句看书,我还真想不起来你这个入睡神招了。"

许宁夏本来绷着脸,这下也笑了。

回想起来,上一次失眠还是在高一军训……

那时,给学生军训用的郊区基地,条件比较艰苦。

许宁夏到了基地之后不仅身心烦躁,还因为床板太硬睡不着。

某天中午休息,梁嵘来找许宁夏。

见许宁夏顶着两个硕大的黑眼圈,梁嵘问她晚上是不是和室友谈论哪个班男生长得帅了。

"我有那么无聊?"

"这话题多有得聊。"

许宁夏没心情掰扯,往前走了两步,一阵头晕。

再睡不着,她得崩溃。

想来想去,许宁夏问梁嵘有没有带书来,越难读的那种越好。

梁嵘:"我带那玩意儿干什么?还难读的,简单的,我也读不懂啊。"

许宁夏身体越来越不舒服,想请假回家。

班主任说可以回,但明年要跟着新高一再来一次,军训占实践分,不参加分数就是零。

许宁夏垂头丧气地从教师宿舍出来,在回学生宿舍的路上,遇上梁嵘和楚游。

楚游是三班的,大家以前一个初中部,算是认识。

"夏夏,楚大帅哥带书来了!"梁嵘说,"数学书,怎么样?"

许宁夏仿佛看到圣母玛利亚,疯狂点头:"太好了!我最烦数学,肯定睡得快。"

楚游把书给许宁夏,笑道:"你一直用着吧。睡不好,人都没精神了。"

许宁夏和楚游不熟,但这事人家帮了她一个大忙,她很少见地冲不熟悉的人露出一个灿烂笑容:"谢啦,楚游。"

许宁夏和梁嵊一道回去。

中途,梁嵊被自己班的同学叫走。

许宁夏独自走着,在穿过拱门时,遇上江肆。

许宁夏上的中学有初中部和高中部,成绩优秀的学生可以直升,比如江某。成绩不行的,就得交择校费——许宁夏名列其中。

大概是许青浔交择校费交得多,许宁夏初三没和江肆这个学霸一个班,高中倒成了同班同学。

不过这次,许宁夏的抵触情绪没有那么强烈。

因为这时候丁静云和许青浔早已分手,再没有关系。江肆寄住在她家,没有妈妈陪在身边,偶尔看起来也有那么一丢丢可怜。

许宁夏大发慈悲,就不计较那么多了。

"等人?"许宁夏主动搭了句话,语气比较和善。

江肆穿着学校统一下发的服装,清爽干净,目光扫过许宁夏手里的数学课本,低下头:"路过。"

路过,倒是过啊,站着不动。

许宁夏懒得再问,一心想着回宿舍补个午觉。

经过江肆身边时,她看到江肆也拿了一本书,上面写着什么"微积分""数学分析"……她连书名都读不懂。

军训也这么争分夺秒,再创辉煌。

学霸就是了不起哟。

江肆每天给许宁夏送书。

从《医学微生物学》到《医用基础化学实践指导》,后来还有一本《中医医学史》,简直让她看第一页就可以做到深度睡眠。

找他借书还真找对了。

出院前一天的中午,许宁夏正修改设计稿,有人敲门。

梁嵊去外面寻觅小餐馆加餐,一时半会儿回不来,她以为是给自己换液的护士,说了一声"请进"。

没想到进来的是一个人高马大的男护士。

许宁夏打量对方。

这人虽戴着口罩看不出全部长相,但不管是他打理过的发型,还是只显露出衣领部分的品牌衬衫,都足以说明有一定的消费能力和审美能力。

还有,他喷的是潘海利根的乔治勋爵的悲剧,挺有品位的一款男士香水。

但许宁夏直觉和眼前这位的气质并不搭。

这款香是熟男香,深沉内敛还有几分清冽,可谓禁欲感十足,比较适合……许宁夏脑海里浮现出某冰山脸。

她果断地把他从心里拉黑。

"您是来给我换药的?"许宁夏问,"之前那位护士呢?"

· 025 ·

"你说玲玲啊,我跟她说我来,我……"高焰拉下口罩,友好一笑,"你别紧张,我是江肆的同学兼好友,咱们都是北城的。"

几天了,高焰实在按捺不住了。

虽说江肆解释过了个中关系,但他还是好奇。

不就是原来寄养家庭的女儿?他们的父母充其量算是交往过,既然一拍两散了,就跟陌生人没什么两样。

依江肆冷淡的性格,这么关照对方,必有猫腻。

现在终于见到了真人,别的不说,漂亮是真漂亮。

眉眼立体,五官粉雕玉琢,眼睛还是少见的琥珀色,很有混血儿的意思。

"高焰,火焰的焰。"男人伸出手,"在九云人民医院规培。"

许宁夏看到高焰手腕上的积家手表,再次确定这人经济条件不错。

这样的人也来九云?

九云是有什么魔力啊?

"许宁夏。"她礼貌性回握了下对方的手,"你找我有事吗?"

高焰按捺住八卦的心,这会儿还能维持住端庄形象:"就是好久没见到家乡的朋友,过来看看。"

这个说辞不怎么让许宁夏信服。

她估计这人是看她和江肆认识,想八卦而已。

高焰着手换输液袋,又说:"刚才遇见了和你一起的梁小姐,大家既然这么有缘能在千里之外遇见,不如叫上江肆一起吃个饭?"

许宁夏不愿意,想拒绝,高焰笑道:"梁小姐已经同意了。"

"……"

对于梁嵘的擅作主张,许宁夏表示强烈不满。

但梁嵘又拿视频说事,还说:"你不和人家道谢就算了,总该请吃顿饭吧?"

许宁夏pass掉这一问题,又问:"你和那个高焰很熟?他说吃饭就去?"

"一回生二回熟嘛,朋友不都是这么来的?"梁嵘说,"而且这人挺好的,我前天打热水时差点烫到,就是高医生帮的我。"

这勉强能算个理由。

梁嵘笑了笑:"就去呗。高医生有句话说得挺对,咱们隔着几千里在九云遇见,这是缘分。"

话是这么说,但要和江肆一起吃饭,多别扭。可许宁夏再一想,请就请吧,不然也总是欠江肆一个人情。

用一顿饭还好了。

许宁夏出院回木月庭调整一天,转天便约了去吃饭。

她原本还邀请了李多南,想感谢人家出车送自己去医院,可惜李多南这几天在羡安,错过了。

吃饭这天是周六，天气极佳。

出于礼貌，许宁夏也得准备准备。

她带来的衣服不多，基本上是她自己做的。

刚接触设计的时候，她也追求复杂的样式，后来随着经验阅历增加，她开始看重剪裁和材质，还有文化含义。

除非是做礼服，否则她喜欢简约的打扮。

许宁夏挑了件纯黑色中式立领短衫，搭配灰色扎染长裙，头发用木簪随意绾了个发髻。

梁嵘先出去买鲜榨木瓜汁了。

许宁夏化好淡妆，晚了一会儿出发，推开小院木门，看见江肆。

他今天终于不再穿白大褂。

黑色短袖POLO衫搭配卡其色休闲裤，POLO衫扣子全部打开，锁骨及锁骨下方的这片小三角区露出一点点白色圆领T恤。

谢天谢地。

许宁夏以前在微博里吐槽过男人单纯穿POLO衫好土，要是加点儿小心思会好很多。

江肆的穿法保护了她爱美的眼睛。

不过，即便如此，他们的见面还是充斥着不对付的疏离。

"高医生呢？"

"外面。"

"去吃什么？"

"算是当地菜。"

"算是？"

"嗯。"

许宁夏真的想回一句：通常这样的询问，你不该稍微解释下什么叫"算是"吗？

但江肆完全没这个意思，将言简意赅贯彻到底。

两人从木月庭出来，一辆白色大众途观停在大门口。

梁嵘和高焰已经会合，瞧梁嵘笑得合不拢嘴的样子，两人聊得还不错。

"许小姐来了。"高焰打招呼，"咱们出发？"

许宁夏看了看面前的车子，高焰说："我和江肆合伙租的，去哪里都比较方便。"

她点头，问："规培期间还发工资？"

"许小姐还懂规培？"

许宁夏别了下头发。

梁嵘问规培是什么，高焰耐心解释一番，之后又笑道："租这个不贵，李家小伙托的熟人，友情价。而且江肆平时翻译德文理论书，我们这些医学生里，数他小金库充足。"

梁嵘想问那高焰哪儿来的钱，却被许宁夏拉了一把，催促她上车。

·027·

"你管那么多呢？"许宁夏小声说，"以前怎么没发现你这么好学。"

梁嵘心说这不是不懂学霸的世界，好奇嘛。

她听话地上车，许宁夏跟着，要关车门时，江肆先一步帮忙。

"系好安全带。"江肆说，"会有一小段路不平。"

梁嵘道谢，许宁夏则一脸高贵冷艳，心想你不是惜字如金嘛，这会儿怎么这么多话。

车子一路向北行驶。

沿途风光宜人，漫山遍野的葱绿，生机盎然。

吃饭的地方距离九云山不远，挨着一座规模较小的古城，要不是有人带路，还真不好找。

在这家看着很不起眼的餐厅，许宁夏吃到了美味的九云菜。

"你们爱吃就好。"高焰说，"这家其实算不上纯正的九云菜，真的九云菜咱们北方人未必吃得惯。这家有做一些改良。"

许宁夏心里"哦"了一声，原来这就是"算是"的意思。

某人解释一下很难吗？

大家边吃边聊，基本是梁嵘和高焰说，许宁夏偶尔插几句话。

通过交流，许宁夏知道高焰和江肆同岁。

高焰读的是七年制本硕连读，江肆读的是八年制硕博连读，两人机缘巧合下住在一个宿舍，成为朋友。

今年是江肆规培的第二年，高焰规培的第三年。

换句话说，等高焰从九云回北城时，他就有医生执照，可以正式上岗了。

梁嵘被这里面的弯弯绕绕搞得头疼，不过也听懂个大概，问："那江医生明年还在九云规培？"

不待江肆说明，他的代言人高焰便说："他明年大概率回北城，我们教授还等着他呢。"

话题聊到这里，高焰也顺嘴问许宁夏和梁嵘怎么会来九云。

梁嵘理由简单，来找许宁夏。

到许宁夏这里，就比较……复杂。

一方面，她有逃避网暴的原因；另一方面，是出于个人情感。

面对高焰的提问，许宁夏用"凑巧"两个字概括。

高焰也没追问，聊起别的。

过了一会儿，服务员送鸡蛋豆腐羹上来，四只碗放在木质托盘上。

许宁夏点菜时，借着去卫生间特意嘱咐过服务员有一碗不放香菜，而现在唯一不放香菜的那碗眼看要被服务生端给高焰。

她正要出声，江肆站起来帮服务生放菜。

于是，没有香菜的那碗峰回路转到了她这里。

许宁夏看向江肆，他帮完忙便坐好，半低着头喝茶，刘海稍稍垂落，挡住了表情。

许宁夏舀了勺鸡蛋豆腐羹，也不知道是不是自己想太多了。

再抬眼，发现服务生还没走。

女生红着脸，看着江肆，害羞地说："谢谢阿哥，阿哥上次也帮过我。"

闻言，江肆的动作微微顿，仿佛刚注意到对方，颔了下首。

女生的脸更红了。

这番互动下来，许宁夏明白了。

原来江肆和这个服务员是旧识，怪不得主动帮忙，她这个估计就是巧合。

许宁夏坦然，继续吃。

梁嵘和高焰越聊越投缘，从医学院里的那些奇葩事聊到网上的搞笑段子。

梁嵘喜欢看综艺，问高焰看不看。

高焰这人明显是家里有底子的纨绔少爷，但半分架子没有，接地气得很，直说自己看，还特别爱看。

"我前段时间就有看一个服装设计师的真人秀节目，里面有位女设计师特别漂亮。但很可惜，我看的时候，她已经退赛。节目前期也把她的片段剪掉了，说她抄袭同组选手的作品。"

说得渴了，高焰喝了口茶，想起什么又眼睛一亮："许小姐，还真别说，你和那位美女设计师长得有些像。"

话落，江肆微不可见地叹了口气。

梁嵘眼珠子早就快飞出来，无奈高焰白长一双大眼睛，眼力见儿是一点儿没有。

"吃得差不多了，咱们要不走吧？"梁嵘说，"我看旁边的古城不错，可以去看看。"

高焰说好啊，要去结账，许宁夏先一步起身说她请。

"怎么能让女士买单？"高焰说，"而且是我提议吃饭，许小姐给我个机会。"

许宁夏笑了笑："不了，还是我来。也不枉高医生夸电视里的我好看。"

高焰拿手机的动作一僵："啊？"

许宁夏指了指自己："高医生觉得我这张脸会有相像的吗？"

"你……你就是……"高焰像只卡了壳的"尖叫鸡"，"你，我……"

"没关系。"

许宁夏潇洒地转身，梁嵘突然叫了一声。

梁妈妈发消息说梁嵘三姑奶奶的病情急转直下，让她能多快回来就多快回来。

"我现在在订票回羡安，再从羡安回清城。"梁嵘说，"我记得清城晚上十一点多有航班飞北城。"

一旁的江肆已经计算完时间，直言："来不及。"

梁嵘慌了："那怎么办？"

许宁夏也有些慌。

她了解梁嵘，虽说是个没见过面的三姑奶奶，但梁嵘重视亲情，还是在意长辈的。

"除了清城能飞北城,乌城呢?"许宁夏说,"那里有航班吗?"

梁嵘立刻搜索,算时间也还是来不及,中转太耗时。

正焦急时,江肆说:"从这里直接开车去清城,应该能赶上晚上的航班。"

他一说完,高焰便说:"我送梁小姐去。"

梁嵘身上带着证件,就没浪费时间再回木月庭拿行李。

许宁夏送走梁嵘和高焰,和江肆在餐厅门口站了一会儿,谁都没说话。

许宁夏并不想站到地老天荒,还是先开了口:"回去吧。"

江肆抿抿唇:"你不去古城看看?"

她没听错吧?

江肆这是要陪她去转古城?

快得了吧,一路非得闷死她不可。

"不看了。"许宁夏说,"回去。"

江肆低声回了一个"嗯"。

回去的路上,车里十分安静。

许宁夏始终看着窗外,一言不发。

路过那段不太平的小路时,可能是车子不及途观这种SUV避震,许宁夏被颠得有些晕车。

一晕不要紧,但勾起了许宁夏的恶心。

因为洗过胃,她近期食欲不佳,好不容易遇上刚才的美食,就有些吃多了。这会儿胃里不停地翻滚,想吐。

许宁夏极力忍耐。

车子一停在木月庭,她火速下车。

"我先回去了。"

她撂下这话,看都没看江肆一眼就往里走。

走到半路,人就受不住,扶着墙呕了一声,眼前冒出一片金星。

许宁夏拍了拍胸口,直起腰时,听到:"不舒服?"

她回过头,就见江肆眉头微微皱起,看着自己的眼神有几分担忧。

"你怎么……呕!"

许宁夏慌忙捂住嘴。

江肆拉起她的胳膊带去垃圾桶旁,可许宁夏嫌臭嫌脏,丢给江肆钥匙,指指前面。

江肆会意,扶着她快步回了小院。

一进卫生间,许宁夏就吐了。

江肆站在距离卫生间七八步的地方,没有跟上去。

但许宁夏余光看到他的身影,还是用力地带上了门。

许宁夏整理清爽了,从卫生间里出来。

江肆站在通向院子的落地窗前,听见响动,转过头来。

相顾无言。

许宁夏看到茶几上放着一杯冒着热气的水，领了这份好意。

她坐下喝水，见江肆杵着不动，说："这房子采光本来就一般，你还要挡着是吗？"

茶几比较矮，沙发也是。

江肆坐下后，两条腿有些伸展不开，蜷在那里，有些滑稽。

"你……"

"你……"

他们同时开口。

江肆少见地主动，许宁夏让他先说。

江肆稍稍动了动腿，一本正经地道："洗胃之后，胃需要一个调养过程。这段时间，要清淡饮食，尽量少食多餐。"

这话换作别的医生说，许宁夏会当作正常医嘱。但从江肆嘴里出来，她不得不问："你觉得我刚才吃太多了是吧？"

江肆还是一本正经："没有。"

许宁夏控诉："你们医院的营养餐有多难吃，你知不知道？"

她每天都吃不饱，人都瘦了。

可现在是吃上了，又都吐了，她今年怎么就这么倒霉？

许宁夏想想就气，一气胃又有些疼，还有些饿，症状神奇。

她按着腹部，继续喝水。

江肆忽然说："你想不想喝粥？"

第二章
桂花红茶糯米粥

江肆出去了半小时，再回来时，拎着一个纸袋。

许宁夏已经卸妆并换上舒适的家居服，长发随意地披散着，整个人透着一股慵懒。

她带江肆去厨房那边。

出于善心，许宁夏提示："我不怎么爱喝粥，所以，也许你辛苦做完之后，我一口也不喝。"

江肆放下袋子，语气很淡："试试吧。"

"行，随你。"

许宁夏去客厅坐着。

梁嵘发微信说他们已经上国道了，应该能顺利赶上最近的航班。

许宁夏松了口气，叫他们多注意安全，有什么事随时联系。

嵘easy：高医生挺过意不去的，让我代他和你说声对不起。

夏天不宁静：没事。

许宁夏虽然这么回复，但心里怎么会没事？

本以为躲到九云这么远的地方来，就能慢慢忘记这段不开心的经历，结果网络太发达，她到这儿都还有观众。

而且，高焰能知道，那江肆可能也知道。

但江肆一直没提。

是因为本身性格不爱多管闲事，还是他也认为她为了出名不择手段，连抄袭这种没底线的事情也做得出来？

许宁夏抓来一旁的抱枕拥在怀里，鼻尖有些发酸。

不知过了多久，许宁夏睡了过去，醒来时，身上盖着毛毯。

她揉了揉眼，之前感到的饥饿非但没有消退，反而更饿了。

因为她闻到一股清淡的香甜味。

许宁夏起身去厨房，正好江肆端着碗出来。

"做好了？"许宁夏看了看，黄黄绿绿的一碗，"绿豆粥啊？"

江肆往餐厅走，说："不是。"

那是什么你倒是说啊。

这种说话风格真没被人揍过吗？

许宁夏跟过去，和江肆一人坐在桌子的一边。

面前，热粥冒着腾腾热气。

许宁夏搅拌两下，看出是糯米，和绿豆无关。

那怎么是这个颜色的？

她也不问江肆了，自己尝了一口。

味蕾意外地顿时舒服了。

许宁夏很快又喝了第二口、第三口……

她可以品出这粥里有茶的清甘，但还有些甜，口味总体不浓不淡，配上绵软的糯米，特别好喝。

"这是什么粥？"许宁夏一下子喝了小半碗，"你放了什么？"

江肆说："桂花红茶糯米粥。"

F省是产茶大省，九云这边的红茶带着天然的果香，配上同样清甜的桂花，美味加倍。

许宁夏喝了整整一碗。

不仅味蕾得到了满足，胃里也暖乎乎的，不再难受。

俗话说，拿人家的手短，吃人家的嘴软。

许宁夏试图软化下自己的嘴，过程比较耗时。

她和江肆干巴巴地无言相对，江肆可能也知道她说不出什么软话，便要拿起碗去厨房。

许宁夏一看，冒出来一句："你知道我的事吗？"

没提什么事，直接就这么问了，但许宁夏觉得江肆知道她指的是什么。

江肆确实是听懂了，但没料到她会提这件事，重新坐下。

片刻，江肆如实说："之前有在网上看到。"

许宁夏低下头，盯着桌下自己两只搅在一起的手，声音有些小："那你觉得……是真的吗？"

"不是。"

许宁夏的心猛地一跳。

江肆回答得太快了。

快到让她觉得他很坚定地相信着自己，但也不排除他根本不在意真假，只是因为礼貌，抑或避免她要脾气才这么说。

许宁夏不死心。

她是个拧巴的人，明知道有些事适可而止最好，却偏要追根问底，死也死得明白。

"为什么？"

"什么为什么？"

"为什么你认为不是。"

两人视线对接。

江肆总是冷静的，眼里也是。有时候，这种冷静也挺好，起码让人觉得真诚。

而许宁夏眼里是倔强的，给人的感觉是这人很自信，可实际上藏着小心翼翼。

江肆身体前倾，双臂放在桌上，清冷的嗓音低沉好听："你有很多种方法获得利益，我不认为你会偏偏选择抄袭。"

脑子里有什么一闪而过，许宁夏有一瞬的茫然："你说什么？"

江肆重复。

但许宁夏听不见了，她看着他一张一合的双唇，抓住了刚刚的一闪而过。

一段她遗忘很久的记忆……

那是许宁夏和许青浔爆发的规模第二大的争吵。

起因是在十六岁生日来临之际，许宁夏打算送自己一份生日礼物——山茶花文身。

她本想瞒着许青浔，免得麻烦。

可不知道怎的，还是走漏了风声，让许青浔知道了。

许青浔大发雷霆。

许家是书香世家，底蕴深厚，骨子里带着文化人的骄傲和固执，对某些偏轨的行为嗤之以鼻。

"你敢文，我就敢把你从家里逐出去！"许青浔说，"我不允许我女儿身上有这种不三不四的东西。"

许宁夏不服，反驳道："怎么就不三不四了？是你有偏见！迂腐！"

"我迂腐？"许青浔点点许宁夏，"你去看看，哪个正经人家的女孩子会在自己身上弄这些东西？女孩子就该有女孩子的样子！"

许宁夏反问："女孩子该什么样？又或者说女孩子什么样，你在乎吗？反正女孩子也是要嫁出去的，是泼出去的水。我看你就别操心了，我丢不着许家的脸。"

"砰！"

许青浔挥掉桌上的陶瓷笔筒，喊道："我看你就是想存心气死我！"

因为这件事，许青浔让保姆不许给许宁夏准备饭菜，他要好好治治许宁夏的不孝。

许宁夏也有骨气，说不吃就不吃。

吵架那天是周五，许宁夏周末就被关在家里，饿着。

她的意志力是顽强的，但身体吃不消也是控制不了的。

饿到实在挨不住，许宁夏半夜趁着大家睡了，偷偷去厨房找吃的。

许青浔心是真狠。

冰箱里一切熟食全部清空，连个渣子都不给留。

许宁夏是文身没弄成，还饿得两眼昏花。她靠着冰箱想哭，这时，传来声响。

她赶紧蹲下躲到了柜子后面，就见江肆不紧不慢地进了厨房。

他也不开灯，和自己一样摸黑前行，走到灶台前，点了某个按钮，油烟机发出微弱的白光。

这是要做饭？

仗着长手长脚，江肆轻松打开高处的橱柜，取出一个小锅。

他给小锅接水，然后放在灶台上，从口袋里拿出一样东西。

许宁夏快饿疯了，见状"噌"地起来，兴奋地道："鸡蛋！"

江肆转过头。

许宁夏接收到他平静的目光，意识到自己暴露了。

许宁夏走也不是，狡辩也不是，眼巴巴地盯着鸡蛋，问了一句："你要干吗？"

江肆淡淡地道："饿了。"说着，将两个鸡蛋放进锅里，打开灶火。

许宁夏忙说："这么晚吃那么多不好消化，我帮你吃一个吧。"

闻言，江肆又平静地看她。

许宁夏庆幸没有开灯。

不然，江肆就会看到她通红的脸，丢人丢的。

不过她一向强硬，要是江肆敢拒绝或者笑话她，她就说他一个寄养在她家的，吃她家的喝她家的，这个鸡蛋本来就该给她吃。

好在江肆还算识相，点头同意了。

窗外月光如纱，盈盈柔柔地落在房间内。

许宁夏和江肆围着厨房的小桌坐着，蘸着酱油吃煮鸡蛋。

许宁夏很快吃完了一个，她想问问江肆还有没有存货，但不好意思张口。

而江肆吃得很慢条斯理，一个鸡蛋，硬是吃出法餐的讲究。

许宁夏看他吃，更饿了。

她想着眼不见心不烦还是走吧，桌上又多了两小包饼干。

江肆说："吃不了了。"

"我来！"许宁夏"唰"地拿走，利落地撕开包装，"不吃浪费了。"

她吃得像只小仓鼠，全然没注意到落在自己身上的目光。

快吃完时，许宁夏听江肆开口说了句话，她没听清，叫他重复。

江肆说："文身很疼吧？"

想想吃人家的嘴短，许宁夏给了回答："这是自然。"虽然她是不能去试试到底有多疼了，但听说能疼到让一个大男人哭。

"知道会疼，为什么还要文？"

"我乐意。"许宁夏语气很冲，一下子竖起刺来，"怎么，你是不是也觉得我要文身是为了故意气我爸？"

许宁夏不怕有人议论自己。

她任性惯了，做事情喜欢凭心情。是她做的，她都认；但不是她做的，一点冤枉都受不了。

许宁夏以为江肆也和许青浔一样冤枉她，放下东西要走人，就听到——

"不是。"

江肆低着头，声音不大。

他的头发应该是刚洗过的，软趴趴耷拉在额头上，看起来很乖。

许宁夏愣了愣："不是什么？"

江肆依旧语气淡淡的："你不是为了气许叔叔才想去文身的。"

"你……你懂什么。"许宁夏迟疑着又坐下，"你怎么知道不是？是不是敷衍我？"

江肆说："你如果想气许叔叔，有很多种方法。"

"喂！我才……"

"不会偏偏选一个这么疼的方法。"

少年说到这里，抬起头，嘴边划过一抹浅淡的微笑，带着安抚，轻柔得仿佛窗外拂过绿叶的晚风。

让人不易察觉。

"又不舒服了吗？"

许宁夏一直没有反应，江肆的身体不由得又前倾了些。

鼻尖隐隐绕过一缕清冽的木质香，醇厚中带着几分宛如雨水沁润过的潮湿，沉稳又温和。

许宁夏回过神，下意识地嗅了下鼻子。

"干什么？"她避开江肆的目光，身体贴着椅背坐好。

江肆垂眸，摇头说："没什么。"

两人恢复到无言以对的状态。

但许宁夏的心跳还没完全平复下来，人也还在咂摸着那段遗忘掉的记忆。

一个人感到冤枉委屈时，能有一个人仅仅是基于对你的了解或者看法，在没有任何实质证据的情况下就去信任你，真的很让人感动。

许宁夏不知道江肆如今又用这样的理由来回答她，是否依旧只是认为她这样的人不会去干抄袭这样的事。

但不管是哪样，许宁夏感到了被人信任的温暖。

来自江肆。

江肆见许宁夏不说话，不好再打扰下去，说："我先……"

"你这粥还有吗？"许宁夏捧着碗，"我没吃饱。"

"……有。"

许宁夏埋头喝粥。

借着粥做掩护，她的嘴似乎软了那么一点，主动开了口。

"我没抄。

"网上的录音是恶意剪辑的，还有那个手稿对比，懂行的人一眼就能看出来。一个设计师再怎么抄袭都不会把袖口处作为点缀的图案样式抄到一模一样。傻吗？生怕人家不知道你是抄的。"

但不幸的是，也恰恰是这点把许宁夏给"锤死"的。

微博里成百上千的私信，大多数人质问的都是这个问题，说她是不是脑干缺失，抄到这种程度做什么设计师，赶紧滚出设计界。

最狠的，有说她干这种缺德事，一定会遭报应，连父母也逃不过，因为是他们教育出她这种抄袭狗。

看到这条消息时，许宁夏冷笑。

不巧。

她早就没有妈了，就别拉着跟她一起遭报应了吧。

许宁夏有时十分不解，为什么有人会对一个陌生人怀揣这么大的恶意。

就因为网上的某个帖子？某条微博？

江肆抽了一张纸巾递过去，说："嗯，明白。"

"明白？"许宁夏接过纸巾擦擦嘴，"你明白什么？"

"你没抄。"

"万一我这是瞎说骗你呢？"

江肆顿了顿，像是在思考，过了几秒才说："你应该不屑于骗我。"

他这副认真严肃的样子，好像是在给什么医学难题下最终结论，看得许宁夏一个没忍住，"扑哧"笑起来。

她一笑，冷艳的脸顿时娇俏起来。琥珀色的瞳孔含在眼眶里，像泡在星河里的琉璃珠，漾着光。

江肆猝不及防，喉头缩紧，呼吸卡在胸和脖子之间，难以舒畅。

他低下头，一张平静的面孔不露半丝波澜，可心里却有如狂风呼啸、台风过境。

许宁夏能笑，心情也就好了。

她继续喝着甜甜的粥，飞快地说了一句："谢谢。"

声音很小，江肆根本没听见。

他也没问，转而说："今天的事，高焰不是故意的，我替他向你道歉。"

许宁夏说："你都说不是故意的，还道什么歉？而且……"

"嗯？"

"看在这粥的面子上。"

以及，那份信任。

但许宁夏把它归在那句谢谢里了，才不会特意说。

午后的时光悄然流逝。

阳光不再那么强烈刺眼，成片成片的白云悬在天空中，小院里的蝉鸣也歇了下来。

许宁夏吃好喝好，看江肆跟一尊冰雕似的坐在那里，就像以前一样，想要逗逗他。

"我问你啊，"许宁夏敲了敲桌子，"今天餐厅的那个女服务员是不是喜欢你？"

江肆没听清："什么？"

"装傻充愣就没意思了吧。"许宁夏说，"你今年二十七岁，又不是十七岁。女孩子喜不喜欢你，你不知道？人家小姑娘都脸红了。"

江肆望着对面女人没心没肺的狡黠模样，想起中午餐厅的那一幕，心跳霎时沉下来。

"不知道。"

"那你帮人家？"

江肆还是那句："不知道。"声音冷冰冰的，气压也很低。

嘿，不就逗两句嘛，怎么感觉还不高兴了呢，刚才还好好的。

"你自己主动的，还不让……"

"和你无关。"

大约是以前欺负人欺负惯了，加上被欺负的对象从不反抗，许宁夏没尝过被呛的滋味。

现在尝到了，很不舒服。

有种热脸贴冷屁股的尴尬。

许宁夏垮下脸起身离开，江肆突然探身来拿她的碗。

许宁夏是忘了还要刷碗，不是懒到连碗都不去刷，她也不会叫替她做饭的人再去为她刷碗。

所以，江肆抬起碗的时候，她伸手要把碗拿回来，没想到就这么抓了江肆的手一下。

江肆手上的温度烫得吓人。

许宁夏先是一怔，一句"没事吧"还没说出口，就听到"啪嚓"一声。

碗摔碎了。

被江肆甩出去摔碎的。

两人被这下弄得定在了原地。

许宁夏满眼惊诧，等回过味儿，无语至极。

她最讨厌有人靠摔东西来发泄情绪，许青浔就是，每次骂她，总得牺牲点儿可怜的摆件。

"我就开个玩笑，不是要窥探你什么。"许宁夏的好心情荡然无存，"你至于摔我的碗吗？"

闻言，江肆张张嘴，却没解释。

本来拜这段突然的回忆所赐，许宁夏看江肆顺眼了那么一点点。

现在，还是算了吧。

一个这么不识相的冰雕怎么会顺眼。

许宁夏去院子里拿扫把，等回到屋子里，江肆正蹲在地上捡碎片。

"起开。"许宁夏说，"别划破了你医生的手。"

江肆不听，继续捡。

确认捡干净了，将碎片放到他带来的纸袋里。

全程他都没有看许宁夏，只在经过她身边时低声说了句抱歉，便离开。

许宁夏独自站在餐厅里，一手拿着扫把，一手拿着簸箕，心里不上不下。

突然生气的是他，突然摔碗的是他，非要捡碎片道歉的还是他。

简直莫名其妙。

许宁夏把扫把放回院子。

因为这段不愉快的插曲,许宁夏捡起来的那段回忆也中断了,应该是有后续,也应该和江肆有关,但怎么都想不起来了。

本身也不是什么重要的事吧。

忘就忘了。

许宁夏又在房子里足不出户地待了几天。

梁嵘打电话来,说三姑奶奶没事了,这个劫渡过去了,活到九十九不是梦。但是,梁嵘爷爷的担惊受怕没过去,病了一场,身体虚弱了不少。

梁嵘暂时不能再来九云找许宁夏。

许宁夏叫梁嵘放心,她现在适应得很好,衣食住行越来越熟悉,日常生活没有问题。

这天上午,许宁夏去了李家超市。

之前说请李多南吃饭,李多南没去成,她还记着。

不过上次就算李多南去了也不是她请,那顿饭,最后是江某买的单。

许宁夏打算这次问问人家有没有时间,但李多南并不在店里,李多亮和李奶奶也不在,看店的是个看起来二十岁左右的女孩。

女孩穿着牛仔裤和娃娃领衬衫,长长的头发绑成一个麻花辫,坠在脑后。她看着许宁夏,黑白分明的眼睛和李多亮、李多南如出一辙。

"阿哥去连韶搞快递去了,"女孩说,"小弟和奶奶走亲戚去了,晚上回来。"

许宁夏点点头:"那你是……"

"我知道阿姐。"女孩抿着嘴笑,"你是住在木月庭的客人,阿哥接待的。"

许宁夏也笑了:"住在木月庭的不止我一个吧,你确定?"

女人嫣然的笑容引得女孩脸颊发红,她又看看许宁夏,小声说:"阿哥说阿姐长得和神女一样好看,所以肯定是你。"

赞美的话未必人人爱听,但赞美的实话肯定受用。

许宁夏心情舒畅,刚要说谢谢,女孩又补了一句:"你还认识江医生,江医生长得也好看,是我见过的最好看的阿哥。"

怎么哪儿哪儿都有这个江某。

摔碗的事又浮上心头,许宁夏心里一堵。

她噘噘嘴。

女孩这时从柜台后面走出来,害羞道:"我是李多美,很高兴认识阿姐。"

许宁夏凑齐了李家三兄妹。

闲来无事,许宁夏和李多美坐在超市外的木椅上,喝茶聊天。

九云这里的人,不管男女老少都真诚淳朴,和这样的人说话,心里会特别舒服放松。

许宁夏听李多美说,她考上大学了。

前几天和同学去附近玩了一周,等暑假过后,她就可以去清城师范大学报到。

说到这里,李多美笑得腼腆又开心,眼里全是向往和憧憬。

许宁夏也替她高兴,顺口问:"李多南看起来比你大不了多少,他没考上大学?"

在许宁夏的认知里,像九云这样偏远的地区,教育相对落后,考不上大学是普遍现象,这个问题不是戳人家痛处。

李多美摇摇头,说:"阿哥学习很好,但初中念完就辍学了。"

李多南他们的父母在他们很小的时候因为一场意外去世了。

李奶奶一个人拉扯他们三个孩子,李多南不忍老人扛那么重的担子,就主动放弃读书,早早出去挣钱。

不过,对仅比自己小一岁的妹妹,他要求她必须好好读书。

李多南曾说:"阿哥嘛,靠力气也能活。阿妹不行,得有见识了,多读书,将来才能活得好,就不愁了。"

听到这话,许宁夏对那个瘦黑的小伙子怀了敬意。

许宁夏喝完一杯茶,心血来潮,问:"你们这里有租车的地方吗?"

"阿姐要出去?"

"对啊,去羡安转转,要不要一起?"

李多美看看自家门店,许宁夏恍然她还要看店,想说那下次。结果李多美说:"阿姐等等我,我拜托隔壁嫂子帮我看店。"

刷李多美的脸,租车店老板给了很优惠的价格。

有了车,许宁夏带着李多美这张活地图,原本坐小巴士要三个小时的路程,这次开车只要一个小时。

许宁夏去的是羡安中心的商场。

听说这里有当地最大的民族饰品店,她早就想来看看,搞不好能有些灵感。

李多美跟着她,像条小尾巴,对什么都有些新奇,但从来不多嘴问。

"九云那边的商场是什么样子的?"许宁夏放下一个民族风编绳,"下次你带我逛逛九云的商场。"

李多美说好,又有些犯难:"九云的商场没有这么大,卖的东西也和这里不太一样,没有牌子。还是这里好。"

许宁夏刚才有注意到李多美进来后,眼睛流连在一楼的美妆柜台上。

都是女孩,自然明白这份爱美之心。

许宁夏打量着李多美,五官小巧,眉眼柔和,皮肤不是符合大众普遍审美的白皙,但也不黑,是健康有活力的小麦色。

而且,这姑娘长的小雀斑好可爱啊。

"来都来了,要不要看看化妆品和服装?"许宁夏问,"你太素净了。"

李多美一愣,还没来得及拒绝,就被拉着去了美妆柜台。

琳琅满目的商品让人眼花缭乱,再经由高瓦数的灯光一照,足以闪瞎人眼。

李多美局促地站在柜台前,根本不知道说啥。

许宁夏将手搭在她的肩膀上,对柜台销售员说:"麻烦,帮我拿下这几个色号。"

销售员看着面前的两人。

一个,光彩照人,美得不像真人,背着的包要是正品,少说七八万;另一个,胆怯拘谨,一看就是附近哪个山区里没见过世面的土丫头。

她一时拿不准主意,不知该以什么态度接待。

李多美两只手不住地碾着衣摆,她看一眼就知道售货员怎么想自己的,都习惯了。

她拉了拉许宁夏的衣袖,小声说:"阿姐,我们走吧,我不买。"

"为什么不买?"许宁夏反问,"女孩子长得美就该展现出来。"

说着,她看向销售员,眼神又冷又利:"客人来了,你该做什么,之前培训没有教吗?要不叫你们经理过来亲自教。"

销售员被这气势震得噎住,也不敢再胡乱揣测,按照许宁夏说的去拿了口红。

许宁夏帮李多美试色,还告诉她涂口红的正确方法,最后帮着参谋选出一支特别衬李多美肤色的口红。

李多美付钱时,整个人别提多高兴,就觉得这钱花得好值!

"谢谢阿姐。"李多美说,"我特别喜欢这支口红。"

许宁夏也开心:"喜欢就好。走,我请你吃饭。"

虽说是第一次见面,但女孩子之间的磁场要是对,很快就可以打成一片。

许宁夏喜欢李多美这个朴素乖巧的女孩,李多美也喜欢许宁夏这个看起来比大明星还漂亮的姐姐。

两人吃完饭,喝着奶茶又去逛服饰店。

路过玩具店时,李多美说想进去看看。

"很快是阿亮生日了。"李多美说,"他喜欢书和汽车。"

许宁夏点头,没多说什么,心里默默记住李多亮的生日,想到时候给那孩子一个惊喜。

"阿姐,我听我阿哥说,你和江医生不仅是老乡,还是朋友?"李多美看到一套医生过家家的玩具时,问道。

许宁夏不冷不热地说:"不算吧,同学更准确。"

"这样啊。"李多美笑了笑,"江医生也是很好的人。我以前总觉得大城市的人会看不起我们这些小地方的,你们没有。江医生救过我奶奶的命,还救过小花的命。"

"小花是谁?"

"一只流浪猫。"

这么一说,许宁夏忽然想起江肆上学时也救过一只流浪猫。

是一只白猫,长了一双琥珀色的眼睛。

那猫经常在一中操场后面活动,很凶很警惕,许宁夏好心好意给它带罐头吃,它还冲她哈气。

有段时间,小凶猫一直没有出现。

许宁夏以为它是跑到别的地方了,但每天还是会去等一等,直到几天后看见它拖着断腿回来。

小凶猫受伤了也厉害得很,许宁夏根本抓不到它送去医院。

她叫梁嵘帮忙,但梁嵘小时候被狗咬伤过,对这些小猫小狗很害怕。

许宁夏没有办法,只能每天带好多吃的来,让猫补充好营养,剩下的听天由命。

没过两天,这只猫就被江肆救了。

那一幕人猫和谐给许宁夏留下深深的阴影。

跟她那么不对付的猫,躺在地上翻着肚皮,冲江肆扭来扭去,嗓子里还发出"咕噜咕噜"的声音,要多软萌有多软萌。

这猫有没有良心?是谁风里雨里给它送吃的?

这些可都是拿她零花钱买的!

许宁夏气得掉头就走,身后传来那个清冷的声音:"你是来给小白送吃的吗?"

小白?

名字还能再大众点儿吗?

许宁夏转过身,瞪着江肆。

这些日子,他们两个不太愉快。

准确来讲,是许宁夏不愉快。

许青浔非江肆和她坐家里的车一起上学,她坚决不同意。

江肆也算识趣,说骑车骑惯了,不想坐车。

可许青浔还是让江肆坐,江肆不坐,就是许宁夏不容人。

许宁夏还就是不容了,每天上学从来不叫江肆,惹得许青浔这几天见了她就批评个没完。

"我不给它。"许宁夏对着猫冷哼,"给它不如给狗。"

"喵!"小白叫一声,颇有几分狐假虎威。

没想到,还是一只戏精猫。

许宁夏冷笑,目光一扫,发现小白受伤的腿被包扎好了。

"你包的?"

"嗯。"

"会……好吗?"

"会吧。"

什么叫"会吧"?

许宁夏听江肆说话就自动来气,但话到嘴边,还是咽回去,没呛人。

她过去把罐头放下,走了几步,又停下。

江肆问:"怎么了?"

许宁夏:"我靠近它会跑!"

许宁夏不爽至极,觉得好心被当作驴肝肺。

她转身要走,没料到江肆竟然把小白抱了起来。

在他怀里,小白乖极了,会用脑袋蹭蹭他,小爪子也轻轻搭在一边。

江肆抱着小白来到许宁夏身边,对她说:"要摸摸它吗?"

"我……"许宁夏抿抿唇,"它应该不喜欢我摸。"

"试试。"

许宁夏小心翼翼地伸出手,每次快要摸到,又缩回去。那矫情劲儿,她自己都烦。

可江肆也没催她,一直等着。

最后,第 N 次靠近时,小白主动碰了下许宁夏的手……

回忆结束。

许宁夏正好吸上来奶茶里的最后一颗珍珠。

她记得后来小白生了小小白。

江肆负责抓它们去医院驱虫检查,她负责宣传找领养。

它们都被好心人带回了家,也不知道这么多年过去了,它们的后代怎么样了。

许宁夏微微一笑,有点儿想小白。

说来也不知是不是再次见到江肆的缘故,最近这段时间,有关学生时代的记忆,又或者说有关江肆的记忆时不时就会冒出来。

而这些,许宁夏从前根本没在意过。

在她的印象里,江肆的寡言冷淡令她厌烦,他们两个是对立的。

可现在她又觉得好像不是那么回事,是她的一些偏颇掩盖了真实的过去,他们以前也没有那么水火不容。

许宁夏呼口气,李多美从卫生间出来。

"好啦?"许宁夏问,"下一家,我们去……"

李多美表情不太对劲儿,像是惊恐,又像是惶惶然,还有羞耻。

许宁夏从休息长凳上起来,轻声询问:"怎么了?跟我说,没事的。"

李多美眼睛一下子就红了,难以启齿:"阿姐,我、我被、被人摸了。"

那人衣服穿得偏中性,加上个子小,又戴着口罩,单看外形看不出是男的。李多美开始注意到对方总抓头发,但也没多想,现在想想估计那是假发。

卫生间人很多,大家挨着排。

还有一个就轮到李多美的时候,那人从后面扑了下,手扣着李多美的胸部往下移,最后划到臀部收回。

那人说了句"不好意思",李多美当时发蒙,加上前面有人出来,轮到她了,她就糊里糊涂进了卫生间。

等意识到不对,人也跑了。

"长什么样?穿的什么?"许宁夏问,"你说个大概就行。"

李多美擦擦眼泪,小声说:"跟我差不多高,肥牛仔裤、蓝衬衫,是那种波浪长发。"

许宁夏有些印象,她告诉李多美:"不要觉得羞耻、难为情,你什么都没做错,是受害人。做这种事的才是垃圾,是人渣。"

在许宁夏的坚持下,她们围着女士用品区域找人。

终于,在一家女性内衣店门口找到这个人。

"是他?"许宁夏指了下,"确定?"

李多美看见这人,生理反应地恶心,想走,可想到许宁夏刚才说的话,还是点头。

"是他。"

这一确定,许宁夏直接摘下挎包,抢着就朝变态过去了。

她这一下打得相当准,变态的假头套差点被打掉,露出了马脚。

他慌乱戴好,喊道:"你神经病啊!"

"对,我神经病,也好过你这个流氓!"许宁夏又招呼过去,"姑奶奶我专治流氓,今天我就打你打到再也有不了幻想!"

"我听不懂你说什么!大家快帮我报警!"

"报警好啊,给你抓进去!"

李多美没想许宁夏这么勇,在一边看得都呆了。

等回过神来,她怕许宁夏吃亏,连忙上去跟着一起打。

三人一番混战,闹到了派出所。

这是许宁夏生平第一次进派出所。

说不紧张、不害怕,那是假的。

但警察问什么,她还算镇定地回答了,并且说可以让变态去验伤,该赔多少钱她赔。

但变态必须给她妹妹道歉。

警察了解完来龙去脉,也知道是个什么意思了。

但这种事,不好办。

卫生间包括附近,没有摄像头,那就是完全没有证据,全凭当事人主观。

另一方咬死不认,根本治不了罪。

至于假头套,哪条法律也没规定男的不能戴假头套,这是自由。

双方僵持不下。

有位女警让许宁夏先叫家里人过来,一是能商量商量,二是这也是程序,不然她们走不了。

"阿姐,你能叫人来吗?"李多美急道,"我阿哥不在,奶奶她也不方便。"

许宁夏哪里有人?

想来想去,要不就还是让李多南过来,她给出来回的路费。

而不等她说,李多美又灵光一现:"阿姐,我们叫江医生来吧!他肯定会帮我们!"

许宁夏扶额,问警察:"同志,非得叫人来吗?我妹妹才是吃亏的那个。"

"同志,请遵守规章制度。"

都什么年代了,还兴叫家属。

一个小时后,江肆开着白色途观到了派出所。
这个速度比李多美预计的快了将近半小时。她连忙出去迎,满脸歉意,不停地和江肆说:"麻烦了。"
许宁夏站在门口,远远地和江肆对视了下,别过头。
摔碗的事还没过去呢。
她可是把这件事实实在在归咎于江肆的无理取闹,心底相当硬气的。
结果,现在就让他来捞人。
即便"打脸"这事常常是"虽迟但到",但这到得也太快了吧。
许宁夏拒绝道谢,宁死不屈。
江肆先向李多美了解了情况,之后又和警察交涉,来来回回,好几趟。
听到许宁夏她们打人时,他皱了皱眉。
许宁夏以为他要教育自己,已经准备好了战斗力,没想到他问的是:"你们有受伤吗?"
"没有。"李多美说,"就是阿姐抢包抢得手疼。"
江肆看向许宁夏,许宁夏扬扬脸:"我就打他。这种变态猥琐男,来几个我打几个。"
江肆的目光扫过那只小巧的手,没说什么,又去和警察沟通。
有江肆在,许宁夏懒得动脑子,往休息区一坐,刷手机打发时间。
没过多久,警察就说她们可以走了。
至于那个猥琐男,并没有道歉。
这没什么好意外,他如果道歉,就是承认自己猥亵妇女,他又不傻。
只是猥琐男也没追究许宁夏的这顿暴打,算是勉强付出了那么一点点代价。
许宁夏一行人从派出所出来。
江肆去取车,让她和李多美在门口稍等。
而租来的那辆车,李多美和李多南说了,等明天李多南从连韶忙完,会来羡安这边开回去。
"阿姐,坐江医生的车子更安全。"李多美说,"夜里路不好开。"
许宁夏"嗯"了一声:"辛苦你哥哥明天跑一趟。"
她话音刚落,身后传来一声口哨。
李多美一惊,躲到许宁夏身后。
"两位美女,Hello 啊。"猥琐男挥挥手,眼睛黏在许宁夏身上,"要去哪里?羡安我熟哈,要带你们玩玩吗?"
许宁夏冷笑:"那要不要我帮你熟上加熟,全面了解下羡安派出所?"
猥琐男愣了愣,当即笑起来。
"美女,有人说你漂亮的同时,还很辣吗?"猥琐男摸摸皮带,"是我爱的类型!"

许宁夏看到这张猥琐油腻脸就已经够恶心反胃，再听了这话，抢起包又要过去。

她刚抬胳膊，一只温热有力的手握住她的手腕。

"去车上。"江肆说。

许宁夏正在气头上，扭头想说不行，江肆又轻轻拉了她一下，将她带到身后。

"上车。"

他再次说，收回手时，许宁夏感到他指腹上细微的粗糙。

"我来处理。"

许宁夏看着江肆。

他眼里是如常的平静，但语气带着不容拒绝的强势。

想想也是，她这样一位优雅的女士，为一个猥琐男二次动手，有失身份。

许宁夏哼了一声，和李多美去车上。关上车门，李多美问："阿姐，江医生不会打人吧？这还在派出所门口呢。"

"打死那个猥琐男才好呢！"许宁夏咬牙道，"死变态。"

话虽这么说，许宁夏还是考量了李多美的话。

江肆一向稳重，上学那时似乎只打过一次架吧。

她一时想不起来是为了什么，但不管为什么，江肆不是那种冲动的性格，估计多是警告对方。

听许宁夏这么说，李多美松了口气。因为自己的事已经够给大家添麻烦的了，要是再……

等等！

李多美揉揉眼。

刚刚没看错的话，快要进巷子前，江肆一把按住了猥琐男的后颈，硬生生把人压进了巷子里……

猥琐男一开始没怕。

派出所门口，谁敢动手打人？怕警察抓得不够快吗？

但当脖子那里传来强大的压迫感时，他有些慌了。

"兄弟，你想干吗？"猥琐男问，"你身后可就是……啊！"

手上猛烈的疼痛让他膝盖打弯，差点跪下。

他睁开眼，就见身前的男人面无表情地看着自己，眼神就像阴沟里看着老鼠流窜的毒蛇，阴鸷冰冷。

江肆捏着男人的手，一点一点地使力。

他了解人体的每一个弱点，可以轻松令一个人疼到麻痹，却找不出任何伤痕。

"刚才，"江肆淡声道，手上骤然加力，"你说你喜欢什么类型？"

猥琐男求饶："错！错了！大哥，我错了！求你放——啊！"

"叫。"

江肆轻轻眨了下眼，语调平直。

单看这张脸，十足的赏心悦目，淡泊超然。可说出的话却叫人寒到骨子里："惊到了她，手就别要了。"

猥琐男吓得不敢再吭一声，整张脸疼得渐渐扭曲……

许宁夏和梁嵘在微信上说了今天这事。

梁嵘气得够呛，问李家妹妹怎么样了，还安慰她不要因为这种事硌硬自己，都是坏人不对。

看着这话，李多美心里暖暖的。

"阿姐，这位阿姐是不是你的朋友？"李多美问，"前段时间也来九云了。"

许宁夏点头："我俩初中就认识，十五年了。"

"这么久啊？"

"嗯。"许宁夏莞尔一笑，"今天的事她要是在，那猥琐男一定破相。"

"真羡慕你们的友谊。"

许宁夏说："你要是觉得和我们聊得来，我们也可以成为朋友。"

"真的？我也可以？"

"为什么不可以？"

许宁夏建了一个三人小群。

依着梁嵘的"社牛"属性，上来就美美阿妹长、美美阿妹短，弄得李多美有点儿害羞。

她俩聊得投缘，许宁夏就没掺和，一抬眼，见江肆也回来了。

可能因为来得匆忙，他没摘眼镜。

身上的衣服也是白大褂里面的标配，黑西裤、白衬衣。

车灯直直打在他高大的身躯上，把影子拉得很长。他侧头看了眼巷子，随意地，单手系上衬衣领口的倒数第二颗扣子。

就是这个动作，许宁夏心脏"咚"的一声，脸也不受控地有些发热。

见惯了这人高冷禁欲的精英模样，偶尔一个随性动作，竟有了截然不同的感觉。

不羁，野性，带着侵略性。

配上那副眼镜，简直斯文败类。

许宁夏咬咬唇，撇过头，不巧，江肆开门上车。

两人的视线撞到一起。

许宁夏心跳快了两拍，当即移开目光。

"江医生回来了。"李多美放下手机，"那人呢？"

江肆拿出车里的消毒湿巾擦了擦手，之后把副驾驶座上的两瓶新矿泉水送到后座。

先递给李多美，再是许宁夏。

递给许宁夏的时候，他说了一句："没事了。"

回到九云近晚上九点。

李奶奶等在小超市门口，人早已经急得不行。

许宁夏没让李多美再客气什么，赶紧去安抚安抚老人，有什么事等回来再说。

送完了李多美，车里只剩下许宁夏和江肆。

其实回木月庭的路，许宁夏步行反而更快，开车的话，就得绕大路。

但江肆没有放她走的意思，她就没说。

许宁夏不要做先说话的那个。

上次的事，她承认是自己心眼坏先开的玩笑，但江肆更坏，又冲她发脾气，又摔碗。

以前他可不敢这样。

现在长大了，本事大了。那行啊，谁也别理谁。

车里静得落针可闻。

等待最后一个红灯的时候，天空闷出隆隆声。

街上零星两三个行人，听到声响，纷纷加快脚步回家，以免被雨淋。

许宁夏盯着一只无家可归的小狗发呆，忽然听到："之前吃东西了吗？"

她瞥去一眼，透过前视镜，正好看到男人眉眼这一部分。

江肆的眉眼特别好看——除了眼神太冷。

不过因为今天戴了眼镜，有稍稍掩盖住眼神的凌厉，攻击性便没有那么强，看起来也就温和些。

但许宁夏不禁又想起刚才看到的那一幕。

那时，即便他戴着眼镜，给她的感觉也掺了捉摸不透的危险在其中。

而那份危险是什么？她不知道。

不管是什么吧，许宁夏一向心大，危不危险先放到一边，江肆主动说话了，那就是他先低头。既然这样，她倒也能大人不记小人过，回他一句。

"一直在派出所，你说吃没吃？"

江肆抬抬眼镜："饿吗？"

"不饿，早就……"

"咕噜！"

寂静的夜，这一声叫得格外响亮。

饶是许宁夏内心再强大，后半句"早就饿过劲儿了"也说不出口。

这脸真是丢得没法儿再丢了。

许宁夏闭上眼，破罐破摔，爱咋咋地吧。

然而过了几秒，她感觉车子好像停在了路边，睁开眼一看，是停了。

"干什么？"许宁夏问，"车子没油了？"

江肆转过身，说："现在这个时间，餐厅都关门了。"

"所以呢？"

江肆抿抿唇，手指悄然握紧方向盘，说："我可以给你做些吃的。"

许宁夏一愣。

明白过来后，她抓住这个机会呛回去："你还想去摔我的碗啊？"

再说，她一个不开火的人，什么食材都没用。

"轰隆！"

雨开始淅淅沥沥地落下，打在车窗上，很快模糊了外面的景物。

许宁夏其实早饿得胃有些发疼。

她想着回去吃吃饼干好了，将就一下，不料沉默良久的那人又开了口："去我那里。"

江肆睫毛轻颤了颤，清冷的声音里藏着哄的意味："我那里有碗，让你摔回来。"

九点半，许宁夏到了江肆住的地方。

出于安全考量，这并不是一个稳妥的决定。但许宁夏当时想的是，能不吃饼干当然好了，可谁还不爱美食呢？

而且，在她没有察觉到的更深层意识里，她其实很信任江肆的人品，从不认为他会对自己不利。

江肆的住处是医院统一安排的宿舍，类似公寓。

江肆住在顶层，七层。

这里每层九户，呈一个"回"字形分布，中间镂空的部分是一个底层直达天顶的空中花园。

"高医生也住在这里？"许宁夏看看两侧的门牌，"要打招呼吗？"

江肆拧开门锁，说："本来住我隔壁，后来另外租房了。"

"那这里其他人也都是医院的？"

"不是。"

这栋楼条件尚可，一般外地来九云这边办公或者做短期支援的，都会租这里，像是教师、医生、工程师，都有。

江肆侧身让许宁夏进屋。

地上放着一双新的一次性拖鞋，是江肆刚拿的。

许宁夏换好鞋，往里走了些。

江肆跟上，将钥匙放鞋柜上，没有关门。

"开着门做什么？"许宁夏问，"是怕我摔碗还是怕我直接砸了你家？"

江肆垂眸道："下雨湿气重，过过空气。"

行吧，他的房子他说了算。

江肆斟好温水放在茶几上，让许宁夏随意，自己进了厨房。

初到人家家中，许宁夏自是不好过分探视什么。

她站在客厅大致环顾一圈，干净整洁就不必说了，很"江肆"风。

房型应该是一室一厅，带个小阳台，卫生间和卧室都在走廊那边。

总体面积不大，但客厅也不小了，包含书房办公区域。

江肆把沙发茶几这类的家具简约到最小，留出空间放办公桌，左侧一面墙是连通房顶的书架，摆满了书。

许宁夏无所事事，干脆长长见识。

刚要过去，亏得她眼尖，瞥到脚下有团黑黑的、会动的东西，及时撤了脚。

不然非把这东西踩扁了不可。

不过惯性使然,她一下就失了重心,踉跄半步,身体往后仰,眼看手里的水就要洒出去。

这时,又是那只宽大的手握住了她。

与此同时,许宁夏感觉到腰那里绕过一个很轻的支撑,像是碰到了她,又像是只碰到了她的衣服,不管是动作还是力道都极为克制。

要不是闻到了那股清冽的木质香,许宁夏都怀疑江肆是隔空扶了她一把。

江肆接过许宁夏的水杯,放在茶几上,另一只手快速插进了口袋,手指轻轻捏了两下。

"地有些滑,没事吧?"他说。

许宁夏站好了,摇摇头,指着地上的东西,问:"这什么啊?"

"乌龟。"

"乌龟?"

许宁夏弯下腰看看,这个酷似袋装方便面的黑色东西是乌龟?

"刚到九云时捡的。"江肆说,"它当时病了。"

"乌龟还会生病?"

"……会。"

许宁夏想蹲下看,见状,江肆便拿起乌龟放在茶几上。

大概是怕生,乌龟只露出一点脑袋,且还有往回缩的趋势。

许宁夏觉得还挺好玩,坐在沙发上托着下巴打量:"动得真的很慢啊。"

她对某样东西感兴趣时,就像小孩子,眼里全是探索好奇的光,格外纯净。

江肆不禁弯了弯唇,说:"紫菜蛋花汤可以吗?没有番茄了。"

"你也爱喝番茄汤?"许宁夏随口道,"紫菜的也行。它不会咬我吧?"

"不会。"

得到保证,许宁夏轻轻戳了下乌龟壳,心想江肆这人怕不是还有兽医的潜能?

又能救猫,又能救乌龟。

许宁夏笑了笑,又摸摸龟壳。

乌龟定了下,害羞似的,把脑袋全部缩了进去。

食材有限,江肆只做了两菜一汤。

少是少了一些,但两道菜都是许宁夏除辣以外,比较爱吃的——素炒南瓜和青椒火腿炒蛋。

许宁夏坐下,等江肆也过来了,拿起碗筷。

她尝了尝味道,很不错。

"你什么时候学的做饭?"许宁夏问,"念大学时?"

江肆摇头:"再早些。"

许宁夏没往深处想这句话,又说:"比我强。我在法国那些年,每天都想吃中餐,可又懒得学。到现在,我也只会一道番茄炒蛋,还有蘑菇沙拉。"

提到蘑菇,许宁夏卡了下壳。

往事不堪回首。

她瞄了江肆一眼，对方还好，没再说什么苹果和苹果树。

结束这轮对话，两人默默无言地吃着这顿迟来的晚餐。

鉴于上次的教训，许宁夏也不逗了，毕竟又一次吃人家嘴软，还是老实些好。

但江肆有话要说。

"如果以后再遇到类似今天这种情况，可以取证先取证，然后报警。"江肆说，"不要轻易动手。"

许宁夏支持前面，不太认同后面。

当今社会，许多女生就是不敢发声、不敢把事情闹大，才承受了完全不该她们承受的很多东西。

所以，有时候正面刚一下，未必就是鲁莽。

"我不是说你鲁莽，而是……"

江肆皱了皱眉，欲言又止。许宁夏看得着急："什么？觉得我笨？没有女孩子的矜持？还是……"

"不是。"

江肆眉头皱得更深，整个人生人勿近的高冷一下子拔到高不可攀，看得许宁夏有些紧张。

这男人的气场真的好强。

她以前是怎么觉得他很好欺负很好拿捏的？

许宁夏不解，就听江肆下一句说道："你要考虑你自己的安全。"

许宁夏心下微动："你这是关心我？"

江肆握紧筷子，看着桌上的南瓜，回答："我们怎么也算是同学，我有这个责任。"

"哦。"

"希望你能听进去。"

人心浮躁。

在大街上行走的人，看着都是正常的，但谁又知道他做过什么？是什么性格？

像这种猥琐男，本身心理就是病态的，和他正面对抗，也许他会害怕退缩，也许会激发他的兽欲。

真有什么万一，后果不堪设想。

许宁夏是个听劝的。

听江肆这么说，想想也是有些后怕。

但不管怎么样，她还是觉得女性受到了伤害和不公正待遇就要说出来，就要讨回自己应有的权益。

"我做不到忍气吞声。"许宁夏戳着米饭，"不过我以后会注意……"

"以后可以叫我来。"

"叫你？那黄花菜不都凉了？"

江肆盛好汤放到许宁夏手边，说："君子报仇，十年不晚。"
许宁夏一愣，竟从这话里听出几分腹黑的味道。

吃完饭快十点半，雨也停了。
江肆开车送许宁夏回木月庭。
临走前，许宁夏特意看了下，那只乌龟还在茶几上，没有爬过她之前放着的水杯。
——是真慢。
车子停在门口，许宁夏解安全带，江肆也解。
两人一起下车，并肩走在小路上。
今晚无月。
蝉鸣歇一会儿、叫一会儿，乐此不疲。
许宁夏看着路面，觉得她和江肆的走向很是离奇。
先是突然地重逢，本以为不会再见，却因为误食有毒的蘑菇再次遇见。
继而他们吃了饭，但又不欢而散。
然后没过几天再吃饭，又变成现在和谐地走在一起……
也是够曲折的了。
到了住处门口，许宁夏和江肆不约而同地停下脚步。
一时无言。
谁家院里养的狗"汪汪"叫了两声，打破了平衡。
许宁夏张口想说她回去了，江肆先她一步："还生气吗？"
"什么？"许宁夏问，"谁生气？我？"
"嗯。"
许宁夏"哦"了一声："那你那天是为什么生气？"
"我没生气。"
"说谎，明明生气了。"
冷凶冷凶的。
江肆不知道该怎么解释。
他干站在那里，眼眸低垂，几缕黑发挡着眉睫，莫名有种清冷的破碎感。
见他这样，许宁夏也懒得揪着不放。
毕竟如果不是她非要皮一下，人家也不会那样，基本算是误会。
"我给你一个将功补过的机会吧。"
许大小姐心里承认自己有错，嘴上绝不会饶人。
江肆点头："你说。"
"你知道九云哪里有书店吗？"许宁夏问，"要有卖儿童书籍的。"
她打算买一套书送给李多亮，作为生日礼物。
"你知道小亮要过生日？"
"多美今天提了一句。"
江肆明白了，说在古城里就有一家书店，种类齐全，而且都是正版图书。

许宁夏来九云有段时间,就住在古城边,可古城还一次没去过呢。

这下正好。

许宁夏笑了笑:"好,知道了。"

她和江肆告别,找出钥匙过去开门。

推门时,听身后的人又问道:"你想什么时候去?"

许宁夏扭头:"怎么,你也想去?"

江肆低下头:"嗯。"

许宁夏发现他好爱低头。

当然,这属于个人习惯,跟她也没什么关系。

只是他俩的身高差在那儿摆着,江肆只要低头,她就完全看不到他的表情。

"那里的老板和我认识。"江肆低声说道,"我请他帮我买了一本书,正好去……"

"能打折吗?"

"什么?"

"你和老板既然认识,我去买书能打折吗?"

"应该……能。"

"那一起去吧。"

虽说许大小姐不差钱,但梁嵘经常教育她能省则省,钱再多也不是大风刮来的啊。

有真人VIP卡为什么不用?

许宁夏掏出手机看日历,问:"你是周六日休息?"

"不是。"江肆说,"医院轮休,我这周休周五。"

许宁夏最近在听一个西方美术史的公开课,要是周五的话,全天都可以,不冲突。

"那就周五,临近再约几点。"

"好。"

许宁夏顺带看眼时间,都快十一点了。

"回去吧。"她说,想想又补了一句,"今晚的饭菜很好吃。"

说这话时,女人稍扬起了一点头。

院门上的小暖灯落下圆弧的光晕,洒在她脸上,双眸明亮如宝石,美得有些不真切。

江肆稍向后退了半步,声音略带沙哑:"晚安。"

她回他:"晚安。"

许宁夏依旧没事不出屋,不是画设计稿,就是听课或者刷剧。

李多美在群里向她道谢,说李奶奶和李多南也特别谢谢她,想请她吃顿便饭。

许宁夏叫他们别客气。

这两天她发现木月庭后面的小湖在日落时很美,就跑去那里写生,暂时不太空闲。

嵘 easy:北城没有湖吗?你该去山里写生。

夏天不宁静:那你来带路吧。

嵘 easy:现在还轮得上我吗?[斜眼笑.jpg]

以许宁夏对梁嵘的了解,这句话99.99%意有所指。

她选择装糊涂,转而和李多美说:多美,等我画完,过两天去超市找你。

A家乐超市:好的,夏夏姐。

发送完消息,许宁夏继续画。

画到肩膀有些酸,她活动了两下,就见不远处一个孕妇摇摇晃晃,像要晕倒。

许宁夏放下画笔去扶人。

孕妇本来是要倒的,突然借到了力,血液一冲,人清醒不少。

许宁夏将人扶到一边的大石头坐下。

孕妇抚着心口轻声道谢,许宁夏又从自己包里拿了一瓶没开过的水递过去。

"谢谢阿妹,谢谢。"孕妇喝了水,好受很多。

许宁夏:"快给你家里人打个电话吧。"

孕妇摆了摆手,没来得及说话,两个看起来五六岁大的女孩跑了过来。

是孕妇的女儿。

小孩穿得破旧,衣服皱巴巴的,还有污渍。

塑料凉鞋一个穿着太大,一个穿着太小,一看就是小的那个穿大的替换下来的,而大的呢,尽量买大些,好多穿一段时间。

"妈妈,你没事吧?"女孩问,"爸爸找你呢。"

闻言,孕妇在女儿的帮助下站起来,急着回家。

见许宁夏还站在那里,她看看手上的水,无措地张着嘴。

"你拿走喝,没关系。"许宁夏说,"路上慢些。"

望着母女三人远去的背影,许宁夏不由得想:生活本就不富裕,为什么还要再生?

她心头泛起酸涩,而这酸涩中又带着几分积年的怨怼。

许宁夏没心情再画,收拾东西返回。

路上,梁嵘打来电话。

"还忘情创作呢?"

"没。"许宁夏又回头看了一眼,"回去了。"

"怎么语气听着不太高兴?"

许宁夏叹了口气,说:"没有,总有蚊子咬我。你打电话干吗?"

"关心你。"

"那谢谢你。"

"哎呀,咱俩谁跟谁嘛。"梁嵘奸笑,"我听说,你最近和江肆相处得不错？"

许宁夏就知道，反问道："这不是听你的话吗？你走了，我得找人罩着我啊。"

"那我可没让你大晚上去人家家里吃饭，孤男寡女的。"

"不孤寡，有乌龟。"

"什么？"

许宁夏调整下背包的肩带："你就别构思小作文了，好吧？我们是正经人，全程开着门。"

"开着门？"

"对。"

许宁夏简单说了下上次摔碗的事。

她觉得江肆开门就是因为怕她闹起脾气来，用这种方式提醒她收敛些。

可梁嵘说："我怎么觉得他这么做是想叫你安心些呢？"

"安心？"

"你想，大晚上你去他家里，男女力量悬殊，万一真有个什么事，开着门你也好跑啊。"梁嵘说，"难道你看他开着门，没觉得有安全感？"

许宁夏的安全意识还真没这么强。

她先是惦记吃，再来就是逗乌龟玩，江肆对她来说就是个艺术冰雕。

"我觉得吧，江肆这人心很细。"梁嵘又说，"从我回清城他给高医生发的注意事项就能看出来。"

哪里走高速会快，哪里走小路反而节省时间，安排得明明白白。

要不是有江肆远程指挥，她未必能那么顺利赶到机场。

"可能吧。"许宁夏不甚在意，"学霸嘛。"

梁嵘不是这个意思，忽而听到楼下有车子响，被打了岔："梁峥那臭小子回来了，烦死了。"

"梁峥回来了？"许宁夏笑道，"恭喜。"

梁峥、梁嵘，听名字或许会猜两人是兄妹。

但事实是，梁峥比梁嵘小两岁，当年也读一中，是许宁夏和梁嵘的小跟班。不过，现在人长大了，就变成了难以使唤的少爷。

许宁夏问："他不是去分公司历练了吗？怎么回来了？"

"看看爷爷。"梁嵘说，"哎，昨天吃完饭我和他闲扯了会儿，不知道提到什么，他居然也记得江肆。别的不说，这小子脑瓜是挺好使。"

"那是，你的脑子也都长在他身上了。"

"你哪边的？"

"我当然是……"

手机里传来"叮咚"一声，进来一条短信。

梁嵘那耳朵跟雷达似的："谁？"

"你八不八卦？"

"我是关心你。"梁嵘苦口婆心，"你也快二十七岁了，老大不小的。"

"我就是九十七岁也不劳您费心——我,单身主义。"
挂了电话,许宁夏看到江肆的短信,问她明天几点见面。
许宁夏心说这年头谁还发短信?
就想到两人压根没加微信,电话号码还是上次在派出所匆匆交换的。
她让江肆加她,之后在微信上定了明天十点见面。
江肆回得很快,一口答应。
结束对话,许宁夏顺手又点进江肆的朋友圈。
内容寥寥,且枯燥无味,基本是医学论文,要不就是医院公众号的文章。
只有一条,是一张照片。
拍的是他办公桌上的山茶花,去年十二月发的。
许宁夏退出来,想着梁嵘刚才的各种暗示,心觉好笑。
别说她已经决定这辈子不谈恋爱,就算谈,也绝不可能是和江肆。

周五。
多云,微风。
许宁夏算着时间,想先去买一杯鲜榨芒果汁,便提前出了门。
可没想到,江肆已经等在门外。
"你怎么到这么早?"许宁夏问,"离约好的时间还有十五分钟呢。"
看到她,江肆似乎也有些惊讶,顿了片刻,说:"记错时间了。"
许宁夏没再问,和他说自己要喝果汁,他就陪着一起过去。
卖果汁的小姐姐旁边还有个卖九云米糕的摊位,许宁夏没吃过,想尝尝。
江肆先一步付了款。
许宁夏也没有拒绝,几块钱而已,要是还来回推搡就没意思了。
许宁夏就着芒果的甘甜尝了口米糕,味道还行。
江肆说:"有个阿婆做这个很好,在汐和古城附近。"
"是我们上次吃饭的那个古城吗?"
"不是,上次是砚茗古城。"
"哦。"
米糕很小,用不了多久就吃完了。
许宁夏举着果汁杯,在江肆的领路下,往古城方向走。
刚刚的多云此刻逐渐转晴,天空湛蓝,阳光炽热。
许宁夏走到垃圾桶那边扔掉杯子,转回身,见江肆看着自己。
"有事吗?"
江肆收回目光,看向古城入口处摆着的手鼓,说:"如果你喜欢米糕,我们下次可以去汐和古城。"
就这?
许宁夏还以为他要说古城今天不营业之类的话呢。
她走到江肆身边,见他约个米糕也一本正经的样子,忍笑说:"行啊,下次去尝尝。"

九云古城算是九云这些古城中最热闹繁华的。

但商业化依旧很低,大多数商户也都是居民,实行前店后家模式,卖的东西很糙,基本是自家手工制作。

不过也正因如此,这里保存着比较完整的古建筑。

不管是木雕房柱,还是墙上褪了色的九云神话彩绘,都有着岁月的独特韵味。

许宁夏拿着手机拍照。

江肆跟在她身边,见她哪里多看几眼,就会适当做些讲解。

江肆说,十月的采福节是九云最重要的节日之一。

到那天,九云会举办热闹的庆祝活动,古城房檐上会挂满九云纸灯,非常好看。

许宁夏被说得心动,想着留到十月也不错,还可以让梁嵘过来玩。

两人一路走走停停,终于到了书店。

这家书店的外观看起来和古城里其他房舍差不多,但进去了,却是别有乾坤。

满满一屋子的书,配上充满民族风情的画作或工艺摆件,让人颇有误入另一个神奇世界的感觉。

"哎呀,你来了。"

看到江肆,老板从柜台后面起身。

他穿着现代的背带短裤,头上戴着九云毡帽,混搭得别具一格。

"欢迎啊。"老板笑着说,又看向许宁夏,"还给我带了这么美丽的客人来,谢谢你们的光顾。"

九云人十分好客。

老板打完招呼就去茶桌那里沏茶,让他们随便浏览参观,看累了或者想歇歇,就过来喝茶吃点心。

许宁夏道谢,去一旁的儿童图书区先看看。

江肆过去和老板说话。

老板压低声音问:"女朋友?"

"不是。"江肆立刻否认,"普通朋友。"

老板笑了笑:"对了,你上次和我说的那本书还没有来。我记得我前几天给你发过消息,叫你等下个月的。"

"我看看别的。"

老板别有深意地看了江肆一眼:"哦,是吗?"

和老板聊完,江肆去找许宁夏。

许宁夏已经选了几本适合孩子读的书,说:"我差不多选好了,你呢?要看什么书?"

江肆抿抿唇:"在二楼。"

"那一起去看看吧。"

许宁夏说罢,就往楼梯那边走了。

刚才老板说的话，她零星听到些，不得不怀疑江肆来这一趟是特意陪她。

可是，为什么？

她不认为他们的关系要好到这个地步。

许宁夏疑惑。

她不是个很能藏话的人，想当面问问。

只是刚到二楼，江肆便熟练地走到一个书架旁，拿起放在高处的一本书。

还真是为了买书？

许宁夏过去，扫了一眼封皮，问："新出版的？"

"不是。"江肆解释，"之前卖的是中译版，这本是原版。"

许宁夏又看了看，是一本德文书，带着包装，崭新的，看起来确实是刚放上去不久。

好吧，是她自作多情了。

许宁夏指了指前面："我去看看。"

江肆"嗯"了一声，在她看不见的时候，偷偷松了口气。

作为资深学渣，许宁夏对看书这项活动着实提不起什么兴趣来。

这种纸质一页一页的，她也就能看进去漫画，恰好这家书店有漫画区，存货还不少。

许宁夏看了看，在看到某个书名的时候，直接爆了一句："我去。"

这里居然有初版《心跳就在此刻》！

她少女时代绝对的心头好、枕边书、生活之友！

许宁夏激动又小心地拿下一本，江肆这时候也过来了，在看到书后，愣了下。

许宁夏以为学霸这是在嫌弃她的品位，忽然想起什么，自己先笑了。

这一笑，还停不下来了。

江肆看着许宁夏。她捂着嘴，整张脸上就数眼睛伶俐，弯弯的，小狐狸似的。

"怎么了？"江肆问，"什么这么好笑？"

许宁夏把手里的漫画给他，说："你说为什么？你不会忘了你的光荣历史了吧？"

江肆蓦地捏紧书角："你还记得？"

"我干的事我能不记得吗？"

"很多。"

"什么很多？"

江肆摇头："要买吗？"

看着男人真诚的模样，许宁夏忍不住又笑起来。

应该是高一下学期吧。

有一次，许宁夏把江肆书包里的书换成了整套《心跳就在此刻》，害得他不仅没作业可交，还被大家打趣一个男生喜欢看少女漫画。

那段时间，无数在意江肆的女同学心碎了一地。

她们实在无法接受自己崇拜的男神和自己爱看同一种书，明明他该爱看《时间简史》才对嘛。

甚至班主任还找江肆谈了话，拐弯抹角地教育说学生的主业是学习，课外书可以看，但也要注意选择。

江肆无从解释。

每天顶着一张高冷的脸，被同学们议论私下看最粉红的书。

"要说这件事你也怨不了我。"许宁夏笑道，"是你怎么都不肯借我作业抄。你以前都借的，就那次不肯。"

江肆垂眸，嘴角轻轻牵动下："那次你气坏了。"

"我能不气吗？"许宁夏哼了一声，"我被老师吼去外面罚站呢。"

不过那次之后，江肆就又借了。

只不过和以前一样，借之前总说他可以先给她讲一遍。

想起自己以前干的缺德事，许宁夏有点儿理解为什么梁嵘总向着江肆了。

她以前貌似对他是不咋的。

但那也都是过去式了，谁学生时代还没个小猖狂了。

许宁夏看上面还有不少过去漫画的初版，来都来了，那就再淘淘，说不定能有意外收获。

江肆把那本《心跳就在此刻》放回原处，没注意到许宁夏踮起脚够最高位置的书。

许宁夏知道自己不怎么高，但也不想拿个书还这么费劲儿。

她越够不着越想够，快成芭蕾了，可算摸到书的角。

许宁夏往外抽出书，没感知到书上面还放了什么东西，等发现时，东西已经朝着她的脸砸过来。

她下意识躲避，人先被一个温暖的怀抱护住。

许宁夏第三次闻到木质香。

这次，还沾着书店里四溢的香茶，以及男人身上干爽微热的阳光味道，它们融合交织，仿佛有镇定人心的作用。

江肆以一个"弓"的姿态从身后完全包裹住许宁夏，什么都替她挡住了，但还是不放心："伤到没？"

男人声音近在咫尺。

许宁夏抬起头回眸，江肆也低着头在看她，略带焦急的眼中映着她的模样。

那一瞬间，他们的呼吸不由自主地交缠到了一起。

许宁夏感受到自己此刻的心跳。

混乱又强烈。

"刚出炉的鲜花饼，你们……哎哟！"

老板原想上来邀请客人吃点心，看到眼前这对年轻男女正在拥抱，立刻缩了回去。

听到声音的许宁夏也如梦初醒。

江肆同样，他先一步做出反应，利落地收回手臂，人站出半米远，拉开了他们之间的距离。

许宁夏整理了下衣服，眼睛不知道该放在哪里，就看着地，看到了那个罪魁祸首。

是个装着标签的纸盒。

估计是最上面书架留着的高度富余，老板就随手塞到了那里。

周遭静得出奇。

只有老板下楼踩在楼梯上的"嘎吱"声，一下接着一下。

"有没有伤到？"

许久，江肆又问了一遍。

许宁夏这才看向他，他站在那里，左侧脸颊沾着被纸盒划过的黑灰。

幸亏纸盒不算锋利，不然非得破相不可。

许宁夏从包里拿出纸巾，递过去，说："我没事，你擦擦。"

江肆目光闪躲，接过纸巾："我去趟卫生间。"

人一走，许宁夏绷着的若无其事也垮掉了。

她盯着书架上的《心跳就在此刻》，似乎还能闻到男人身上的味道，以及他气息里带出的淡淡薄荷清凉。

还记得上次在他家，他扶她的那一下，力道轻得像是没有碰到她。

而这次，她切实体会到他的力量，搂紧她的那一瞬间，她感觉自己快要被揉进他的身体里。

许宁夏长吁一声，摸摸心口，决定去楼下吃一块鲜花饼压压惊。

老板正在擦茶杯，见许宁夏下来，一脸"抱歉打扰你们了"的干笑。

许宁夏故作坦然，语调轻松："有新鲜的鲜花饼？"

"是，是啊。"老板做了个"请坐"的手势，"客人快来尝尝。"

许宁夏落座木凳上，尽可能避免与老板的视线对接，小口小口地咬着鲜花饼。

直到二楼有响动传来，老板借着倒茶，和许宁夏小声说了一句："江医生很不错的。"

许宁夏一顿："您误会了，刚才……"

江肆下来。

他坐在许宁夏的对角位置，刘海处挂着细小的水珠，沿着他的鬓角流下，一笔带过的还有余红的耳根。

老板送茶给他，江肆说道："您书架上放着东西，刚才拿书时没看见，差点被砸到。以后还是注意些为好。"

听到这话，老板连连道歉，说漫画区因为很少有人会去，他就疏忽了，实在不好意思。

"没关系。"许宁夏抿口茶，"也是我个子不高。"

说着，她看了一眼个头高的那位。

只见他神色平淡，也算是从刚才的事情里缓过来了吧。

许宁夏暗自舒了口气。

都是成年人，不至于为一点接触就兵荒马乱，当没发生过就好。

因为江肆是VIP，许宁夏以优惠的价格买了两套儿童图书。

他们从书店出来，古城里的人比之前更少了。

这个时间都去吃饭了。

许宁夏看看帮自己拿书的江肆，开口："我请你吃饭吧，你想吃什么？"

"你想吃什么？"江肆又问她。

许宁夏想了想，想吃辣。

"这边辣菜不多，但有一家口味还不错，要去吗？"

"好啊。"

两人先回木月庭把书放下。

江肆说那家店离得不远，走路大概要二十分钟，问许宁夏是想步行还是坐车。

许宁夏想着吃完回来要是能散散步，也算消食了，选择步行过去。

江肆带许宁夏抄近路，来到木月庭后身的小湖边。

走到一半，许宁夏听到什么声音，像是小孩在啜泣。

"你听到了吗？"她问江肆。

江肆辨别了下，指着右侧的一片平房："那里传出来的。"

哭声又停止下来。

家里有小孩子哭也是寻常事，许宁夏和江肆没再说什么，继续走。

没走两步，哭声变成求救声。

大约是从医的本能，江肆几乎在听到呼救声音落下时，就往那片平房跑去。许宁夏也过去看看，然后在平房里的一处窄巷，看到晕倒在地的孕妇，以及她身边哭着喊妈妈的女儿。

"是她？"许宁夏惊讶。

江肆跪在地上俯身听孕妇的心跳和呼吸，随即掐了孕妇的人中试图唤醒。

发现不起作用，他轻轻抬起孕妇的双腿，让许宁夏打120。

许宁夏已经在打了，就是不知道通了之后怎么和对方描述位置。

"给我。"江肆伸手，"你安抚下孩子。"

听见江肆镇定的声音，许宁夏也没那么紧张了，把手机给他，过去照顾小女孩。

大约十五分钟，救护车将孕妇抬上去。

江肆领着女孩一起上车，见许宁夏还站在那里，要说什么，许宁夏先他一步："你忙吧，我回去了。"

"你认识这个人？"

"不认识，昨天在这附近遇到过。"

江肆看着她，想说的话最终还是没能说出口，上车离开。

第三章
紧急联系人

想吃的辣菜泡了汤,许宁夏老规矩让小餐馆送餐来。
对付完午餐,许宁夏坐在院子里的秋千上,想做什么又提不起劲儿。
孕妇倒在地上的画面总是浮现在她脑海里,每每想起,心口便又闷又绞。
实在静不下心,许宁夏就画画。
她借用院里的晾衣竿,用夹子固定上一张手里最大的画纸,接着在地上铺上一块决定不要了的布单。
在画纸上随便起草了一幅景物速写,许宁夏就着各种颜料胡乱往画上面丢色彩,丢到不想丢了为止,最后看看出来的画会是什么样子。
这个方法是她小时候学的,她妈妈教她的,很解压。
这样弄了一下午。
快到傍晚,许宁夏舒服些,洗了个澡换上衣服,去了李家小超市。
这次李奶奶和李多亮也在。李奶奶见了许宁夏,直为李多美的事情道谢。
许宁夏叫李奶奶不用客气,这都是她应该做的。
"这可不是应该的。"李奶奶笑了笑,"你很勇敢,阿美要向你学习。"
李多美点头:"夏夏姐是我的榜样。"
这次的事对李多美的触动很大。
她性格怯懦,自己要是吃了亏,能忍则忍,即便难过伤心也不会言语。
但经历过这次,许宁夏让她明白了,女孩该活得大胆些,起码受了欺负不能退缩。
"阿姐,来家里吃饭吧。"这是九云人表示感谢最直接的方式,"再有一周就是阿亮生日,你来吃蛋糕。"
"对啊!"李多亮兴奋道,"阿姐,来吧!奶奶会做好多好吃的,我阿哥手艺也好。"
虽说买了礼物,可许宁夏还真没想过要吃人家一顿饭。
但大家这么热情,她也不是个扭捏的人,接受了邀请。
李奶奶让李多美去切西瓜,大家在超市门口边吃边聊。
过了一会儿,高焰来了。
看见许宁夏,高焰还有点儿不好意思。

想他社交小蛟龙，上次却搞了一个那么大的尴尬，实在是没脸。

这段时间，他连在江肆面前蹦跶都不敢。

许宁夏早忘了那事，不仅忘了，上次高焰大老远送梁嵘去机场，她还没道谢。

"许小姐你客气了，我……我还欠你一句对不起呢。"

许宁夏笑了笑，借花献佛递去一块西瓜，说："高医生再内疚，就该我不好意思了。"

高焰没想到许宁夏这么大气。

她看起来那么美，给人的感觉就是一朵带刺的玫瑰，并不好惹。

可现在看来，人还是比较平和的。

"高医生要买什么？"李多美问，"江医生没和你一起？"

高焰先问候李奶奶，然后说："江肆中午救了一位孕妇，然后就在医院一直忙。只可惜啊。"

许宁夏心头一紧："怎么了？"

高焰摇摇头，神情略带悲伤："大出血，没救回来。"

"哎，夏夏姐，你没事吧？"

许宁夏在李多美的搀扶下坐下，低声道："没事，踩了个石子，脚滑。"

"怎么会这样啊？"李奶奶问，"是金家媳妇？"

高焰想了想，孕妇的丈夫确实姓金，问："奶奶您知道？"

老人一声长叹："都是生儿子惹的祸啊。"

回到木月庭，许宁夏人有些恍惚。

她瘫坐在沙发上，脑海里又开始浮现那孕妇的模样，越想她的头越疼。

这样的疼让她再也无法不去想妈妈的离开。

许宁夏的妈妈，一名杰出女画家。

因难产大出血，生命永远停在了三十五岁那年。

许宁夏到现在都还记得，医生出来宣布死亡的时候，许青浔震惊悲恸的同时，问了一句："那孩子呢？是男是女？"

当医生说是个男孩时，许青浔的眼泪夺眶而出。

不知道是因为自己失去了妻子和孩子，还是因为失去了一个儿子……

许宁夏擦掉眼泪，厌恶自己又想起许青浔。

她不想这样待着，拿上包，打算看看附近有什么能打发时间的地方。

推开门，遇上正要敲门的江肆。

许宁夏一愣："你怎么来了？"

看到她微微泛红的眼睛，江肆眉心轻蹙："出什么事了？"

江肆眼中透出的担忧让许宁夏心软了下。

"没事。"她说，"饿了，出去找吃的。"

江肆问："还要吃那家辣菜吗？"

许宁夏其实并没什么胃口，不过找个借口罢了。

但江肆在，她忽然有点儿想喝上次的桂花红茶糯米粥，甜甜的，或许心里就不苦了。

江肆看看时间，说："我现在回宿舍取食材，你等一下？"

"那我去你家吧，别折腾了。"许宁夏语气自然。

但江肆却没言语。

许宁夏以为他是不方便，不喝也无所谓。

锁上门，她还照原计划四处看看就是，可走出去几步，江肆一直跟着。

见他又是欲言又止，许宁夏没心情猜，直说："想说什么就说。"

江肆抿抿唇："我以为你不会再去我那里。"

上次的邀请，江肆想起来总是颇为懊悔。

那个时间了，唐突地让她去他那里吃饭，不仅是思虑不周，也是一种不尊重。

许宁夏问："为什么不会再去？"

"对你不合适。"江肆说。

听到这句话，许宁夏才确定梁嵘的思路是对的——敞门是为让她安心。

可话又说回来，孤男寡女共处一室不合适的前提是至少得有一方抱有什么想法吧。

而她和江肆……

想到这儿，许宁夏轻笑，模样嫣然如花。

她看着江肆，背着手走到他面前，弯下腰去看他的表情，眼带狡黠地问："你想这么多，该不会是对我别有用心吧？"

风声幽微，远处落日晚霞烧红半边天。

江肆呼吸迟钝，觉得自己快要溺死在这双琥珀色眼睛里。

他极力挣扎，好不容易避开，视线又落到那娇软粉莹的唇上，再度陷入旋涡。

江肆张张口，说不出一个字。

许宁夏还没见过江肆这副样子，像是从冰雕变成木雕。

她想起小时候看的《动物世界》，有时候狮子打盹醒了，就是这样，看起来依旧是威严高冷的，实际上带着丝丝茫然。

不过，即便是刚醒来的狮子，在察觉到猎物或者危险靠近时，还是会极为迅速地做出撕杀，毫不拖泥带水。

所以，许宁夏见好就收。

"跟你开个玩笑。"她站好，"你不会又和我生气吧？"

闻言，江肆慢慢垂下眼眸，轻轻地摇了下头。

怕他小心眼，许宁夏又说："我和你虽然上学时关系不太好，但好歹也一起生活了三年，你是什么人，我心里有数的。"

就江肆这种超级冷淡的人，别说敞着门确保什么安全感，就是关上门，他也只会一板一眼。

——女人，只会影响江医生下手术刀的速度。

江肆看许宁夏眼角眉梢染着的娇俏，便知道刚才不过又是她的恶作剧。

他该庆幸。

只是被她席卷过后的身心除了疲惫,更多的是荒芜之下难以遏制的野草疯长。

格外难熬。

许宁夏解释完了就不会还想那么多,掏出手机看看时间,问:"你开车来了没?"

江肆点头:"开了。"

"能不能带我兜兜风?"许宁夏说,"就在附近转转。"

"你……不喝粥了?"

"又不想喝了。"

江肆都可以,那就把喝粥换成兜风。

两人准备走,许宁夏又问江肆怎么过来了?

"找我有事?"

"书。"

许宁夏恍然,这就去拿。

见江肆杵在门口,她说:"进来啊,我这里是盘丝洞吗?"

江肆叹了口气。

许宁夏去屋里拿书,用不了多少时间,江肆就在院里等。

挂在晾衣竿上的画还没撤下来,他站在画前观看。

许宁夏出来,见江肆看得认真,打趣:"怎么,被我高超的技术惊呆了?"

江肆又再看了看,说道:"这幅画色彩强烈,但留白恰到好处,画面很灵动。"

这个点评有点儿出乎许宁夏的意料。

因为她在看完这幅画之后的感觉也是这样,江肆一个学医的还懂赏画?

许宁夏感叹学霸的全面发展,把书递了过去。

江肆道谢,拿好书,问了句:"你明天还有时间吗?"

"有啊,我现在有大把的时间。"

江肆顿了几秒:"我想请你和我去个地方,帮个忙。"

学霸还有用得着她的地方?

许宁夏倒不吝惜做些什么:"你明天不上班?"

江肆又不言语。

行吧,难得他主动开了回口。

"去哪儿?"许宁夏问,"几点?"

"早上八点我来接你,什么地方……到了你就知道。"

江医生都会卖关子啦,更得去了。

最终,许宁夏和江肆盲进了一家餐厅。

运气不怎么样,味道很一般,还不如许宁夏的西红柿炒蛋。

饭后,江肆送完许宁夏,自己也回宿舍。

途中,高焰来了通电话说要见面,他又改方向去了高焰那里。

· 065 ·

高焰住的地方离医院很近。

他提早等在路边,见车子来了招招手,等车停稳要上去,发现车锁没解。车窗落下,露出江肆冷峻锋利的侧脸。

"你这什么意思?"高焰说,"这车有我的一半呢。"

江肆不理会,直接问:"什么事?"

到了正事上,高焰不管三七二十一,先把一大袋子粽子通过车窗塞进了副驾驶座上。

这端午节都过去一个多月了,可他家太后迷上了自己包粽子,真空寄来了一箱!

他就是吃到明年端午也吃不完啊。

"兄弟,帮着分担些。"高焰抱拳,"要不……哎?"

作为型男一枚,对香水敏感是必需技能之一。

虽然味道已经淡了,但就是这种散了之后还似有如无的留香才高级。

高焰心知肚明,挑挑眉:"你去见许小姐了。"

窗户慢慢升上,江肆淡淡地道:"回去了。"

"等等!"高焰一把趴在窗沿上压住,"一说就走,还是不是朋友?我可是有事就和你汇报,下午见完许小姐第一时间告诉你的。"

江肆睇去一眼:"你是话多。"

"是又怎样?不行?"高焰耸耸肩,"我问你啊,那个孕妇是和许小姐有什么渊源吗?她一听孕妇出事了,脸色就变了。还有你,一听我和她说了孕妇的事就去找她。"

江肆不答,想起之前看到她发红的眼睛,心口憋堵。

他作势要把粽子扔出去,高焰见风使舵一级快,立刻不八卦了,忙说:"错了!我求你帮我吃点儿!"

江肆拿回袋子,放下一句明天要他和自己倒班,开车离开。

天又要下雨。

九云的雨素来不大,但会连绵一整个夏天。

江肆等红灯时,看见一对母女走在人行道上。

妈妈背着女儿,女儿开心地扭扭身体,抱紧妈妈的脖子,回家。

这一幕看得江肆出神,他想起刚搬进许家时的一次经历。

那次,丁静云为让他和许宁夏搞好关系,亲手做了点心,让他送到许宁夏房间。

江肆轻敲房门,没人回应,便往里走了两步。

许宁夏的房间是个套间,很大。

江肆只是站在小过道上,根本看不到许宁夏卧室的全貌,但可以看到挂在墙上的一幅肖像画。

画中,女孩还是个宝宝,穿着粉色的小公主裙,头上戴着柔软的蝴蝶结,笑起来像个小太阳。

江肆被这笑容感染,也浅笑了下。

不自觉想靠近再看看时，身后传来许宁夏的尖叫，把他轰了出去。

后来，江肆听杨阿姨说，那幅画是许宁夏的妈妈在她一岁时为她画的。

画上有一行小字，写着：你是开在我心上的向日葵，从此我的心向阳而生。

这也是许宁夏小名的由来——心心。

身后传来鸣笛声。

江肆回忆中断，再望去，那对母女已经快走到路的尽头。

他踩下油门，不由得握紧了方向盘。

他知道她有多么爱她的妈妈。

也知道妈妈的离开对她是多么大的打击。

尤其是被她认为是杀人凶手的人，是她的爸爸。

许宁夏是有起床气的。

但如果有事，也能克服一下，不至于为了睡觉不管不顾。

可她昨天没睡好，一直处于浅睡眠就不说了，还一会儿一醒，整整一夜比没睡还要累。

许宁夏无精打采地化了一个跟没化一样的妆。

嘴巴丝毫不想动，早餐也懒得吃，收拾好就坐在沙发上放空，时间一到便出了门。

见到江肆，许宁夏心说他最好是有什么天大的事要她出手，不然她发起脾气来连自己都害怕。

"走吧。"许宁夏打个哈欠，"路远不远？"

话落，江肆给她一个小纸袋，内里热乎乎的食物让袋子上挂了一层水珠。

"这是什么？"许宁夏闻闻，"甜的。"

江肆打开车门，说："红糖粑粑。"

"粑粑"这样的叠词从江肆嘴里说出来，有种冷萌的可爱。

许宁夏心情好了些，上车。

这辆途观被江肆和高焰保持得不错，车内洁净。

但毕竟是租的车子，几经人手，一定的消耗磨损在所难免。

就比如这个安全带，很难拉。

许宁夏让江肆帮忙拿着红糖粑粑，两只手去拽安全带。

拽了半天，还是卡得很死，只出来一些。

江肆想搭把手，正要说话，许宁夏一个用力，安全带"唰"地出来，她人差点弹出去。

好在江肆眼疾手快地扶了下她的肩膀。

系上安全带，许宁夏就像打完了一场硬仗。

"你得和租车店老板提这个事。"许宁夏压着火气说，"坐个车又不是挑战极限！"

"好。"

江肆见她额头出了汗，想抽张纸给她，发现车里的用完了，就说去后备厢拿一下。

抬手按后备厢开关时,江肆闻到手上沾着的香气。

和那天在书店闻到的一样。

是淡淡的山茶花香气,温柔里带着一丝清雅,还有些甜。

江肆脑海里顿时浮现出之前抱着她的画面……

一时间,定在了原地。

许宁夏等着擦手吃东西,一直等不来人。

她扭头看看,就见男人在那儿表演老僧入定,催促:"想什么呢?快回来啊。"

她怪起人时,神态带着几分憨憨的娇嗔。

江肆回过神,喉结微滚,沉沉气,拿起抽纸回去。

有的吃,确实能抚慰因为起床带来的烦躁。

袋子里有三块粑粑,都进了许宁夏肚子里。她吃完之后觉得嘴里有些干,江肆告诉她车门储物篮有豆浆。

许宁夏舒坦地吸着豆浆,问:"这个点心是在哪儿买的?"

"宿舍门口。"江肆说,"味道还可以吗?"

"太可以了!外酥里糯的,和我以前吃过的那种不一样。"

江肆想说这也算是九云的一种特色,侧头见许宁夏嘴角粘着一颗黑芝麻,提醒她擦擦。

闻言,许宁夏拉下副驾驶座上的挡板照镜子,一堆纸片稀里哗啦掉下来。

上面写了不少诗句。

"高焰的。"江肆说,"他以前想做个诗人。"

许宁夏惊讶,这难道就是高焰话密的原因?

她捡起纸片,别说,有几句写得还挺有意境。

"既然想当诗人,怎么又去读医?"许宁夏问,"这两个职业相差太远了吧。"

"家里要求。"

许宁夏将纸片妥善放好,有个猜测:"那是不是高医生不满家里的安排,所以就来九云这边规培?"

这下轮到江肆惊讶。

因为这个说法就是高焰来九云的原因。

许宁夏了然:"我就说嘛。高医生看起来家里条件不错,怎么会跑到九云这边来吃苦?肯定是为了逃避家里人吧。"

江肆:"是这样。"

"那你呢?"

许宁夏问得很快,足够打得人措手不及。

"你为什么来九云?"

坦白地讲,在九云重逢江肆时,许宁夏有过一个很无厘头的想法。

那就是江肆来这里和她有关。

九云这个地方太少有人知道，可她的外婆是地地道道的九云人。
她小时候从妈妈那里耳濡目染听来外婆的许多事，才总想着有朝一日来这里看看。
而江肆，一个在国内顶尖医学院念书的博士，放着好好的三甲医院不待，偏偏来了这里……为什么？
江肆没想到许宁夏会忽然把话锋转向自己。
他稍稍踩了点刹车，目视前方，淡定如常地说："来这边规培有支援性质在，对我的职业规划有利。"
这个答案，是许宁夏怎么都没想到的。
但再想想，又觉得十分合理。
每个人都有对事业的规划和追求，江肆能力出众，即便他自己不思考未来的路，他的导师也会帮忙谋划，为他指定一条康庄大道。
想到自己之前的胡思乱想，许宁夏笑了笑："那看你这趋势，是不是四十岁就能成专家号了？"
见她信了自己的说辞，江肆松了口气，咽下喉间涌起的苦涩。

车子开出九云的中心城。
沿着一段没修完的土路开了大约二十分钟，进入一片绿树茂密的区域，停在一所小学前。
大周六的，来学校做什么？
许宁夏看向江肆，江肆也没解释，只示意她下车。
学校门口，一个十分不像保安的大爷拄着拐，冲江肆打招呼。
至于许宁夏，大爷笑了笑，也没询问是什么人，看来是对江肆十分信任。
这所小学和许宁夏见过的任何一所学校都不一样。
她不能说一直在最优秀的学校念书，但她念的学校，学习环境都是最好的。看着那破败的小二楼，墙皮开裂像是老人枯槁的手，还有这满是黄土的沙地……她想象不出在这里念书的孩子会是什么样。
"我们来这里做什么？"许宁夏问，"今天周六，会有……"
"江医生！"
脆脆的稚嫩童声传来。
许宁夏扭头，看到一个穿着背心短裤的男孩向着江肆跑来。
江肆微微一笑，不等他说话，更多的孩子听到那声"江医生"而跑了出来。
乌泱泱的，像是一群自由快乐的小鸟。
在他们身后，跟着一位女老师。
女老师姓吴，干干瘦瘦，个子矮小，黑头发里夹杂着白发，叫人瞧不出实际年龄。
"江医生来了。"吴老师笑了笑，看向许宁夏，"这位是？"
江肆做了介绍，说："小昭的画或许能得到指导了。"
小昭又是谁？

许宁夏云里雾里,从进入这所小学就觉得哪儿哪儿都透着魔幻。

而孩子们始终围着江肆,江肆也分不出身解释,许宁夏只好跟着吴老师进了教学楼,说是去办公室稍坐坐。

看到办公室时,说真的,许宁夏不知道自己能坐在哪里。

吴老师搬来一个表面坑坑洼洼的木头板凳,然后挑了一个看起来最好最干净的杯子,倒了一杯水。

许宁夏接过杯子,看到窗外放着什么,密密麻麻的,有很多。

"是编篓。"吴老师说,"有的男孩长些力气了,闲时就和我一起编,送到镇上能卖些钱的。"

恰好桌上就放着一只编篓,许宁夏得到同意后,拿起来看看。

做工和精细不沾边,但胜在有种原生态的朴实美感,而且,非常结实。

许宁夏问:"这个能卖多少钱?"

"你手里这个是大的,能卖五角。"吴老师笑道,"比它小的卖三角。"

五角,三角。

在许宁夏的认知里,"角"这个单位是后缀,像是九十九元九角这种,她都忘了几角钱还能单独用。

而眼前的编篓就是只能挣几角。

想到这儿,许宁夏心里沉甸甸的。

吴老师说,周末留在学校的孩子都是家里不方便的。

所谓家里不方便,就是父母打工早出晚归,没时间管孩子,至于老人,要么不在了,要么有残疾,也照顾不了。

既然孩子周末没人照看,学校就揽了这个活儿,让孩子们在学校自由活动,可以做游戏,也可以看书,或者做编篓。

"江医生要是遇上六日休息,就会来给孩子们上生理卫生课,还会弹……"吴老师说到一半,江肆领着一个女孩进了办公室。

女孩紧紧攥着江肆的袖口,怯生生的,乌溜溜的眼睛打量着许宁夏。

这么漂亮的阿姐,小姑娘做梦都想象不出。

"小昭来了。"吴老师起身,"那我去照看孩子们,小昭就麻烦你们了。"

江肆带女孩来到桌前,轻轻拍拍女孩的肩膀,女孩偷瞄着许宁夏,把一幅画拿了出来。

许宁夏看到画,一愣:"这孩子画的?"

"嗯。"江肆说,"她没学过,都是自己想到什么就画了。"

那这是小天才啊。

不管是线条,还是笔力,完全看不出是个这么小的孩子画的,更想象不出画的人没学过美术。

许宁夏蹲下,由衷地夸赞:"你好厉害啊。"

女孩腼腆又开心地笑,比画了一个手势。

江肆帮着翻译:"是谢谢的意思,她不会说话。"

心狠狠一揪。

许宁夏缓了好半天才露出一个温和的表情，摸摸女孩的脸，说："没关系，你会画。"

不用江肆再说，许宁夏自然而然明白了自己要做的事——教小昭画画。

不过江肆事先也没说是要帮这样的忙，许宁夏没带着画笔和美术工具来，只能用小昭的铅笔头画。

小昭学得认真，许宁夏教得也专注。

江肆看着这一大一小，默默退出办公室，关上了门。

小昭悟性和天赋极高，还有想象力。

许宁夏没想到九云这样的小地方会有这么有灵性的孩子，可转过念来，她又惊觉她的妈妈不也算是九云人？

如此一想，许宁夏再看着小昭，心里莫名温暖感动。

"小昭，以后我还来教你画画，好吗？"

小昭惊喜地瞪大眼睛，不住地点头。

许宁夏笑了笑："你知道今天我会来吗？江医生有告诉你吗？"

小昭摇摇头，在纸上写：阿哥只说有个画画很bàng的阿姐来了，阿哥说，阿姐是他见过画画zuì好的人。

看到这话，许宁夏轻笑。

江医生懂画技吗？还最好的。

不过，这波私下的赞美她很受用。

许宁夏不知不觉地教了小昭好久，直到被外面的钢琴声吸引了注意力才停下。

"你们这里有音乐老师？"

小昭摇头，拉着许宁夏往外走，来到教学楼后面的操场。

说是操场也是夸大了，就是一块相对平整的地方，被一圈平房围着。

音乐声从左边的房子里传出来，之前的那群孩子站在房门口，大大小小随意排成排，像是长得参差不齐的萝卜头。

吴老师看见许宁夏，冲她招手，让她过来。

许宁夏领着小昭，走了没几步，流畅的钢琴声再次响起，紧接着那排小萝卜头齐声唱——

"太阳出来啰，河水轻轻流啰。"

他们唱得不怎么整齐，个别跑调的，还唱得特别大声。

但很奇怪，是好听的。

小昭挣开许宁夏的手，跑到队伍里，明明发不出声音，却还是张着嘴和大家一起"唱"。

那歌声飘荡到天空中，围绕着整片森林，不绝于耳。

许宁夏聆听着，心灵仿佛被洗涤。

从昨天因为孕妇一事而盘旋在心头的难过悲伤，随着孩子的歌声出走，丢到大山里，不见了。

一首歌唱完，吴老师拍手让孩子们自由活动。

·071·

江肆从屋里走出来,看到许宁夏,轻点了下头。

许宁夏猜到是他了。

作为超级学霸,怎么能没有才艺?

他的妈妈就是音乐老师,钢琴水平是演奏级,亲自教的他。

许宁夏和江肆去操场旁的树荫下坐坐。

"你经常来这里?"许宁夏问,"义工?支教?"

江肆说不是,准确来讲就是帮帮忙。

医院里的和医生,也就是给许宁夏打破伤风针的那位女医生,有捐助这所小学。

这个行为带动了其他同事,像那架钢琴,是高焰捐的。

"高医生出手很大方。"许宁夏笑道,"他也该来,给学生们上上社交学。"

江肆嘴角浅浅一勾。

许宁夏又说:"那你经常给孩子们弹琴吗?你弹得很好,和你妈妈一样专业。"

闻言,江肆转过头看着许宁夏,斟酌着,还是说了出来:"你画画也很好,和阿姨一样有灵气。"

许宁夏怔了怔。

远处是青山绿水,近处树叶沙沙作响,仿佛孩子们嬉笑追逐的鼓点。

许宁夏心是静的,但因江肆的这句话又起了波澜。

只是这波澜的起因,她一时不知是因为她自己还是因为江肆看穿了她。

又或者,是江肆看穿了她又特意为她安排了现在的一切。

"你昨天就知道了。"许宁夏笃定道,"知道我看见那个孕妇,就想起了我妈。你来找我,也不是只为了拿书,对吗?"

江肆默认。

许宁夏问:"你说,男孩和女孩的差别就那么大吗?"

"如果是身体构造,还有先天基因,他们的差别很大。"江肆说,"可如果是生而为人的价值,他们一样,是男是女,没有区别。"

许宁夏冷笑:"可有些人不这么想。"

不等江肆接话,一个男孩跑过来,红着脸问许宁夏要不要和他们玩丢沙包。

长这么大,许宁夏就没碰过沙包这个"物种"。

不过试试也没什么。

她问江肆要不要来场比赛,一人带一队。

江肆说:"不公平。"

"有什么不公平?"许宁夏站起来,笑得俏皮,"你让着我不就行了?"

江肆眼前一迷:"好。"

许宁夏跟着学生们做游戏,又跟着他们吃饭。

吃得很艰难,但她都吃了。

饭后,孩子们在教室午休,江肆带着许宁夏到学校后面的树林散步。

这里有一片小池塘，水声潺潺。

许宁夏和江肆坐在简陋的长条木椅上小憩。

许宁夏看着水面发呆，不一会儿打了个长长的哈欠，眼尾染上了水红。

江肆问："要回去吗？"

"再坐会儿吧。"许宁夏说，"我挺喜欢这里。"

江肆陪许宁夏静静地坐着。

从昨天得知那名孕妇去世开始，许宁夏的心情就差到了极点。

她很想妈妈，又怨恨许青浔。

身体里像是有两个小人在不停拉扯，让她彻夜难眠。

现在，终于好了。

微风拂面，鸟儿在枝头叫得婉转动听，处处是自得的惬意。

许宁夏手臂搭在木椅靠背上，不知什么时候头枕了上去，等江肆注意到，她已经睡过去。

江肆看着许宁夏的睡颜，婴儿般纯净天真。

鬓边一缕长发被风吹起，扫过她的脸颊，许是弄痒了她，她不开心地皱皱眉。

见状，江肆慢慢地靠近。

他用手指勾起发丝，指尖依稀感到她脸上的温度。他留恋地放缓速度，一点点将头发别到她的耳后。

"有些人是不那么想。"江肆轻声说，"但你的妈妈肯定是想你快乐。所以，不要再难过了。"

话音落下，身后传来窸窸窣窣的声响。

几个调皮的孩子没午睡，想来找他们继续玩。

江肆做了个"嘘"的手势，一只手挡在许宁夏眼前，帮她滤掉纷乱的光线。

孩子们见这情景，龇着牙笑了笑，蹑手蹑脚地跑走。

他们不知道的是，许宁夏在被头发骚扰的时候，就已经醒了。

江肆说的话她都听到了。

江肆为她挡着光，她也感觉到了。

没睁眼，是不知道怎么面对江肆，也不知道该怎么解释自己加快的心跳。

不同于上次在书店的感觉。

这次，许宁夏的心慌里带着酥麻。

像是有一枚小小的石子掉在湖心，荡漾起绵绵涟漪。

离开时，吴老师和学生们一起到门口送许宁夏。

车子开出去很远，许宁夏都还能看到一些个小黑点，晃晃悠悠。

一直到看不见了，她转回头坐好，目光擦过江肆的侧脸，心跳漏掉一拍。

这感觉委实陌生。

许宁夏今年二十七岁，不是不谙世事的小女孩。

且不说她的这张脸，让她从幼儿园就不乏追求者，就是她在国外那些年，也有对她穷追不舍的。

可她从没对谁动过心。

对于江肆，那也绝对谈不上是动心，可缭绕在心上的点点颤动又叫她无法解释。

她想，可能是江肆刚才的话让她走心了。

毕竟人在难过时能得到一份安慰和关怀，总归会产生积极的情绪。

而很多时候，这种情绪只是感动带来的错觉罢了。

想通这一点，许宁夏松了口气。

江肆从许宁夏上车就用余光观察她。

她一会儿皱眉，一会儿抿唇，像是有什么心事，不过好在现在看起来又开朗了。

趁着等红灯的间隙，江肆说：“小昭说你愿意教她画画？”

"是啊。"许宁夏点头，"其实也谈不上教，我的水平就那么回事。但她要是能从我这里学些东西也是好的。"

江肆"嗯"了一声，又问："你怎么来？"

这是个问题。

车子好办，她再租就是。

关键是去学校的这条路，路况不是很好，她的车技只能算是合格，不敢盲目自信。

"你愿意的话，"江肆顿了顿，"我来的时候可以接上你。"

许宁夏说："那你也不是每次都歇周六和周日啊，你不是倒班吗？"

虽说现在正值暑假，但吴老师说他们这个学校起步晚，不比城中心的那些小学，也没个严格的寒暑假划分，平时学生们也都要上课，只有周六周日才休息。

绿灯亮，江肆打转方向盘，回道："可以和高焰倒班，他喜欢周末上。"

刚给一个大爷讲完痔疮术后注意事项的高医生打了个连环喷嚏。

去了一趟学校，许宁夏的心情恢复过来。

孕妇那边，她知道李家和对方认识，就拜托李多美在丧礼随钱的时候，把自己的一些心意加进去。

这倒不是她多善良多有同情心，只是能做些事，她心里会舒服些。

时间一晃进入八月，很快就是李多亮的生日。

这几天，李多美带着许宁夏在周边一些只有当地人知道的地方采风，许宁夏被激发出不少灵感。

这天午后，许宁夏和李多美坐在河边吃刨冰。

李多美说羡安新开发了一个古城，很快就要对外开放，到时候又能吸引来不少游客。

"是赤云古城吗？"许宁夏问，"我在公众号上看到宣传了。"

李多美说："就是这个。听说夜景很美，但我不觉得能美得过九云的乌里河。"

"可你还是想去看看。"许宁夏戳破。

李多美抿着嘴笑:"夏夏姐,我真的很想多去些地方,多看看外面的世界,然后把外面的好的东西带回到九云来。"

许宁夏拍拍她的肩膀,说这个想法一定会实现。

结束采风,许宁夏和李多美返回中心城。

李多美要去医院给奶奶拿药,许宁夏也没什么事要办,陪着一起。

两人下了公交车,穿过一片住宅区就能到医院。

临到出口的时候,一个打扮靓丽、气质不俗的年轻女孩在门口指挥一位老伯搬东西。

"我这个行李箱很贵的。"女孩说,"我拜托你轻拿轻放,弄坏了你赔不起!"

老伯一个劲儿点头,绷着劲儿抬箱子,脸都憋红了。

可女孩还是不放心,不停地强调自己的箱子多贵多贵,千万不能有闪失。

"这人好大的戾气。"李多美说,"我还以为长得漂亮的人心也好呢。"

许宁夏甩甩头发:"你以为人人都像我一样吗?"

李多美"扑哧"一笑。

许宁夏和李多美从女孩身边走过,女孩身上浓浓的香水味道,让许宁夏觉得刺鼻。

偏女孩这时又说了句:"喂!你的衣服不要蹭到我的箱子,脏死了。"

这是相当讨厌了。

许宁夏决定教教这个女孩做人。

"这位小姐。"

女孩不耐烦地看过去,在看到许宁夏的长相后,狠狠一愣。

随意披散的长发,雪白的肌肤,一条灰色方领长裙勾勒出曼妙的身体曲线,再加上那张精致冷艳的脸……

这漂亮得有些过了吧,AI 走进现实吗?

许宁夏上前两步。

她身上没穿一件名牌,为了多装东西,包也是手编的布袋。

但举手投足带出来的矜贵和优雅,不是买几个包和几个限量款就能养出来的。

"ROLLING TRUNK 的硬箱是还可以,但没人拿它装行李。"

女孩眉头拧起:"不装行李装什么?"

许宁夏笑得无辜:"不装。"

"什么?"

"真正能消费得起这种东西的人,不会把这些东西放在眼里,买来就是为了玩。"许宁夏说,"你这么在意,看来是攒了很久的钱才买的吧。既然消费水平不够格,何必高消费,装高贵呢?"

说着,许宁夏递给老伯一张湿巾擦汗,拉着李多美走了。

等女孩反应过来许宁夏说的是什么意思，气到脑袋冒烟时，人早走得远远的了。

到了医院，李多美去开药，许宁夏在休息区等。

之前来医院时的情景还历历在目。

当时的许宁夏既烦躁又郁闷，来这儿不过是为了逃避散心。而现在，她觉得自己好像慢慢喜欢上了这里，愿意在这里待着。

许宁夏站在窗边看红豆杉，听到有人喊自己。

声音是熟悉的清冷。

转过头，许宁夏看见穿着白大褂的江肆。

也是有段时间没见他这个打扮了。

"怎么来医院了？"江肆问，"不舒服？"

许宁夏摇头："陪多美给李奶奶取药，你……"

不远处有护士叫了江医生，江肆示意马上来，看着许宁夏，问她："你明天去给小亮过生日？"

许宁夏点头："你也去？"

"嗯。"

寥寥几个字，隐隐勾起飘忽的潜在含义。

换作是之前，许宁夏会很自然很理所应当地接话道：那一起去吧。

可此刻，她不知道为什么就是说不出来。明明江肆是有这个意思，但她又想万一他没有呢。

僵持间，护士又喊了声江医生。

江肆不能再耽误，放在口袋里的手暗自使力，问了出来："要一起去吗？"

许宁夏轻抿了下唇，回答："好啊。"

"那我……"

"江医生！"

江肆无法，指了指手机，许宁夏明白："回来微信联系。"

江肆走时，正好李多美回来，两人照了一面。

李多美见江肆步伐匆匆，礼貌地打了声招呼，和许宁夏说可以走了。

等江肆忙完回到办公室，刚喝完水的和医生冲他微笑颔首。

"你那位朋友来了？"和医生说，"马上午休了，怎么不和人家吃个饭？"

医院是盛产八卦和钟爱八卦的地方，这没什么稀奇，看高焰就知道。

但江肆没想到和医生也这样。

江肆说："偶然碰见而已。"说着，拿起喷壶去给山茶花浇水。

和医生又是笑，作为过来人，不得不多说几句："小江啊，你年纪也不小了。除了事业，其他的人生大事也该提上日程，不然等你将来回了北城，更是忙得没时间……"

江肆时不时点头应和长辈的话，注意力全放在他的山茶花上。

等其他科室的医生来找和医生一起去吃饭，江肆终于舒了口气，坐在了工位上。

他摘掉眼镜，捏了捏眉心，随后拿出手机，点进微信。
——吃饭了吗？
太过突兀，删掉。
——刚才事情比较急，抱歉。
都过去了，再解释的话，太刻意。
——明天想几点出发？
江肆觉得这个话题比较好，正要打字，高焰的微信消息先进来了。
我是火：我完了！我死了！我不活了！
我是火：你记得给我收尸！［爆哭.jpg］

李多亮生日这天。
许宁夏利用上午时间完善设计稿。
中午，她简单吃些，收拾完，就准备去李家。
九云这边的人晚饭吃得早，更何况第一次到人家家中作客，总不好踩着饭点过去，提前到是礼仪。
准备就绪，许宁夏带上书，推开木门。
江肆依旧已经站在门外。
他今天是黑灰色衬衣搭配纯黑休闲裤，衬衣扣子解开了三粒，露出里面的白色T恤。
和上次POLO衫配白T恤是一样的思路。
不过，他把衬衣下摆塞进了裤子里，这极大拉伸了他的腰腿比例，让本来的大长腿一下更有了两米二的气势。
加上两种相近却又有层次感的颜色叠穿在一起，很好地把他冷峻内敛的气质衬托出来。
一句话总结：非常帅。
许宁夏自小爱美，更爱看美的人和事。
学了服装设计后，又多了"衣美"这一项。
江肆不能说很会穿搭，但他完美地避开了她的雷区：一是男人直接穿POLO衫，二是男人穿衬衣不塞进裤子里。
自然，也不是穿衬衣非要塞进裤子里才好看，只是那种少年气的穿法，很考验男人的形象气质，一个搞不好就是大爷遛弯。
但江肆应该怎么穿都好看。
江肆拎着他买的礼物，见许宁夏出来，上前接过她手里的书。
许宁夏没拒绝，直接给了他。
从许宁夏的住处到李家小超市很方便，横穿木月庭就可以。
许宁夏和江肆默默无言地走着。
路过一户人家，这家在院子里种满了五颜六色的花，什么品种都有，每次许宁夏看到都觉得赏心悦目。
正好江肆在，她有心问问江肆这些都是什么花，刚开口，发现一只蝴蝶栖息在花瓣上。

这只蝴蝶太漂亮了。

深蓝色神秘诱人，振翅时，蓝色又变浅，两种蓝交叠，梦幻唯美。

"这是蓝闪蝶吗？"

许宁夏扭头问江肆，又像小孩子似的，见到新鲜事物就要一探究竟。

江肆短暂注视她的眼睛，走到她身边，看了看，说："是蓝灰蝶，和蓝闪蝶不一样。"

许宁夏"哦"了一声，下意识找电脑想调制出这个不一样的蓝色。

可手边哪里有电脑？

回去拿，等再回来，蝴蝶估计早就飞走了。

至于用手机拍下来，镜头记录和眼睛亲眼所见到底是不一样的。

许宁夏不是个勤快人，但对设计很有追求，也严苛。遇到这么美的颜色不能记录，有些不开心。

江肆看她微微噘起的嘴，料想到她的心性，眼中不由得漫开浅浅笑意。

江肆说："羡安自然博物馆有这种蝴蝶的标本。"

"和这个一模一样吗？"

"一模一样。"

"你这么肯定？"

"我见过。"

"你见过就能一直记着吗？"许宁夏觑他，"真当自己过目不忘啊。"

江肆轻轻地笑了笑："我想记得的，会一直记得。"

这个笑容晃了下许宁夏的眼。

怎么形容呢？

像是白雪融化成水，凉凉的，却有种融融的温柔。

许宁夏摆正脑袋重新盯着蓝灰蝶，半晌，说："那我们找一天去博物馆，我想要这个蓝色。"

"好。"江肆点头，"一起去。"

李家小超市外，李多亮早翘首以盼。

他今天穿了奶奶给买的新衣服，T恤上印着他喜欢的小赛车，整个人看起来神采奕奕。

看到许宁夏和江肆手中的礼物，李多亮激动得不行。

李奶奶皱眉说："怎么还带东西？一个小孩子过生日，能来送个祝福就很好了。"

这不是假客套。

九云人都比较实在，说是请吃饭就是请吃饭，压根不会想客人会琢磨不能空手来。

他们这里没这个规矩和讲究。

"不是什么贵重东西，只为了小朋友开心。"许宁夏说，"您不要客气。"

李奶奶笑叹一声，向两个年轻人道谢，邀请他们里面坐。

和古城前店后家的模式一样，李家也是如此。

超市后身有门，穿过这扇门是一个很小的十字走廊，左边连通厨房，右边连通厕所，正前面是个小院子，被三间平房包围。

李多南和李多美特意准备了瓜果茶水还有饮料，放在院子里的小桌上。

"江医生，夏夏姐，你们坐。"李多美说，"饭菜准备到一半了，五点就能开吃。"

江肆说他去帮忙，李多南不让："我们这里没有客人动手的道理，你们快坐。阿亮，好好招待阿哥阿姐。"

许宁夏和江肆坐下，李多亮陪着他们，小嘴叭叭说着和小伙伴的趣事，说着说着，就惦记起江肆带来的乐高。

江肆说教李多亮玩。

李多亮开心地同意，搬来小桌子，在上面摆开乐高。

对于这种益智类玩具，许学渣也是不感冒的。

玩就玩，为什么还要动脑子？

许宁夏记得以前去梁嵘家，总能看见梁峥摆弄这些，一摆弄就是一下午不动。

这么一想，她又觉得或许也是有乐趣在其中的。

坐着也无聊，许宁夏看江肆教李多亮。

江肆这人看起来冷冰冰的，但实际上很有耐心，而且逻辑思维强悍，讲东西十分有条理。

某个寒假被逼接受江肆辅导的许同学，深有体会。

许宁夏眼看着李多亮在江肆的指导下，东西渐渐有了雏形，自己的兴趣无形中也被带动起来。

"这个应该放这儿吧？"

在李多亮犹豫怎么下手时，许宁夏插了一句话。

江肆看向她，她别了下头发，探身过去指着一块黄色积木。

李多亮挠头，求助江肆："是阿姐说的这个吗？"

江肆抿抿唇："不对。"

"怎么不对了？"许宁夏又坐过去一些，上手拼起来，"这不是能嵌合吗？"

江肆不知道该怎么解释，只能如实说："都能嵌合。"

学渣也是有求胜心的，自尊不容践踏。许宁夏让李多亮起来，自己坐到江肆身边，誓要证明她说得对，就是这么拼。

江肆好心提醒她错了，许宁夏凶他："是你眼睛错了。"

江肆："……"

突然被踢出局的李多亮一脸蒙，又抓了抓脑袋。

恰好外面有小伙伴这时喊他出去，说是有有意思的东西要给他看。

李多亮稀里糊涂地离开，许宁夏还在专心拼积木。

拼到一半，她有点儿意识到不对劲儿了，对照说明书一看……和人家的完全不一样。

"啪！"

许宁夏放下积木，转头瞪着江肆。

江肆无辜地眨了下眼。

"你为什么不告诉我不对？"许宁夏义正词严，"现在，这些都得拆了重新来。"

"怪我。"

许宁夏哼了一声，气呼呼地把拼上的部分一块块拆下来。

江肆盯着她的侧脸，轻声问："生气了？"

"我气什么？"许宁夏积木放得"啪啪"响，"你们学霸学什么都快，不像我，我就笨。"

江肆皱了皱眉，解释："没说你笨，你只是……"

许宁夏看过去，眼里清晰地传达出"你说错一个字，我就把积木塞你嘴里"的意思。

江肆明白，说："你只是还不熟悉玩法。"

这还差不多。

许宁夏这人吧，确实有"人菜瘾大"的毛病。

这几年随着年龄的增长，收敛不少，要是搁上学那时，她和梁嵘做出来的糗事，数不胜数。

可菜归菜，许宁夏从不轻易认输。

只要是她认准了的事，就没有做不到的。

也是靠着这股劲儿，她当年考上国内最好的服装设计系，之后又拿着全额奖学金去法国深造。

许宁夏继续拆积木，她今天非得把这个东西拼成不可。

不小心碰掉手边的一个积木，东西掉到桌子下面，她俯身探到桌下捡。

红色积木旁有个黑溜溜但又有光泽的东西。

视线不明，许宁夏看不清也没当回事，只是她一伸手拿东西，惊动了人家，那东西"嗡"地扑棱起来。

许宁夏也"嗡"地扑棱起来。

放着几百块积木的桌子腾地弹起来，一时间来了天女散花。

混乱中，许宁夏下意识地往江肆身后躲："这是什么啊？"

江肆在她开口前就已经挡在她前面，一只手安抚性地拍了下她的手臂，随即抽出旁边的纸巾，快速将东西包裹好拈起来。

一系列操作下来，许宁夏也很快安定了。

她扶起桌子，视线一扫，注意到江肆通红一片的手背。

她后知后觉，摸摸自己的脑顶，才想到自己刚才起得那么猛，撞在桌子上，却没感到任何疼痛。

是江肆替她挡了。

小院有一面窄小的围墙，围墙上有镂空石窗。

江肆顺着窗户将东西抖出去，对方也吓坏了，麻溜飞得远远的。

江肆转回身，顺手把纸扔进旁边的垃圾桶，淡声道："没事了。"
许宁夏指指他的手背："很疼吧。"
江肆不甚在意看了下，摇头，过去捡积木。
满地的积木，许宁夏跟着一起捡。
她总是不自觉地去看江肆的手。那片红晕像是烙在冷白的皮肤上，半天都不消退。
"要不涂些药膏？"许宁夏建议，"不会肿吧？"
江肆说不会，收拾好积木，问："要学吗？我教你。"
许宁夏想想，还是拿来李多南之前准备好的冰镇饮料，递过去，说："你知道的吧，我学不会可是会找人撒气的。"
"嗯。"江肆将瓶子贴在手上，"尽管撒。"
闻言，许宁夏又扬起下巴："你的意思是我学不会咯？"
江肆一愣。
男人淡漠惯了的表情这会儿透出些微茫然，让许宁夏一下想起那种在野外捕捉野生动物画面，然后突然冲镜头歪头卖萌的雪豹。
毛茸茸的，特别可爱。
许宁夏把手里的积木扔给江肆，没忍住，笑了起来。
江肆接住积木，就见女人别在耳后的乌发因为笑得身体发颤，松松垮垮地滑出来，落在脸颊旁，衬得那粉润如花的面容娇艳欲滴。
他定定地看着，也笑了，问："学吗？"
"学啊。"许宁夏说，"现在就学。"
在他们身后，早就站在十字走廊的李多亮想说：我不撒气，我也想学！
可自他回来，姐姐就死死捂住了他的嘴巴，让他发不出一点儿声音。
李多亮疑惑地看向姐姐，就见姐姐嘴角疯狂上扬，露出他从未见过的扭曲笑容。
李多美：城里人嗑CP的乐趣，我悟了。

五点钟，准时开饭。
李多南将家里的大圆桌搬到院子里来，大家围坐一圈。
满桌的美食，除了有当地特色的排骨、煎豆腐、辣炒洋芋，还有很多家常菜，看起来都十分美味诱人。
李奶奶说："今天阿亮生日，感谢江医生和小夏能来为他庆祝。我祝福你们身体健康，福寿绵延。"
说罢，老人双手合十，又说了一串九云话。
李多美给许宁夏解释说是多福之意。
正式开动，许宁夏看着这么多的菜，不知道先从哪个下手。
江肆为她夹了一块排骨，说："李奶奶做的排骨，比外面的老字号还好吃。"
许宁夏笑着尝了一口，确实！
"奶奶，您手艺太好了。"许宁夏赞美，"我有一位朋友，特别会吃。"

她要是尝了您的排骨,估计会不想回北城了。"

李多美问:"是嵘嵘姐吗?"

许宁夏点头,说:"梁嵘的舌头可刁了,我一直觉得她有当美食评论家的潜质。"

"快让这姑娘来做客。"李奶奶说,"排骨管够。"

大家边吃边聊,气氛欢愉。

许宁夏爱呛话,但对着长辈,嘴很甜,哄得李奶奶笑得合不拢嘴。

她只顾着说话,江肆就给她夹菜。

碟子里的菜总是吃不完,许宁夏想起来夹一口,就能尝到美味。

"对了,羡安的赤云古城对内开放了,说是搞什么测试。"李多南说,"我听说现在去,不要门票。"

这正中李多美的心思,她说想去。

"都去了,谁看店啊?"李多南犯难,"开车来回,得一天了。"

李奶奶说:"我看店。隔壁邻居会帮衬我的,你们出去走走,好好玩一玩。"说着,又看向江肆和许宁夏,笑得慈爱,"你们要是愿意去,一起。"

许宁夏和江肆对视,江肆正要开口,外面传来声响,有顾客来了。

李多南放下碗筷去瞧瞧,一看,是高焰。

"高医生?"李多南擦擦手,"买东西吗?"

高焰点点头,有气无力的样子像是霜打的茄子,蔫蔫的。

"我来一条烟。"高焰说,"不要之前买的,要劲儿大的。"

李多南"啊"了一声,去柜台后面拿,问:"是出什么事了吗?我们正吃饭了,高医生不嫌弃,进去尝尝。"

高焰谢谢这份好意,摆手说不用了。

李多南又说:"来吧,江医生也在,阿姐……"

"哪个江医生?"

超市门口突然冒出来一个年轻女孩,滚圆的眼睛,瞪着李多南。

李多南吓一跳,老实地回答:"江、江肆医生啊。"

女孩一听,尖叫起来。

她一把拽住高焰的衣服,用力摇晃:"你不是说江肆哥哥去北城办事了吗?你骗我!"

"我骗你什么了?"高焰梗着脖子,"这个江肆就是你认识的江肆吗?别闹了,人家对你没意思,你干什么……"

"我不管!我就要江肆哥哥!"

外面吵声渐起。

李奶奶听着不放心,让李多美出去看看。

李多美出来,正好和吵闹的女孩碰面,两人皆是一愣。

女孩最先反应过来,指着李多美:"你是那女的身边的那个!"

毫无礼貌可言。

许宁夏把李多美拉到身后,说:"不会称呼,你可以叫我们'美女',

非常贴切。"

中午被羞辱的事还记忆犹新。

女孩撇嘴要顶回去,看到许宁夏身后站着的江肆,表情变得比翻书还快,一下子温柔甜美又可爱了。

"江肆哥哥!"

她跑过去想抱江肆,江肆眼疾手快地拉过身边的李多亮,挡了。

李多亮:……我只是出来看热闹啊!

突然到来的两个人让小院子变得拥挤了些。

高焰见形势无法转变,也保不住江肆了,心如死灰地做了介绍。

"抱歉,叨扰大家了。"高焰叹了口气,"这是我表妹,罗珊珊。放暑假了,来找我……玩。"

说那个"玩"字时,许宁夏总感觉高焰快要咽气。

她看向那位罗珊珊。

女孩是好看的,身段修长挺拔,像是练舞蹈的。

只是自从进了李家,她也不和人打招呼,眼里只看得到江肆,狗皮膏药一样黏在对方身边,江肆哥哥长、江肆哥哥短,叫个没完,十分聒噪。

李多美拽了拽许宁夏的衣摆,小声问:"这是怎么回事?"

许宁夏哪知道怎么就有了个罗妹妹。

李多南是个实在的,听了高焰的话,主动接话:"欢迎来九云做客。正好我们商量去羡安的赤云古城转转,大家可以结伴。"

空气安静了下来。

李多美差点对她的傻阿哥翻白眼,想说什么揭过去,罗珊珊突然问:"什么古城?再说一遍。"

说着,罗珊珊掏出手机,又嘀咕:"最好比羡安古城好,太破的,我可不去。"

自讨个没趣,李多南尴尬地再说一遍:"赤云古城。"

一旁的高焰按住了太阳穴。

随后,李多南端上蛋糕。

李多亮对这个蛋糕期待好久,说要切下最大的一块给奶奶吃。

罗珊珊瞥了一眼蛋糕,见花样俗气,张嘴就要点评,高焰及时叫她闭嘴。

"江肆哥哥。"罗珊珊委屈地叫,"你看我表哥多凶。"

江肆不作理会,往一边再挪了挪,余光落在斜对面。

许宁夏侧头和李多美说话,眉眼带笑,没往他这边注意一下。

李多亮许完愿吹了蜡烛,李多美帮着切蛋糕、分蛋糕。

分到江肆这边,江肆拿了两块,有一块上面放着草莓,他给了许宁夏。

许宁夏喜欢甜食。

但对奶油过多的生日蛋糕差了些意思,有草莓的酸甜融在里面,还好些。

许宁夏接过蛋糕,转过头对李多亮说:"生日快乐。"

"谢谢阿姐。"李多亮憨憨地笑,"阿姐快吃蛋糕,可好吃了。"

许宁夏说"好",正要尝一口,身后突然撞过来一个人,撞得她生生扑在了手里的蛋糕上。

场面又一次陷入难受的安静中。

又有长辈,又有小朋友,这还是小朋友过生日,许宁夏强压下脾气,没发怒。

她扭头看向罗珊珊。

罗珊珊本来一脸不屑,但对上许宁夏锐利的目光,又有些犯怂,小声说:"这什么破地?坑坑洼洼,绊了我一跤,摔到我怎么办?你们……"

"你跟我出来。"高焰突然说,严厉的语气和平日里的嬉笑潇洒截然不同。

罗珊珊一下不敢顶嘴了,脸上红起来,向江肆求救。

江肆视而不见。

其他人更不会为她求情,她只好跟着高焰出去。

"让家里宠坏了。"李奶奶说道,看向许宁夏,"后面有水池,快去清洗下。阿美,你帮着些。"

走时,许宁夏见江肆在看着自己,她别过头,不理人。

李家的水池建在房子后面,露天的,和电视里那种公用的窄长条水泥水盆一样。

许宁夏今天走法式风,穿了一条米色伞裙,上身是奶茶色吊带和开衫。

她脱掉开衫,上面沾满奶油,就连她的脖子、锁骨和前胸也不能幸免,变得黏糊糊的。

"衣服是穿不了。"李多美帮着擦拭干净,"夏夏姐,我去给你拿一件我的,你先将就穿上。你等下。"

正值盛夏,气候炎热。

但九云身处山里,早晚温差大,还有风。

这边的水也冰凉,许宁夏擦着剩余的蛋糕奶油,寒风一吹,打了个寒战。

江肆在这时候过来,手里拿着杯温水。

许宁夏不想搭理他,但又真的冷。

她欸地拿过杯子,一口气喝完水,就将杯子递回去。

江肆将杯子接走,人没走。

"有什么事吗?"许宁夏低声问,"有事就说,没事就走。"

江肆沉吟片刻,说:"高焰和罗珊珊是亲戚,所以我以前见过罗珊珊。她……对我,可能是……"

"她喜欢你,长着眼睛的人就看得出来。"

许宁夏打断,拨过来一缕头发,发梢上也沾上了奶油。

麻烦死了。

许宁夏烦躁地动动肩膀,剩余的头发顺着滑向一边,露出了山茶花文身。

江肆心脏一颤。

许宁夏继续说:"这位罗小姐的家人都不管她吗?我看着也不小了,情商实在堪忧。我和多美中午的时候就……喂,你看什么呢?"

没能及时移开目光，江肆猝不及防地对上许宁夏的眼睛，耳根顿时涌起滚烫。

许宁夏看看自己，吊带该遮的地方遮得严严实实，没有什么不妥的。

都什么年代了，江肆不会觉得她这也有伤风化吧？

不过她倒可以理解，道德楷模嘛。

许宁夏想说李多美去给她拿衣服了，一会儿就恢复保守的形象，结果江肆说："这里也沾到了奶油。"

"哪里？"许宁夏四下看，"待会儿要穿多美的衣服，别弄到她衣服上。"

"这里。"

江肆指指她肩后的山茶花，声音带着一丝哑。

许宁夏还是看不见，估计是刚才脱衣服时蹭上去的。

"你帮我擦掉啊。"她急道，"我够不到。"

"……嗯。"

江肆拿起一旁的毛巾，指尖抖了抖，站到许宁夏身后。

日落西山，月亮犹抱琵琶半遮面地在天空悬出淡淡的形。

昏暗的光线像摸不到的纱披在女人身上，在她肌肤上流淌出如月般纯净的莹白华光。

那朵山茶花就这么绚丽又静谧地开放着。

江肆喉咙干涸，感觉自己体内有一团烈火在燃烧，快要把他的理智烧成灰烬。

浑然不知的许宁夏扭头只看到男人的平静冷淡，催促："擦啊。"

说着，她的肩胛骨滚动了下，那朵山茶花顿时像一张张牙舞爪的网，牢牢困住了江肆。

他克制着伸出手，几乎在毛巾布料触到女人肌肤的那一瞬就离开了。

只余布料上遗留的奶油和山茶香一并攥紧在他的掌心。

许宁夏等了半天，以为江肆没帮自己，而实际上，他擦完了。

这又是上次的神功吗？

也是厉害了。

但不管怎么说，干净了就行。许宁夏告诉江肆："待会儿，那个罗珊珊得和我道歉。就算她不是故意的，这声抱歉也是我应得的。"

江肆垂眸，低沉地应了一声"嗯"。

他还想说些别的，察觉身后有人，立刻挡在了许宁夏身前。

见来的是李多美，又挪开。

李多美送来衣服，说高焰在外面批罗珊珊，批得有些厉害了，罗珊珊要哭，问许宁夏是不是出去看看。

许宁夏是该出去看看。

她穿好衣服，想起刚才那一声声的"江肆哥哥"，望向身边的人，揶揄："你是不是也去看看？人家那么依赖你。"

说完，也没看江肆反应，抬腿往前走。

· 085 ·

然后，手臂就被抓住了。

这一下力道依旧很轻，极为克制。

但许宁夏感到了男人手掌的温度，非常热，以及他凸起的手骨，略略硌到她。

江肆拉住许宁夏便收回手。

他没再犹豫，严肃地说："我和罗珊珊是认识，她也或许是对我有好感，但我对她——没有任何感觉。"

江肆的严肃程度让许宁夏想起宣誓，又或者……表忠心。

为此，她愣了愣，有点儿不知道该怎么接话。

尤其见李多美瞪大眼睛看着他们，更是莫名有些不好意思。

干站着半天，许宁夏最后推了江肆一下，咕哝："知道了。"

闻言，江肆眉眼稍稍放松，"嗯"了一声。

他们从小超市出来，高焰和罗珊珊站在门口。

一见许宁夏，罗珊珊鼻子不是鼻子，眼不是眼，一脸不服气。

高焰点了她一下，先说："许小姐，实在对不起。我姨父就这么一个女儿，宝贝得不行，全家都宠着，给宠坏了。"

说着，他又和李奶奶他们道了歉。

然后让罗珊珊说。

罗珊珊脸憋得通红，嘴皮打滑囫囵着说了一声对不起，便转身跑到车上，"砰"地关上门。

余下的人面面相觑一会儿，看在高焰的面子上，选择息事宁人。

许宁夏也只能这样。

虽然她并不满意那个敷衍的道歉，但也没有再说什么，毕竟高焰和江肆还要做同事。

几个人在超市门口又聊了几句。

罗珊珊等得不耐烦，打开窗户嚷着回去，还说："我要江肆哥哥送我。"

江肆哥哥没听见。

但瞧罗珊珊那副誓不罢休的样子，高焰对江肆说："要不你就和我们一起走吧？我送你。不然，她还有的闹。"

江肆皱了皱眉，看向许宁夏。

许宁夏还未反应，实在人李多南理解："江医生放心，我送阿姐回去。"

就这样，江肆冲着高焰的面子，上了车。

临走前，他嘱咐许宁夏早些回去。

天降麻烦一消，小超市恢复了往日的宁静。

李多亮站在台阶上发呆，许宁夏分析这孩子八成是在想这生日过得怎么乱七八糟的。

许宁夏笑了笑，弯下腰说："你今年的生日过得非常有意思，知道这代表什么吗？"

"什么？"

"说明你今年一定会不同凡响。"她捏捏男孩的脸,"你要交好运啦。"

李多亮眼睛一亮:"真的吗?阿姐,我今年想考第一。"

"没问题,小事儿。"

孩子的烦恼总是很好解决。

李多亮这下高兴了,跑回屋说要吃剩下的蛋糕。

许宁夏直起身,对上李奶奶慈爱的目光,和老人告辞。

回到木月庭,许宁夏第一时间洗了头,然后放水泡澡。

手机响个不停,是李多美在小群里和梁嵘说今天的事。

最近这段时间,李多美跟着梁嵘学"坏"了,现在十分钟爱吐槽这项活动。

嵘easy:这场面我实在太可惜了。

嵘easy:我要是在,绝对让这个罗什么哭着叫姐。

A家乐超市:她最后也道歉了。

A家乐超市:但是拐走了江医生。

这个"拐"字用得妙啊。

许宁夏想起江肆走时的脸,冷得快要结冰,高焰都不敢言语。

嵘easy:正常。

嵘easy:江肆很抢手,上学那会儿就是,我估计我们学校一半以上的女生都对他有过意思。

看了这话,李多美回了一条语音:"江医生刚来我们这里时,有个女摄影师在这边拍照受了伤,是江医生治的。那个女摄影师对江医生一见钟情!在九云住了两个月,每天都去医院找江医生。大家都知道这事。"

嵘easy:后来呢?

A家乐超市:女摄影师走了,说这辈子做得最后悔的事就是来了九云。

嵘easy:哈哈哈哈哈!

嵘easy:我怀疑江肆是个"牡丹"。

A家乐超市:什么是"牡丹"?

嵘easy:母胎单身的谐音,就是出生以后没谈过恋爱。

嵘easy:你夏夏姐也是。

一直致力于捡乐子的许宁夏:勿cue。

后面梁嵘又开始教李多美网络热梗,许宁夏点了免消息打扰,继续悠哉地泡澡。

不过说起江肆的受欢迎程度,梁嵘还真没夸张。

不知道的不说,以前班上有个叫袁忆谣的,就总是借着请教问题黏着江肆。袁忆谣那双眼睛一见到江肆就仿佛滴了眼药水,水汪汪得不行。

而江肆每次都……

许宁夏的记忆刚要复苏,偏不巧手机又响了,回忆由此中断。

江肆:回去了吗?

夏天不宁静:回了。

江肆:我也回宿舍了。

江肆：高焰和他表妹走了。

许宁夏并不怎么关心江肆回没回去，更别说高焰和罗珊珊。

但看见这两条消息，她不禁翘了下嘴角。

夏天不宁静：[哦.jpg]

看着这个小猫点头的表情，江肆弯弯唇。

想起晚饭时，李家兄妹提到的赤云古城，他当时就想邀请她一起去，这会儿思虑再三，还是问了。

江肆：要去赤云古城看看吗？

许宁夏本来是想去的。

都在附近了，没有不看的道理。

但如果他们去了，尤其是江肆去了，罗珊珊肯定会去。

她和罗珊珊气场不合，到时候万一闹了不愉快，大家都下不来台。

这么一想，许宁夏回复：再说吧。

这条消息发出去有一会儿，江肆那边才回了一个：好。

九云的生活是舒缓的慢节奏。

许宁夏成日窝在屋里，想画画就画画，想设计就设计，待腻了就出去转转。

而自从那晚过后，江肆变成每天给她发消息。

都是一些干巴巴的问题，像是吃了吗之类的，再者就是天气预报，告诉她今天的降水概率是多少，提醒出门带伞。

许宁夏也没觉得烦，会回复，两人的对话限定在三轮之内，无一例外。

周六这天，是约好去学校的日子。

许宁夏提前了一些收拾好，就没坐着等时间，直接出去了。

但预想中的人并没有站在门外。

也是，没到时间呢。

许宁夏敞着门，在院子里荡秋千等。

可等到了超过约定时间，江肆都没有来。

许宁夏翻出手机，李多南这时出现在门口，叫了一声"阿姐"。

李多南满头的汗，说是临时送了趟货，耽误了时间，不然早就到了。

"你来是找我有事？"许宁夏递出纸巾，"怎么了？"

李多南摆手："没事。是江医生说你要去城东的小学，让我送你过去。"

"他让你送我，他人呢？"

"去赫源了。"李多南拿上许宁夏放在一边的美术工具，"那边有户人家结婚办酒席，集体蘑菇中毒。一百多号人呢，治不过来，就从九云的医院借人手过去。"

一百多号人蘑菇中毒，那得是什么场面？

许宁夏嘴角一抽，不敢想象。

许宁夏跟李多南上车。

她这会儿才看了手机，看到江肆半小时前给她发的消息。

没来接她的原因写得清清楚楚、条理清晰。
但没提蘑菇中毒。
车子一路向东。
快开出城中心时,许宁夏发现一家卖红糖粑粑的店,麻烦李多南停下车。
许宁夏给李多南也买了一份粑粑,两人在店门口的大伞下面吃。
第一口下去,许宁夏皱起了眉头。
这味道比江肆给她买的那个差远了。
李多南看出许宁夏应该是不爱吃,小声说:"这家做的确实差些。香溪路蔡阿婆做的才是最好的,里面会放黑芝麻。"
许宁夏问:"是不是包装袋上印着笑脸的那家?"
"应该是那家。"
"那家是好吃。"许宁夏赞同,"早知道绕道去趟江肆宿舍门口了。"
李多南不解:"去江医生宿舍干什么?"
"那家店不就是在他宿舍门口?"
"哪里啊。"李多南笑起来,"香溪路在城北,离江医生宿舍远着呢。"
许宁夏一怔,心跳倏而漏了一拍。
重新上车,许宁夏心不在焉。
她点开手机又按灭,反反复复好几次,也不知道自己具体要干什么。
李多南看在眼里,但也不好多嘴过问,但有件事,他觉得有必要说一下。
"阿姐,你最近注意不要晚归。"
许宁夏"啊"了一声,放下手机,问:"什么?"
李多南下意识压低了些声音:"我听快递站的兄弟说,凌康那边可能有逃犯流窜。"
凌康,离边境线很近了。
而凌康有座山,绕过来直对着的就是九云山。
许宁夏不免有些紧张:"会逃到九云来?"
李多南想了想,说可能性也不大:"我在九云生活这么久,还没听过哪个逃犯逃到九云来。不过有句话不是说小心驶得万年船?注意安全,总是没错的。"
许宁夏点点头:"嗯。"
车子开到学校门口。
李多南帮着把东西拿下来,告诉许宁夏要是想走了,提前一个小时联系他,他过来接。
这次来,也有学生出门迎接许宁夏了。
值班老师照旧是吴老师,她带着许宁夏去办公室见小昭。
小昭早眼巴巴等着,看见人终于来了,笑得小脸变成一朵小花。
许宁夏和吴老师说等教完小昭,她和学生们一起做游戏。
吴老师笑着应了声。
许宁夏把整理好的美术用品送给小昭,小昭宝贝似的抱在怀里。

· 089 ·

"要不要先画一幅？"许宁夏摸摸女孩的头，"画好了，我们一起看看。"

小昭点头。

女孩在一旁认真地画画，许宁夏这边暂且无事可做，不由自主就又想到红糖粑粑的事。

如果李多南说的蔡阿婆那家就是许宁夏吃的那家的话，那江肆为什么要撒谎说店铺在他宿舍门口？

随口一说？还是无心口误？又或者他觉得因为一口点心跑出去那么远的这个行为，会让她觉得不妥？

许宁夏想不通。

总有个微妙的感觉在牵引着她，可她偏偏不知道那是什么。

越想心里越烦乱，许宁夏掏出手机干脆直接问江肆。

消息编辑到一半，她想起李多南的话，又退出微信去了百度地图。

上面显示赫源离凌康很近。

许宁夏轻轻咬了咬嘴唇，删掉之前的消息，转而发：李多南说有逃犯在凌康流窜，你注意些。

发完，迟迟没有收到回复。

许宁夏想他也实在是忙，纷乱的心思渐渐便歇了下来。

和上次一样，许宁夏待到了下午才走。

学生们还是结队来送她，有的小孩这时候才逮着机会，问许宁夏为什么江肆今天没有来。

许宁夏解释："江医生要去救人啊。"

"江医生好厉害。"有学生说，"我将来也想当医生。"

另外几个学生说："你先考个一百分吧。"

大家听了直笑。

"阿姐，阿姐，你是江医生的女朋友吗？"

冷不丁冒出来的一句话，让所有人安静下来。

许宁夏也是卡了下，就见这群小萝卜头一个个睁着大眼，直勾勾地看着自己，仿佛在等她颁布圣旨。

吴老师站出来说："你们又从哪里学来的这些？别瞎问，知道吗？"

小萝卜头们"嗯啊"地应和，但眼睛都还盯着许宁夏，等她的答案。

八卦这东西，果然男女老少都爱。

许宁夏蹲下，对提出这个问题的学生说："你为什么会觉得我是江医生的女朋友？"

学生说："阿姐和江医生长得都好看。"

"好看就是男女朋友啊？"

"这……"

"我告诉你呀，长得好看的两个人呢，确实可能是男女朋友。"

学生小鸡啄米式点头。

"但是——"

大家聚精会神地等着下文。

"但是，我比江医生长得好看太多了。"许宁夏狡黠一笑，"他要是想我做他女朋友，少说要追个七八十年。"

话音落下，学生们齐声喊江医生。

许宁夏心说这帮小崽子是在为江肆鸣不平吗？

刚要说话，又听身边的吴老师说："江医生来了。"

许宁夏："……"

江肆没想偷听什么。

他只是到得早了些，就把车子停在校外，走了进来。

学生们跑过去围住江肆。

被遗留的许宁夏在尴尬到头皮发麻的状态中，缓缓起来转过身，对上江肆的目光。

她艰难地开口："你不是在赫源？怎么过来了？"

江肆拍拍学生们，从人堆里走出来，走到许宁夏身前。

阳光穿透树叶落下的斑驳映在女人的肩膀还有裙摆上，她面颊飞上一抹红晕，像坠在树上的桃子，水灵可爱。

江肆看着她，说："来接你回去。"

一群小豆丁盯着许宁夏和江肆。

包括吴老师在内，眼里都露出了八卦之光。

许宁夏清了清嗓，极力淡定自然地"哦"了一声，说："那走吧。"

江肆和吴老师还有学生们道别，约好下周来看他们。

车子一开出去，许宁夏就绷不住端庄大气了。

"你下次来接我，提前和我说一声行不行？"许宁夏不耐烦地道，"又不是搞什么惊喜，吓人一跳。"

闻言，江肆垂眸，点头应了一声"知道了"。

他这样，那股破碎感又出现了。

许宁夏也是搞不懂。

他一个气质十足高冷禁欲的人，怎么还能有这样的一面？

且他还能切换出来，让看的人心里不是滋味，总觉得凶到他了。

许宁夏无语，但语气还是缓和下来："我也不是怪你什么，就是没准备。"

——没准备让你听听我的大言不惭。

她不过一时兴起胡说两句，谁知道正主就在背后呢，也是够倒霉的。

"以后不会了。"江肆说，"提前和你说。"

台阶来了，那就赶紧下。

许宁夏大方地道："那这次就算了。"

见许宁夏不生气了，江肆把米糕给她。

"上次和你提过的。"他说，"汐和古城那家。"

许宁夏这会儿正饿。

虽说和学生们吃了午饭，但饭的质量和味道，吃了只会叫她更想吃别的。

许宁夏接过米糕，拿在手里软软热热的，棉花糖一样。

她咬了一口，人立刻就乖了。

回去的路上，因为工人又开始修路，车子时不时就得停下避让。

许宁夏吃完米糕擦擦嘴，问江肆看没看到她发的微信。

江肆点头："我也听说了。"

说着，他从驾驶座旁的储物篮里拿出一个小方盒，递给许宁夏。

"以防万一。"

许宁夏一看，是一个防狼警报器。

"你还懂这些？"

许宁夏将包装拆开，看到浓浓的少女粉，还有小熊、小兔子、小蜜蜂等花里胡哨的图案，头皮又是一麻。

江肆说："医院里一位前辈给女儿买过，说不错。"

他这是拿她当女儿看不成？

许宁夏差点这么呛过去，但也知道江肆不是这个意思，忍下没说。

她捣鼓起手里的小方块，将说明书扔在膝头。

说明书也是书，带字的，一律不好看。

见状，江肆言简意赅地和她说明了使用方法和注意事项。

讲到里面有一项紧急联系人功能时，许宁夏打断："这个对我没用吧。我现在九云，能联系谁？可不可以不设置？"

话落，正好遇上工人搬砖。

江肆把车子停在一边，让工人先过去，询问许宁夏能不能给他看一下说明书。

说明书就在许宁夏腿上，她心说你拿啊。但很快她又明白了江肆这样做的用意，心里微微发热。

许宁夏递过说明书，江肆看了后，说："还是设置比较好。"

"那我设置谁？"许宁夏笑道，"设置成梁嵘，我真有什么事，她给我收尸来差不多。"

江肆看了她一眼，颇有长辈见熊孩子说话不吉利让"呸呸呸"的意味。

许宁夏抿住唇，歪了歪脑袋，模样俏皮。

前方，工人示意可以通行了。

江肆发动车子，说："如果你信得过我，可以设置成我。"

心下一动，但许宁夏没有接话。

江肆又说道："我住的宿舍离木月庭不远，如果有了万一，我很快就能赶到。"

他说最后半句的时候，语气是和往常一样的淡定沉稳。

但许宁夏却觉得这话很有分量，像是一种郑重的承诺，代表他说到做到，绝不食言。

许宁夏捏着手里的小方块，嘟囔："那就你吧，也没别人了。"

江肆教许宁夏怎么设定。

弄好了，许宁夏想试一下，点了按钮。

江肆手机立刻就响了。

而且江肆下载了专用的APP，这个响声不是来电声音，是语音播报："许宁夏向你求助了！许宁夏向你求助了！请立刻帮助她！"

还挺好玩。

"有别的语音吗？"许宁夏问，"这个好傻。"

江肆把手机给她，让她自己换。

许宁夏迟疑了下，接过。

点进APP，确实有更换语音提示的选项，只不过要么是父母对孩子，要么是情侣之间，男朋友对女朋友。

选来选去，许宁夏的定位只有出厂默认。

那就这样吧。

她还回手机，恰好高焰这时来了一条微信，说是到医院了。她顺便告诉了江肆一声。

江肆听到后，顿了几秒，说："去赤云古城看看吗？"

话题转得有些快，许宁夏稍愣："我上次不是说不去了？"

"你说的'再说吧'。"

成年人的婉拒不懂？

许宁夏腹诽学霸就是爱抠字眼，靠着椅背，说："我和那个罗珊珊不对付。你要是去，她肯定会跟着，到时候闹出什么来，不好看。"

这点，江肆没办法撒谎。

罗珊珊没走，确实会跟着，他即便想瞒，高焰在了，也不合适。

"你可以不理她。"江肆说。

许宁夏笑了笑："那多不礼貌啊。"

"她也没对你礼貌。"

换言之，你也没必要有教养。

这话有些出乎许宁夏意料。

江肆这人虽然冷淡不好接近，但内在涵养极高，不会在小事上多计较。

但现在听这话，就有点儿锱铢必较了。

许宁夏问："那我要是和罗珊珊吵起来了，你会不会难做？"

"不会。"江肆说，"一切随你。"

这么大方又无所谓？

也不怕高焰会下不来台，破坏他们的朋友关系。

许宁夏好奇了："你就这么想我去？那个赤云古城有这么好吗？"

赤云古城是其次，真正的原因是——

"说好和你去博物馆看蓝灰蝶。"

"咚"的一下。

许宁夏仿佛回到那次在学校的小池塘边。

一枚小石子又一次投到了湖中，涟漪一层接着一层在心底晕开。

许宁夏转头看向窗外。

陌生的情绪令她有些无措,她解释不通为什么一句简单的话会让她如此。

江肆看许宁夏迟迟没说话,又说:"如果你不想去,也可以等……"

"去。"许宁夏说,"去赤云古城看看吧。"

"罗珊珊……"

"我不理她就行了。"

"好。"

后面的路程,许宁夏和江肆没再说过话。

对于突然又答应去赤云古城的这个决定,许宁夏不认为是冲动,她只是在证明这是一场单纯的出游,不掺杂任何别的色彩。

所以,无须心虚。

许宁夏镇定下来,目光随意落在窗外,看到一家卖红糖粑粑的店。

没吃的时候,完全没注意过。

现在可倒好,她感觉满大街都是卖红糖粑粑的,连那种开在犄角旮旯里的店,她都跟火眼金睛似的,能一眼看见。

这其实是个好时机。

许宁夏可以顺理成章地问江肆卖红糖粑粑的店到底是不是在他宿舍门口?

这个问题差不多困扰了她一天,她很想知道答案。

但此刻,她却不敢问出口。

她害怕那人说是,又怕那人说不是。

/第四章/
忍者神龟

去赤云古城的行程定在了两天后。
李多美和李多南也去,李多亮留在店里。
一开始许宁夏还纳闷为什么不带小朋友,结果李多亮小大人似的说:"腻了,看古城看腻了。"
逗得人忍俊不禁。
大家在李家小超市门口集合。
罗珊珊一身名牌,打扮得光鲜亮丽,才看见许宁夏,就已经有要一较高低那味儿了。
不过,这种暗戳戳的较劲儿归较劲儿,罗珊珊的嘴闭得很严实,安静了不少。
许宁夏认为其中必定有原因,在看到江肆上了那辆途观后,明白了。
敢情是为了能和江肆哥哥同游。
江肆对此没说什么,嘱咐许宁夏有事发微信,还和李多南说他们的车会跟着他们,大家不要分散。
随后,两辆车一前一后,开往羡安。
李多美又在和梁嵘实时分享。
梁嵘能听能看不能去,羡慕得不行。
梁easy:多拍些视频给我。[可怜.jpg]
A家乐超市:嵘嵘姐,你怎么还不来?
梁嵘也想来啊。
可因为爷爷这次生病,家里的亲戚们又开始作妖,连梁峥都不能轻易离开北城。
夏天不宁静:你十月再来好了。
许宁夏这话发出去,梁嵘直接在群里开启语音通话。
梁嵘上来就说:"十月?你该不会是要在九云待到十月吧?"
"那有什么不行的?"
许宁夏刚回国不久,一没合作的品牌,二没签工作室,想怎么样就怎么样啊。

梁嵘还是不理解："你待那么久干吗啊？"

"你知道九云的采福节吗？"许宁夏问，"听说很不错。"

一听采福节，开车的李多南竖起大拇指。

李多美也笑着说："我们九云的采福节可热闹了。会有好多庆祝活动，当天晚上还会放篝火，大家围着一起唱歌跳舞。有什么烦心事就写在纸上丢进火里，神明会帮你带走。"

"听到了吗？"许宁夏又问，"心不心动？多美，再给她说说有什么吃的。"

李多美报了一串菜名。

梁嵘听后，果断道："你待到十月，我去找你。"

呵，就知道。

挂了语音，李多美又和许宁夏聊起待会儿想买一条裙子，不知不觉就到了赤云古城。

江肆他们的车子差不多和许宁夏他们的同时停下，大家会合。

尽管只是试运行，但古城里已经有不少商户开始营业。

有的街边艺人也来凑热闹，刚进古城的花坛这边，就有个弹吉他的文艺青年在唱民谣。

李多美录了视频发给梁嵘。

"一会儿想看看什么？"

身侧传来声音，许宁夏转头，江肆站在身边。

许宁夏说还没想好，指了下唱歌的文艺青年："唱得不错。"

江肆看着她唇边的浅笑，中肯地评价："弹得一般。"

这话莫名让许宁夏感觉别有含义，想再聊下去，罗珊珊相中旁边的一个看起来很有情调的咖啡馆，吵着想去二楼露台那里拍照。

"刚来就坐下，你怎么不在车里待着呢？"高焰说，"要去自己去。"

罗珊珊不肯，缠着非要去。

最后还是实在人李多南说"要不就去坐坐"，算是应了这事。

李多美要被她阿哥气死，叹了口气，无奈地跟了进去。

江肆问许宁夏想喝什么。

许宁夏这会儿不想喝咖啡，要了一杯柠檬水。

点完餐，大家上了二楼露台。

罗珊珊靠着栏杆自拍，一分钟能摆出八百个 Pose，看呆了李多美和李多南。

许宁夏托着下巴喝柠檬水，听楼下歌手又换了一首《那些花儿》继续唱。

"这首我上学那时候老火了。"高焰说，"你们那时候都流行什么？"

李多南举手："《祝酒歌》。"

"《祝酒歌》！"高焰咋舌，"那确实是很有名的歌哈。"

许宁夏和江肆相视一眼，不等他俩说话，李多美突然激动道："夏夏姐，嵘嵘姐说你也会吉他，弹得比这个人好！"

许宁夏笑道："夸张了，就是会弹而已。"

"这可有点儿看不出啊。"高焰接话,"那许小姐上学那时候肯定得被要求表演吧?"

还真被说中了。

许宁夏记得应该是高一下学期,正好赶上一中百年校庆,活动办得比较大。

老师让她表演节目,不过不是只有她一个,是合奏。

跟她配合的同学是谁来着?

旁边,李多美收到梁嵘发的语音,本想点转文字,手一滑,直接公放了。

梁嵘:"夏夏,你还记得上学和你合奏的楚游吗?"

许宁夏灵光一现,想起楚游来了,紧跟着梁嵘的下一条语音又说——

"楚游前两天回国了,在群里疯狂打听你!一看就是对你余情未了,想追你。"

这话刚说完,就听到"砰"的一声。

江肆手里的咖啡杯碎了。

大家都被惊到了。

高焰见到血,最先反应过来,忙道:"赶紧处理。"

李多南说去拿纸巾,高焰说:"不行,得消毒包扎,医生的手马虎不得。"

"那……"李多南挠挠头,看向许宁夏。

许宁夏已经在搜附近的药店。

一般情况下,旅游景点附近都会有药店,实在没有的话,还有游客中心会备着药箱。

"离这里700米。"许宁夏说,"有药店。"

她说完抬起头,正对上江肆的视线。

男人平静的眼眸似流转着不易被人察觉的情绪,只看她一眼,便转过头避开了。

"现在就去。"高焰抓上手机,"我下楼赔下杯子钱,你们……"

"江肆哥哥的手怎么了?"

慢了七八百拍的罗珊珊姗姗来迟。

看她气沉丹田的样子,许宁夏直接一个眼刀杀过去:"别闹、别叫、别添乱。"

罗珊珊一愣,张着嘴憋憋半天,憋出来个:"行。"

高焰让李多南和李多美留下,许宁夏已经导了航,帮忙带路。

三个人步伐很快,一会儿就到了药店。

高焰进去买药品,许宁夏和江肆等在门口。

江肆一直很安静,就像当事人不是他。

"你怎么了?"许宁夏问,"好端端的,杯子怎么会碎了?"

江肆还是保持沉静的状态,低声道了句抱歉。

谁要他的抱歉啊。

许宁夏又去打量他的手,垂在裤边,瞧不真切。

"你把手伸出来。"许宁夏说,"我看看伤成什么样子。"

闻言,江肆眼睛稍稍转向她,伸出了手。

许宁夏低头凑近了看。

伤口不深,但有两处,都伤在屈指的关节位置,肯定要比别的地方容易撕扯。

许宁夏看得仔细,江肆望她望得专注。

见她眼里是有几分担忧的,他一时忍不住,问道:"你和楚游……还有联系?"

许宁夏的注意力都在伤口上,随口道:"没有啊。"

"那他……"江肆抿抿唇,"他……"

许宁夏直起身,看向江肆:"你和楚游认识?"

江肆没答。

但许宁夏回忆了下。

她和楚游并不熟悉,唯一能想到的除了他们合奏过,再来就是楚游貌似很会打篮球。

江肆也会。

"你们一起打过篮球?"许宁夏问,"校队的?"

江肆垂下手,胸膛微微起伏了下:"嗯。"

话落,高焰出来了。

药店旁边有供游客休息的长椅和桌子,高焰说去那里处理伤口。

许宁夏跟着,不巧梁嵘这时打来了电话,她和江肆高焰说了一声,去一旁接听。

高焰坐下拧开了酒精。

见江肆双手握拳,气道:"嫌伤口小是吧?你怎么回事!松开手!"

江肆轻叹一声,慢慢摊开手。

条件有限,但该有的规范操作还是能满足的。

高焰万分认真地处理伤口,嘴里絮叨着:"你这手劲儿是有多大?太不小心了。咱们的手破个口子,是多危险的事,你不知道?你忘了咱们有个学长是怎么感染的吗?就因为指头破了一个还没米粒大的口子!你这……"

兄弟苦口婆心说了一堆,人家压根没听。

高焰眼见江肆一直看着那抹身影,再捉摸不出些意思来,也是二百五了。

"你这个性,不是我说。"高焰叹了口气,"你直接和她说不就得了?还是你觉得你俩以前的关系尴尬?放心,你俩那叫没关系。"

江肆收回目光。

风吹着他的发梢,他眼睫半垂,遮盖住眼里的一切。

高焰摇了摇头,收拾着医用垃圾,又说:"成年人,合则来,不合则去。"

江肆还是不说话。

他知道,如果说了,他和她只有后面的选项。

梁嵘打电话来,是听李多美说他们这边出了点儿意外,不放心来问问。

许宁夏回头看了一眼:"没事了。"

"那就好。"梁嵘松了口气,"你在那么远的地方,真有什么事,姐们儿就算脚踩风火轮也赶不及啊。"

许宁夏笑了笑,想说不怕的,她有人,还是紧急联系人。

"对了,"许宁夏又回头看了眼,"你刚才提楚游干吗?"

梁嵘莫名其妙:"不干吗啊,话赶话。当然,也是陈述下事实。"梁嵘又说,"楚游昨天已经加我微信了。正好我也问问你,你什么想法?"

"我能有什么想法?我跟他不熟。"

梁嵘"啧"了一声:"不熟可以培养熟。楚游长得帅,还名校海归,不考虑?"

许宁夏毫不犹豫:"不考虑。"

"夏夏……"

"我麻烦你别老替我担心这个。"许宁夏说,"你要是觉得老同学不好回复,就说我醉心事业,不成为中国香奈儿,绝不恋爱。"

"……那行吧。"梁嵘语气惋惜,"想当初你们金童玉女,风靡全校。我还说楚游这么多年对你初心不改,你俩能成一段佳话呢。"

这都什么乱七八糟的。

许宁夏好笑道:"我什么时候和他金童玉女了?"

"你这记忆力是不是该补点儿'忘不了'?"梁嵘无语,"你忘了你因为和他合奏,学校里是怎么传的了吗?"

许宁夏真不记得了,但经梁嵘一说,零星印象浮现。

那时,因为要彩排,许宁夏放学后会去音乐教室和楚游一起练习。

她弹吉他,楚游弹钢琴。

他们两个确实不熟,但相互认识,以前一个初中部的。

而且,高一军训时,梁嵘有拜托楚游借书给许宁夏,帮她解决失眠问题。楚游是那种阳光男孩类型,加上家里条件不错,在学校很受欢迎。

那段时间,许宁夏和楚游同框次数很多,这种情况一直持续到校庆正式表演。

也是那个时候,学校里有人传许宁夏和楚游关系很近。

他们同框时的各种细节被挖,还有人在贴吧里开了匿名帖子,细数他俩的互动。

许宁夏并不在意。

或者说,她知道是假的,没放在心上。

校庆结束的当天,参加表演的几个同学约着晚上一起去音乐餐吧吃饭唱歌。

许宁夏也在其中。

她对这种场合不是很感兴趣,但不忸怩,人家诚心邀请,她就去。

一行人浩浩荡荡地出了校门。

许宁夏和楚游并肩走在一起,有说有笑。

马路对面，江肆一个人站着。

看见他，许宁夏多少有些心虚。

许青浔不喜欢她参加这种玩玩闹闹的活动，要是江肆告了她的状，回家后肯定有一通狠批等着她。

于是，许宁夏让梁嵘先和大部队走，她单独去找江肆。

"你站在这里干什么？"许宁夏语气不善，"监视我啊？"

江肆站在便道上，低着头。

他个子长得很快，虽然身材还有着少年的精瘦，但校服之下，是越发强壮的体魄，还有日渐成熟的、蓬勃的男性荷尔蒙。

之前有女同学撞见过他打完球撩起衣服下摆擦汗，从那之后，一大群女生经常驻守在篮球场附近，就想着看看传说中的八块腹肌是什么样的。

江肆握着山地车车把，在许宁夏的质问过去半天后，低声说："许叔叔不希望你去那种地方。"

许宁夏噘噘嘴："你果然是想告我状去邀功，你无不无聊？"

江肆不说话，也不走。

深沉得好似一棵扎进地表底层的树。

许宁夏没工夫和他耗着，警告："你要是敢告诉我爸，你就死定了。不信你就试试，我一定叫你……"

"夏夏！走啦！楚游给大家叫了冰激凌蛋糕！"

对面梁嵘在催，许宁夏心急，踢了下江肆的车子："你听到我刚才说的话了吗？你不许告状，不然我……"

"我不会告状。"江肆说着，轻轻把车头转向身边的人，像是要挡住她的去路，沉沉开口道，"你能不能……"

梁嵘又在那边喊着快点儿，完全盖过江肆的声音。

所以，那天江肆到底说了什么，许宁夏永远都不会知道。

她开心地去找她的伙伴们去了。

江肆处理好伤口，李多南他们也找了过来。

大家会合，正式开始古城的游览。

许宁夏几次想问问江肆手伤的情况，但罗珊珊小蜜蜂似的围着江肆，说江肆哥哥的手不方便，她就要做江肆哥哥的手。

到了中午，大家在休息区小坐，商量午餐吃什么好。

许宁夏见旁边有家牦牛酸奶店，想尝尝，决定买几瓶请大家一起喝。

结账时，江肆先她一步。

"我来。"江肆说，"刚才惊扰大家了。"

许宁夏收回手机，嘟囔："这算什么惊扰？"

明明受伤的是他自己。

许宁夏瞄了一眼男人的手，高烙包得还算结实。

她也听说过，像医生这种随时暴露在病菌环境下的职业，随便一个细微的伤口都有可能带来巨大的危险,不能掉以轻心。

许宁夏想叫江肆注意点儿,但想想他自己就是医生,肯定比自己懂,而且说这话又显得她好像过于关心了,还是不说得好。

老板打包着酸奶,许宁夏干站着没事干,问道:"你是不是以前和楚游闹过矛盾?"

江肆看向她,眼神淡淡的。

"我也是瞎猜的。"许宁夏说,"听说楚游篮球打得特别好,要是……是吧?你走的是学霸路线,运动力不是那么重要。"

江肆说:"你的意思是我打球输给楚游?"

"不是吗?"许宁夏反问,"我感觉你好像很讨厌楚游呢。"

见江肆不接话,冷着一张脸,许宁夏又好心再开导两句:"都是同学,又过去这么多年,要是不是大事,没必要计较。"

江肆脸更冷了,付了钱,拎起袋子往回走。

许宁夏搞不懂他这是怎么了,跟在后面,也不知道还该说什么。

这时,江肆手机响,连带高焰那边也在看手机。

几秒后——

"医院急召。"高焰跳起来,"江肆,咱们得立刻回去!"

江肆点头,放下酸奶就走。

蒙了的罗珊珊问:"你俩走了,我怎么办?"

高焰看向李多南:"李家小哥,麻烦你帮我照看下我表妹。"

"高医生放心。"李多南说,"你们路上慢些。"

转变来得猝不及防。

大家眼看着江肆和高焰没了之前休闲的状态,变成一脸严肃,动作十分急迫。

高焰说他开车,江肆把钥匙丢给他。

看到江肆手上的包扎,许宁夏嘴巴快于脑子叫住了人。

江肆转过头,看许宁夏走到自己身边。

以为她是因为自己突然爽约不开心,他轻声说:"博物馆不能去了,下次我……"

"你的手。"许宁夏快速看了他一眼,顿了顿,"一定要小心。"

江肆愣了下,冷冰冰的脸终于缓和了下来,嘴角也有了微小的弧度。

"好,我小心。"

江肆和高焰突然离开,剩下的许宁夏他们一时之间大眼瞪小眼。

这里最蒙的是罗珊珊。她愣了好一会儿,说:"那我们也走呗,留着干吗?我看这里挺没意思的。"

许宁夏说"好",指着停车场:"你去车里待着吧。"

"什么意思?"罗珊珊站起来,"凭什么我要去车里待着?"

李多美小声回道:"凭你说这里没意思啊。"

——那还待着干什么?

· 101 ·

感受到深深不被待见的罗珊珊又一次气沉丹田，许宁夏早有准备，在她开口前，让她把大嗓门咽了回去。

"我表哥不在，你们都欺负我。"罗珊珊弱弱地道，"尤其是你。"她看着许宁夏，"长得好看了不起啊。"

许宁夏笑得明艳动人："是了不起呀，要不你也长我这样？"

"……我倒也想。"

"噗"的一声，李多南没忍住先笑了。

这笑声会传染，紧跟着李多美和许宁夏也笑了，最后罗珊珊哭丧着脸笑。

许宁夏上前拍拍罗珊珊的肩膀，说："来都来了，为什么不好好玩一下？以后这里人多了，未必有今天好玩呢。"

罗珊珊心说也是，吸吸鼻子说："那先吃顿饭吧，我快饿晕了。"

到底是个小女孩，虽说被家里宠得情商堪忧，本质却不坏。

没了所谓撑腰的表哥在，反而倒是能和许宁夏他们相处得融洽些。

四个人吃了饭，之后顺着古城转。

罗珊珊看中一条民族风披肩，想要结账，许宁夏拦下没让。

"这个不适合你。"许宁夏职业病上身，"试试这条。"

罗珊珊不大情愿，但一试，就不想摘下来了，当即换成许宁夏推荐的这条。

"看不出你还挺有眼光。"罗珊珊说，"你也是北城的？"

许宁夏正给李多美参谋裙子，分神回了句："怎么，想攀交情？"

"想什么呢？我是看你和江肆哥哥认识，猜的。"罗珊珊撇撇嘴，靠近过去，"哎，你和江肆哥哥什么关系？"

许宁夏斜了她一眼："拿我当情敌？想多了，同学关系。"

罗珊珊拖长音"哦"了一声，嘀咕一句："不是江肆哥哥的白月光就好。"

闻言，许宁夏和李多美都是一愣。

江肆有白月光？

"这不明摆着的吗？"罗珊珊摊手，"江肆哥哥一直单身，肯定心里早有了人呗。"

李多美问罗珊珊："那江医生既然有个这么喜欢的人，你还喜欢他？这不会有结果啊。"

"庸俗了吧。"罗珊珊挑眉，"谁说喜欢就一定要有结果？要结婚？我对江肆哥哥始于颜值，忠于颜值，能跟他谈一天恋爱也值。"

这思路打得很开，拓宽了李多美的眼界。

而罗珊珊扒拉着面前的衣服，又补了一句："再说就算我愿意，我们家也不会同意我嫁给一个单亲家庭的男生。"

"听说江肆哥哥的爸爸在他很小的时候就去世了。"

这话蓦地刺了下许宁夏的心脏。她忽然不想再继续聊这个话题，带着李多美去另一边挑衣服。

从赤云古城回来的当天晚上，九云人民医院收治十多名警察的事就传开了。

李多南打听来,说这批受伤的警察就是捉拿在凌康逃窜的犯罪嫌疑人,一路跟到九云山附近,被对方团伙偷袭才受的伤,伤情惨重。

万幸的是,犯罪嫌疑人都已经归案,警察同志保护住了九云的一片安宁。

周四这天,天气舒爽。

李奶奶让许宁夏晚上来吃排骨。

许宁夏照旧提前到,和李多美在超市门口吃水果聊天。

临近傍晚快开饭时,高焰来超市买东西。

几天不见而已,高焰胡子拉碴,眼眶凹陷进去一块,明显是睡眠不足。

"快三十个小时了。"高焰打了个长长的哈欠,"没合过眼。"

李奶奶叫他坐下歇歇,待会儿留下吃饭。

高焰说:"不了,奶奶,我得回去睡觉,我实在,啊——困。"

"高医生怎么累成这样?"李多美斟上茶,"医院里这么忙呀?"

高焰屁股沾到椅子,一时也不想动,就多说了几句。

送来的十多名警察,有几名伤得很重。

特别是领队的队长,一晚上就下了好几次病危通知。

按理说,他们的伤况该送到省级医院救治。

可也就是因为他们的情况严重到根本等不到送省医院,这才不得不留在九云医院,等生命体征平稳了再送走。

这几天,医生们连轴守着,生怕一个不注意,人就去了。

许宁夏一直在旁边听,听到这里,问:"那江肆呢?"

"还在医院。"高焰揉揉眼睛,"他比我能熬,得快两天没睡。不过一会儿也该回去休息了吧,我们明后两天连休。"

喝完一盏茶,高焰大爷捶腰式起身,想起什么,又"咣当"坐下,说道:"瞧我这脑子。许小姐,你和李家小哥小妹明天晚上有时间吗?我想请大家吃个饭。"

"吃饭?"许宁夏放下杯子,"怎么想起请我们吃饭来了?"

高焰笑了笑:"珊珊和我说了,你们都挺照顾她的。她过两天就回北城了,也算是她和你们道谢,再告个别。"

许宁夏和李多美互相看看,想着那一日尚算和谐的友谊,点头同意。

高焰走后,许宁夏给江肆发微信,说了高焰的邀请。

回复是在晚上九点来的。

那时,江肆刚刚回宿舍,也是刚有时间看手机。

江肆:我也会去。有什么想吃的?

许宁夏心说她是被请的那个,哪里有点菜权?

夏天不宁静:我都行。

发完,许宁夏举着手机,就看聊天界面上"江肆"和"对方正在输入"不停切换。

说个话这么费劲儿吗?

许宁夏轻哂，帮话少的某人一把好了。

夏天不宁静：高医生说你们累坏了。

江肆：还好。

都快两天没睡了，还好呢？

许宁夏本来想问问他的手怎么样了，这么一想，又改了主意。

夏天不宁静：你休息吧。

界面上方的字又开始切换。

这次，许宁夏等着，她要看看这人想半天能想出什么来，结果——

江肆：那明天见。

就这？

还值当想那么久？

许宁夏笑着倒在沙发上，回复：明天见。

江肆：晚安。

夏天不宁静：晚安。

几乎在看到这两个字时，江肆就倒头睡了过去。

只可惜，睡得不是很好。

他做了个很长很长的梦。

几人还是约在李家小超市门口集合。

餐厅是高焰定的，位置在乌里河旁，晚上可以看河景。

许宁夏今天打扮得很知性休闲。

一条米色阔腿裤搭配雾蓝色衬衣，球鞋也是蓝色系，微卷的长发随意披散着，就像大学里的温柔学姐。

许宁夏推门出来，不想江肆又站在老地方。

"你怎么来了？"许宁夏惊讶，"不是在超市见吗？"

江肆戴了眼镜。

状态还好，没有昨天高焰那么夸张。

不过眼底下的乌青也是显而易见的，脸色也比平时要苍白些。

"正好路过。"

许宁夏转身锁门，又说："你没和高医生一起？"

"分开走的。"

他们有四天没见。

江肆每天的微信少了问句，直接改成天气预报，许宁夏会回个表情。

这种不见面下的似有如无的联系让两人心中都泛起些许微妙。

就好像他们不该那么熟悉，可事实他们就是日日都会出现在对方的生活里，哪怕只是一条无关紧要的消息。

许宁夏站在江肆身边稍靠后一点的位置走着。

从这个角度，她可以看到男人的侧脸，下巴的位置是有仔细修剪过的，不见一点儿青茬儿，干干净净。

"明天你别去学校了。"许宁夏说,"我还让李多南送我。"

江肆转过头,问:"为什么?"

许宁夏看着他的黑眼圈,又指了下他还贴着创可贴的手,说:"怕你驾驶不规范,连累我。"

"不会。"江肆朝她伸出手,"有小心在意,没事了。"

许宁夏靠近看看。

男人手掌干燥,掌心中央微微红润,号称智慧线的那条掌纹很深,延伸没入手掌边缘,上面的伤口裹得严实。

"你不在意也不行啊。"许宁夏哼了一声,"出了事后悔都来不及。"

看她话语间不经意带出的几分娇憨和关心,江肆浅淡一笑:"我明天八点接你。"

说话的这会儿工夫,也到了超市。

李奶奶不去,说是不参与年轻人的聚会,自己在店里乐得看看电视剧。

两辆车依旧一前一后出发,大约一刻钟就到了餐厅。

乌里河的繁华程度不亚于九云古城,甚至比古城还要热闹。

因为九云人不偏爱夜生活,很多店铺七八点时就会关门,但乌里河旁边的小集市会营业到十点。

"吃完饭我要去逛逛。"罗珊珊说,眼睛看着许宁夏和李多美。

意思很明显——要人陪。

许宁夏点头:"逛。"

这家餐厅也是改良后的九云菜,味道可以,总体比不上砚茗古城的那家。

可他们的玫瑰酿非常好喝。

许宁夏上来就喝了小半杯,想问问江肆这里是不是只有玫瑰的,就见江肆目不转睛地看着手机。

"怎……"

话没出口,江肆拿起手机站起来,去了外面的走廊。

许宁夏愣了愣,高焰插话:"这几天一直这样,估计是等那位警察队长的消息。"

"他们认识?"

"不认识。"高焰肯定,"应该是伤得太重,江肆不放心。"

许宁夏看着江肆站在光照不到的角落里,单薄的影子投映在地上。

她莫名地觉得哪里不对,不待细想,罗珊珊提议玩游戏。

李多亮最有玩心,忙问:"玩什么?"

"真心话大冒险啊。"罗珊珊说,"你一个小不点儿,不要参加。"

李多亮:……不如在家和奶奶看电视剧。

李多亮被踢出局,李多美却挺兴奋。

她看的小说和电视里都有提过这个游戏,但她没玩过,很想尝试。

准备期间,江肆也回来了。

许宁夏余光跟着他,没多嘴问什么。

而江肆随手拿起装着玫瑰酿的瓶子，给她空了的杯子又添了半杯。

前几轮游戏，输的是高焰。

高焰每次都选真心话，无奈提问的都是罗珊珊。

而罗珊珊的问题都很刁钻，才问了几个，就把高焰小时候做过的糗事翻了出来，引得大家捧腹。

气氛热起来，李多南和李多美也玩得高兴。

李多美输了，由许宁夏提问。

知道小姑娘脸皮薄，许宁夏不问过火的，就问了个"理想是什么"。

"当老师。"李多美说，"回九云教书，让更多孩子考上大学，去看看外面的世界。"

这话高尚得像是上电视的采访词。

但在座的人没有一个笑话李多美，因为从她的眼睛里，他们看到的是真诚和希望。

就连罗珊珊都没乱叫叫，举杯和她碰了下，只说："那你抓紧，这儿的卫生条件实在不怎么样。"

李多美笑着点头："好。"

又玩了几轮。

这次，江肆输了。

赢家是高焰，他等这一刻等半天了，搓着手跃跃欲试。

"真心话还是大冒险？"高焰问，"你选。"

江肆看着高焰，别有意味，说："真心话。"

高焰嘿嘿坏笑，目光在江肆和许宁夏身上快速睃了一圈，说："行，我问个简单的。"

"哥！"罗珊珊使眼色，"江肆哥哥好不容易输一回啊。"

最起码得问个理想型是什么样吧。

高焰不管，他今天怎么也得为兄弟助攻一次，问道："如果你喜欢的人现在就在你身边，你会对她说什么？"

所有人安静一瞬，在消化高焰的问题。

罗珊珊最先翻了个白眼："这是什么问题？能不能问些有价值的？"

"我就问。"高焰说，"我赢了，我说的算。快回答。"

李多美他们的眼神往江肆身上瞟，许宁夏也有些好奇。

好奇高焰为什么问这么一个问题，也好奇江肆会如何回答，还好奇……

"江肆哥哥有喜欢的人啦？"吃着芒果的李多亮忽而问了一句，"谁呀？"

这一问，场面再度陷入安静。

可这次的安静和刚刚不同，大家这才意识到高焰这个问题的潜台词是默认江肆有喜欢的人了。

这下罗珊珊顿时瞪大了眼睛，等着答案。

江肆瞥了高焰一眼，高焰冲他挑眉，心说机会难得，兄弟你可千万把握住。

江肆收回视线，眼睛不动声色地擦过某人的脸，神色淡定得跟在医院听病人说病情一般。

过了快半分钟,他放下手中的杯子,声音一如往常般清冷低沉地说:"别走。"

"什么?"

李多美、高焰、罗珊珊,三人异口同声。

"说的什么?"罗珊珊皱着眉,"别走吗?我没听错吧?"

李多美听的也是这个,但又觉得不可能,是自己听错了。

就连李多南也怀疑。

还是局外人李多亮小朋友说:"就是'别走'。"

罗珊珊不理解,说这算什么答案?吵着让江肆重说。

许宁夏揉耳朵,嫌弃她大呼小叫,但心里也同样不解。

别走。

什么意思呢?

要是江肆有喜欢的人,应该是还没告白吧,不该先说我喜欢你吗?

而江肆面无表情地说完这个答案,任由身边人一个个望眼欲穿,也不再多说一个字,只默默喝茶。

唯独高焰微不可见地"啧"了一声,感叹带不动,真是带不动。

吃完饭,大家说好去乌里河的集市逛逛。

所谓集市,就是一条长街,一侧全是小商贩,中间是大块的石板路,旁边是乌里河。

夜里的乌里河有着安详的美。

商贩亮起的灯光,照得河面波光粼粼。

一座弯弯的石桥好似定格在人间的彩虹,虽没有绚丽色彩,却与河水浑然一体,不可分割。

李多亮想玩射击游戏赢赛车,罗珊珊也看中一只小狗玩偶,两人在那里厮杀,李多南他们陪着。

许宁夏对这没兴趣,见前面有卖手工艺品的,过去看看。

一个线钩的玫瑰花钥匙扣就挺不错。

"喜欢?"身边的人问。

许宁夏放下钥匙扣,又看看,指着另一个说:"我喜欢山茶花。"

江肆轻轻一笑。

两人在摊位这边花了挺长时间。

许宁夏慢慢挑,江肆站在一边静静等,两人看着好像没什么联系,却又隐隐有着不用言说的默契。

挑得差不多了,许宁夏准备结账,一个看起来二十多岁的男生红着脸说他来买单。

"姐姐别误会。"男生看着许宁夏,脸红得更厉害了,"我、我就是,能加你个微信吗?"

看言谈穿着,男生必定不是九云人。

九云虽然不是什么大热景点，更吃不上旅游红利，但也是有个别游客会来这里看看的。

眼前这位估计就是热衷旅游的大学生。

他伪装得很好，看起来很像腼腆的小奶狗，是奔着姐姐喜欢的类型去的。

只是真腼腆的男生不会直勾勾地看着女孩，遇到让他们心动的，他们的目光是闪躲的。

而这位一边红着脸，一边眼里带电，演技实在是差。

许宁夏看着"纯情"小男生，眼风扫过站在摊位边的某人。

这人是万年不化的冰雕，气势不是一般的强，这会儿也看着男生。

那样子用来吓唬人正好。

许宁夏有了主意，无辜地眨眨眼，惋惜道："谢谢你的好意，但我不知道我男朋友同不同意。"说着，过去挽起了江肆的手臂。

江肆定住。

过了好几秒，他才反应过来，有些僵硬地转过头看着身边的女人，以及她抱着自己手臂的手。

许宁夏166cm的身高，算是中等，可站在189cm的江肆身边，就变成了很娇小的一只。

像软乎乎的布偶猫撒娇似的靠着他。

江肆喉结微滚，快速移开视线，转回去看向男生。

这一刹那的间隙，男人眼神里刚才还略带无措的慌乱登时变成威严压迫。

男生头皮一麻，道歉："我还以为你们不是……对不起！"说完，麻利跑走了。

瞧那胆小怕事的样子，许宁夏笑得得意：和我斗，我没谈过还没看过别人被骗过吗？

"你……"

"啊？"

许宁夏看回来，脸上的笑容还没收。

见江肆视线向下，她也跟着。

看到还挽在人家手臂上的手，许宁夏立刻松开，忙说："不好意思。"

"没关系。"

话语间，两人拉开两拳的距离，各自站着。

许宁夏握了握手，仿佛手心里还烧着那人皮肤上的温度。

江肆则镇定如常，手臂却过电似的，淌过一阵阵的酥麻，颤得他心跳加快。

卖东西的阿婆本来还高兴有客人光顾，结果磨蹭到现在，一毛钱没给她不说，她摊位前还多了两个门神。

"阿哥阿妹，买不啦？"阿婆说，"都是好货哇。"

他们这才回过神，江肆先一步去付了款，接过袋子，顿了顿，递给许宁夏。

许宁夏低着头拿过去，继续往前逛。

月亮倒映在河面。

· 108 ·

平滑的圆被水波推得弯弯绕绕，像人心底整不平的绮念。

许宁夏攥着山茶花钥匙扣，纠结着开口："那个男生应该是个'海王'，所以我就……"

"嗯。"

"你……"

"要坐会儿吗？"

河边正好有张长椅，挨着小桥。

许宁夏没意见，和江肆坐下，顺便等等李多美他们。

一静下来，许宁夏就不得不想起刚刚。

思量再三，觉得也是矫情了。

她和江肆也不是十六七岁的少男少女，摸下手臂，有什么难为情的？

再者说了，某人都有喜欢的人，她可比他纯洁，感情一片空白呢。

想到这里，许宁夏的好奇心再次被吊起。

"你喜欢的人离开了你是吗？"她问，"念大学的时候？"

江肆没想到她突然提起这个。

看着身边真诚发问的女人，他心中似有千言万语堵在心口，哪怕只是撕开一个极小的缝隙，就会汹涌地向她倾倒而出。

可他也知道，他不能泄露一个字。

江肆抓紧了长椅边缘，看向前方，淡声说："不是。"

"不是大学期间？"许宁夏惊讶，"那和你是……同事？不会是患者吧？"

"不是。"

"那是什么……"

看到江肆淡漠的眼神，许宁夏闭上嘴。

好吧，是她八卦了。

但江肆这样的禁欲典范会喜欢上一个人真是蛮神奇的。

会是什么样的女孩呢？

大概是那种非常温柔、善解人意，也和他一样优秀的人吧。

许宁夏不禁咬了咬唇，盯着前面的一块大石头发呆。

江肆猜不到许宁夏在想什么，但肯定不会因为他喜欢谁而在意，她一向如此。

大概率是好奇心得不到满足有些小脾气。

心底生出习以为常的落寞。

江肆知道如何克制，指着前面一个卖西米露的摊位，问她想不想尝尝。

许宁夏看都没看，不怎么高兴地说："在你眼里，我就是个吃货是吧？"

"没有。"

"动不动就让我吃，这都几点了？还吃！我胖了，你能替我减肥吗？"

"……不能。"

"那你让我吃？"

江肆张张嘴，思路有些混乱，但还是诚恳地说了句抱歉。

认错倒是快。

许宁夏不吃这套,摆弄着手里的山茶花钥匙扣,想起什么来。

她拉开挎包,拿出里面的防狼警报器,上面留有放这种小挂坠的地方和线绳,正好可以拴上这朵山茶花。

许宁夏着手去弄,但她掰不开钥匙环。

九云人民不愧都是实在人,这个钥匙环比一般的要紧好多,做工是一点不偷工减料。

"我来。"

许宁夏停下动作,看了看身旁的男人。

本想冷他一会儿,但又想着白来的劳动力不用白不用,便递过去,语气不忘凶巴巴一些:"别弄坏了。"

江肆点头。

他拿走钥匙扣,许宁夏都没见到他动,山茶花就取出来到了他手心里。

许宁夏看得一愣一愣的。

就他这轻松架势,搞得好像她故意装柔弱,让他帮自己似的。

"是不是我已经弄松了,所以你一下就打开了?"

许宁夏给自己挽尊。

而这个是不是,江肆无法回答,因为他也就是碰了下,钥匙环就开了。

他把山茶花拴到报警器上,还给许宁夏。

许宁夏五味杂陈地接过去,咕哝:"劲儿真大。"

江肆没听清,稍稍靠近,低下头:"嗯?"

他这不经意的一声低吟,就在许宁夏耳边,好似大提琴琴弦颤动,一声过后震荡起层层余波。

许宁夏觉得耳朵痒痒的,缩了下脖子,小声说:"我还想去前面再看看。"

她率先站起来,整理衣服时,眼睛瞥到斜对面站着的两个女孩。

那两人举着手机冲向江肆,窃窃私语的样子,不难让别人看出她们想干吗。

许宁夏眼里划过一丝狡黠。

"我自己过去就好,你在这里歇着吧。"许宁夏说,"这样等多美他们来了,也好看到我们。"

江肆张口想说什么,许宁夏又说:"还有刚才'海王'的事,你别往心里去。"

"我没关系,你不用……"

"你要是有什么,我也会帮你的呢。"

这话什么意思?

江肆疑惑地看着女人,就见她无害地笑了笑。

而等她走了没十秒钟,两个女孩就过来围住了他,要合照。

看看在前面挑东西的许宁夏,江肆有些无奈地说:"抱歉。"

"你是不是怕你女朋友不高兴啊?"女孩说,"我们没别的想法,就是看你长得……太帅了。"

江肆还是拒绝，女孩却也不放弃，说可以和许宁夏解释。

许宁夏这时过来了。

想到她刚才说的可以帮他，江肆把手从口袋里拿出，手臂垂在身侧。

许宁夏走到江肆身边，手里拿着刚买的西米露，故作不知情地问："怎么了？"

女孩解释一番，请求："我们真就是觉得这颜值太绝了，又是在九云这么远的地方遇见，想留个纪念。所以……小姐姐，如果可以，我们也想和你照。你和男朋友好般配啊！"

许宁夏礼貌地谢谢夸奖，之后看向江肆。

江肆舔了下唇，刚稳定不久的心脏又开始活跃起来。

他等着她，下意识地握紧了手，就听她说——

"人家误会我们了，你还不赶紧跟人家合照赔罪？"

"哥哥。"

江肆："……"

送走如愿以偿的两个女孩，许宁夏笑得肚子疼。

江肆站在河边，默不作声。

怕他想不开，许宁夏等笑够了，走到他身边，说："生气啦？人家也是看你长得帅嘛。"

合照工具人江某还是不言语。

许宁夏转到江肆面前站着，歪着脑袋看他的表情："还真生气啊？那我错了还不成吗？"

江肆瞧着她，灵动的眼睛里写满坏心思，哪里是真的认错？

见服软没有用，许宁夏又换了一副表情，可怜兮兮的。

以前她要是惹了梁嵘，就这样对梁嵘，梁嵘就不跟她计较了。

"别生气了。"许宁夏说，"生气对身体不好，是吧？哥哥。"

江肆一怔："你叫我什么？"

"哥哥啊。"许宁夏不以为意，憋不住又开始笑，"你知不知道你刚才照相的时候，脸冷得可以当雪人冰棍了？"

"哥哥。"

江肆抿着唇，喉咙发紧。

刚才她也这么叫，他虽心头异动，却不像此刻震荡得厉害。

一种他极力克制的冲动在体内疯狂流窜，让他倍感羞耻的同时，又几乎痴迷地回味。

"不要随便这样叫人。"

良久，江肆压着嗓音里的喑哑说道。

许宁夏敛了笑，心说过去许青浔逼着她叫他哥，她死活不肯叫一声，现在真叫了吧，正主还不乐意了。

"不叫就不叫。"许宁夏踢开小石头,"本来也就是开玩笑。"
见她不高兴了,江肆想说什么,手机响了。
他一看,之前吃饭时的忧虑又在眉间浮现出来,是医院打来的。
"我接下电话。"江肆说,"你不要……"
许宁夏晓得轻重缓急,立刻不耍小脾气了,点头:"我不乱跑,在这儿等。"
之后,李多亮和罗珊珊满载而归。
罗珊珊别别扭扭把小礼物给了许宁夏一份,说今天是见者有份,还说:"等你回了北城,我可以勉为其难请你吃顿饭。"
就罗珊珊这傲娇劲儿,和梁峥那小子有一拼。
看在礼物的面子上,许宁夏也和罗珊珊说了句真心话:"以后对别人客气些。不指望你换位思考,起码得有尊重吧。"
罗珊珊又撇嘴,嘟囔着:"我给搬箱子的大爷三倍辛苦费呢,也不欠他的。而且……"
"而且什么?"
"我那箱子就是攒了好久钱才买的!我心疼!"
她吼得许宁夏一愣,随即笑了。
还是挺可爱的小姑娘嘛。
许宁夏把刚才特意挑好的工艺品送罗珊珊,两人冰释前嫌。
许宁夏这边和罗珊珊有一搭没一搭地聊着,大家也准备结束今天的聚会,各自回去。
高焰这时声音突然高一个八度说:"回医院?"
江肆点头:"回去看看。"
"那位队长又有情况?"高焰问,"我和你一起。"
"不用,我……"江肆垂下眼,"就是看看。"

回到木月庭,许宁夏还在琢磨江肆和高焰说的话。
高焰说江肆不认识那位警察队长,那为什么是这样的反应呢?
这一晚上,江肆和他们在一起,不能说不专心,但肯定有一部分心思是在医院的。
仅仅是医生对患者的关怀?
是不是有些过了?
许宁夏随手打开电视,去吧台那边斟水。
电视里正播晚间新闻,说的就是这次警察逮捕凌康逃犯的事。
具体内容肯定不会向大众披露,只是稍稍突出了一下警察同志们的英勇,关于队长重伤的事,并未提及。
许宁夏坐回沙发,点开微博。
这个新闻不算大新闻,毕竟在边境线附近,每天的凶险异常成了家常便饭。
但一些IP地址是F省这边的网友还是知道的,有的就是凌康人,说了一些不为人知的事。

这次逮捕行动的计划是那位警察队长安排的。

因为时间紧、任务急,其中存在错漏,就比如他们应该等上面的支援到达后再行动,可队长执意要求现在突破,这才有了火拼。

而那位队长重伤昏迷前说的最后一句话就是:"兄弟们都还在吗?"

想来是怕因为自己的决定带来伤亡。

网友A:要真是这样,这个队长就是有责任啊!那么多条人命听他的去拼,他为什么不等支援?

网友B:就是!抓人重要,警察的命也是命。

网友C:为立功吧。

许宁夏没再往后看,挺无语的。

罪犯抓住了,开始考虑警察同志的安全了,没抓住时呢?

人人自危,抱怨警察办事不力。

进退两难,总得有人担下责任或者骂名。

许宁夏摁灭手机,准备去洗澡。

刚起身又想起了什么,坐回去编辑微信。

夏天不宁静:我明天还是拜托李多南送我去学校,你别去了。

她以为江肆在医院正忙,会回复得很慢,没想到手机很快就响了下。

江肆:答应学生们了。

他都这么说了,许宁夏也不好再勉强。

夏天不宁静:那我请你吃早餐吧。

这样还能多留些时间睡觉。

江肆:好,明天见。

发完消息,江肆弹弹手上的烟灰。

在医院的楼梯间里,他指间的猩红是唯一的亮光。

转天一早。

许宁夏推开小院门,不意外地看到江肆。

他今天还戴着眼镜,稍稍遮盖了眼下的乌青。

许宁夏搞不懂他干什么非要去这一趟,留在宿舍里睡觉不好吗?

许宁夏叹了口气,说:"你决定去哪里吃早餐吧,我不熟。"

两人来到靠近城中心的一片住宅区,这里有不少卖早餐的小摊位。

江肆要去的是一家店铺。

店规模不大,但客人很多,许宁夏和江肆只在里面找到一张靠着角落的小桌子。

"可以吗?"江肆问,"要不换一家?"

许宁夏说不用,过去看了菜单。

借着这个空当,江肆用消毒湿巾把桌子和凳子都擦了一遍。

等许宁夏回来,江肆正在旁边的水池洗碗筷。

"你们医生是不是都有洁癖?"许宁夏笑道,"这样洗完心里就踏实了?"

江肆只字未答，把一套干净的碗筷放到许宁夏面前。

江肆平时话也少。

但直觉使然，许宁夏觉得他这会儿是有心事。

这种感觉她昨晚就有了，可她想不出产生这种感觉的源头。

许宁夏不知道该不该问。

一是问错了，显得她神神道道；二是即便是朋友，也不好太过问人家不主动提的事。

那是越界。

两人暂时无话。

过了一会儿，老板娘送来豆腐脑。

南方的豆腐脑口味和北方不同，许宁夏还挺想尝试的。

就是她刚刚特意和老板娘说了不要香菜，为什么还给她放这么多？

许宁夏瞬间没了胃口，正犹豫要不换个别的，江肆说："我帮你挑出去。"

"什么？"

"香菜。"

"你怎么知道我不吃香菜？"

"猜的。"

许宁夏心想大概是她烦躁时的表情比较明显，江肆看出来了。

江肆拿了一双公筷，照旧是先到水池那边清洗干净。

坐下后，他把许宁夏的豆腐脑端到自己面前，一下接一下夹出香菜，放到自己碗里。

江肆的手很好看，手掌宽大而不笨厚，手指修长遒劲。

握着筷子时，深棕木色衬着他的冷白皮，两种颜色的冲击构成一幅颇具观赏性的画面。

特别是他偶尔会转下头，侧脸轮廓显露，优越的面部线条以及高挺的鼻梁，都让许宁夏觉得赏心悦目。

而更让许宁夏觉得有意思的是，男人身处这样的闹市中，依旧可以做到清冷出尘，一丝不苟地为她……摘香菜。

许宁夏莞尔一笑，看着江肆夹完所有香菜。

等豆腐脑回到她手边时，她才问："你都夹到你碗里，你这么爱吃香菜？"

"还好。"江肆拿起自己的筷子，"小心烫。"

许宁夏惯性地想回句谢谢，抬起头，就见江肆已经低头在吃，安静的模样略显寂寥。

他到底遇到了什么事？

吃完早餐，许宁夏和江肆没再耽误，开车前往学校。

安排和之前的一样。

许宁夏先去教小昭画画，江肆负责讲解生理卫生知识，孩子们愿意的话，下了课，他会弹琴陪孩子们唱歌。

办公室里，吴老师给许宁夏斟水。

·114·

小昭在桌上铺开画纸，吴老师顺嘴提了一句："江医生今天看起来有些累啊。"

"前几天医院忙。"许宁夏说，"应该是……"

话没说完，一个男孩在门口板正又洪亮地喊了一声报告。

男孩给吴老师递来一小摞卷子，吴老师接走后，让他去找同学们，他又底气十足地说老师再见。

见许宁夏面露疑惑，吴老师笑着解释："这孩子的爸爸以前是警察，后来受伤就退了。他特别崇拜自己的爸爸，就喜欢这样模仿。"

记忆一闪而过。

爸爸，警察。

队长！

她怎么把这个给忘了呢！

"许老师，怎么了？"吴老师见许宁夏脸色忽而不太对，"不舒服？"

许宁夏握紧水杯，懊悔自己才想起来。

"没事。"许宁夏摇摇头，"谢谢您的关心。"

和孩子们相处的时间过得格外快。

但许宁夏今天多少有些心不在焉，教完小昭，就去了操场那边。

生理卫生课已经下课，学生都在自由活动。

许宁夏四下看看，问一个学生有没有看到江医生。

学生指着小树林的方向："江医生往那边去了。"

江肆来到上次的池塘边。

站在树下，他凝望着水面，抬起手，一缕细小的白烟在指尖弥散开来。

他吸了口烟，之后也没有拿下来，轻轻咬着烟蒂，任由白雾模糊了他的脸。

等一支烟吸完，江肆低下头摸烟盒，抖落出一根重新咬在唇间，可无奈打火机这时怎么都点不着。

江肆皱起眉，正要再试时，听到——

"用我的吧。"

许宁夏递去自己的打火机，说："别误会啊，我不抽烟。"

只是有时候设计师在粗剪布料时，为了防止抽丝，会选择用打火机烧坏纤维。

江肆叼着烟，一时没做出反应。

两人对视片刻。

许宁夏按下打火机，向着烟头靠过去。

见状，江肆俯身顺势配合。

许宁夏和他挨得不是很近，但还是闻到了他身上的木质香，混着烟草味，像是清洌的冰和干烈的柴碰撞在一起。

"啪！"

火光燃起，窜动在男人的镜片上。

江肆睫毛轻颤，冰冷的金属框架落在他鼻梁上，靠近鼻尖的位置有颗很浅很小的痣。

不靠近了细细看,根本发现不了。

而这一瞬的火光让它无所遁形,仿佛也照亮男人的内在本质,和许宁夏那次感到的一样——不羁、粗野,带着侵略性。

和往日里清冷如水的他,截然不同。

许宁夏手微微一抖,收回打火机后退了半步,揶揄:"医生都注重健康,你还抽烟?"

江肆轻吐一口烟圈,借着烟雾掩护,不加掩饰地直视着面前的女人。

类似的话,她在很多年前也和他说过。

那是江肆第一次请家长,因为打架。

高一上学期期中,班里突然来了一个转学生,是个男生。

巧的是,这个男生以前和江肆是同一所小学的,还住在一个小区,算是街坊。

靠着和江肆有些渊源,男生在学校里颇受瞩目。

江肆太冷,又实在是优秀,对于这样的同学,大家无不好奇,总希望能从别人嘴里探听到一些江肆不为人知的一面。

对此,江肆并不在意,每天只管学习念书。

而他这样的态度多少给人高高在上的感觉。

那男生本还想和江肆套近乎,好给自己长长脸,可江肆一视同仁的冷淡疏离,让他颜面扫地。

男生气不过,开始报复。

他告诉同学,江肆的爸爸是一名刑警队长,在一次任务中,因为立功心切做出了错误判断,导致跟着江肆爸爸的刑警队员全部牺牲。江肆的爸爸也因此丧命。

"你说的真的假的?那江肆的爸爸岂不是害死了同事?"

大课间,班里许多同学围着男生。

那男生大概觉得这就是众星捧月、受人关注的美好滋味,说起话来眉飞色舞,神气活现。

"这事能有假吗?"男生敲着桌子,"我们那片儿的都知道。就是江肆爸爸害死了那十几个警察,那些警察家属还上江肆家闹呢。最后江肆他妈带他搬了家。"

同学们一阵唏嘘,纷纷议论江肆爸爸怎么是这样的人。

梁嵘来找许宁夏看杂志,也听到了,问许宁夏:"是真的吗?"

"我哪知道。"许宁夏皱了皱眉,"走,去小卖部。"

许宁夏和梁嵘买了零食饮料。

等再回去,教室里一片混乱,各种桌椅碰撞的声音叮当作响。

江肆和那个男生打起来了。

准确地说,江肆把那个男生打了。

只见他冷着脸,神色竟比平时还要平静淡漠——如果他没有一脚踢得对方站不起来，你甚至会觉得他的表情是在看书。

许宁夏从没见过江肆这个样子，吓得愣在原地。

等反应过来，她想上去拦住江肆，不然把人打坏了，他也玩完了。

梁嵘察觉她的打算，一把拉住她："你疯了？不怕也被打？你……梁峥，你去！"

恰好来看热闹的梁峥："……"

梁峥勉强让江肆停了手。

老师也很快赶到，把打架的两人都带走了。

事后，许宁夏从同学口中得知，男生在骂江肆爸爸这种人就是害人的人渣时，被江肆听到，然后江肆就动了手。

晚上回到家，许宁夏难得看见许青浔这么早回来。

许宁夏估计他应该是被叫去学校了。

丁静云还在柏林，能代替江肆家长角色的也只有许青浔了。

"你过来。"许青浔坐在沙发上，点了对面的位置，"江肆的事，我有话问你。"

许宁夏把自己知道的说了一遍，最后冷笑道："自己嘴欠，就别怪人家动手。"

许青浔瞪她："小小年纪就这么暴力，长大还了得？拳头要是能解决问题，这世上就没有问题了。"

"那就干听着别人骂自己爸爸啊？"许宁夏反问，"那你肯定又得说这个人不孝。"

这话说得许青浔接不上，运了运气，他又是摆摆手长吁一声。

许宁夏本想上楼，但见许青浔这个样子，忍不住问："怎么了？学校不会开除他吧？"

许青浔说这倒不至于，毕竟被打的男生有错在先。

可该给的赔偿不会少，江肆也得写检讨，往后要是表现好了就不记过，不然还得放在档案里。

许青浔感叹的是江肆对自己爸爸的这份孝心。

"他六岁就没了父亲。"许青浔叹息，"这么多年，还能这么维护，也是难得。"

这话实属给许宁夏听笑了，她起身说："那你该想的不是江肆怎么这么孝顺他爸，是该想他爸对他怎么这么好，让他只认这一个爸。"

"你！你这孩子！"

许青浔气得要拍她，许宁夏一溜烟跑上了楼。

晚上，梁嵘还在QQ上提这事，说大家都在议论。

梁嵘问许宁夏这事是不是江肆他爸爸的错。

其实，关于江肆爸爸的事，在丁静云刚搬进许家时，有次无意间，她听丁静云和许青浔说过。

丁静云当时哭得厉害。

她说小区里的那些孩子听大人嚼舌根，都说江肆爸爸害死了人，遭报应自己也死了。

江肆因此受小区里孩子们的排挤，常常惹得一身伤回家。

可这件事是否真有绝对的对错呢？

江肆的爸爸作为一名刑警，在执行任务时出现判断失误，导致自己和同事的悲剧，难道他本人想这样？

祸兮福之所倚，福兮祸之所伏。

承受一切的是留下的人。

原本江肆的性格是比较开朗的，可自那以后就变得十分安静，不爱说话，也很抗拒和别人接触，总是一个人……

想到这里，许宁夏又想起江肆打人时的样子。

是挺吓人，但那是为了他的爸爸。

许宁夏推己及人，想到了自己的妈妈，回复梁嵘：谁还没有判断失误的时候？那个神机妙算的那个谁，诸葛亮！不还败给了司马懿嘛。那打仗可是要死好多人的，诸葛亮难不成是故意的吗？就允许伟人犯错，警察犯错就一竿子打死啊？

梁嵘：有道理哎。夏夏，你什么时候这么有文化了？

许宁夏无语。

下了QQ，许宁夏继续写作业。

天杀的数学作业是真的不会写，她烦得慌，下楼找点吃。

路过江肆房间时，许宁夏看到有人站在阳台上。

秋日晚风吹动着衣角，江肆冷清伶仃地站在夜色中，背影有种说不出的孤独寂寥。

许宁夏揶揄："好学生也打架啊？"

江肆回头，落拓的侧脸在夜幕之下英气逼人。

许宁夏大摇大摆地进了江肆的房间。

她应该是刚洗完澡，江肆闻到空气里多了一丝山茶花的清甜。

见江肆不说话，许宁夏以为他是害怕了，得意扬扬地继续加码："害怕了？是不是怕我告诉你妈妈，她那么优秀的儿子居然在学校打架？"

江肆依旧不语，双眼注视着许宁夏。

许宁夏抿抿唇，说："干吗？你还想吓唬我不成？我现在可是有你的把柄在手里。"

江肆问："你想怎样？"

"好办。"

许宁夏笑着说，漂亮的琥珀色眼睛如琉璃般晶莹明亮。

"你去把我的数学作业写了，我就不告状。"

那晚，江肆在许宁夏房间里待到十点。

许宁夏都困了，打着哈欠问他怎么还没写完。

江肆说："不模仿你笔迹写得快。"

许宁夏一听，忙说："不急，你慢慢写。"

"啪嗒！"
许宁夏坐到长椅上，往池塘里扔了一颗小石子。
"你经常抽烟吗？"她问。
江肆已经把烟掐了，回道："很少。"
"那什么情况会抽？"
"累了，或者，"江肆顿了顿，"无能为力的时候。"
心下微动。
说不清是疼还是什么，就是不怎么舒服。
许宁夏深呼吸，转过头，笑着说："我带你玩个好玩的，怎么样？"
许宁夏把学生全部召集起来。
她上次来时，带了很多美术工具，当时想的是如果其他学生感兴趣，可以和小昭一起画画。
现在，她和学生们利用粘编篓把手的糨糊，把画纸粘起来，拼凑成一整张。然后把这张画纸贴到小平房后面的墙壁上，一张超大画布就做好了。
"你们想画什么就画什么。"许宁夏递给孩子们笔，"去吧。"
小萝卜头们一股脑地拥上去，七扭八歪地瞎画。
许宁夏留了一支笔给江肆，说："你画最上面的空白处。"
"你呢？"江肆接过笔，"不画？"
许宁夏笑道："我水平太高，就不碾压你们了。"
江肆和学生们在墙壁那边画画，吴老师跟着一起。
单独留下的许宁夏坐在阴凉处，看了眼萝卜丁中最鹤立鸡群的那个，提笔在自己的画本上画了起来。
等学生们把一张纸画得满满当当，许宁夏挤出颜料放进塑料袋里，人手一个，开始丢颜色。
没经过这种方式的学生们一下子就玩嗨了。
叽叽喳喳的说话声，还有尖叫声、笑声充满了校园。
许宁夏让江肆也去丢。
江肆迟疑地拿过塑料袋，扔过去一个。
"你没吃早饭啊。"许宁夏嘲笑他，指着高处，"那个是你画的吧？丑死了。丢它！"
江肆瞧了她一眼，抬手一丢，正中位置。
许宁夏惊讶："这么准？"
听到这话，江肆咬字稍重地说："我准度不错。"
可惜，许宁夏并没有明白江肆这话背后的意思。
后面，许宁夏指哪儿，江肆丢哪儿。
渐渐地，压在江肆心头的沉闷随着色彩爆裂而消失。
等用完所有颜料，小萝卜头们全变成炫彩萝卜头，一个个龇着白牙傻笑都说好玩。

许宁夏和江肆身上也不可避免染上颜色，吴老师让他俩去前面的水池清洗，自己组织学生收拾现场。

打开水龙头，冰凉的水激得许宁夏抖了抖。

她心里也觉得痛快，一时心动，捧起手里的水喝了一口。

听说这边的水都是泉水，一尝，还真是甜的。

江肆见了，让她少喝些，太凉刺激胃。

"偶尔一下没事。"许宁夏说，"你尝尝，特别甜。"

江肆也是渴了。他不像许宁夏那样捧着水喝，而是开了水龙头直接弯下腰喝。

迸溅起的水珠打在他的脸上，泅湿了几缕头发，贴着额头，还有的溅到睫毛上，他一眨眼，水珠滴落，落下一片清凉。

这样的感觉，和江肆以前在学校打篮球时一样。

非常畅快。

清洗好，许宁夏拿着纸巾到一边擦手，递给江肆纸巾时，问："心情好些了吗？"

江肆愣了愣，说："谢谢。"

"没什么好谢的。"许宁夏说，"上次你不是也帮了我吗？"

许宁夏能理解江肆的心情。

从某种程度上来讲，她没了妈妈，他没了爸爸，他们同病相怜。

所以，在看到某人或者某事时，那种不自觉地联想并不是多愁善感，而是血浓于水的牵绊。

江肆其实也没有那么难过，更多的是低落。

爸爸去世很多年了，再深的感情经由岁月的熬制，最后留下的也只会是心口上的一个伤疤，皮肉已经长死，不会疼。

无非是回忆在作怪，因为回忆是活的。

看到那位重伤的警察队长，他无法不去想起当年躺在病床上的父亲。

他没能和父亲见最后一面，最先看到的只是盖在他身上的白布。

"受伤的几位警察同志怎么样了？"许宁夏又问，"那位队长，度过危险期了吗？"

江肆说："今天凌晨度过了。后续省医院会来接他们。"

"那就好。"

江肆看着许宁夏，见她衣服上也沾了颜料，说可以交给他，他来去掉。

"你怎么去？"许宁夏问，"用化学试剂中和吗？"

她摇摇头，说那样衣服估计也会变色，就这样了，无所谓。

毁了她一件衣服，江肆过意不去，想来想去还是只能对她说谢谢。

"不都说不用谢了吗？"许宁夏笑道，"就当我还你的，我们扯平了。"

说着，她快走两步，说是过去帮吴老师他们。

江肆看着女人轻巧纤瘦的背影，眼中的平静一点点沉淀下来，化作深不见底的沼泽。

扯平吗？

这是他最不想，也做不到的。

今天离开学校的时间比前几次早了些。

许宁夏中午必然是吃不饱的，路上问江肆九云还有什么好吃的。

江肆说了几家餐厅。

他对吃不是很关注，这些都是高焰之前拉着他去的，他觉得味道还可以。

但许宁夏听了并不怎么感兴趣，哪怕是吃辣。

想来想去，许宁夏想到之前喝的桂花红茶糯米粥，一下子有了食欲。

"那，去我那里？"江肆抿抿唇，"食材都有。"

许宁夏点点头："好啊。"

这次再去，时间是合适的了。

来都来了，江肆厨艺也不错，许宁夏干脆留下吃个晚饭。

江肆关着门在厨房忙碌。

一会儿有切菜声传出来，一会儿有碗碟碰触的脆响，还有油烟机工作的轰轰声。

许宁夏放松地坐在沙发上逗乌龟。

这乌龟动得是真慢，而且特别能忍。

不管许宁夏怎么戳它，它都岿然不动，惹急了，可能会缩缩头，但一会儿又冒出来，任由许宁夏继续戳它。

"你是忍者神龟吗？"许宁夏问，"这么能忍不难受吗？"

乌龟："……"

"生气你就咬我一口啊。"

乌龟："……"

许宁夏托着下巴笑道："我知道了，是不是看我漂亮，舍不得呀？"

乌龟："……"

许宁夏欺负得起劲儿。

直到厨房门打开。

她立刻坐好，摆出一副高贵冷艳的样子，嫌弃道："你养的乌龟太没意思了。"

其实后面还有一句话：和你一样。

她没说。

江肆把晾得温度适中的粥放到桌上，看了眼又把头缩进去的乌龟，说："喝粥吧。"

"哦。"许宁夏过去。

这次的粥和之前一样好喝。

许宁夏享受着美味，随口问了一句："这只乌龟有名字吗？"

江肆摇头。

许宁夏想说要不就让她来赐名吧，乌龟一定会高兴。

话没出口，有人敲门。

李多南又拎着新鲜果蔬来了。

因为江肆当初的救命之恩，李家时不时就会来送些力所能及的东西。

"阿姐也在啊。"李多南笑道，"正好，有栗桃。可甜了。"

栗桃是什么桃？

许宁夏凑过去看，李多南介绍："栗南算是清城这边的特产。有几个地方盛产，我堂哥的村子就产这个，下午给我送来的。"

他说着，江肆就已经洗好一个，递给许宁夏了。

许宁夏接过去的时候，多少不太自然。

江肆这速度给她的感觉就像客人送礼来了，得赶快紧着自家孩子吃。

好在李多南一向实在，见他们都想尝尝鲜，反而高兴。

江肆斟了茶水，让李多南坐下歇歇。

李多南看着许宁夏咬了口桃子，忙问："怎么样，阿姐？"

鲜嫩多汁，甜而不腻。

"好吃。"许宁夏由衷地赞美，"我第一次吃这么好吃的桃子。"

客人吃着喜欢，李多南就欢喜。

但开心着开心着，他不免叹了口气。

许宁夏问："怎么了？有什么事说出来，兴许我们能帮忙呢。"

她说的"我们"，让正落座的江肆看过去一眼，又抽了两张纸巾递给她。

李多南也是没招了，有求于江肆。

"我昨天就想和江医生说了。"李多南挠挠头，"但实在不好意思开口。"

江肆说："没关系，你说。"

症结就是给李多南送栗桃的堂哥。

堂哥九月中旬要结婚了，今天来送请柬。

村子里结婚嘛，图的就是个人多热闹。

所以，要是来的亲朋特别少，不仅对办婚事的主家来说很丢脸，被请去的亲戚也面上无光，显得自家人丁不旺。

"我家里的情况，你们也知道些。"李多南又是叹气，"九月了，阿美去上大学，阿亮还小，那场子人多，我也不敢带。我奶奶她……真是找不着人了！"

许宁夏听明白了，擦擦嘴，说："你想让江肆和你去啊？"

李多南臊得脸红，点了点头。

"这个事……"许宁夏看向江肆，"难办吗？"

女人刚吃完桃子的嘴唇粉润柔软，江肆看一眼便去望那双灵灵的眼睛，只会说："不难办。"

李多南激动得一口气提上来："那江医生你这是愿意跟我走一趟？"说着，不忘补充，"是晚上开席，得在村子里住一晚。但我会订旅馆的！"

"嗯。"江肆收回目光，喝了口茶，"提前和我说时间就好。"

看李多南为着这事那么开心，许宁夏心想村子里结婚她还没见过，不如也去凑个热闹?

"阿姐!你太好了!"李多南高兴得要哭,"你就是我的神女!"

许宁夏笑道:"夸张了啊。我也是想去看看,顺便帮你一下。"

再者说,这事儿也很简单嘛。

要是梁嵘在了,肯定也会跟着,还得兴奋能去尝尝村里老师傅的手艺呢。

这么捎带一想,说曹操曹操就到。

梁嵘打电话来了。

"我接个电话。"许宁夏和江肆说一声,去了阳台。

这件大事就这么圆满解决,李多南一口干了茶,也不再多作打扰,婉拒江肆留下吃饭的好意,先回去了。

送走人,江肆看许宁夏还在讲电话,便去了厨房。

等再出来,他看到许宁夏坐在沙发上发呆。

不过十几分钟而已,她全然没了刚才的活泼和笑容,人看起来木木的。

"饭好了。"江肆观察她的表情,"现在吃吗?"

许宁夏慢了两拍,回过神,说:"吃吧。"

不大的小方桌上,许宁夏和江肆面对面而坐。

今天食材充裕,江肆做了四菜一汤,其中三道都是辣菜,一道麻婆豆腐是许宁夏最喜欢的。

可是许宁夏吃的时候,一言不发。

江肆放下筷子,问:"不好吃?"

"没。"许宁夏舀了一勺豆腐,"好吃,你有当大厨的天赋。"

她一边说,一边吃了一口,结果就被辣椒呛得咳嗽起来。

江肆斟来水,许宁夏喝了之后,缓过来,见江肆眼里有些许担忧,有了倾诉的欲望。

等江肆坐下,许宁夏说:"梁嵘刚才给我打电话,说是看到我……许青浔住院了。"

江肆一怔:"许叔叔?"

"嗯。"许宁夏戳着米饭,不咸不淡地应道。

"有说因为什么吗?"

"梁嵘说住的好像是肝胆科。"

能遇见许青浔纯属巧合。

梁嵘陪爷爷去医院复查,中途接到梁爸爸的询问电话。

医院里信号不好,梁嵘走着打着,不知不觉晃悠到住院部,然后就看见了许青浔。

许青浔身边有人,助理在。

但梁嵘描述许青浔老了很多,也瘦了,和过去记忆里的样子判若两人。

原本很不错的心情,因为这通电话的突然到来,大打了折扣。

许宁夏有时候会想,有些事情大概永远都不会有结束的那一天。

你能做的就是尽量不去触碰,又或者当你变得更加强大,即使触碰也不会再让你有任何感觉。

可惜,许宁夏现在还没练就这样的本领。

"你是要……"江肆放在桌下的手渐渐握紧,"离开吗?"

许宁夏"啊"了一声,反问:"离开去哪儿?回北城看他?"

许宁夏:"得了吧。"她重新夹菜吃起饭,嘴角挂着嘲讽的笑,"生老病死,再不相关。说到做到。"

送许宁夏回到木月庭,江肆开车去了高焰那边。

高焰上午请走罗珊珊,生活重回光明,正在家里"葛优瘫"看球。

江肆的到来,他挺意外。

毕竟某人宁可不睡觉也要陪姑娘去学校献爱心,这分分秒秒都珍贵得不行的架势,哪里还会想到陪陪兄弟。

"稀客啊。"高焰去冰箱拿可乐,"你不会又要和我倒班吧?我告诉你啊,鬼才喜欢周末上班,我……怎么了这是?"

本以为江肆过来是和以前一样稍稍休闲放松一下的,谁想高焰仔细一瞧,江肆的表情严肃得和他导师有一拼。

江肆直奔主题:"你在北城圣心医院有认识的人吗?"

敢情是找他帮忙。

高焰丢过去可乐,说:"我小姑就在这个私立医院的脑外,什么事?"

江肆言简意赅地说了请求。

"也姓许?"高焰"啧"了一声,"江肆啊江肆,你让我说你什么好。"

"你帮我,之后我替你上三个白班。"

"这么大?得嘞!"

高焰这就给小姑去了电话。

他小姑的八卦程度和他不相上下,也不知道是不是家族遗传,不停地问为什么打听人家、是不是和女孩子有关啊。

高焰说:"对,和女孩子有关。我最好哥们儿的下半辈子幸福就靠你了,小姑。你现在就去打听吧!"

挂了电话,高焰挑眉:"一会儿就来信。"

"谢谢。"江肆说。

高焰坐过去,顺手调低了电视音量,忍不住问:"你为什么不和她直接说呢?"

"说什么?"

"说你喜欢她啊!"高焰急道,"你现在这样算什么?"

江肆垂眸,拧开冰可乐,灌下去大半瓶。

等心底翻涌的情绪压制了一些,江肆说:"知道我为什么让你打听吗?"

高焰琢磨了下:"许小姐拜托你?"

江肆摇头。

"那是你不放心未来岳父,献献殷勤?"

"……"

"别这么看着我嘛,我这叫言语有灵。"高焰说,"说着说着,你没准儿就真成许家女婿了呢。"

江肆又是摇头:"不会有这一天。"

高焰想说这就悲观了吧,做人还是要怀揣希望,结果就听江肆说——

"她和她爸爸,十年前就断绝了父女关系。"

第五章
琥珀色眼睛

那是许宁夏和许青浔爆发的最大的一次争吵,发生在高二下学期开学不久。

当时,寒冬未过。

"我妈的画,你一幅不许动!你动,我和你拼命。"

书房里,许宁夏怒视着许青浔,寸步不让。

许宁夏的妈妈——木依蓝,著名画家。

在她死后留有明确的遗嘱,她所有的作品归女儿许宁夏所有,在女儿未成年前,暂由监护人代管。

许青浔就是咬住这一点,并不把许宁夏的强硬放在眼里。

"我再和你解释最后一遍。"许青浔说,"这幅画对许氏的这笔生意至关重要,合作的张董非常欣赏你妈妈的这幅画。为了表示诚意,有必要……"

"那是你的必要。"许宁夏打断,不屑地笑了笑,"还有,你要是有诚意,就拿自己的诚意。我妈都死这么多年了,你还想利用她呢?"

"你!"许青浔拍案而起,"你就非要和我作对是吧?我和你说这么多,你听不懂吗?你到底是不是我的女儿!"

许宁夏近乎冷血地说:"我很希望我不是。"

因为这件事,许宁夏和许青浔一碰面就搞得家里鸡犬不宁。

彼时,江肆正代表北城参加全国数学竞赛,人在外地,对即将到来的一切并无所察。

许青浔还是把木依蓝的画作为敲门砖,送给了别人。

许宁夏知道这件事后,直接去了许氏,当着许青浔员工的面闹了一场。

这一闹,不仅丢了许青浔的颜面,也让快要谈成的生意不得不被合作方重新评估。

许青浔勃然大怒,第一次动手打了许宁夏。

许宁夏被打得左耳耳鸣了将近一分钟,杨阿姨在她身边喊了半天,她听到的只有类似电流波动的声响。

"我没有你这种不孝的女儿!"许青浔指着许宁夏鼻子大喊,"我要早知道你妈当年会生出你这么个孽种,我绝对一早掐死!"

许宁夏揉揉肿成苹果的脸,拽着杨阿姨站了起来。

"你何止是该掐死我,你就不该让我妈怀上我。"许宁夏一顿,又摇摇头,"那也不对,你就不该遇到我妈。如果我妈不是嫁给了你,她就不会为了给你生儿子死在手术台上!你这个杀人凶手!"

许青浔一怔,愣了几秒:"你说我是什么?"

杨阿姨捂着许宁夏的嘴,求她别说了,但她真的忍不下去了。

在这个重男轻女的家庭,许宁夏无时无刻不在矛盾地活着。

她时而认可自己是女儿,时而恨自己为什么不是个儿子……如果她是儿子,她的妈妈不会被要求为许家传宗接代,也不会就这么死了。

许宁夏恨自己,更恨许青浔!

她推开杨阿姨,平静地看着许青浔,说:"我妈妈的画,你必须给我要回来。你一天不要回来,我就上你公司一天,让你的合作伙伴都看看你究竟是个什么人。"

"一个把妻子活活害死,在她死后还要榨取她剩余价值的伪君子。"

这话气得许青浔又要打许宁夏,许宁夏无所畏惧地扬着脸。

见她这样,许青浔怒火攻心,按住胸口,上气不接下气。他颤抖着指着许宁夏,一字一句说:"我、我没你这个女儿,我要和你断绝关系。你、你……你立刻从我家、从我家滚出去。"

"滚——"

当晚,许宁夏收拾了行李,离开许家。

不管杨阿姨怎么劝、怎么哭求,她都不回头。

许青浔站在台阶上,高高在上睥睨着门边瘦弱的女孩,告诉她:"你出了这扇门,我们就不再是父女。"

"从今往后,生老病死,再不相关。"

…………

"呼——"

许宁夏从梦中惊醒,惊恐地瞪着天花板,动弹不得。

那感觉委实不怎么好,像是一脚踩空,身体顿时失重,掉进了无底深渊。

缓了缓,许宁夏坐起来。她出了好多汗,身上的睡衣被洇湿大片,垂在身体一边的手还在不住发颤。

看眼手机,上面显示时间是凌晨四点半。

睡是睡不着了,许宁夏起身去客厅静坐。

放空了一会儿,她拿出手机,拨了一个号码。

电话很快被接通,温和好听的声音从听筒里传来:"怎么这个时候给我打电话?国内天还没亮了吧。"

"想你了呗。"

许宁夏趴在膝头上,把自己团成了好似还在母体里的婴儿。

"少和我撒娇。"苏洛笑了笑,"你每次一这样就没好事。说吧,是不是遇到什么烦心事了?"

苏洛是许宁夏妈妈木依蓝生前最好的朋友,一位木雕艺术家。

当年,许宁夏在离开许家后,就是找了苏洛。

苏洛知道情况后,没有问许宁夏一句为什么,将人接到自己家中,直接说这里以后就是许宁夏的家,她就是许宁夏的亲人。

在许宁夏眼中,苏洛不是妈妈,胜似妈妈。

许宁夏和苏洛说自己梦到离家出走时的事,还说许青浔病了。

提到许青浔时,她用的称呼是"那个人"。

但苏洛心知肚明,说:"心心,我早就和你说过,被过去困住的人是得不到真正的快乐的。过去的,就让它过去。"

"我也想过去。"许宁夏闷声道,"可我一想起他,就会想起他是怎么害死我妈的。"

许青浔和木依蓝失败的婚姻造就了失败的亲子关系,许宁夏在很多事上给自己加了沉重的枷锁,又或者说加了不能打破的固执己见。

比如,她不能相信爱情,更不能相信婚姻。

因为一旦相信,就会重蹈覆辙,走上妈妈的老路。

知道许宁夏还是听不进去,苏洛没再勉强灌输什么,她像过去一样,和许宁夏讲有趣的事,让她慢慢平静下来。

说到最后,苏洛问许宁夏在九云生活怎么样。

"九云一定很美吧,依蓝和我说过。"苏洛笑道,"不过,你适应得还好吗?没人照顾你,我还是有些不放心。"

苏洛说这话时,许宁夏目光正好落在吧台的保温桶上。

那里面,装满了桂花红茶糯米粥。

可能是粥的味道太好了,许宁夏脱口而出:"有人照顾我。"

苏洛一愣:"谁?"

许宁夏脑海里浮现出江肆的脸,一时间心跳加快了些,对于苏洛的询问莫名心虚。

"这里的人啊。"许宁夏说,"九云这边的人都很朴实热情,我认识了一家人,他们都对我很好。"

这个回答让苏洛停顿了片刻,才说:"那就好。"

和苏洛聊完,许宁夏心情松快不少。

眼看天快亮了,她也还没有睡意,热了粥当作早餐,她决定去羡安玩一圈。

权当散心。

江肆早上到了医院便去找高焰。

高焰小姑昨天打来电话说许青浔是医院里的VVIP,一般小护士不敢打听,得她上了班亲自去问。

面对江肆的急切,高焰无奈地摇摇头,给小姑打去电话。

询问过后,小姑说许青浔没什么大碍,是之前的脂肪肝以为有癌变,做了病理检测后,发现不是,在医院休养几天就能出院。

"放心了?"高焰一脸"兄弟,你太不值钱了"的样子,"你昨天不都说他们断绝关系了吗？那你还问什么？"

江肆稍松了口气，这时，主任在楼道那边喊了他们一声。

今天有分析会，非常重要。

"先开会吧。"高焰拍拍江肆肩膀，"下了会再说。"

会一直开到中午。

下午，病人增多，江肆又是忙得不可开交。

等到能够闲下来，也是下班时间了。

犹豫再三，江肆没给许宁夏发微信，直接往木月庭去。

路上，江肆遇到买菜回来的李多美。

"江医生是要去我家买东西吗？"李多美问，"奶奶新得了不错的普洱茶，江医生拿走些吧。"

江肆道谢，说自己要去木月庭。

李多美一听，嘴角又控制不住疯狂上扬，但转而一想，又说："阿姐不在。"

"不在？"

"对啊。"李多美点头，"反正下午我给阿姐送零食的时候，她没在。我给她发微信也没回，手机关机了。"

江肆心脏剧烈一颤："知道去哪儿了吗？"

李多美摇头。

虽说她和许宁夏关系好，是朋友，但也不可能对许宁夏的任何事都了如指掌。

"阿姐去采风了吧。"李多美说，"手机估计没电了，她之前……"

江肆打断："采风的地方在哪里？"

男人低沉冰冷的声音让李多美怔了怔。记忆中，她还没见过江肆这样，没了平和，眼里仿佛在极力压抑着什么。

李多美讷讷道："乌里河附近的大榕树那边。"

"谢谢。"

江肆说完，转身快步离开。

要说人不顺的时候，还是老实些好呢。

许宁夏刚到了羡安，手机就没电自动关机了。

亏得九云那边的电子支付没做到全面普及，她这段时间有带钱包和现金的习惯，不然她就是白来一趟。

不过，偶尔远离一下手机也挺能静静心的。

许宁夏投入逛街大业中。

最重要的是要买护肤品和裙子，作为李多美的开学礼物，让她带到清城。

这样一天转下来，许宁夏紧赶慢赶才上了从羡安开往九云的最后一趟小巴士。

没办法，现金不够了，只能坐便宜的。

回去的这一路，小巴士把许宁夏摇晃得睡着了。

等到下了车，她双腿都是软的，踩在地上就像踩着棉花糖，适应了好一会儿才提步往前走。

此时已是傍晚,以前还能载许宁夏去医院的三蹦子师傅们都回家吃饭了。

许宁夏拎着大包小包走到大马路上,刚想看看有没有个别打工人坚持卷一下,一辆SUV"唰"地从她面前开过去。

那架势,活像要起飞。

许宁夏头发都被吹乱了,人也清醒了。

正抱怨这人怎么开车的,再抬头,那辆车倒着开了回来。

江肆从车上下来。

"怎么是你?"

许宁夏看了看这辆黑色Jeep,不是之前的车。

江肆面色沉重,大步跨到许宁夏面前,下意识抬起手要抓住人,伸到半空的时候,又生生收回放下。

男人的眼神冷得叫人胆寒。

许宁夏有些怕,像做错事的小孩被严厉爸爸抓包似的。

可问题是她做错什么了?

"你……"

"你去哪儿了?"

一开口,江肆的声音是哑的。

许宁夏眨眨眼,低头看向手里各式各样的购物袋:"去羡安买东西了。"

说真的,这话说完,许宁夏有种江肆要爆炸的感觉。

就好比一个人担惊受怕地想了无数种糟糕的结果,身心被折磨得不行,但最后被人告知是你想多了,什么事都没有。

这……挺崩溃吧。

许宁夏乖乖站着,袋子勒得她手指都痛了,也不敢动。

但是很久过去了,江肆只是看着她。

好像是在辨别她是不是真实的许宁夏一样,就一直看着。

许宁夏不知道他这是怎么了。

快要坚持不下去,她晃了晃手里的袋子,小声说:"我有给你带礼物,你能不能……"

看到她充血的手指,江肆接过袋子,人镇静了不少,说:"上车,送你回去。"

车子往前开了一大截才得以掉头。

许宁夏也是这时才发现江肆刚才开的路是上国道的必经之路,他这是要离开九云?

"不是。"江肆低声道,"开错路了。"

许宁夏"哦"了一声。

望着男人冷峻的侧脸,她想了想,还是解释了下:"你是不是联系我没联系到啊?我手机没电了,在外面也扫不了充电宝。我就是去羡安商场买东西了,多美快开学了,我想送她一些小礼物。"

闻言，江肆握着方向盘的手稍稍松了些："嗯。"

"你找我有事吗？"许宁夏问。

江肆沉沉气，说："许叔叔没事。"

他把从高焰那里得来的消息简单叙述一遍。

许宁夏听后，说没有感到一点儿放心是假的，但更多的还是不能原谅的冷漠："和我没关系了。"

"但知道也没什么不好。"江肆说，"不然……"

许宁夏转过头："不然什么？你不会真以为我会为了他回北城？"

江肆没应，手再一次握紧方向盘。

两人余下无言地回了木月庭。

江肆帮忙把东西拎进屋里，放下时，听许宁夏说了一句"等等"。

她过来拿起一个黑色袋子，说："这边的牌子没有那么多，更别说什么顶奢了。这个，是我挑过之后选的。"

江肆接过袋子，拿出里面的礼盒打开。

是一条领带。

不是品牌款，但符合许宁夏的眼光。

纯黑色，质地高级有质感，最重要的是在夹领带夹的位置有一个小小的刺绣提示。

这领带夹可不是随便夹的，要根据这人的身高比例。

而这条，许宁夏计算过，江肆戴上后在这个位置夹上领带夹，肯定好看。

江肆收好领带，拎在手里，点头说了声"谢谢"，不冷不热的。

许宁夏见他这个态度，觉得自己的一番心意被辜负，不悦道："你是不喜欢吗？那你还给我。"

她伸手去拿，江肆直接别过手挡，说："喜欢。"

"喜欢是这个表情？"许宁夏反问，"你今天见了我就奇奇怪怪的，我惹你了吗？"

"没有。"

"没有你……"

"只是——"

"只是什么？"

江肆垂眸，藏在身后握着袋子的手还隐隐有些颤抖。

只是——

害怕了。

江肆最终也没说是什么，拿着领带走了。

许宁夏被他搞得莫名其妙。

其实，送江肆礼物这件事多少让许宁夏别扭。

想想他们上学时不怎么融洽的相处，她貌似不会十分平常心地对待江肆，总是会不由自主地加入自己的偏见。

但在重逢后的这段相处中，许宁夏也不得不承认，过去是她小气了。

真正的江肆非常优秀，人也很好，很照顾她。
许宁夏真心感谢，而结果他就这么回馈自己的感谢？
她哼了一声，收拾起买来的东西，顺便给手机充电。
一开机，手机响出了一首狂想曲。
她和梁嵘、李多美的小群里炸了，都在问她去哪儿了。
许宁夏赶紧编辑消息叫她们放心，梁嵘的电话就打了进来。
"祖宗啊！"梁嵘喊道，"你怎么回事？打了八百个电话不接，我都要买票了！"
许宁夏抬起手机，说："买票干什么？"
"找你去啊！"
就是现在光这么说着，梁嵘心脏都扑通扑通直跳。
江肆打电话问她知不知道许宁夏去了哪里的时候，她差点昏厥过去。
"你真是吓死我了。"梁嵘说，"我怕因为我和你说了你爸的事，你想不开。"
许宁夏无语："我有什么想不开的？"
梁嵘哪知道？
但听江肆那深沉威严的语气，她感觉天要塌。
"江肆给你打电话了？"许宁夏清清嗓子，"他说什么了？"
梁嵘叹了口气："能说什么？说如果你联系我了，叫我第一时间告诉他。江肆这人别的不说，责任心是真强。"
"啊？"
"你想呀，你要是在他地盘出点儿什么事，他能过意得去吗？"
是吗？
许宁夏卡了下，想着也差不多是这个意思吧。
"不管怎么样，你没事就好。"梁嵘又叹了口气，"以后买个充电宝吧，不带这么玩的。太急人了。"
许宁夏笑了笑："行，听你的。"
想起什么，梁嵘又说："我应该九月底就能去找你，你再等等，别太想我啊。"
"行。"
许宁夏拿下手机点开某宝浏览充电宝："也听你的。"
过了一会儿，她把购买订单截图发给了江肆，算作这次让他着急的道歉。
同时，也不计较他没感恩戴德收下自己的领带了。

八月底，伴随着一场雨的到来，夏日气焰被浇灭了大半。
九月初，各个学校陆续开学。
先是李多亮，再是李多美。
李多美出发去清城的那天，许宁夏跟着送她在羡安上的火车。
她送了李多美一套护肤品和两条裙子，告诉女孩去了外面不要觉得自己来的地方小了些就不自信。

九云地美，人也美。

李多美感动得不住点头，和许宁夏约好十一放假等梁嵘来，三个人一起过采福节。

李多美这一走，许宁夏的业余生活变得单调了些。

不过，她也很忙。之前参加的一个米兰服装设计比赛出结果了，她晋级决赛，得准备最终作品。

为此，许宁夏每天泡在屋里改设计稿，但有些地方怎么改都不满意……

这天，许宁夏从网上买的几本设计类画册显示快递投送异常。

她本想问问李多南是什么情况，最后又想着也该出去呼吸呼吸新鲜空气了，便直接去了快递站。

恰好李多南在站里，正跟几个同事说话。

"阿姐来了？"李多南从桌上下来，"有什么事吗？"

许宁夏给李多南看了单号，李多南让同事帮忙找找，说估计是外皮破损被滞留了，待会儿检查一下。

等待的工夫，李多南给许宁夏斟上茶，提到过两天去参加婚礼的事。

"记着呢。"许宁夏说，"多美临走前还一直和我说谢谢，你们太客气了。"

李多南憨憨一笑，露出两颗小虎牙："麻烦你和江医生了。"

定下来这件事，李多南同事也把许宁夏的包裹拿来了。

包装是有破损，但内里完好无缺。

拿上书，许宁夏返回木月庭。

路上，她翻着梁嵘在小群里发的搞笑段子，不由得笑了笑。

转过拐角，许宁夏意外也不意外地看到江肆站在她院子前。

这段时间，江肆有考核，也很忙。

但他们之间的微信天气预报一天也没停，江肆有时间也会给她送些东西来。

比如米糕、牦牛酸奶，或者红糖粑粑。

眼下，他拎着个纸袋，想必又是来送"礼"的。

江肆刚到不久。

敲门发现没人，正要打电话，就看见女人巧笑嫣然地出现在前方。

一树杜鹃花伸展出来在她头顶上方，开得艳丽娇俏，却不及这笑容半分。

浑身的紧绷慢慢放松下来，江肆上前接过许宁夏手里的书，问："去古城书店了？"

"不是。"许宁夏笑着说，翻找起钥匙，"网上买的画册，物流出了问题，去快递站拿的。"

江肆目光流连在女人的眼角眉梢，不敢久留，点点头，应了一声。

进了屋里，许宁夏让江肆随便坐。

"今天带的什么？"许宁夏在吧台斟水时问，"考核结束啦？"

"结束了。"

江肆走到吧台，把袋子放在桌面上，说："栗桃。一位患者送主任的，我也分到了些。"

"栗桃？"许宁夏喜欢吃，"正好我刚才见了李多南，他还提了婚礼的事呢。你都安排好了吧？"

"安排好了。"

许宁夏莞尔一笑。

江肆抿抿唇，又说："我想那天是不是该穿正式些？要打领带吧。"

打领带？

他又不是新郎官，打什么领带？

许宁夏正想笑话他，话到嘴边，心头轻轻一颤。

他说的是她送的领带吧。

许宁夏嘴角不禁翘了翘，说："你就别抢人家新郎风头了，穿朴素些吧。"

"……哦。"

江肆说完，话题戛然而止，屋内静下来。

院子里的紫薇树被风吹得"哗哗"作响，为数不多的淡红色花瓣零落一地，颜色像极了少女捂着的羞红面颊。

许宁夏小口小口地喝着水，外出归来的心跳似还没完全平复。

她瞄了一眼站在吧台旁的男人，眼睫半垂，如往常一般淡漠无波。

许宁夏决定不说话。

她要看看这个艺术冰雕会干吗。

他们就这么干巴巴地站了好一会儿。

说尴尬也不全是尴尬，说别扭也没那么别扭，反而是一种异样的感觉在心上来回撩拨。

"快到晚饭时间了。"

终于，江肆憋出来一句：

"要不要一起吃顿饭？"

许宁夏又抿了口水，还以为他要活活憋死自己呢。

不过，很不凑巧，许宁夏最近在轻断食，这几天晚上都不吃饭。

"那……"江肆低下头，"我不打扰了。"

许宁夏"嗯"了一声，送他出门。

关门前，说道："周日去吃喜酒，到时候我就不断食了。"

江肆微微一怔，眼里又浮现出浅浅笑意："好。"

婚礼当天。

江肆照旧来木月庭接上许宁夏，一起前往李家小超市。

李奶奶十分感谢他俩愿意帮忙，做了些牛肉干，让他们路上带着吃。

从九云城中心到三桃村，开车要两个半小时。

许宁夏他们中午出发，下午到，而酒席是在晚上办。

这也是为什么要在村子里住一晚。

许宁夏还以为结婚酒席都是在中午,遇上晚上开席的,还是第一次。

"村子里的习俗。"李多南说,"我们这边少数民族多,什么样的婚礼都有呢。"

这么一说,许宁夏还挺期待,也算长见识了。

车子一路穿行在青山绿水间,两个多小时的路程并不觉长。

还未驶入村子里,许宁夏就看到村口牌坊上挂着的大红绸缎,也隐隐听到敲锣打鼓的音乐声。

"江医生,阿姐,我先送你们去旅馆。"李多南说,"等快开席了,我再接你们过去。"

村子里的旅馆,条件可想而知。

但这已经是李多南找的当地最好的住处,所以许宁夏也没表现出任何嫌弃,大大方方地进了房间。

江肆的房间和她的面对面。

凭着江肆的洁癖,这一晚估计有些难熬。

"人家可是提前和你说了要住外面的。"许宁夏说,"对了,待会儿吃席你可别消毒啊。"

江肆看她一眼,说知道。

许宁夏见他都不坐,一直站着,觉得好笑,又问:"你能喝酒吗?我的意思是医生可以喝酒吗?"

"不上班时可以。"江肆说,"医生也是普通人。"

许宁夏点点头,还要说什么,江肆又犹疑着补了一句"但是"。

"但是"后面是什么,他还没说,李多南打来电话说他记错吉时了,酒席马上开始,他现在就得来接他们。

眼前的场面,许宁夏只在电视里见过。

偌大的一片空地,摆满了大圆桌,正中央是一方舞台,台上放满鲜花水果,亮晶晶的大红喜字迎风飘舞。

李多南堂哥在入口迎客,知道许宁夏和江肆是远道而来的客人,格外热情。

"谢谢你们来参加我的婚礼,谢谢!"

堂哥村干部的气质拿捏得非常到位,直立立的头发估计没少用发胶。

"今天一定吃好喝好,招待不周的地方,还请多担待。"

许宁夏和江肆被安排在了亲友桌。

他们两个从入场开始,就化身成了动物园里的大熊猫,被人紧迫围观。

一些大姑娘小媳妇看见江肆,简直两眼放光。

"你怎么这么受欢迎?"许宁夏打趣,"一会儿不会有人和你告白来吧?"

江肆刚张口,视线里瞥到有个男的在许宁夏背后盯着她,当即扭头看过去一眼。

那男人也是没见过这么漂亮的女人,才没压住没出息的笑。这一被瞪,尤其看她男人还是个不好惹的,眼神冷得跟刀子似的,吓得收了色心。

许宁夏和江肆坐下。

他们这桌的人有意找他们搭讪，但无奈没人起头，竟一直冷场到典礼开始。

新人一上台，大家也就不怎么在意他们俩了。

许宁夏看着台上的新娘，腮红涂得过多，这么远看，和福娃似的。

但堂哥很爱她，不管底下怎么起哄亲一个，堂哥都坚持到交换完戒指，得了妻子同意才吻她。

这是起码的尊重。

典礼结束，台上的乐队开始吹拉弹唱。

台下的宾客们也彻底热络起来，一会儿三叔伯走一个，一会儿二舅爷大喜……总之，就是喝，感情深一口闷。

等堂哥和新娘敬酒到许宁夏他们这桌时，堂哥再次感谢他们的到来，说必须好好喝一杯。

江肆看向许宁夏：“你可以吗？”

这有什么不可以？她千杯不醉好吗。

以前和梁嵘去各种 Party，多少人想要灌她，那些人自己先倒了。

许宁夏利落地干了一杯，祝一对新人百年好合。

堂哥"哎呀"一声，直呼女中豪杰，然后杯子冲向江肆，说："我四奶奶的事，我都听阿南说了。江医生，谢谢你！这杯，我先干了！"

江肆握着酒杯，周围人一个个盯着他，就怕他没有一口闷。

可他迟迟未动。

许宁夏心想虽然江肆说医生不工作时可以喝酒，但对于他这种严于律己的人来说，还是比较抵触酒精的吧。

许宁夏想着她替他喝了好了，结果江肆这时一仰脖，把酒干了。

后面再有人来劝酒，江肆都不再喝。

他已经给了主家应有的面子，谁也不好再勉强一个医生。

至于许宁夏，江肆压根不让她喝。

酒席持续火热进行中。

到后面还有闹洞房之类的，许宁夏和江肆是外人，就不参加了。

李多南也特意跑过来和他们又道了谢，让他们回旅馆休息，明天早上再联系。

天色逐渐黯淡，街灯亮起。

许宁夏和江肆走在乡间小路上，倒也有种别样的惬意。

"这样结婚热闹是热闹，但感觉好累啊。"许宁夏起了话头，"感觉整个村子的人都去给新人敬酒了。"

说着，她看到不远处有个小卖部，门口棚子上挂的小灯泡摇摇晃晃。

讲真，许宁夏没吃饱。

她虽然没有江肆那般洁癖，但也不是啥啥都往嘴里放，尤其身边还有一群陌生人同时夹一盘菜，也不用公筷。

她看江肆也没吃两口，估计也会饿，便说："我们买泡面吃吧。"

许宁夏这就要过去。

就听身后传来一声低沉严肃的质问："你去哪儿？"

许宁夏一愣，转过头，江肆站在她身后，直直地看着她。

那眼神，叫她觉得分外陌生。

不是平时一贯的平静如水，而是仿佛藏着锐利霸道，像蛰伏在暗处的狼在紧盯猎物。

"你怎么了？"许宁夏没敢靠近，"不舒服吗？"

江肆还是那句："你去哪儿？"

许宁夏指指前面的小卖部："我去买方便面，你要吃吗？"

话落，她手腕忽地一热，那温度烫得她神经一颤。

紧跟着，江肆将她一把拉到身边，低下头，目光紧紧地看着她，清冷的声音带着一丝压抑："别走。"

许宁夏猛地愣住。

上次听到江肆说这两个字，还是在……她及时掐断后面的念头。

瞎联想什么呢。

许宁夏稳了稳，稍稍挣了下手腕，抓着她的那股力道瞬间加了数倍，紧得她骨头仿佛都收缩了。

"你这是干吗？"许宁夏不敢动了，"你弄疼我了。"

闻言，江肆眼里有了丝丝清明。他松了些力气，但还是没有放开人，又问："你去哪儿？"

她去哪儿？

她去小卖部买方便面！

许宁夏不知道江肆这是抽什么风，抬起头要说话，就看到了他脸上不太正常的红晕。

浮在他冷白的皮肤上，有种说不出的……欲。

许宁夏舔了舔唇。

她别过头顿了顿，又再转回来看看，逐渐有了合理猜测："你该不会是醉了吧？"

"没有。"江肆摇头，"我没有。"

没有什么没有。

许宁夏想笑，堂堂江医生居然是个一杯倒，怪不得喝时那么犹豫不决。

"你说你没醉，那你松开我。"许宁夏说，"你这样抓着我，很不礼貌。"

江肆皱了皱眉，问："你去哪儿？"

他复读机是吧！

许宁夏没好气道："去前面！看见了吗？那里有个小卖部！"

江肆看过去，看了得有快一分钟，怕是把小卖部外观的每个细节都看了一遍，才点了点头。

"我陪你去。"他说。

· 137 ·

许宁夏多了条尾巴,还是大尾巴。

江肆跟着她在货架前转来转去,见她看什么多看了一眼,就问喜欢吗?

许宁夏要是说喜欢,他就会拿;要是说不喜欢,他就也不看了,好像要跟那东西划清界限一样。

而几个回合下来,许宁夏发现醉了的江肆好像有问必答。

就比如她问江肆吃没吃过辣条,他居然吃过!

还有她看到小卖部里有卖过去那种老式的干脆面,随口问他哪个口味好吃,他说烧烤味。

干脆面也吃过!

他这样的男神仙不该只吃天地精华吗?

许宁夏觉得有趣,又见架子上放着白猫牌洗洁精,问:"你喜欢猫吗?"

江肆点头:"喜欢。"

"那是喜欢猫多一些,还是乌龟多一些?"

这个问题对于醉中的人,可能难了些。江肆思考好一会儿,认真地回答:"喜欢小白。"

许宁夏心跳漏掉一拍:"你还记得小白啊?"

"记得。"

男人的眼神清澈诚恳,凝视着许宁夏。

许宁夏忽然有些不知所措地低下头,也不知道自己慌什么。

最后,视线又落回到白猫上,她小声问:"为什么喜欢小白?"

"眼睛。"江肆不假思索,"眼睛好看。"

许宁夏松了口气,生怕他把小白和自己扯上关联。

但她忘了。

小白和大多数白猫不一样,它不是蓝眼睛,而是琥珀色。

买了好多零食,许宁夏和江肆回到旅馆。

站在两门之间,许宁夏要拿走她的零食袋子,江肆不撒手。

他也不说话,就这么站着,像个执拗倔强的孩子,想要糖果又不知道怎么开口,耍起无赖。

许宁夏叹了口气,有些头疼:"你以后再喝酒,我非……"

"嗯?"江肆抬眸看她,"怎样?"

"……你真醉假醉啊?"

又不说话了。

思前想后,许宁夏和江肆回了房间。

她知道这样做不合适,但江肆这种状态,她也实在不放心。

在这个村子里,他们人生地不熟,万一出了事,她可负不起这个责任。

许宁夏打开房间里的老式电视机,让江肆自行睡觉。

他睡着了,她就走。

许宁夏一边吃零食,一边看电视,身边的人安安静静,坐如雕塑。

老实是老实,就是不肯睡。

"你熬鹰呢？"许宁夏无语道，"快睡吧，睡醒了酒也醒了。"

听到这话，江肆终于动了动。他闻了闻自己，表情十分嫌弃。

这样子实在冷萌，许宁夏忍不住笑道："将就一下吧，明早你起来洗澡，到时……"

话没说完，许宁夏放下零食跑进了卫生间。

一看，心凉了。

这旅馆哪里有条件洗澡？

许宁夏苦着脸，有点儿后悔自己头脑一热来参加什么婚礼，更后悔还是和一个"一杯倒"做伴。

"你自己接水擦擦吧。"许宁夏看着站在卫生间门口的人墙说，"那里有盆。"

她作势离开卫生间，江肆堵在门口不动。

"你让让。"

江肆还不动，垂眸看着身前的女人，问："你去哪儿？"

病了吗？

"你管我去哪儿？"许宁夏不耐烦了，"你最好现在立刻躺下睡觉，不然我马上就走，不管你了！"

这话说完，房间里一时静得只有电视发出的声音。

江肆目光沉静地看着许宁夏，看到许宁夏真的想要一走了之时，他转身回到床边，躺了下去。

他这么"听话"，又让许宁夏不忍心了。

尤其他一个有洁癖的人，什么洗漱都没做，身上衣服也不换，就那么皱巴巴地躺在床单不怎么洁白的床上。

许宁夏无奈回到卫生间，打算接盆水，好歹让江肆擦擦脸。

就当之前他给自己做粥，她投桃报李了。

拿起塑料盆，许宁夏把它放在水池里，然后去拧水龙头。

这一拧，水龙头"啪嗒"一掉，水"噗"地喷出来。

事情发生得突然，许宁夏低呼一声，伸手去挡。

这时，又是那股熟悉的力量，将她拽到后面，牢牢护住。

江肆用自己替许宁夏挡着水，顶着水压，上前把水龙头重新安上，让水停了下来。

这前前后后不过七八秒，但卫生间里已经成了水帘洞，许宁夏和江肆身上也都湿了。

许宁夏还好，湿得不多。

但江肆为她挡水，还直冲水柱去安水龙头，几乎是全身湿透，整个人成了落汤鸡。

两人挤在狭小的空间里，一身狼狈。

"我就不该来。"许宁夏抹抹脸上的水，叹气都没心气了，"我去拿毛巾。"

说着，她迈出脚，又是一个打滑。

江肆及时抱住了她。

他们的湿衣服贴着彼此，像是涂上黏合剂一般，在皮肤上留下滑腻的触感。

许宁夏从前只觉江肆比她高出很多，从不想他的怀抱还如此宽阔，宽到可以完完全全容纳她，让她陷进去。

喉间骚动起一阵口干舌燥，许宁夏轻轻推搡下江肆，说："我可以了，你不用再……"

江肆忽地收紧手臂，两人的身体顿时紧贴得再无缝隙。

许宁夏呼吸一窒，抬起了头。

随着视线移动，入目的是男人身上半透明的白衬衣熨帖在平坦坚实的小腹上，那沟壑分明的腹肌垒块向上攀爬到胸肌，再来是锁骨，以及突出的喉结。

上面挂着从下巴流淌下来的水珠。

江肆低头看她，眉眼深邃，乌黑的刘海一缕缕湿贴在脸上。

平日里正经禁欲的人，这会儿荡漾出了几分魅惑的邪气。

许宁夏感觉自己也要醉了。

她微微张着口，白皙的面庞泛着淡淡粉红，连带眼尾都被沾染上绯色水光。

眼睛湿漉漉的，像是快要哭了的花朵，惹人怜爱。

也逼人想要断茎采撷。

江肆眸光一沉，抬起手。

那指尖似有若无地滑过女人的腰背，掠过肩头、侧颈，带起涌动的热流。

许宁夏颤了颤，指甲抠进男人皮肤里，无力地说出一个"你"字，就没了声音。

在野火燎原的一刹那前，江肆拂去了许宁夏眼角的一滴水。

动作很轻，很温柔，像风吹来的羽毛，一扫而过。

可许宁夏心里却好似刮起了飓风，很多根深蒂固的东西险些被卷起。

如果不是这轻轻的一下，哪怕他吻她，甚至做出更加轻佻的动作，都不足以暴露。

恰恰就是这样一个简单的一触，让深藏的爱意无所遁形。

许宁夏一把推开江肆，丢下一句"我先回房"，落荒而逃。

分开时，她感到江肆从她身上抽离走的手，手指勾了下她的手腕。

位置正中疯跳的脉搏。

回到自己房间，许宁夏把自己关在卫生间里。

她看着镜子里的人，通红的脸，凌乱的发，以及因呼吸急促而不断起伏的肩膀。

此刻的感觉，许宁夏前所未有。

是令她恐惧的陌生，也是令她恐惧的诱惑。

她拍拍心口，深呼吸，和自己说：虽然你很早就明确了这辈子不会恋爱，但你也是个正常的二十七岁女人，有一些生理反应很正常。

更何况，江肆长得不错。

"镇定，一定要镇定。"许宁夏喃喃道，"你只是犯了所有女人都会犯的错，可以被原谅。可以……阿嚏！"

一个喷嚏，恰到好处打散那些错误的想入非非。

许宁夏赶紧翻出毛巾，再换上干爽的衣服，人正常不少。

她坐在床边净化自我。

李多南这时发来微信，说今晚的酒是村子里的人自己酿的，酒劲儿有些大，最好多喝些水缓解缓解。

为什么不早说！

许宁夏扔开手机，揉揉太阳穴，也不知道对门那位现在怎么样了。

是还坐如钟，那着凉怎么办？

还是说被凉水一激，酒醒了？

想到后者，许宁夏心里"咯噔"一下。

她"噌"地站起来冲到门口，想去确认下，但手一摸到门把又退缩了。

万一江肆真的酒醒了，那不就尴尬了？

许宁夏紧抿起唇，在房间里踱步。

手机再一次响起，她以为还是李多南，想都没想接通，"喂"了一声。

如此的快速急迫让梁嵘愣了愣。

"怎么了？"梁嵘问，"等谁电话呢？"

"没，手机正好在手上。"

梁嵘那缺少心眼的脑子也没多想，开心宣布："我又可以提前找你去了！26号！等着接驾吧。"

"好，知道了。"

"你怎么有气无力的？不高兴我去啊？"梁嵘随口道，"对了，梁峥那小子也来。"

"梁峥也来？"

梁嵘"嗯"了一声："正好有时间。"

再多说了两句，许宁夏挂了电话。

她犹豫到底要不要去对面房间看看，手机又振动了几下。

这次是李多南。

A 蜂达快递：阿姐，你和江医生回旅馆了吗？

A 蜂达快递：我给江医生打电话，他没接，你们都还好吧？

顾不得回信，许宁夏出了房间敲响对面的门。

"江肆？江肆？"许宁夏喊人，"开门！江肆！"

没人应，不会真出事了吧？

许宁夏要给李多南打电话，门开了。

江肆站在门口，衣服还湿着，头发也在滴水，是许宁夏离开时的样子。

"想感冒是吧？"许宁夏皱起眉，也松了口气，"快进去把衣服换了！"

她挤进房间去找江肆的小行李包，没注意江肆看她的目光，深沉难辨。

将东西塞给江肆,许宁夏让他去卫生间收拾。

看他拿着东西有些呆地站着,许宁夏说:"你不会醉了连话也听不懂吧?去把衣服换了,再擦擦头。"

江肆看着她,片刻后,进了卫生间。

他一不见,许宁夏开始咂摸她进来看到的每一个画面。

房子里没变过样,江肆也没变过样,看起来,不像是酒醒的。

毕竟这人要是清醒过来了,还能让自己这样难受地待着吗?

想通这点,许宁夏舒心些,也给李多南回了一条消息,叫他放心。

二十分钟后,江肆出来。

许宁夏正坐在椅子上刷手机,见状,说:"睡觉吧。"

江肆攥着毛巾,低声问:"你去哪儿?"

要说之前许宁夏还有怀疑,那现在就彻底放心了。

正常人谁一个劲儿问她去哪儿?

"别管。"许宁夏说,"去睡觉,不然我就把你扔到荒山野地里。"

江肆又站了一会儿,最后过去躺在了床上。

他这样清爽干净地休息,许宁夏也舒坦。

没过多久,房间里只剩下均匀的呼吸声。

许宁夏按灭手机,关上了顶灯,留下床头灯发着幽微光亮。

男人安静地躺着,落在额头上的一缕碎发还没完全干,贴在耳边。

许宁夏小心地帮忙拨开,说:"这次你醉了,就当——"

想起卫生间里发生的事,她说不下去了。

某件她一直视而不见的事呼之欲出,似乎到了再无法隐瞒的地步。

许宁夏一言不发地往上拽拽被子,离开。

昏暗中,江肆睁开眼睛,还能闻到她靠近时留下的山茶花香。

脑海里不由自主浮现出卫生间里的画面,他喉结滚动,压抑的低喘被黑暗掩盖。

转天一早,李多南来旅馆接人。

村里结婚能闹,作为新郎家的亲戚,不能早退,必须全程陪同。

李多南这一夜几乎没怎么睡,送新人入了洞房,还要和其他亲朋周旋,整个人此刻又困又萎靡。

他在大厅坐了会儿,许宁夏下来。

李多南招招手过去,两人还没说话,先互相打了个长长的哈欠。

"阿姐也没睡好啊?"李多南揉揉眼,"村里条件有限,实在对不住了。"

许宁夏按着酸胀的太阳穴,摇头:"不是,我刷手机刷太久了。"

李多南"哦"了一声,又问:"江医生呢?阿姐没和他一起下来?"

"我怎么会和他一起下来?"许宁夏音调莫名高了一个八度,眉心轻蹙着,"我不知道他的事。"

这反应让李多南愣了愣。

但他脑子缺觉是蒙的，也转不起来多想，直说："那我去看看。"
话落，江肆出现在楼梯口。
江肆的状态也不怎么好。
冷淡的神情多了几分颓倦，还有严肃的低沉。
"江医生，早啊。"李多南打招呼，"我请你们吃这边特色的茶糊，味道还不错。"
江肆道谢，目光落在许宁夏身上。
许宁夏背脊发僵，转过脸，笑了下："早。"说完，也不等江肆回应，便又把头摆正，目视前方。
李多南觉得这两人之间怪怪的，但又说不上是哪里怪。
他顾不上多想，要去和这家旅馆的老板道别，村里村外的，都是熟人，这是基本规矩。
李多南让许宁夏和江肆等会儿，自己过去一趟。
站在窗户边，许宁夏盯着外面的树发呆。
忽而感到手上有热源靠近，她头皮一麻，立刻转头，对上江肆的脸。
纠缠了许宁夏一晚的画面又一次浮现。
她到现在仿佛都还能感受到男人贴着自己时，心脏有力地跳动。
江肆指了下许宁夏手中的小行李包："我来拿。"
"我自己可以。"许宁夏往旁边挪挪，别了下头发，"不麻烦了。"
江肆抿抿唇，脸上的肌肉线条绷起，犹疑地道："我昨晚是不是给你添麻烦了？"
许宁夏握紧包带，自然地问："怎么，你都不记得了？"
"我酒量，"江肆语速放慢了些许，"很差。"
许宁夏莞尔一笑："看出来了。不过也没什么麻烦不麻烦的，就……"
画面第无数次在脑海盘旋，没完没了。
许宁夏勉强维持着若其事，低声道："你以后还是别喝酒了。"
江肆看着她，点点头："嗯。"
从三桃村回九云后，许宁夏投入修改设计稿。
她尽可能不去想那些有的没的，用工作让自己充实起来。
这效果很是不错。
她新报名参加的服装设计比赛，手稿基本已经确定，只要再最后润色一下就可以提交。
至于江肆的每日天气预报，许宁夏有时会回，有时就不回了。
月底，梁嵘和梁峥来九云。
许宁夏下午开始收拾房间，中途，梁嵘打电话来说等她接驾。
"我去接？"许宁夏没明白，"我没车啊，你们自己过来不就行了？"
梁嵘也没明白："你没车，江肆有啊。"
许宁夏一怔："什么意思？"
梁嵘前几天和高焰说了自己要再来九云，高焰便说请她吃菌汤火锅，算作接风。

所以，他们晚上是要去高焰那里吃饭的。

既然如此，高焰又说让江肆去羡安车站接人，反正他们今天休息，有时间。

"江肆没和你联系吗？"梁嵘问，"定的三点，你问问他吧。"

高铁上信号不好，后面梁嵘再说什么都"刺啦刺啦"的，也交代不清，就把电话挂了。

许宁夏举着手机在客厅站了好半天，不由得望向院子的木门……

半小时后，许宁夏推开门。

江肆果然站在老地方。

四目相对。

不过一瞬，却好似有湿热的暗潮在两人身上流窜了一个来回，像极了那晚在卫生间时游走在皮肤上的滑腻。

许宁夏背过身锁门，咕哝："你怎么不提前告诉我一声？"

他要是说了，她绝对让梁嵘改变主意。

江肆盯着女人的背影，舌尖轻触了下嘴唇，道："我以为梁嵘和你说了。"

好吧，事已至此。

许宁夏和江肆并肩往木月庭外走。

江肆问："最近很忙？"

"嗯。"许宁夏应，"参加的比赛快到截稿日期了。"

她语气疏冷，江肆没再多说。

两人来到那辆白色途观前，江肆率先打开副驾驶座的门。

许宁夏有些抗拒。

但又觉得矫情刻意，还是坐了进去。

安全带的问题因为江肆之前的反映，好用了一段时间。

可或许是治标不治本，这会儿又艰涩得不行，许宁夏拽了半天都拽不出来。

这倒是个坐后面的好理由。

许宁夏如此想，刚要开口说她坐后面去，一只手从她身后探过，来到面前，抓住了安全带。

许宁夏能感知到江肆做这个动作无意撩拨什么。

他很克制，连衣服都没有蹭到她的。

可是，她可以闻到他身上的味道，是令她无比熟悉的木质香，以及她可以看到他埋在衬衣袖子下的肌肉起伏。

是蓬勃有力的荷尔蒙。

让她想起那晚他是怎么用力地抱紧自己。

许宁夏背死死贴着座椅坐好。

煎熬地度过这两秒，最终在江肆的帮助下，扣好了安全带。

"我会再和老板说。"江肆说，"或者换辆车。"

许宁夏无所谓道："看你。我也不会怎么坐这个车，别让别人麻烦就好。"

正式开学后，小昭那边六日也会有老师上课。

她有段时间没去学校，确实不会再怎么坐这个车。

许宁夏说完这话，撇过头看着窗外，江肆看着她的侧脸，搭在方向盘上的手暗暗收紧。

没有应声。

一个多小时后，许宁夏在火车站接到梁嵘和梁峥。

这对姐弟在人群里分外惹眼。

女的艳丽漂亮，男的帅气高大。

尤其是梁峥。

许宁夏好久没见他，这小子还是和以前一样臭屁，懒洋洋的，有些漫不经心，却是完全符合"痞帅"的气质。

"麻烦江医生一趟了。"梁嵘道谢，"我上次坐那个小巴士简直坐出阴影来了，实在不想再坐一回了。"

江肆帮忙拿行李，说："客气了。"

拿到梁峥这边，两人对看了三秒，梁峥勾唇一笑。

"好久没见了。"梁峥主动伸出手，"你居然跑这儿窝着来了。"

江肆回握："好久不见。"

许宁夏和梁嵘对视一眼，梁嵘说："你们认识？"

梁峥没让江肆拿太多东西，吊儿郎当地道："一中有不认识他的吗？"

"可你俩不是一个年级的啊。"梁嵘说。

江肆解释："我们在一个数学竞赛班，参加过夏令营。"

"别和她解释。"梁峥提上东西，甩在肩后，"她理解不了学霸的世界。"说着，挑衅地冲老姐笑笑，拎着包走了。

梁嵘骂骂咧咧说他是小兔崽子，拉着许宁夏也往前走。

江肆过来接许宁夏手上的礼盒，许宁夏说不用，江肆干脆直接拿走。

两个大男人在前面充当劳力，许宁夏和梁嵘轻松跟在后面。

梁嵘问："你和江肆又闹矛盾了？"

"什么叫又？"许宁夏反问，"我和他不是常接触，哪儿来那么多矛盾。"

梁嵘"哎哟"一声："你饭都上他家吃两次了，还叫不接触？"

哑言半天，许宁夏赶在梁嵘再说出什么招架不住的话来之前，质问："你和高焰怎么私下还有联系？"

"上次加的微信啊。"梁嵘坦然道，"偶尔会聊几句，高医生这人不错。"

前面走着的梁峥听见这话，冷哼："对着一个就见过一面的女的过于热情，不错什么不错。"

"你懂什么？"梁嵘一脚踹过去，"你姐我一向这么人见人爱。"

行程按照原计划进行。

车子开进九云，正好也差不多快到晚饭时间。

高焰在小区门口迎接，见人来了，热情挥手。

"高医生好啊。"梁嵘也热情回应，"今天打扰了。"

高焰说："不打扰。我就喜欢朋友们聚在一起吃饭，热闹。"

他笑着说这话,对上梁峥的冷臭脸。

梁嵘一掌拍过去,和高焰介绍:"我弟,天生脸臭。"

高焰笑了笑,邀请他们去屋里坐。

趁着走动的这一点混乱,江肆靠近到许宁夏身边,想借空说什么,许宁夏用"走吧"给挡了。

餐桌上,电磁锅和各种肉菜已经摆好。

一进入九月,天气转凉。

九云又不比城市,早晚温差大,这个时候能在晚上有一顿热气腾腾的火锅吃,再享受不过。

高焰拿出自己珍藏的红酒,欢迎朋友们远道而来。

梁嵘也是个能喝、会喝的,品了一口后,赞美确实是好酒。

见江肆喝的橙汁,她觉得这么好的东西大家不一起分享,实在可惜,就问了句怎么不喝一杯?

江肆看向许宁夏,说:"我……"

"他是个一杯倒。"高焰抢答,"你要是让他喝,他今天就得赖我这儿。"

梁嵘笑道:"没想到江医生的弱点是酒量啊。"

众人闲话。

许宁夏只顾低头吃菜,对周遭不多看一眼,江肆慢慢收回目光,声音淹没在其他人的话语中。

有高焰和梁嵘两个"社牛"在,绝不会冷场。

再加上梁峥时不时地挤对两句,气氛总体轻松幽默。

许宁夏默默吃,吃得差不多了,想再喝一碗菌汤就结束战斗。

"这些鲜菌味道不错是吧?"高焰笑道,"我特意留了一锅汤在厨房,大家随意自取啊。"

许宁夏去厨房盛汤。

刚盛完,江肆也进了厨房。

许宁夏手一抖,险些将汤洒出去。

"你也喝?"她轻咳一声,"你来吧。"

江肆走到许宁夏身前,没有靠得很近,保持着礼貌的社交距离。

但厨房空间有限,他站着不动,许宁夏就出不去。

"有什么事吗?"许宁夏问,"我汤一会儿凉了,还是……"

"抱歉。"

许宁夏愣了下:"好端端说抱歉干什么?"

江肆上前半步,将他们之间的空间缩小,直视着女人的眼睛:"那你好端端地躲着我干什么?"

"我……"许宁夏笑着别过头,"我什么时候躲着你了?你误会了。我……"

话没说完,就听"啪嗒"一下,整个屋子黑了。

许宁夏这回是本能手抖,汤洒了出来。

但赶在它洒得更多之前,江肆握住她的手腕,从她手里把碗拿走了。

拿走之后，江肆没松手，也没后退。

两人之间的距离被江肆填满。

同样过来盛汤的梁峥恰好看见这一幕。

其实说看见，并不准确。

但也就是因为光线不清，只有昏暗轮廓，才叫梁峥一下子想起了很多年前的一桩旧事。

曾经的未解之谜，一下子有了答案。

"怎么又停电了！"高焰无语道，"真会找时候。"

梁嵘问："没电了？还是坏了？"

高焰说："不是，是最近附近修路的地方也在修电路，这边受了影响，时不时就会停下。一会儿就好了。"

听到这话的许宁夏松了口气。

她动了动手腕，小声说："你可以松开了。"

江肆没听，稍稍弯下腰，不动声色地又靠近了些。

"能先回答我的问题吗？"

许宁夏被男人的气息包围，手不由自主地抓住了身后厨台的大理石边缘，声音比之刚才更加弱小，像是很怕被外面的人听到。

"什么问题？"

江肆在她耳边说："为什么躲我？"

许宁夏张口想说没有，她没躲。

可哪怕有黑暗做掩护，她也没能说出口。

许宁夏也不知道自己和江肆怎么就突然这样了。

那天在旅馆发生的事，她用了很长时间去消化，都没能做到完全正视。

她也想装没事人，反正江肆喝醉了，什么也不记得。

可有些事已经不由她控制。

或许是曾经那些朦胧不解的感觉因为身体的真实反应越发清晰，清晰到她想避而不见都不行。

但哪怕是如此，许宁夏也不会承认。

她做过决心不谈恋爱，就一个人，潇潇洒洒过一辈子。

"我不知道你为什么会有这样的想法。"许宁夏找回底气，"我只能说我们之间根本不存在躲与不躲，就是普通朋友而已，有什么好躲的？"

说完，她略微用力把手抽出来，离开厨房。

视线里太过漆黑，许宁夏没注意厨房门口站着的梁峥，但江肆出来时，察觉到了。

梁峥轻哂了一声，上前拍拍江肆肩膀，没有多说。

大家重新围着餐桌坐好。

高焰取来了蜡烛，在桌上点燃，烛光顿时化作一个小罩子，笼住了一小方天地。

"这样也挺有情调哎。"梁嵘说，"红酒，烛火。"

梁峥抱着臂接话："配火锅。"

大家笑笑，高焰点开手机，提议："想要小资情调也容易，来首歌就行。"

高焰放的是《Just the Lonely Talking Again》。

随着前奏微醺复古的鼓点慢慢推进，富有磁性的男声开始吟唱。

高焰不愧有个诗人梦。

这首歌很有20世纪那种带着暧昧不清调调的浪漫迷幻，一下就让火锅变成西餐厅里的加州小牛排。

梁嵘觉得很好听，可自己是个学渣，只好问许宁夏唱的什么意思。

许宁夏正仰头喝酒。

视线穿过杯子，玻璃的反光和烛光交织出一缕晶莹梦幻，不偏不倚地投映在对面男人的身上。

男人看着她，眼神被光晃得有些迷离忧郁。

等光线流转不再，那眼里又仿佛只剩下痴迷般的专注和深情。

许宁夏心悸难耐，呼吸也变得困难，一口饮尽了杯中红酒。

无奈这点酒精起不了什么作用。

她还能清楚地听到循环不断的歌声，唱着：Are you really ready for love, girl, or is it just the lonely talking again?

你真的准备好陷入爱河了吗？

又或者只是寂寞在作祟。

吃完饭，江肆送许宁夏他们回木月庭。

梁嵘也累了，使唤梁峥给自己搬行李，嚷着晚上要泡澡、敷面膜。

许宁夏站在车边，接过江肆递来的礼品。

这是梁嵘从北城带来的特产，要送给李奶奶一家。

"古城那边有民族服饰店。"江肆说，"采福节那天，九云人都会穿自己民族的衣服。你们要是感兴趣，可以去看看。"

许宁夏点头："好，我知道了。"

"那我回去了。"

"嗯。"

简单的告别合情合理，却总觉得差了什么。

江肆伫立片刻，无数次想要张口，最后也还是没有多说，看向院子里的梁峥，点头示意，便离开了。

许宁夏锁上门，准备回屋。

梁峥插着口袋杵在门口，说了句："你们……"

"我们怎么了？"

"我还没说啊，"梁峥笑起来，"你激动什么？"

许宁夏绷着脸："我没激动。起开，我进去。"

梁峥耸耸肩，侧身让人过去。

他又望了一眼男人刚刚离开的方向，心说：哥们儿够能忍的啊。

·148·

采福节来临之前，李多美返回九云。

三人小组终于正式会面。

李多美很喜欢梁嵘这个姐姐，两人有共同的喜好——追剧，以及嗑 CP。

她们每天结伴在九云瞎转悠，赏赏花，看看水。

用梁嵘的话讲，九云这样的地方就是让人放慢脚步，品味生活的。

许宁夏嘲她是不是又看了什么鸡汤。

她说："没啊，和高焰学的。"

这段时间，许宁夏她们忙着闺蜜情，梁峥乐得自由。

不出特殊情况，梁峥也是到处转转，然后等到晚上，约上江肆和高焰打球。

之前江肆跟高焰两人打总归差了些意思，有梁峥加入，好了很多。

一直到采福节当天。

这天，李奶奶早早起床蒸福包。

这福包的馅料儿和鲜花饼差不多，甜甜的，味道很好。

李多美打包好多福包送到木月庭，等着下午时间一到，大家便前往九云古城参加庆祝活动。

许宁夏没有选择很正宗的九云民族服饰。

毕竟哪怕是本地人，也不会穿得一板一眼，会有自己的习惯和心思。

所以，许宁夏选了九云年轻姑娘常用的藏青和白色，身上绑着五彩刺绣腰带，头发编成了两个麻花辫，再聚到后面盘起来。

头饰的话，没用九云特色的头包，而是她早年去别的地方玩，淘来的眉心坠。

梁嵘打扮得和她大差不差，但把藏青染成了红色。

而李多美的穿着则是地地道道的九云少女。

三个人一道出门，门口等着四大一小。

梁峥不凑这热闹，照旧 T 恤冲锋服。

高焰就整得相当全乎了，也只有李多亮能和他勉强比比，连李多南都自愧不如他九云。

至于江肆，他穿着休闲裤搭配藏青色的民族风立领裇衫，袖口处有一点刺绣做点缀，样式简约大方。

许宁夏只稍打量了一眼，又看看自己身上的藏青色，不作他想。

所有人到齐，往九云古城前进。

篝火是在日落天黑后才开始，眼下不过黄昏，古城里就有不少人。

许宁夏路过之前去过的那家书店。

老板冲她打招呼，说今天过节，书店有拍立得活动，问他们要不要参加。

"参加啊。"梁嵘说，"这么有纪念意义，必须参加。"

老板给了一个号码条，说是前面还有十几个人排队，叫他们过个半小时再来。

梁嵘看看队伍，心想这照相有快有慢的，万一错过了，岂不是又得重拍？

于是，她派梁峥在这儿盯着。

"凭什么是我？"梁峥无语，"再说了，我也不照啊。"

梁嵘说："你为什么不照？哦，你丑。那你不照不更得给我们排队？你那么闲。"

眼瞅这姐弟俩又要掐起来，李多南说他来排，但李多亮想去前面买糖吃，得带着阿哥这个钱包。

而高焰，梁峥让他不许掺和他们姐弟的事。

轮来轮去，江肆说他来排，皆大欢喜。

"那你辛苦一下。"高焰说，"我看前面有卖米糕的，我去买点儿。"

大家分头行动。

赶在分开前，李多美问道："等排到了，江医生怎么联系我们啊？"

江肆顿了顿，看向许宁夏，说："我给你发消息。"

不待许宁夏回答，梁嵘说："这个好！夏夏知道了，我和多美再一传，大家就都知道了。江医生不愧学霸！"

一旁的高焰和梁峥真想笑。

许宁夏被迫当了传声筒，视线与江肆一触即分，说："我要是没有回消息，你给我打电话。"

"好。"

许宁夏她们这边去了服装店。

李多美和梁嵘看哪个都喜欢，让许宁夏帮着给参谋参谋。

许宁夏站在衣架前，没听见。

她在看和江肆的微信聊天记录。

不知道从什么时候开始，最开始的天气预报后面加了几个字，变得不再生硬，而是仿佛成了一种关心与分享的签到。

注意保暖、下雨别出门了、今天天气很好、有个七岁的小女孩康复出院了……那时候，许宁夏最起码会回一个表情。

可现在，每天的天气预报一天不落，她的回复却再未出现。

"想什么呢？"梁嵘过来，看到微信界面上江肆的名字，"有情况啊？"

许宁夏收好手机，摇头："没事，走了下神。你们看中哪个？"

梁嵘拉她过去选，挑了挑，许宁夏也选中一件心仪的，去试衣间试。

外面，梁嵘和李多美聊天。

"嵘嵘姐，我觉得夏夏姐和江医生有些奇怪。"李多美说，"和我走之前不大一样。"

梁嵘摸着下巴："你也有这种感觉？"

李多美点头，可要说哪儿怪吧，也说不上来。

之前这两人同框，俊男美女的，除了养眼，也有种自然的默契。

但现在，那种默契感倒是没有消失，却多了些克制，好像要故意装不熟悉彼此似的。

"嵘嵘姐，我悄悄和你说，你别告诉夏夏姐。"李多美又道，"我觉得夏夏姐和江医生好配！他俩一站在一起，我就想嗑CP！我怕夏夏姐不高兴，一直忍着不敢说。"

梁嵘挑眉："妹妹，巧了。我也觉得他俩挺配。"

李多美笑了笑，又哭丧起脸："可有句话不也说了吗，嗑CP就嗑CP，不能认真。再者说，过完采福节，夏夏姐也该和你们回北城了吧？"

"这是夏夏说的？和我回去？"

"没，我猜的。"

闻言，梁嵘心生一计，嘿嘿笑道："既然这样，不如我来帮你延长你嗑CP的时长吧。"

四十分钟后，许宁夏收到江肆微信，所有人往书店聚集。

老板已经装好相纸，他们人多，得站在台阶上错落开，这样拍出来好看。

"来，小阿哥就站在中间吧。"老板说，"其他阿哥站在上面一排，然后……"

"等等。"

梁嵘忽然叫停，硬是把梁峥拽了下来，说："我想和我弟弟站在一起照。"

梁峥眼角一抽："犯什么病，松……"

"我也要和我阿哥、阿弟站在一起照。"李多美说着，也拽来两人。

没有阿哥、阿姐、阿弟、阿妹的剩下的三人，你看看我，我看看你。

高焰举手："我站边上照，我独美。"

这么稀里糊涂一圈转换，许宁夏和江肆挨在一起站在了台阶上。

这算什么操作？

许宁夏要去找梁嵘，身边的人轻轻抓了下她手臂，说："篝火快开始了。"

言外之意——时间有限，就这样照吧。

许宁夏抿抿唇，觉得自己必须说些什么，转过头，江肆帮她正了下眉心坠。

又是极为小心翼翼地靠近，几乎没有触碰她。

可许宁夏心里就是塌下去了一块，想说的话也卡住咽了回去。

憋了会儿，她没好气地说："你也整理整理自己吧，领子都窝进去了。"

江肆听话也整理了下。

几秒钟后，相机记录下这一刻。

许宁夏面色透着淡淡粉红，略带拘谨地站着。

她身边那人依旧一脸淡定高冷，但眼角眉梢含着温柔笑意。

天黑下来，篝火即将开始。

所有人往古城的中心广场走去，乌泱泱的人流像是汇聚的长河。

李多美提醒道："待会儿点完篝火还要去乌里河放花灯！到时候人更多，大家都别走散了啊。"

到了广场，李多南找到一个相对人少的地方，把事先准备好的小纸条和笔分给大家。

"什么烦心事都可以写。"李多南说，"心诚，神明就会听到。"

许宁夏拿着纸笔，想着最近的烦心事，迟迟没有下笔。

"写啊。"梁嵘催道,"烦心事这么多吗?"

许宁夏觑她:"你写完了?"

梁嵘笑道:"我的烦心事很简单——爱吃却长肉。希望神明收到我的纸条,可以让我吃多少都不胖。"

"夏夏姐,也未必就是烦恼的事。"李多美说,"只要是想请求神明指引或者帮助的事,就像愿望之类的,都可以写。"

愿望吗?

那她希望……

江肆望着不远处的女人。

身边有小朋友撞了他一下,纸条不小心从掌中滑出去,恰好落在李多南脚边。

李多南捡起来,无意窥探什么,可无法避免还是会看到上面的内容。

寥寥数个字让李多南愣了愣。

他跑过去把纸条还给江肆,欲言又止:"江医生你……"

"怎么?"

李多南又摇摇头,说了句"没事",去照看李多亮了。

只是"她能回头看看我"到底算什么愿望或者烦恼呢?

篝火点燃,九云人齐声唱着他们的歌。

歌声荡漾在夜空中,有人围着篝火跳舞,有人围着篝火表演杂耍,大家纷纷将纸条扔进火中,祈祷着一个更美好的明天。

许宁夏是最早扔完纸条的。

按照之前说好的,她在大榕树下等着其他人归队。

最先回来的是江肆。

他们并排站在树下,周围熙攘热闹,反衬得他俩格格不入。

"你……"

"你……"

两人同时开口。

许宁夏笑了下,让江肆先说。

"一会儿原路出古城,小巷子里的纸灯会亮起。"江肆说,"你可以看看,很漂亮。"

许宁夏说好。

当初,她也就是听了他的这个话,才决定留下过采福节。

现在看来,以这样的形式作为结束也算是圆满。

等人聚齐,李多南带路,前往乌里河放花灯。

如李多美事前说的那样,回去的人更多,几乎是增加了数倍,因为大多数人这会儿都要去乌里河,而出口就那么一个。

不宽的古城主道上,人挤人。

各种音调的说话声不绝于耳,吵闹着像煮沸的一锅粥。

许宁夏有些烦躁,想和梁嵘说干脆找个地方等等,等人少了再走,往身边一看，根本没有梁嵘。

就连李多美高焰他们也都不见了。

许宁夏打电话，也无法接通，她只能随着人流继续往前走。

快到一条巷子口时，有人惊呼："亮灯了哇！"

其他人跟着应和。

许宁夏抬眸看去，就见窄长的巷子里，上方挂满了纸灯。

那不是普通的纸灯。

上面有镂空雕的图案，光透出来，映在古旧的墙面上，有九云的神话故事，有飞鸟，还有山茶花。

许宁夏不禁露出笑容，下意识回过头想和那个人说：你看，真的很漂亮。

而这一回头，许宁夏看见江肆就站在灯光稀落的一边。

周遭是涌动的人群，他仿佛在那里站了好久，等着人发现。

许宁夏心下一动，张口想让他过来。

这时，不知哪边忽然起了推搡，许宁夏随着晃动了两下身体，有些站不稳。

这种情况要是摔倒了，很危险。

许宁夏一时害怕，伸手随便想抓住什么，抓的是江肆的手。

紧跟着，江肆拉她入怀，护着她挤出了人群，两人来到窄巷里。

采福节期间是没人进窄巷的。

李多美说那是以前传下来的一种说法，说进窄巷就是入穷路，刚和神明祈求完就到了穷路，不吉利。

许宁夏倒不在意这些，只是不明白江肆为什么拉她进来。

想等人潮退去吗？

许宁夏正想问问，身旁的男人忽然转身面冲她。

他伸手扣住了她的后颈，手指穿过她的发，力道极为强势霸道，带着她往他身边靠。

那手上的滚烫灼得许宁夏心跳加快。

她慌乱地抬起头，迎上江肆俯下的脸。

他专注地看着她，另一只手轻轻抚过她额头上的眉心坠，浅浅一笑："你戴起来很美。"

说完，目光再次落回她的眼睛。

电光石火之间，不需要言语，许宁夏就明白了江肆是要做什么。

她忘了呼吸，更忘了推开面前的人。

几步之隔，外面是拥挤喧嚣的人潮。

小巷子里则静得出奇。

许宁夏听着自己剧烈的心跳声，面前是近在眉睫的他的气息。

她克制不住身体发抖。

江肆扣在她脖子后面的手稍稍使力，哑声说道："别动。"

许宁夏感受到男人印在自己皮肤上的指纹脉络，细细摩挲着她，激起粗粝的电流。

仿佛被抽走所有力气，许宁夏在要闭上眼睛时，听到一声："夏夏！"
这一声瞬间唤回许宁夏的清醒，她用力推开江肆。
江肆向后退了两步，却又抓住她的手腕，好像坚持不肯放手似的。
不远处，梁嵘的声音越逼越近。
许宁夏又狠狠去甩江肆的手，见他握得更紧，她压着音量说："松开啊！你疯了吗？快松手！"
她那般急迫，江肆眼里的光黯然熄灭，最终松开了手。
一获得自由，许宁夏立刻整理衣着，赶在梁嵘发现之前，出了小巷。
梁嵘和李多美他们也走散了。
但她那会儿遇上信号还在，所以联系上了人，李多美他们已经在出口等。
"我找你半天了。"
梁嵘说着，梁峥也挤进人群过来。
"那走吧。"许宁夏说，"别让多美……"
"夏夏，你的脸怎么这么红？"
"热的吧，这里空气很不流通。"
许宁夏急着走，梁峥又说："还差江肆，得找到他。"
这话才说完，江肆便从巷子里出来，脸色冷峻深沉。
梁嵘是看见许宁夏从巷子里出来的，这又看见江肆，不免猜测丛生。
四个人各持安静。
站得久了，引来行人侧目，不少人抱怨他们挡道了。
"那、那走吧。"梁嵘拉了许宁夏一下，"马上就是出口了。"
两人在前面走，江肆和梁峥跟在后面。
"夏姐那年生日，黑灯游戏。"
梁峥忽然开口，看向身边的男人："是你吧。"
江肆略有一怔。
虽未回答，但答案显而易见。
梁峥笑着叹了口气："我就说我不会去抓她的手，夏姐怎么都不信。"
"喂、兄弟。"他杵杵男人的胳膊，"我给你背了好多年的锅啊。"
江肆："抱歉。"
"道歉倒也不必。"梁峥摆摆手，"你俩要是能成，也还不错。但夏姐是单身主义，你知道吧？"
"……嗯。"
梁峥拍了拍江肆的肩膀，叹息："道阻且长啊。"
到了乌里河，又是一群人扎堆放花灯。
许宁夏被李多美带着，整个人基本是悬浮的。
等放完花灯，她就在一旁等着，狂跳的心脏这会儿依旧尚未平缓。
就在刚刚，她差一点和江肆接吻了。
当时的她人好似从世界抽离，感觉什么都是虚无的、不真切的。
可现在回想起来，江肆垂眸时轻颤着的睫毛，还有他震荡起伏的呼吸，甚至他眼里克制又小心翼翼的期待……画面清清楚楚。

许宁夏眉头拧起，抓紧衣服下摆，心慌不已。

"夏夏，来吃红糖糍粑啊。"梁嵘喊道，"快来，还热乎着呢。"

"……好。"

许宁夏磨蹭着过去，见江肆站在那里，她眼神极力闪躲。

大家围在一起吃红糖糍粑。

梁嵘没吃过，觉得新鲜又好吃，李多美说："这家做的还是可以，但和蔡阿婆的手艺比起来，还是差了些。"

"蔡阿婆是哪家？"梁嵘问，"带我去吃啊。"

高焰接过话："在城北香溪路，江肆带我去过。"

说到这里，他不忘吐槽一句："江肆宿舍门口有个大哥也卖红糖糍粑，那叫一个难吃，还黏牙。"

话落，就听"噗"的闷响，许宁夏的糍粑掉在了地上。

她愣了愣蹲下捡，直起身时，另一块糍粑出现在眼前。

"我没吃。"江肆说，"还热着。"

当着那么多人的面，许宁夏说了声"谢谢"，接过去。可也只是始终握在手里，没吃一口。

节日进入尾声，后面的活动没什么意思，采福节由此落幕。

大家各自回到住处。

许宁夏一进了屋子，便问梁嵘什么时候回北城。

梁嵘挠挠耳后，问："怎么了？"

"我和你一起回去。"许宁夏说，"我现在订票。"

还真叫李多美说中了。

梁嵘溜达到吧台那边喝水，颇为苦恼地说："不行啊。"

许宁夏已经点开订票的APP，闻言，问为什么不行。

"我小姨，你记得吧？"

梁嵘小姨，当代媒婆典范。

两三年前，未经许宁夏同意，给她介绍了一个大龄博士，害得她用了好多办法才把人甩掉。

为此，许宁夏连梁嵘的面子都没给，和小姨吵了一架。

两人算是见面就尴尬且水火不容的那种。

梁嵘说："我小姨没来过F省，知道我和梁峥过来玩，也非要来。现在人在泰城了，等着我们过去找她。"

这是不是也太巧了？

许宁夏问："你什么时候去找小姨？"

"明天。"梁嵘笑道。

"你之前怎么不和我说？"

"我忘了啊，这又不是什么大事。"梁嵘摊手，"还是说你着急和我回去？是有什么事吗？"

心事被戳中，许宁夏没言语。

梁嵘这时从卫生间出来，没骨头似的坐在沙发上，点开手机，说："明天上午的票，你还不赶快收拾东西？"

"啊？"梁峥卡了下，"啊，是哈，我得去收拾行李了。"

见此，许宁夏是信了，垂头丧气地回了房间。

等门关上，梁嵘小碎步跑到梁峥身边，举起手："来吧，弟弟！为我们这绝佳的默契。"

"喊，幼不幼稚。"

梁峥抬手和梁嵘击了下掌。

梁嵘又小声问："但你怎么突然这么配合我啊？"

梁峥下巴指指许宁夏的房间，说："她是你狐朋，难道不是我狗友吗？"

梁嵘的九阴白骨爪都要招呼过去了，梁峥又补了一句："我也希望夏姐好啊。"

爪子收回去，梁嵘叹了口气。

作为许宁夏最好的朋友，梁嵘太清楚许宁夏对待感情有多么抗拒。

她其实也不是说她非要找个伴儿就幸福了，有的找了还不如不找，她是怕她姐妹明明遇到了可能会给她幸福的人，却因为自己失了勇气，不敢向前，从此错过。

"希望咱们的助攻是对的吧。"梁嵘感慨完，踹了梁峥一脚，"你把票订了啊，我得坐商务座。"她一边吩咐，一边捶着腰说自己老了，不能操劳。

梁峥："……"

花他钱的时候就订贵的是吧。

这晚，许宁夏失眠了。

她躺在床上翻来覆去，哪怕《相对论》摆在她面前，她看了也睡不着。

满脑子都是来九云后和江肆相处的点点滴滴。

每想起一点，就觉得心口憋堵。

许宁夏后悔来了九云，更后悔接受了江肆当时释放的好意。

一步错，步步错。

她长叹一声，床头柜上的手机蓦地亮起。

江肆发来微信。

江肆：我们谈谈。

许宁夏看见这四个字，第一反应是逃，就当没看见。

但她是个成年人，不是懵懂害羞的少女，有些事，靠拖是解决不了的。

夏天不宁静：明天。

江肆回复得很快。

江肆：明天中午十二点半，古城茶馆。

江肆：不见不散。

第六章
许宁夏，我喜欢你

转天一早，梁嵘大张旗鼓地拉着行李离开木月庭。

许宁夏压着脾气没有发作。

等人走后，她守着空荡的客厅，也没心思改设计稿，就这么闲坐着等着时间到来……

江肆早到了些。

桌上，茶具一应俱全，普洱茶已经泡好。

许宁夏落座，江肆为她斟了一杯茶，说温度刚好。

许宁夏端起茶杯先嗅嗅茶香。味道清甘，和桂花红茶糯米粥的味道很像。心口又变得憋堵不畅，许宁夏放下茶杯，没有喝。

对面的江肆见她如此，放在膝上的手略有收紧，沉声开口："昨晚……"

"还是我先说吧。"许宁夏打断。

她这表情，让江肆想起她刚到九云遇见他时，带着防备与不耐烦。

江肆垂眸，点了点头。

许宁夏开门见山："我们也这个年纪了，男女之间的那些事即使没经历过，也都懂。我来九云后，承蒙你关照，我很感谢。你应该也知道你……很有魅力。在这种情况下，又是在陌生的地方，人想追求一点点出格的刺激很正常。"

"至少，我是这样。"

说罢，许宁夏端起茶杯，一口喝干了茶。

江肆在听完她的这番说辞后，平静的眼中起了波澜。

像是愤怒，也像是不可置信。

抑或二者都有。

"你的意思是……"江肆停顿，"你把我们之间看作是在异地一时寻求刺激？"

许宁夏笑了笑，模样像是风中摇曳的红玫瑰。

诱人，却带刺。

"难不成你对我是真有感觉？"许宁夏问，"江肆，你不会忘了我们的父母曾经在一起过吧？"

"是，他们没有结婚，也早早就分开了，但存在过的事实就可以忽略不计了吗？"

"我做不到。

"我看见你，就会想起许青浔的儿子梦。"

又一番沉重的说辞。

江肆陷入沉默。

刚才眼中难得有了的一丝情绪，这会儿一点点归为死寂。

许宁夏视而不见，从包里抽出两张现金放在桌上，起身说："这就是我要说的话。至于昨晚，就当作一个糊涂的小插曲吧，过去了。"

她迈步离开，只留下茶馆入口玻璃门上的风铃"叮咚"作响。

服务生见状，来到江肆这边，询问是否要结账。

江肆没回答，握着茶杯的手，青筋暴露。

就在这只茶杯快要被捏碎时，那股强大的压迫力又消散得干干净净。

上次，她担心过的。

江肆抽来纸巾擦擦手，和服务生说稍后再结账。

余下的时间，江肆一动不动地坐着。

像一棵枯萎的树。

许宁夏把自己关起来改了三天的设计稿。

在此期间，她几乎连手机都不怎么看，做到了与世隔绝。

直到李多美假期结束要返校，说请她出去吃顿饭，她才重见阳光。

这顿饭吃得很愉快。

李多美分享了不少在学校里的所见所感，许宁夏也把自己在法国学习时的见闻告诉她。

吃完之后，李多美想起许宁夏很少来城北这边，就问她想不想随便转转。

许宁夏说"好"，两人在一条小商业街上散步聊天。

没走多久，李多美突然说："夏夏姐，要吃红糖糍粑吗？前面拐角就是蔡阿婆的店，可好吃了。"

许宁夏心里"咯噔"一下，十分抗拒。

可大概她非要死个明白的个性太根深蒂固，又或者她有受虐体质，还是同意了。

李多美说她请客，要了两份红糖糍粑。

等待的工夫，许宁夏见蔡阿婆也有卖米糕，又买了两份再反请李多美。

她们先尝尝米糕。

许宁夏吃了一口，就觉得不如汈和古城的那家好吃。

她和李多美小声提了提。

李多美不以为意："我觉得还是蔡阿婆的好吃啊，是我小时候的味道，也是地道的九云米糕的味道。汈和古城那家是羡安人开的，口味其实有些融合。像是有外地客人来，都是请吃蔡阿婆这家的。"

许宁夏捏捏米糕，小声说了句"是吗"。

"夏夏姐，应该是你的口味是喜欢吃汐和古城那家。"李多美说，"谁给你推荐的呀？对你的口味很了解嘛。"

李多美不过随口一说，但许宁夏心里却被搅得又乱又闷。

等过了一会儿，许宁夏又尝到红糖糍粑，终于彻底有了答案。

她和李多美沉默地吃完所有糍粑，李多美问她什么时候走。

"要是去清城坐飞机的话，我去送你。"李多美说，"翘课也去。"

许宁夏笑了下："快了吧。等梁嵘他们和小姨玩完了，她会在羡安等我，我们一起回去。"

李多美眼眶有些酸，又说："夏夏姐，你走之前去我家再吃顿饭吧。我奶奶也猜你可能快要离开九云，让我请你过去，她给你做排骨。"

不待许宁夏回答，李多美补道："叫上江医生一……不对，江医生去连韶了。"

闻言，许宁夏愣了下，脱口而出："他不在九云？"

"我也是听我阿哥说的。"李多美说，"秋天了，气温降得很快。连韶那边流感有些厉害，好多学校一个班一个班地感染，医院人满为患，就让九云医院的医生去支援了。"

许宁夏"哦"了一声，沉默了会儿，说去吃饭的事临近再决定。

和李多美分别，许宁夏走在回去的路上。

路过那家院子里种满各种花的人家，她驻足看了看，心想天气确实是冷了，好多花都谢了，也不会有蝴蝶飞过来了。

心头泛起酸酸涩涩的刺痛，许宁夏忽而不想回去一个人待着。

想了想，她去了租车行。

午休时间，难得可以喘歇片刻。

高焰在天台找到江肆，他手里夹着半截香烟，烟雾袅袅，衬得他人越发冷颓。

"认识你这么多年，这是我第二次见你抽烟。"

高焰说着，也要了一根抽起来。

第一次见江肆抽烟，还是他刚念完大四的时候。

也不知道这位抽了什么风，突然跑去南城机场，还当天去、当天回，神神秘秘的。

高焰半夜睡不着，见阳台有火光闪现，吓了一跳，以为是着火了。

跑下去一看，是江肆在抽烟。

那时的他看起来像是个空壳，人立在风里，仿佛随时要被吹散。

"你是不是和许小姐摊牌了？"高焰问。

江肆觑他一眼，弹了弹烟灰。

其实不用问，高焰也知道。

男女之间的那些事，太好猜了。

一个眼神，一点刻意，一阵沉默，都足以说明问题。

自采福节那晚开始，江肆就魂不守舍。

转天利用午休时间出去一趟之后，回来更是好似人泡在了冰水里，只剩下公事公办的江医生，没半点儿活人生气。

"别嫌我说话直。"高焰说，"实在不合适就算了吧。"

江肆吐口烟，问："什么是合适？"

高焰笑了笑："反正肯定不是你现在这样。"

这话引得江肆嘴角也有了些许弧度，只是眼里浓稠的落寞并未融化半分。

江肆说："我是后悔了。"

"后悔什么？"

后悔那次喝了酒。

后悔喝了酒之后没有控制住自己。

那晚，她看他的眼神，他以为她对自己也是有一点感觉的。

仗着这一点点的感觉，他自以为是，向神明许愿……而她居然回头了，他又以为这是神明给他的希望。

他该忍住的。

就像以前一样，只要忍住，他还可以在她身边留得再久一些。

可现在，有些事情一旦挑破就再也无法回头。

"好了。"高焰拍了拍江肆，"一会儿处理完这边的收尾工作，我们也该回九云了。如果你还是放不下，就去找她。"

江肆掐了烟。

这时，手机响起，李多南打来的电话。

"江医生，你还在连韶吗？"李多南问，"没打扰你工作吧？"

江肆说没有，问是有什么事吗？

李多南说："我也就是多个嘴。我在车行认识的阿哥刚才和我说，说阿姐花钱租他们的车子，还雇了司机，去羡安了。"

江肆一怔："有拿行李吗？"

"啊？那、那倒没有吧。"李多南说，"应该就是出去玩……"

"麻烦把她雇的司机师傅的电话给我。"江肆说，"如果她怪罪，责任我担。"

挂了电话，江肆让高焰扫尾，他要去羡安。

扫尾的事好办，不在乎少一个江肆，但问题是江肆开车走了，他怎么回九云？

"你叫车。"江肆说，"我报销。"

高焰："……"

恋爱果然使人破财。

许宁夏去了羡安的酒吧街。

羡安的酒吧很有名气，大多数是清吧，歌手更是藏龙卧虎，搞不好就有当红明星来这边随便唱唱。

许宁夏给了送她来的师傅两百块钱,让他等自己,等她想走了会联系他。

酒吧里,灯光昏暗,最适合掩藏人心。

许宁夏坐在吧台上,点了一杯玛格丽特。

一口气喝下去,身体暖和些,心情仿佛也跟着舒畅不少。

调酒的酒保是个文艺范儿十足的大叔,见女人这么个喝法,见怪不怪,好言相劝:"阿妹,借酒消愁愁更愁啊。"

许宁夏笑笑,她有什么好愁的?

该说的不是都说清楚了吗?

结束了。

"再来一杯马提尼。"许宁夏说,"加冰。"

酒保摇摇头,找吩咐办事。

时间未到晚上的精彩时刻,酒吧里这会儿唱歌的歌手大多是在练手。

许宁夏听着台上音调略有不准的女声,晃晃手里的杯子,心想自己也算是个渣女吧。

和江肆的这一段,她其实是享受那种似有如无的暧昧带来的甜蜜的。

如果没有在旅馆的事,她或许还会继续下去。

可这事一旦放在了明面上,甜蜜就会变成毒蛇,让她想要逃离。

这样的不负责任,又贪恋江肆带给自己的感觉,确实渣。

但这也不能全怪她,她的渣,是基因里带的。

据说,许青浔对木依蓝是一见钟情。

两人在画展上初遇,木依蓝的灵动美丽一下子吸引住了许青浔。

许家祖上是文化大家。

许青浔自小也学贯古今,满腹才华,可见了木依蓝竟是一句话都说不出,只知道看着她,心里就欢喜。

许青浔和木依蓝恋爱两年。

在那期间,循规蹈矩、一板一眼的许青浔为木依蓝做过无数浪漫的事。

为她写诗、带她去看日出日落、以她的名字为小行星命名……圈子里的人都说,许青浔爱木依蓝爱到了骨子里。

可就是这样一个男人,在婚后变了。

在许宁夏儿时记忆里,许青浔常常因为木依蓝没有娘家背景而心怀抱怨,后来更是和别的女人传出绯闻。

许青浔把那归为逢场作戏,说自己的心永远在木依蓝这里。

木依蓝也很傻。

她太爱许青浔了,为此一步步走进为许家传宗接代的陷阱里。

在许宁夏奶奶的一再逼迫下,木依蓝流过两次产,又在三十五岁时再度怀孕,最后死在了手术台上。

而许青浔在木依蓝去世未满一年,就和一位女明星交往过密。

他说那是家族使命,他必须让许家继承香火。

可笑的是，许青浔换了两任妻子，她们都没能怀孕。

最后去医院检查，医生说他的精子数量已经不剩多少了，以后再生育的可能性几乎为零。

许宁夏不知道这算不算报应。

即便是，她的妈妈也回不来，她死在了她最爱的男人的手里。

许宁夏从很小的时候开始，就不相信所谓的爱情，认为爱情是最靠不住的，不如一个人来得可靠。

她之所以没有因此变得游戏人间，是因为木依蓝给她的母爱没让她太过偏激，她就算不信，也不会像许青浔那样去亵渎一份感情。

可和江肆的这一切，她还是没有把握好，把那些不该有的暧昧一步步推到现在这样。

从这点看，她确实继承了许青浔的"优良传统"。

许宁夏自嘲地笑，举起杯继续喝。

手腕一热，一股力量制止了她的动作。

许宁夏侧头看去，就见江肆微微喘息，头发也稍显凌乱，正一瞬不瞬地看着自己。

不敢相信他就这么来了，那一刻，许宁夏心里的惊喜大于一切。

可这份惊喜也转瞬即逝。

"你怎么来了？"许宁夏别过头，抽出了手。

江肆抿抿唇，垂回身体的手握了握，说："别喝了，我送你回去。"

听到这话，许宁夏笑了。

"你这是在管我吗？"她问，"我知道了。是不是我那天和你说完之后，你哥哥的责任感爆棚了？这么想做我哥哥啊？"

她说这话，模样俏皮狡黠，像是清楚知道怎么戳人痛处的狐狸，坏到无情。

"不是。"江肆一字一句地说，"喝酒不好。"

许宁夏笑得更加张扬："既然不是，你更没有立场管我。走吧，我的事我自己做主。"

"和你无关。"

江肆站着不动。

周围人注意到他们这边，酒吧的安保也过来询问。

问及许宁夏是否认识江肆时，许宁夏天真懵然地说："不认识啊。"

如此，安保请江肆如果不是来消费的，就出去。

江肆深深地看了许宁夏一眼。

许宁夏悠哉地喝着酒，就当没他这个人，直到余光里见他转身离开，才放下酒杯。

不知过了多久，台上的女歌手换成男歌手，唱得还不如刚才的女歌手。

许宁夏百无聊赖，问酒保大叔有没有新鲜一点儿的东西可以尝尝。

大叔说："就是给你尝了，你也尝不出来。"

这话让许宁夏脸上的笑容裂开。

. 162 .

"去找他吧。"大叔又说,"有什么话摊开说明白了。"

说明白什么?

进一步,不可能;退一步,做不到。

他们已经是死局了。

许宁夏眼睛有些胀,想要再喝一杯。

一个打扮得油头粉面的男人忽而坐在她身边,手指轻佻地掠了下她的手臂。

"美女,一个人喝酒多没意思啊。"男人说,"想喝什么,我请。"

许宁夏说:"不如还是我请你吧。"

男人自以为很帅地挑挑眉:"你不仅长得这么美,还这么大方呢。想请我喝什么呢?情人怎么样?"

许宁夏冷笑:"我请你离开。"

男人一愣,油脸顿时更黑了,丑出新高度。

许宁夏嫌恶地移开眼,再看看,估计刚下肚的酒得倒出来。

男人哼了一声,从高脚凳上下来。

但见许宁夏抬手喝酒时,那种浑然天成的妩媚风情里还带着少女般的轻灵娇俏,他一个没忍住,想要摸一把再走。

他刚伸出手,肚子就被狠狠地踹了一脚,人飞弹出去,摔在地上。

事情发生得猝不及防。

许宁夏反应过来时,江肆已经过去把油脸男提起来,想要再打。

看江肆的表情,许宁夏想起当年他出手打那个侮辱他爸爸的学生。

明明冷静至极,脸上连一丝多余的表情都没有。

可下手却狠厉无比。

许宁夏立刻跑过去阻拦,生怕这一下打出去,江肆会有麻烦。

"停下!"许宁夏抓住男人的手,"别动手。"

江肆看向她,无波无澜的双眼淡定得骇人:"他想占你便宜。"

"可他没占成。"许宁夏说,"我们走吧,酒吧还要做生意。"

油脸男躺在地上"哎哟"着,叫嚣什么有种别走,他找人来。

江肆要返回,许宁夏挡在他身前,随即抽出一沓现金扔在地上。

"你还没找来人,我就能送你进去。"她眯了眯眼睛,"你口袋里装的是什么,要我公布吗?"

油脸男一惊,咬着牙,没再言语。

许宁夏和江肆从酒吧出来。

天已经黑了,冷风吹得人想不清醒都难。

许宁夏和江肆站在酒吧门口绿植的两边,背对着背,一时无话。

许宁夏以为刚才她说了那样的话,江肆肯定气得早就走了。

可原来,他一直在等她。

等她做什么呢?

上次在茶馆说得已经够清楚了。

"我不会为刚才的事谢谢你。"许宁夏紧了紧衣领,"同时,我也跟你多说一句,不要总靠武力解决问题,无能的人才这样。"

说完,她往马路上走,准备联系雇来的那位师傅。

路过那辆白色途观时,她猛地停住脚步。

驾驶座下面的地上居然全是烟头。

心像是被重重地揪扯了一下。

许宁夏抿紧唇,心想,她让他这么累了吗?

还是,无能为力到了极限。

许宁夏出神的空当,一件衣服披在了她身上。

带着清冽的木质香,还有暖热的温度。

她有那么片刻的依恋,反应过来后要脱下去,就听:"你可以拒绝,但着凉感冒的人会是你自己。"

闻言,许宁夏放下手,看了看身边的男人。

他穿着一身黑,衬衣解开了最上面的扣子,露出一点冷白的三角区,禁欲中带着落拓不羁。

夜风不停地吹,酒吧外的霓虹灯换成了暗红色。

不少年轻人,朋友或恋人,三三两两地走进去,准备度过一个慵懒迷醉的夜晚。

江肆问:"要不要吃些东西?"

许宁夏四下看看,马路斜对面有一家不起眼的麻辣烫店。

"就它吧。"许宁夏指了下。

江肆看过去,微微一愣:"嗯。"

这家麻辣烫店虽小,但环境整洁干净。

店主是对中年夫妻,刚忙过一轮用餐高峰,见又有客人进来,笑着招呼他们随便坐。

许宁夏拿了小盆去选菜,选了满满一盆。

老板见了,提醒:"阿妹吃得了哇?太多了哇。"

"吃得了。"许宁夏继续拿。

江肆跟在她后面默默拿了几样,两人交给老板,便坐到角落那边等。

许宁夏问老板有没有卫生间?

老板说隔壁卖手机的店里有,和人家说一声是他这里去的,随便用。

许宁夏去了一趟,等再回来,两碗麻辣烫已经上桌。

而江肆刚给她摘完香菜,公筷还没来得及放下。

"你忘记和老板说不要香菜了。"江肆道,把辣油推了过去。

许宁夏落座,倒着辣油,问:"我……我和你以前是不是也一起吃过麻辣烫?"

江肆正在擦勺子的动作一顿:"嗯。"

高一升高二那年的暑假,特别热。

杨阿姨突然接到老家的电话,要赶回去奔丧,许青浔也临时要到外地出差。家里只剩下许宁夏和江肆。

那段时间，许宁夏过得暗无天日。

许青浔让江肆给她补数学，她美好的暑假每天都是在各种数学题中度过，简直了无生趣，苦不堪言。

这下可好，人都走了，许宁夏再无束缚。

她在房间里看漫画玩游戏，江肆几次敲门都被拒之门外。

后来拒的次数过多，江肆直接进来了。

他站在离许宁夏几米开外的位置，低着头，说："就一个小时。"

"那我也不补。"许宁夏噘噘嘴，"你快出去！别耽误我看电影。"

江肆不动，也不走。

许宁夏作势要用玩偶丢他，他也只拿着笔记本和复习资料侧了下身。

见吓唬不走他，许宁夏正要发脾气，开口前忽又脑筋一转，说："要不你带我去吃麻辣烫吧？"

麻辣烫。

许青浔最厌恶许宁夏吃的食物之一，一是不健康卫生，二是也不够淑女。

见江肆不应声，许宁夏放软了些语气，说："你带我去吃，我回来就让你给我补数学。"

被补课的人要求补课那方给好处，除了许宁夏也是没谁了。

江肆还是没应声，眼神却控制不住往女孩身上瞟。

只见她盘腿坐在粉绒绒的懒人沙发里，怀里抱着白色的猫咪玩偶，长发随意披散，素净白皙的脸像是清水芙蓉，美丽又清纯。

江肆攥紧笔记本，做最后挣扎："不卫生。"

"那我去找梁嵘玩。"许宁夏扔开玩偶，拿起了手机，"听说康子轩他们开了桌游呢。"

江肆一怔，上前一步说："去。"

"去什么？"许宁夏觑他，"说清楚了，学霸还指代不明啊？"

江肆无力地垂下眼眸："去吃麻辣烫。"

他们换了身衣服，从别墅区出来，打了辆车。

这家麻辣烫，许宁夏早就想吃了，听说他们的辣油是秘制的，又辣又香。

等到了地方一看，果然生意火爆。

许宁夏兴奋地拿着小盆去挑选食材。

江肆跟在她身后，一个没注意，女孩就拿了满满一盆。

结完账等餐时，许宁夏看对面有家便利店，又去那边买零食。

等她买完回来，麻辣烫也上桌了。

许宁夏坐下，就见江肆那碗麻辣烫上全是香菜，看起来足足有两三人份。

"你这么爱吃香菜的吗？"许宁夏有些嫌弃，"什么口味啊？"

江肆没说话，往前推了推辣油瓶。

许宁夏顺势拿走倒上辣油。

视线扫过刚买来的零食，她想着分享是种美德，便问："你要不要吃辣条?"

江肆摇头。

"喊!"许宁夏自己吃,"没品位,还爱吃香菜。"

许宁夏如愿以偿吃上心心念念的麻辣烫。

味道不错,够辣。

中途,梁嵘给她发微信,是同学在桌游店的各种搞怪照片。

她看着直笑,连回了好几条消息。

"是……康子轩他们吗?"

许宁夏还在打字,没看江肆,随口回:"是啊,玩得正嗨呢。"

这话说完,对面半天没有回应。

许宁夏看过去,就见江肆拿着筷子,对着一碗麻辣烫发呆。

那样子莫名有些呆萌。

她放下手机,笑得俏皮:"你是不是怕我找他们玩去啊?"

江肆不言语,搅拌了两下碗里的面条。

"想什么呢。"许宁夏哼了声,"我学习是不好,但也知道说话算话。我已经答应你不去,自然不会去。再者说,我也……"

"也什么?"

"你管得挺多啊。"

江肆抿抿唇,这次没听话,还是问了出来:"是不是因为康子轩?"

康子轩是二班的,在一中也算个风云人物。

他初中时和许宁夏还有梁嵘同班,几个人那时候就玩在一起,关系不错。

可最近一段时间,因为康子轩挑明了心意,许宁夏就和他疏远了许多。

"是又怎么样。"许宁夏勾勾手指,让江肆给自己拿醋,"我这个人呢,爱玩,也喜欢会玩的人。唯独不喜欢喜欢我的人。"

江肆脸色一沉:"为什么?"

"没有为什么。"许宁夏耸耸肩,"朋友就朋友,干什么要搞些其他的出来?反正谁要是喜欢我,我就躲得远远的。"

说完这话,之后许宁夏和江肆谁都没再开口。

客人源源不断地进来,他们也没多留,吃完就立刻回去了……

"还要加些醋吗?"

许宁夏握着筷子的手微颤,抬眸见江肆正看着自己。

他的样子和过去有些重合,即便五官变得更加深邃成熟,但眼睛还是那么干净。

许宁夏说要,接过去,又倒了很多醋。

他们沉默地吃完这餐。

从店铺出来,许宁夏说:"我让师傅回去,你送我吧。"

又是沉默地回到了九云。

车子停在木月庭外,江肆下车送许宁夏进去。

到了门口，两人不约而同地停下脚步。

月色清凉。

吵了一夏天的蝉鸣早已经没了声息。

许宁夏作势去拿钥匙，江肆开口说："我们都冷静冷静，好吗？"

冷静什么呢？

许宁夏不明白，却点点头，说了声"慢走"便进了院子。

关门前，江肆又说："我不是你的哥哥，也从没想过做你哥哥。"

许宁夏确实冷静了几天。

她接到梁嵘的电话，梁嵘说他们和小姨去了马尔代夫。

其实这也才是小姨真正的旅游地点，梁嵘带着梁峥过去蹭吃蹭喝，乐不思蜀。

梁嵘的意思是，他们最多再玩个十天半月就会回去，到时候在羡安接上许宁夏，大家一起回北城。

许宁夏没说什么，挂了电话，望向墙角的行李箱。

过了一会儿，她起身去了九云古城，向那边的商户打听有没有在城北城东的租车行。

得到联系方式后，转天，许宁夏去了趟学校。

学生们正在上课。

见到许宁夏经过，小萝卜头们一个个冒头，龇着一口小白牙喊"许老师好"。

为了不扰乱课堂秩序，许宁夏简单回应便去办公室找吴老师。

她给了吴老师一张银行卡。

钱不多，只是一份心意。

木依蓝留给许宁夏的资产数目可观，但许宁夏都不想动。她的积蓄要么是奖金，要么就是在法国和同学合伙开的那家服装店的分红。

"这个钱就给孩子们买画纸和画笔。"许宁夏笑道，"就算未来做不成画家，起码也是种消遣乐趣。"

随后，吴老师去班里领来小昭。

小昭见了许宁夏就开心地扑过来，并把手里的画纸递给她，比画着这是礼物。

画上画的是某次许宁夏来学校这边的场景。

当时，午休时间刚过，学生们在操场玩沙包，她站在一边的长椅旁为他们加油。

而江肆坐在长椅上，看着她。

小昭的笔触无疑还是稚嫩的，但神奇的是，许宁夏通过一个孩子的画读出了江肆眼里的温柔。

这份温柔中蕴含的情意并不浓烈，却叫许宁夏想起深夜夏风吹动起的白色纱帘，缓缓地飘舞着，绕过皮肤时，有些痒，却最是舒服。

这大概是因为真正极致的温柔是润物无声的守望和陪伴吧。

将画扣在桌上,许宁夏深吸口气,摸摸小昭的头,说:"这画还是你留着吧,当作纪念。等以后你想我了,就让吴老师联系我。"

小昭听得皱起眉头,拿铅笔在纸上写:阿姐,你要走了吗?

许宁夏摇头:"不是走,是回去。"

回到过去既定的生活。

处理好学校的这些事,吴老师送许宁夏离开。

吴老师很感谢她,用九云话祝福她平安顺遂,并希望以后还能有缘再次相见。

许宁夏和吴老师告别。

走出校门,挂着拐的保安大爷冲她点点头,笑着说:"没和江医生一起来哇?下次你们来,直接把车子开进去就好哇。"

听到这话,许宁夏也不知道这袭来的情绪怎么会如此汹涌,霎时就填满整个心口。

她跑回去叫住吴老师,麻烦吴老师把小昭再带出来一次……

从学校回去,许宁夏平静许多,又去了李家小超市。

李多南工作,李多美、李多亮上学,超市里空空荡荡。

许宁夏站在柜台前,再次看到墙上的那幅九云文刺绣。

"神明自会安排好一切。"

听到声音,许宁夏转回头,李奶奶站在门框边,和初见时一样。

"您之前就帮我翻译过。"许宁夏过去扶人,"这刺绣很漂亮。"

李奶奶笑着说老了,记性不行了,问道:"要喝茶吗?"

许宁夏婉拒,说:"我给您还有多美他们买了些小礼物,不是什么值钱的东西。过几天,快递会送来,您记得查收。"

李奶奶一愣,看着眼前的姑娘,明白了什么。

老人没有挑破,向她道谢,并用九云话对她说了一句话。

许宁夏只当也是祝福。

这天,清早。

天阴沉沉的,似乎在酝酿一场大雨。

距离师傅来接人还有一个多小时。

许宁夏最后一次清点东西。

她把从九云得到的东西全部装在一个盒子里,收拾画本时,小昭的那幅画画出来一角。

"轰隆!"

随着一记闷雷的爆响,雨顿时洒落在地。

许宁夏走到窗前看看,刚刚还干燥的地面很快就被淋湿。

她拿着画本,盯着多出来的那一角片刻,还是没有抽出来看,将画重新放回去夹好。

只等出发。

· 168 ·

李多南被浇个透心凉，进医院时，免费给人家的地板洒了回水。

做卫生的大姐瞅了他一眼，示意他往边上站去，别弄脏她刚擦完的部分。

"哪有这个时候下雨的哇。"大姐嘟囔，"怕不是哪里有问题啰。"

李多南在旁边的地毯上跺跺脚，一抬眼，江肆和高焰正好从楼上下来。

"江医生，高医生。"李多南打招呼。

高焰瞧他这样子，说："去我办公室擦擦吧，别再感冒了。"

李多南笑了笑说："没事。我给奶奶拿药来，待会儿还得给阿姐送水果和茶去。都是我奶奶昨天预备好的，让阿姐带上。"

"带上？"高焰疑惑，"什么意思？许小姐要去哪儿吗？"

李多南也不大清楚，但听奶奶昨天的意思，十有八九是要回北城了。

"阿姐来这边有段时间了，估计也想家了。"李多南说，"等下次她来……江医生！"

外面雨下得正大，江肆就这么突然跑了出去。

李多南下意识想去追，被高焰给拦住。

"高医生，江医生怎么了？"李多南问，"好歹拿把伞啊。"

高焰摇摇头。

心说八成要疯了吧。

许宁夏接到师傅的电话，说是暂时过不去。

"这个雨邪得很哪！"师傅在那边喊，"我从来没见过这个时节下这么大雨的！阿妹，你看要是不行，你也改天再去羡安吧。这路上不安全啊。"

许宁夏都整装待发了，看着这雨，叹了口气："再等等看吧。要是雨一会儿能停，您还是来接我。"

放下手机，许宁夏想去斟杯水。

这时，院子外响起敲门声，"砰砰"的，声音大得穿透了雨声。

谁这个时候过来？

许宁夏拿上伞去开门，就见江肆浑身湿透、一身狼狈地站在门外。

突然的照面让两人都停顿了下。

江肆看着面前的女人，一张口，声音低沉沙哑："你又要走？"

什么叫又？

许宁夏不明白，但见江肆淋成了这样，想着还是让他进去擦擦，躲躲雨。

结果，江肆又问了句："你去哪儿？"

又是这句！

许宁夏一下想起发生在旅馆里的事。

如果不是这件事，或许现在的一切都不会发生。

许宁夏心里充斥起烦躁，其中还隐隐有些不光彩的不甘。

"用你管？"她呛回去，欲转身回去，"你有什么资格质问我？还敢问我的……"

话没说完，手腕被狠狠握住。

那力道大得快要捏碎她的骨头，她回头想呵斥江肆放手，但对上他的眼睛，愣住了。

男人眼里蔓开水雾，淡淡的红似乎洗刷掉了多年来所有的克制和隐忍，露出直白欲念。

这不是许宁夏认识的江肆。

她认识的江肆，冷静自持，清冷淡泊，眼里不会有这样几乎扭曲的欲望。

"你……"

江肆上前一步，冰冷的声音比大雨还要有刺骨的寒意。

这是他第一次对许宁夏用命令的口吻。

"我不许你走。"

江肆拉着许宁夏进了屋。

砰地一把关上门，江肆松开手，径直走到许宁夏的行李箱前，将箱子放倒。

"密码是多少？"江肆问。

许宁夏看着浑身湿透的男人，又惊又蒙，反应了半天才回道："我为什么要告诉你？"

江肆顿了顿，看看手底下的行李箱，说："抱歉。"

话落，就听"咔嗒"一声，江肆徒手捏毁了密码锁。

许宁夏再次震惊。

而不等她缓过来，江肆拎起她的箱子又去了卧室。

男人把她的衣服取出来，一件件挂回了衣柜里。

"你在干什么！"许宁夏冲进来，"你疯了吗？你知不知道你这样很没有礼貌？"

江肆一言不发，雨水顺着他的发梢向下流，汇聚到下巴，滴落在地上。

他像从深渊里爬出来的幽灵，仿佛没有意识，只知道执行心里的执念，不达目的不罢休。

许宁夏见制止无效，过去拿回自己的衣服。

江肆放进去一件，她拿出来一件，两人来来回回，各自较劲儿。

最后，许宁夏一气之下抱起所有挂在衣柜里的衣服扔在了床上，江肆这才分出目光看向了她。

江肆的眼神已经恢复到平时冷静淡漠的状态。

而且，不知是不是错觉，许宁夏觉得他比平时还要平静，就像无波无澜的海面，纹丝不动。

但海面之下，或许是暗潮汹涌。

两人无言地对视，谁都不肯退让。

许宁夏一向是不怕江肆的。

即便到了现在的境况，江肆做出这种令她匪夷所思的事，她的潜意识里也认定江肆不会伤害自己。

毕竟，让步的总是他。

对峙良久，江肆先收回视线。

.170.

他弯腰捡起地上许宁夏的睡衣，拍了拍，放到床上，然后去了客厅。

许宁夏松了口气，以为江肆这是终于回魂了。

结果就见江肆打开了自己的包。

等许宁夏出去时，江肆已经拿走了她的身份证。

"你这样，"许宁夏压了压气，"我可以报警。"

江肆收好身份证，淡声说："可以报，但谁能证明是我拿的？"

"你也可以去派出所申请临时身份证，我再拿就是。"

许宁夏觉得自己一定是在做梦，要么就是进入了异次元。

这还是那个正经方正的江肆吗？

怎么突然变得这么无赖！

竟然还想出了这种让她无法离开九云的损招？

"你真疯了是不是？"许宁夏问，"你知不知道你在干吗？"

江肆点头："知道，非常清楚。"

说完，他要离开，许宁夏立刻扑过去抢身份证。

他们身高悬殊，力量悬殊，许宁夏能抢回来就神了。

而且不仅抢不到，地上全是江肆遗留的水，她一不小心踩上去，差点滑倒。

身后是墙，这一跤栽过去磕到后脑，后果可大可小。

可江肆在，不会让她有危险。

许宁夏的脑袋磕在江肆的手掌心里，而江肆的手背狠狠撞在墙上。

骨头和墙壁碰撞发出的声音，许宁夏听得清清楚楚。

她抬眼看向江肆，他眉头都没皱一下，睫毛上挂着的水珠，在垂眸看向她时，轻柔落下，落在她的胸前。

江肆缓缓托着许宁夏的后脑将她扶起来，并带到没水的吧台那边。

许宁夏瞧了眼他红了一片的手背，心里是说不清的滋味。再开口，语气无意中就平和了很多："我们都冷静冷静，有话好好说。"

这话换来一阵沉默。

江肆背对许宁夏而站，许宁夏看到他的肩膀紧绷着，随呼吸深沉地起伏，似乎在用尽力气克制什么。

"我给你时间冷静了。"江肆攥紧口袋里的身份证，转过头，"可你要走，这不是我想要的。"

许宁夏脱口问道："那你想要什么？"

男人看着她，本就冷白的皮肤这会儿几乎半分血色都不剩。

唯独那双眼，黑亮亮的，直击人心。

许宁夏的心顿时揪得紧紧的，别过头。

窗外的雨不知道什么时候停了下来。

积压的雨水顺着房檐，"嘀嗒嘀嗒"地往院子里的小水坑坠落，溅起的涟漪层层不绝。

许宁夏的手机在这时响起。

车行的师傅问她要不要出发，要是还去羡安的话，他现在过来接。

师傅嗓门很大,声音洪亮。
许宁夏看了眼江肆,江肆站在那里不动如山。
半晌,许宁夏回道:"不用来了。"

江肆走后,许宁夏在客厅坐了好久。
看着地上的狼藉,她也懒得收拾,等着雨水自己慢慢蒸发。
许宁夏给梁嵘打过电话,拨出去又挂断。
她不知道通了该说什么。
说江肆限制了她离开九云吗?
别说梁嵘会以为这是听错了,就算是现在,她自己都还未能完全接受这个事实。
况且,许宁夏并不太想让梁嵘他们知道自己和江肆有什么事。
思前想后,许宁夏决定还是明天去找江肆谈谈。
说不定那时候江肆也就正常了。
许宁夏叹了口气,看到画本掉在地上,急忙过去捡起来检查。
好在,画没有湿。
转天中午,许宁夏出门前往医院。
在马路上准备叫车时,李多南恰好路过,和她聊了几句。
"阿姐,昨天上午,江医生是不是去找你了?"李多南问,"你们没事吧?"
许宁夏稍愣,摇头:"没事啊。"
李多南点头,说那就好。
他提起昨天去给奶奶拿药,碰上江肆。
江肆听自己说道许宁夏可能要回北城,顿时不管不顾冲进大雨中,真是把人吓坏了。
闻言,许宁夏握紧包带,说:"我们没事,你放心。"
"嗯。"李多南笑了笑,"那阿姐,我去忙了。要是阿姐真快要回去了,以后记得还来九云玩啊,随时欢迎你!"
"好,谢谢。"
许宁夏到了医院。
凭着第一次来这里的记忆,她找到之前的办公室。
里面还是老样子,两张对着的办公桌,桌子旧得发白。
和医生正在看书,见许宁夏在门口徘徊,一眼认出。
这会儿正值午休时间,可以闲话几句。
"怎么来医院了?"和医生问,"哪里不舒服吗?"
许宁夏说"没有",看了一眼江肆的工位。
和医生笑道:"小江去连韶开会了,具体几点回来不好说,要不我给他打个电话?"
"不,不用了。"许宁夏拒绝,"您别麻烦,我也没有什么重要的事。"
她不欲再打扰。

转身之际，瞥到江肆办公桌上的山茶花，心头微漾。

和医生见她在看山茶花，多了一句嘴："小江特别喜欢山茶花，每天精心照料。就算是特别忙，也不忘给它浇水。"

许宁夏笑了笑，轻声回道"是吗"。

从医院出来，许宁夏去了古城。

她找了间茶馆，一坐便是一下午。

等时间差不多，她又再次前往医院，这次，遇上下班出来的江肆和高焰。

昨天的事历历在目。

这会儿的面对面，感情复杂到难以用三言两语形容。

高焰识相地说自己先走，留下许宁夏和江肆干站了一会儿。

医院前院种的红豆杉似乎没有许宁夏初到时那么挺拔了，勉强维持着绿意。

许宁夏主动开口："我们谈谈。"

这话似曾相识。

采福节那晚，江肆发微信和她说过。

不想才几天光阴，竟就在两人之间倒换了过来。

江肆拿出车钥匙，问："谈什么？"

"谈……"许宁夏跟到车子旁，"就谈……你是准备回宿舍吗？"

江肆说："去菜市场。"

"买、买菜啊？那……"

江肆打开副驾驶座的门，看向站在一旁的女人："不是要谈谈？"

好吧，在菜市场也能谈。

许宁夏上车，发现白色途观变成了黑色Jeep。

这辆车江肆好像之前也开过，是彻底换过来了吗？

算了，这不是重点，许宁夏没再深想。

菜市场离医院不远，开车不过五分钟。

江肆停好车后，许宁夏也下来，两人一前一后地进去。

印象里，这是许宁夏长这么大第一次进菜市场。

以前在法国念书时，她偶尔会自己下厨，但去的都是生鲜超市，和眼前的地方截然不同。

许宁夏看着商贩推着满载活鱼的推车从泥泞湿粘的地上走过。

那腥味冲鼻，她下意识想躲，身侧又是推着菜车的商贩。

江肆及时拉了她一把，之后他就走在了她外侧，替她把外面的那些纷乱都挡住了。

但许宁夏不适应的不仅仅是环境，还有江肆这样的人也会出现在菜市场。

这里的混乱和气味和他格格不入。

但意外地，也并不矛盾，他走在其中，往日的高冷有了烟火气。

许宁夏移开目光，觉得也不要再酝酿了，这就谈吧。

"江肆。"

她叫人，江肆侧头看过来。

许宁夏目视前方，问："你什么时候把身份证还我？"

江肆没答。

她再问，江肆还是不答，停在一个豆制品摊位前，反过来问她："还要吃麻婆豆腐吗？"

都这个时候谁还顾得上吃啊。

许宁夏摇头说不吃，继续问："你不让我走又是想干什么啊？"

江肆依旧不答，往前面走，和老板说："麻烦来两块里脊肉。"

这是什么意思？

许宁夏要急："你到底要……"

江肆转过头，语气温和地和她商量："做糖醋里脊，行吗？"

这人真的疯了。

末了，许宁夏和江肆纯逛了一回菜市场。

江肆两手拎满了她爱吃的东西，带她回了宿舍。

一进屋，江肆就去厨房准备晚饭。

许宁夏坐在沙发上，感觉自己就是身处魔幻之中。

唯一让她还能勉强连通现实的，就是眼前的乌龟，和她大眼瞪小眼，被她瞪到脖子缩回去，又伸出来。

莫名其妙地坐了一会儿，许宁夏听着厨房里时不时传来的声响，把目光投向江肆的书桌。

他不可能随身携带她的身份证吧？

想到这点，许宁夏把现场的"目击证龟"放到靠背垫后面，去了江肆的办公区。

桌面非常整洁，除了笔记本电脑和几份文件，就是一本德文书，以及一沓翻译手稿。

江肆的字和他人一样，清隽板正又不失俊逸，可谓入木三分。

许宁夏想起以前他给自己补课，在卷子上随便写的解题思路，梁嵘看了都直夸漂亮。

她的字也很好看好嘛，就是连贯了些。

许宁夏望了眼厨房门。

这样做不太合适,但江肆连扣她身份证的事都做得出来,她这又算什么？

许宁夏开始翻找。

她不放过任何角落，可所有抽屉里要么是文具，要么是文件或书，只有最下面的抽屉里放着一个本子。

看到这个本子的时候，许宁夏一怔。

这本子上面的图案是开在阳光下的向日葵，还有蓝天白云。

倒也没什么特殊，但许宁夏好像在哪里见过这个本子，又想不起来。

正想拿出来看看，就听那个清冷的声音在说："身份证不在那里。"

许宁夏吓了一跳，"啪"地关上抽屉，站起来。

像是干坏事被抓包,她做了会儿心理建设才没有显得那么尴尬,并且迅速反咬一口。

"江肆,我以前怎么不知道你是这样的人。"

江肆走到沙发旁,解救出乌龟,淡淡地道:"你不知道的事,很多。"

许宁夏哼了一声,又说:"你幼不幼稚?有什么话不能好好说?非要这样,你是小学生吗?还是什么霸道总裁的小说看多了?"

这话完全激不到江肆,他很平静,回:"有效就行。"

许宁夏被气得要吐血,脸颊鼓成河豚。

叫人看着又可怜,又可爱。

江肆转过身,说:"去洗手,吃饭了。"

这是他们第三次在这张小餐桌上吃饭。

许宁夏这一天都没怎么吃东西,是真饿了。

虽然还在生江肆的气,但他做的东西一点儿没少吃,尤其那糖醋里脊太对她胃口了。

江肆用公筷给她夹菜,许宁夏一边吃,一边问:"你到底怎么才肯还我身份证?"

"尝尝这个。"江肆又给她夹了块山药,"味道……"

许宁夏放下筷子,绷起脸说:"你别又跟我扯这些有的没有,回答我的问题。"

"那我先问你一个问题。"江肆也放下筷子。

许宁夏盯着他,琢磨了下,想着这也没什么,回答就回答。

"行,你问吧。"

江肆说:"你这次走了,还会联系我吗?"

许宁夏愣住,没想到他问的会是这个。

但她心里是清楚的——不会。

既然选择了走,就是准备把在九云发生的一切都抹去,自然不会再联系。

许宁夏不知道江肆问这话是什么用意,她有些心虚,低下了头。

看她的反应,江肆就知道了答案。

虽然这没什么好意外的,可心里却也控制不住泛起烈烈苦涩。

江肆沉沉气,重新拿起公筷夹菜,说:"所以,我们之间的问题什么时候解决了,我什么时候还你身份证。"

"我们之间有什么问题?"许宁夏皱起眉,"上次我没和你……"

"你上次说的话是真心话吗?"

上次有很多话,但许宁夏很清楚江肆说的哪些——必定是她在茶馆里说的那些。

许宁夏从来不屑撒谎,她敢作敢当,不会不认自己做下的事。

但江肆的这个问题,大概要例外了。

"当然是真的。"许宁夏轻哂,"我和你之间,就是一时走偏了。"

说着,许宁夏也重新拿起筷子,继续吃饭。

她自认为这算不得全都是撒谎，因为有些谎言是善意的。

如果江肆还要问，她也会是这样的回答。

但江肆不再问了，他为她夹菜，告诉她还有桂花红茶糯米粥可以喝。

饭后，江肆送许宁夏回木月庭。

两人一路无言。

分别时，许宁夏"砰"地关上门，也没理江肆。

她回去泡起澡，暖热的水浸泡着身体，多少舒服些。

梁嵘的电话在这时打进来。

"干什么了？"梁嵘问，"多美也开学了，无聊了吧？"

许宁夏"呵呵"两声："你要是怕我无聊，就过来接我走。"

"姐妹，你这法子治标不治本啊。"梁嵘笑道，"哎，不对，是远水救不了近火。不如你和江肆玩会儿？"

女性之间多是敏感的。

许宁夏的这片刻沉默，梁嵘就察觉出来不对劲儿。

"怎么了？"梁嵘问，"你和江肆你们俩……"

"我问你个问题。"

"啊？哦，你问。"

许宁夏想问的是梁嵘和她初恋的事。

梁嵘和她初恋是大学同学。

许宁夏和梁嵘大学不在一个学校，具体的情况并不清楚。

只记得梁嵘那时很幸福，完完全全一个小女人，时不时就要和许宁夏念叨未来让她来当伴娘的事。

以至于后来两人悄无声息分了手，许宁夏根本不信。

但梁嵘暴瘦的模样骗不了人。

"你后悔和他好吗？"

这就是许宁夏的问题。

梁嵘默了几秒，说："不后悔。"

"哪怕知道你们最后没有结果？"

"嗯，也不后悔。"

用梁嵘的话讲，什么分手后还是好朋友都是扯淡，分手了就是仇人。

但这个仇人也给过自己快乐。

所以就遥祝他倒霉后半生吧，其他想了也是白想，何必纠结那么多。

"夏夏，感情这种东西是最不可控的，不是非黑即白。"梁嵘说，"你还记得初中咱班的宋聆吗？就是脸圆圆的、有点儿胖的那个女孩。"

记得。

宋聆上学时在意隔壁学校的一个男孩。

那男孩看着挺混的，不学无术，大学也没考上，就读了一个专科。

而宋聆上的是211，大学一毕业就和男孩结婚。同学们都说宋聆"恋爱脑"无疑，早晚有一天会悔得肠子都青了。

"宋聆前几个月查出肾有问题。"梁嵘叹了口气,"她老公把肾捐给了她一个。"

这时候,又有人说宋聆老公是"恋爱脑"了。

所以你看,爱情这东西到底有没有个准儿呢?

"谈恋爱就是如人饮水,冷暖自知。"梁嵘又说,"你与其去想什么后果、结局,后不后悔的,不如睁大眼睛仔细看看身边的这个人到底是不是真心对你好。"

可了不得了。

浑身凑不出一个心眼的梁小姐快能做人生导师了。

"那你也好好看看高焰是什么人吧。"许宁夏笑了笑,"真有什么,梁峥不得打断高焰的腿?"

梁嵘哈哈直笑:"我和高焰,没什么可能。"

许宁夏没接话。

都说没可能,但结果呢。

泡完澡,许宁夏去客厅收拾东西,又一次看到画本。

夹在里面的画纸也又露出一角来。

这次,许宁夏没有直接夹回去,而是拿了出来。

屋子里只开了一盏落地灯,光线昏暗,照在画纸上,微微泛黄,像是被烙印了的记忆。

也像是定格了江肆的感情。

许宁夏其实很清楚,在她返回去找小昭要这幅画时,她就已经动摇了。

梁嵘说,如人饮水,冷暖自知。

江肆是对她怎么样,她怎么会不知道呢?

只是她自己,死咬着不愿承认那个事实罢了。

几天过去,许宁夏一直窝在屋里画新设计。

中午,江肆过来送梨和蜜橘。

瞧他这架势,许宁夏还真有种被软禁了的感觉。

而且说来也是神了。

她前两天偷跑去派出所开临时身份证,等收到短信可以去取的时候,开了门,江肆就堵在她门口。

他怎么会对她的行踪了如指掌呢?

从前,许宁夏只觉江肆这人刻板,不想他还这么执拗。

执拗到有些疯。

"你不如再派个人守在门口好了。"许宁夏讥讽,"看你能把我留到什么时候。"

江肆不说话,去水池那边洗水果。

这空当,许宁夏接到一通法国来的电话,是她导师。

导师表示圣诞前后,他会去趟北城,希望可以见面聚聚,顺便再聊聊成立工作室的事。
　　许宁夏听了很开心，说到时候见。
　　挂了电话，扭头见江肆看着自己，她又收了笑容，冷淡地转过身。
　　江肆将洗好的水果放到茶几上，问许宁夏晚上有什么想吃的。
　　许宁夏噘噘嘴，可不想和这个中了邪的江肆再同桌。
　　但是转念一想，又忽然笑道："羡安有家金记煎豆腐，你知道吗？"
　　"知道。"江肆点头，"你想吃这个？"
　　"对啊。"
　　江肆抿抿唇："我下班过去买，回来要晚上了。"
　　"那不要紧。"许宁夏摆摆手，"为了美食，我可以等。"
　　"好。"
　　下午院里还要开会，江肆不能久留。
　　出门前，他扭头看向靠在沙发里的女人，两人视线恰好对接。
　　许宁夏瞪他："干吗？"
　　"你不要有别的想法。"江肆说，"有也没用。"
　　许宁夏咂摸了会儿才明白过来这个意思，"噌"地站起来，不悦道："你认为我是为了支走你，好自己离开是吗？你以为我是你呢，在这儿演小说，还调虎离山啊！"
　　说完，她又恶劣地补了一句："我就是不想见你而已。"
　　江肆微微一愣，低下头没说什么，关上门离开。
　　许宁夏气得丢过去抱枕。
　　下午，静不下来的某人去乌里河附近散步。
　　江肆这次真的很过分。
　　明明上学时就斗不过她的人，现在完全不听她的，强势又霸道。
　　而这强势霸道的人，偏偏还顶着一张淡定冷漠的脸，不动声色、油盐不进，任你一拳拳打上去，也不过是把力气撒在了棉花上。
　　许宁夏叹了口气，心道可就算是这样，她也还是有些后悔说了那句话。
　　可她控制不住。
　　她好像知道她在江肆那里的底线在哪里，所以变得"肆无忌惮"。
　　看似是在挑衅，实则也是笨拙的试探。
　　从没想过自己会"坏"到这个地步。
　　许宁夏快有些不认识自己了……
　　收到江肆微信时，夜幕已经悄然降临。
　　江肆说已经买到煎豆腐，大概一个小时就会回来。
　　许宁夏没有回复。
　　她情绪低落，路过李家小超市，李奶奶看见她，让她来家里吃排骨。
　　"今天有事耽搁了做饭时间。"李奶奶说，"你进屋坐坐，待会儿就有的吃了。"
　　一个人待着也难受，许宁夏接受了这份好意。

李多亮正在写作业,见许宁夏来了,正好请教她数学题。

"我才刚来啊。"许宁夏说,"你就让我干活儿。"

李多亮憨憨地笑,和他阿哥一模一样。

小学的数学题还难不倒许宁夏。

她很快有了答案,告诉李多亮解题思路,但李多亮没听明白。

"阿姐的讲法和江肆哥哥的不一样呢。"李多亮用铅笔戳着小脑袋,"江肆哥哥一讲,我就听懂了。"

这小子是懂怎么气人的。

许宁夏胜负欲上来,指着题继续给李多亮讲,非要让他明明白白不可。

半小时后,等她讲得口干舌燥时,晚饭也熟了。

李奶奶招呼他们吃饭,许宁夏见李多南还没有回来,询问:"不用等等吗?"

"不用。"李奶奶说,"我都是给他提前留出来,他下班没有准点。"

说着,李奶奶为许宁夏盛排骨汤。

许宁夏说她自己来,李奶奶说不麻烦,把最嫩的肋条盛到了碗里。

递出去之前,李奶奶问:"要香菜吗?"

"不要。"许宁夏说。

李奶奶笑了笑:"是不是北方人对香菜都差了些?江医生也不吃香菜。他第一次来我这里吃饭,我还给他放了好多,最后都进阿亮肚子里了。"

闻言,李多亮"嘿嘿"一笑,给自己的汤加了不少香菜。

许宁夏愣了半天,有些自言自语地道:"江肆,不吃香菜?他不吃香菜……那……"

"是啊。"李奶奶说,"不吃。"

许宁夏刚要再说什么,李多南回来了。

见许宁夏也在,他笑着打了声招呼,然后便皱起眉头说:"出大事了。"

"怎么了?"李奶奶问。

李多南说:"从羡安到咱们这里必经的路出现连环追尾事故,追了七八辆车呢。听说有的人当场就没了。"

"啪嗒!"

许宁夏手里的筷子掉落,木讷了两秒,颤声问:"知、知道出事的都是什么车吗?人员都是谁?"

"这个不知道。"李多南说,"阿姐,你怎么了?脸色怎么这么差?"

许宁夏摇头说没事,饭就先不吃了,她想起个事要赶快回去处理下。

从李家小超市到木月庭的这段路,是许宁夏走过的最长的一段路。

她不停地给江肆打电话,始终无人接听。

她告诉自己不可能那么巧……可时间是吻合的。

想起和江肆说的最后一句话,她毛骨悚然。

——我就是不想见你而已。

许宁夏一时腿软,扶住围墙。

缓了一下，她再要拨江肆的号码，高焰的电话先打了进来。
"许小姐，江肆有联系你吗？"高焰语气急迫，"你可能不知道，羡安到九云的公路出了重大交通事故！
"我之前给江肆打电话说医院里的事，当时他好像刚买完什么东西要回来。我算了下，要是那个时候，这个时间可能就……正对上。"
许宁夏脑子里空白了一瞬。
她抓住围墙上的栏杆，极力维持声音的平稳，说："高医生，你方便带我去、去看看吗？我……我……"
"好！好！"高焰也是不放心，"我现在开车去，你在木月庭门口等我！"
出事地点基本已经进了九云地界。
高焰开车，不出半小时就到了。
成片的汽车连成一条线，救护车和消防车的车灯交错着转换颜色，照得一张张惨白的脸宛如被丢弃的人偶。
还有尖叫声、呼救声、哭声同时发出来，快要把天空生生顶出一个洞来。
高焰下车去找许宁夏，打算两人一起找江肆。
但现场的救援人员明显不够，高焰听到一个小孩子在呼救，就没办法丢下他医生的本职。
"你去吧。"许宁夏说，"我去找他。"
不等高焰再想想办法，许宁夏快步进了人群。
她逢人就问，有没有看到一个个子高高的男人，穿着黑衬衣。
人们麻木地摇摇头，自顾不暇。
许宁夏继续问，得到的回答要么是"没见过"，要么是"不知道"。
这其实是好消息，说不定江肆根本就不在这群人里。
可如果他不在，为什么手机无人接听？
许宁夏眼睛被现场的烟熏得想要流泪，她再往里走，被着急离开的救护人员撞到，摔在了地上。
摔得不严重，就是手掌擦破皮，流了点儿血。
许宁夏不甚在意，站起来时，挎包里有什么东西轱辘了一下。
是防狼报警器。
灵光一现，许宁夏把它翻出来。
上面的山茶花钥匙扣摇晃着，她轻轻摸了下。
脑海里闪过很多画面。
每一帧都是关于江肆的，包括他今天离开时，眼里藏不住的落寞与受伤。
许宁夏揉揉眼睛，恨不得打自己一顿。
这就是口是心非的报应吗？
如果是，也没关系，只要他没事就好。
许宁夏擦掉眼泪，按下报警按钮。
之后一秒、两秒、三秒……
周遭一切如旧。

就在许宁夏不知是该松口气,还是绝望的时候,她听到:"心心向你求救了!心心向你求救了!请立刻帮助她!"

许宁夏身体抖了抖,回过头,就见男人正在冲开人群。

他戴着眼镜,反光挡住了他的眼睛。

脸上和身上都沾上了灰痕,衬衣也皱巴巴的,袖子卷到手肘位置,露出有力的手臂。

冷峻的神情透着严肃,以及焦急。

有人叫住他,问他能不能帮忙。

他攥着手机,眉头紧锁,似乎是左右为难。

就在这时,有人叫了他一声。

江肆转头,许宁夏站在不远处,身后是还没消散的滚滚白烟。

像是不敢相信自己的眼睛,他低头看看手机还在发出的求救信息,又看看前面的女人。

当他第三次望去时,许宁夏向他跑来。

这幅画面,后来的很多很多年,江肆每每想起来,都会感到强烈的心动。

它并没有文艺片中的裙摆翩翩,或者发丝飞扬,有的只是一个穿越过重重障碍,扑进他怀里的姑娘。

是炽热的。

"你怎么来了?"江肆接住许宁夏,"这里很危险,你赶紧……"

许宁夏抬头。

她头发有些凌乱,人也还在发着抖,红红的眼睛里包着一汪水。

看着他,不需要任何言语就胜过了所有言语。

江肆按捺住想要抱紧许宁夏的冲动,帮她别了别头发,浅淡地笑:"不是说不想见我?"

回答他的,是女人在他肩膀上狠狠咬下的一口。

江肆把许宁夏安置到黑色 Jeep 上。

说来也是命运的安排,江肆差一点就赶上这次重大事故。

那些开车的人是从贺城来这羡安玩的一群社会青年,在酒吧喝高了,无视酒驾,公然在路上飙车,这才酿成悲剧。

其中有三辆车,两辆是来九云自驾游的 F 省人,都是三口之家;还有一辆是从外地办事回家的九云当地人。

都是灭顶的无妄之灾。

而江肆买了金记的煎豆腐后,又见一家老字号卖牦牛酸奶。

想起之前在赤云古城时,许宁夏买过,他便过去买了几瓶,这才用了时间。

不然,追尾里也会有他。

至于手机,他一直是振动模式,放在口袋里,一来救人时根本注意不到,二来也无暇顾及。

"在这里等我。"江肆说,"等新的救援到了,我就……你的手怎么了?"

许宁夏挡了下，咕哝："擦破了点儿皮，没事。"
江肆执意要看，粗略检查了下，确实不严重。
现场那边还在水深火热中，江肆不能在这时候分太多时间给许宁夏。
他想说后座那里有煎豆腐，可又顾虑凉了不好吃，只能就这样了。
"我先过去了。"江肆说。
许宁夏看了他一眼，低头道："注意安全。"
"嗯。"江肆点头，"放心。"
很快，江肆消失在夜色中。
许宁夏明明盯着他的背影，还是看不见了。
之前感到的巨大恐惧差点再次席卷而来。
她想过去找他，一只脚都迈下车了，又想自己去了，无非是耽误他救人。
深呼吸，许宁夏告诉自己：没事了，他没事了。
靠在车座上，她望着深蓝色的天空。
今晚，繁星璀璨。
要不是出现这样的事故，该是多么美好的夜晚。
许宁夏想起有一次在苏黎世，她和苏洛也是在这样的夜晚里聊天。
聊什么是爱情。
又或者说这世上到底有没有可靠的男人。

苏洛告诉她——
一个男人对你事无巨细，什么小事都为你在意，未必是有多么爱你。
那不看小事，看大的话，一个男人不管在大是大非上多么赞同你、帮助你，也不一定是就只爱你一个。
但如果，有一个男人愿意为你压抑改变自己，以你的准则为准则，那么，你最起码可以和他试试。
许宁夏不知道靠香菜去佐证这点是不是有些儿戏搞笑了。
但不管是不是吧，她好像骗不下去自己了。
在想到江肆可能会出事时，那种恐慌和伤心盖过了所有——是他还没确定已经有了这个"万一"，她就已经尝到万箭穿心的痛苦。
未来怎么样，她是不知道。
但她终于可以肯定的是，她舍不得他，不想失去他。

半小时后，江肆和高焰一道过来。
新的救援已经到了，但人手肯定还是越多越好，高焰留下。
而江肆，让他先顾顾个人和家属吧。
"这次简直是有惊无险。"高焰舒了口气，"佛祖保佑，阿弥陀佛。"
江肆递他瓶水，说："我先回去，有事打电话。"
高焰点点头，见许宁夏坐在车里，不忘找补一句："你回去可得好好安抚下许小姐，许小姐以为你出事了，吓坏了呢。"
许宁夏觑着高焰："高医生不也担心朋友？"

"有细微差别,细微差别。"高焰笑道,"你们路上慢些开啊。"

回到木月庭,江肆让许宁夏去拿药箱,自己去卫生间简单整理下自己。

许宁夏把药箱放在茶几上后,坐着发呆。

江肆出来,利落地打开药箱做消毒工作,然后让许宁夏伸出手,为她上药。

许宁夏看着男人专注认真的模样。

他睫毛真的好长,这么静静垂着的时候,完全挡住了眼睛。

他手也特别好看,手指修长骨感,明明力气大得能弄坏她的行李箱,可为她涂药时,动作又轻得不能再轻。

还有他的侧脸、他的下巴,他的耳垂……他的嘴唇,都好。

许宁夏眨眨眼,下一秒,探身过去在那两片嘴唇上轻轻地啄了下。

比她预想中的还要柔软,带着微微凉意。

这个吻一触即溃,许宁夏眯起眼看向定住的男人。

他垂眸看着自己,眼里半分情绪没有,只映出她泛红的脸。

这是什么反应?

许宁夏一点点退回去坐好,像是好奇又不解的猫咪节节缩回身子。

自然,除了好奇不解,还有万分的尴尬。

这男人为了不让她走,发疯似的,连扣她身份证这种事都做得出来,难道不是因为喜欢她吗?

怎么现在会是这样的?

这是许宁夏的初吻,得了这样的结果,不怄才怪。

她背过身坐着,不让某人上药了。

但其实药也上得差不多了。

江肆顿了顿,收拾医用垃圾,这是医生的必备素质,早就成了习惯。

接着,他用酒精给自己的手消毒。

倒酒精的时候稍微倒多了些,洒在茶几上,他抽了几张纸擦干净。

等这些都做好了,江肆开口:"手还疼吗?"

这什么人啊。

许宁夏真想暴揍这男的一顿,哼道:"用你管。"

那边沉默了几秒,像是自顾自在说:"应该是不疼了。"

这么点儿伤口,疼不疼的有什么重要的?

再者说,她都这样了,这手是重点吗!是吗!

许宁夏气得要发飙,转过身,就见江肆摘了眼镜。

紧跟着,不待她反应,人就被抓了过去。

江肆扣住许宁夏后脑,吻了下去。刚刚还是微凉的嘴唇,这会儿烫得许宁夏浑身紧绷。

她本能地推身前的人。这动作似乎刺激到了江肆,他一把握住许宁夏受伤的手不让她动,另一只手钻进她的头发里,将她死死往自己身体里按。

江肆吻得很粗暴,几乎是横冲直撞地在肆虐掠夺她,迫不及待到好似要把她一口吞了似的。仿佛只有这样他才可以证明什么、宣誓什么。

空气很快变得稀薄而湿热。

客厅里静得只有衣服厮磨发出的簌簌声，以及压抑的低喘声。

许宁夏被吻得快要窒息，原本鼻腔周围充斥的酒精气味，早已被江肆的气息取代。

她能动的一只手无力地抓着江肆肩膀上的衬衣布料，整个人越陷越深，几乎倒在了沙发里，而身上是还在继续深吻自己的男人。

就在许宁夏真的快要呼吸不了时，江肆终于稍稍松开，抬起了头。

迷蒙的视线中，许宁夏看到他的脸依旧是平静无波的，可眼睛里的潮红，是情和欲交融出的颜色。

像火焰，又像海水，吞噬掉男人克制出来的所有理智。

此刻，江肆和往日里的清冷无欲再无丝毫关联。

他就是个男人，赤裸裸地表达出他对心爱的女人最原始的渴求和欲念。

许宁夏被这样的眼神激起一身战栗，无意识地嘤咛了一声。

江肆喉结滚动，撑在许宁夏耳侧的手臂，用力到青筋暴起。

他看着身下的女人，乌发铺散在纯白的沙发上，像是诱惑深渊里生出的一张张网，缚住他的全部。

手指缓缓摩挲着她唇上的潋滟水光，他剧烈跳动的心脏击打着彼此。

感受到江肆的触碰，许宁夏颤抖得更加厉害。可越是颤抖，她就越想靠近他，想钻进他的怀里。她被危险吸引，又觉得那里无比安全。

江肆俯身去吻许宁夏的眉眼、鼻尖、耳垂，柔情缱绻地酝酿着即将到来的又一场风暴。

就在他马上要再度吻上她的唇时，手机响了。

两人皆是愣了愣，意乱情迷的疯狂又被拉回来一点。

但江肆并没有动，目光还流连在许宁夏的脸上，带着隐忍和痴迷。

许宁夏后知后觉有些羞了。她别过头，踹了下江肆的腿，声如蚊蚋道："接电话啊。"

江肆捏捏她红透了的耳垂，手指又轻挑了下她的眼角，继而有些烦躁地皱了皱眉，起身去拿手机。

身上的大山撤走，许宁夏轻松不少。她抓着沙发背坐起来。

这沙发被他们扭得已经不成样子，有一个抱枕居然快被甩到吧台那里。

许宁夏脸热，整理着松散的衣领。

瞥到手腕，那里被某人握得红出了一圈，但伤口处涂的药倒是纹丝未动，没有被碰到一下。

"高焰让我回趟医院。"江肆说，"车祸患者都被送了过去。"

男人的声音有些沙哑，有几分强制禁欲的味道，很是性感。

许宁夏"哦"了一声，抓了抓凌乱的沙发套，试图把它们弄得平整些，回道："去吧，救人要紧。"

江肆还想说什么，电话又一次响起催他。

"快去吧。"许宁夏说，"我一会儿也休息了。"

"……好。"

等到那道关门声响起,许宁夏如弓般绷起的身体,松开了。

她按按心口,这里好像装了只兔子,不停地跳啊跳,快要跳出来。

她和江肆都这样了,是不是就算……

不待她多想,敲门声又响起,才离开的男人去而复返。

许宁夏有些局促地靠在门边,问:"是有什么东西忘带了吗?"

"有话还没和你说。"

今晚无月,院子里莹白的灯光照在江肆身上,让他看起来格外出尘干净,如少年一般。

许宁夏问:"什么话?"

"许宁夏,我喜欢你。"

"你愿意和我试试吗?"

仅此两句话,在两人心里掀起的狂风巨浪不亚于一场颠覆性的巨变。

许宁夏没有回答。

她知道她已经骗不了自己对江肆的感情,甚至她还主动先吻了江肆,可真到了这一步,内心也还是害怕。

她害怕她会和妈妈一样,最后遍体鳞伤,连命都交出去。

"我知道你的担忧和顾虑。"江肆将她看透,"但我不会让你失望。"

许宁夏看他一眼:"说得好听,如果……"

"没有如果。"

说罢,江肆上前,走到许宁夏的面前。

许宁夏慢慢抬起头,一点点看清楚江肆的脸,有他年少时的影子,却比以前更加坚定成熟。而眼睛,是一成不变的清澈赤诚。

"你只要给我一个机会,剩下的都交给我。"

许宁夏攥紧了衣摆。

在男人虔诚到几乎决绝的注视下,她清晰感到自己构建的那些城墙在被他一一销毁化解。

那将是一片新的花园,等着眼前这个人来重新构建。

"我要是不答应你,"许宁夏吸吸鼻子,"你是不是也不会还我身份证?"

江肆非常肯定地点头:"是。"

那他还这么正式地告白做什么。

许宁夏又想呛他,未开口,手就被那人握在手心里,拉进了怀里。

两颗怦然跳动着的心脏终于紧贴在了一起。

"我们在一起,好不好?"

许宁夏靠着男人的胸膛,听到他震荡出这句话。

她把脸埋进去,声音有些闷闷,带着一点孩子气:"我就给这一次机会。"

搂在女人腰上的手微微一僵,江肆抿住唇,心口涌起滚滚热流。

半晌,他略带哽咽道:"我也就要这一次机会。"

等了整整十一年。

· 185 ·

依偎在江肆怀里，许宁夏内心渐渐安宁下来。

还想说些什么，江肆手机第三次响起，依旧是医院催他过去。

许宁夏松开人，笑道："你这算不算公私不分？有违职业操守。"

"可以处分我。"江肆握着她的手，"我也这样。"

许宁夏又是笑，让他快去。

可江肆不放手，想到什么，皱了下眉："你晚上吃什么？"

"下碗面好了。"许宁夏说，"你呢？"

江肆无所谓，医院忙起来的时候，一天不吃饭都有可能。

猜到有人可能是要图省事不吃了，许宁夏拉着这位去吧台，把她之前买的小零食装进袋子里，递过去："都是我严选的，非常好吃。"

江肆眼中带笑，接过去，注视着面前的女人，嘴唇稍稍嚅动了一下，说："明天我休息，来找你好吗？"

他凡事都要询问的小心翼翼让许宁夏有些想逗逗他。

毕竟这人的两张面孔真是做到了无缝衔接。上一秒还把她按进沙发里激吻，下一秒又正经地跟不懂人间俗情的男神仙一般。

特别是他的告白，正式到不能再正式。

不过，人命关天，许宁夏不能再耽误他。

"嗯。"许宁夏点头，"明天见。"

闻言，江肆浅浅地笑了："明天见。"

江肆走后，许宁夏也没立刻煮面。

脑子里仿佛搅着软软黏黏的糖浆，脚也似是踩在棉花上，她跌进沙发里，依稀还能闻到一些他身上的木质香味。

谈恋爱就是这种感觉吗？

许宁夏抓来抱枕，嘴角不受控地上翘着。心里其实也还隐隐有些不安和悲观，但此刻快乐更多些。

她深吸口气，正要去厨房那边，先听到了手机振动的声响。

找了好半天，许宁夏在沙发缝里找到失踪的手机。

李多美在小群喊她，连带梁嵘也出来了。

多美多乐：夏夏姐，我阿哥说你吃饭吃到一半突然走了，是有什么事吗？

因为没有回应，梁嵘和李多美聊了几句，再来又是喊她。

许宁夏坐回到沙发上，想到刚刚在这里发生的事，打字时，手有点儿抖。

夏天不宁静：我没事，你们放心。

嵘easy：这么半天才回，你干吗去了？

夏天不宁静：没干吗啊。

嵘easy：[猫腻.jpg]

梁嵘这女人到底是缺心眼还是心眼太多？

多美多乐：夏夏姐没事就好，你们现在方便吗？

多美多乐：我想和你们说个事情。[害羞.jpg]

李多美要说的是，她好像对他们的大一新生代表产生了好感。

· 186 ·

一听是当代大学生的情感生活话题,梁嵘来劲儿了,一惊一乍的,发语音吼着让李多美"咔咔就是上"!

　　李多美的性格哪里好意思。

　　而且,她也不知道人家是个什么想法。

　　嵘easy:你知道一个人这一生能遇上多少人吗?

　　嵘easy:而在你遇上的这些人里,能有你喜欢的,你知道这概率有多低吗?

　　这话戳到许宁夏。

　　她不禁想自己刚拥有的这段感情的结局是中彩票的概率呢,还是大悲剧的概率呢。

　　正想着,手机又收到一条微信。

　　江肆:已经到医院,你吃面了吗?

　　夏天不宁静:马上吃,你呢?

　　江肆发来一张照片,画面是撕开的零食。

　　许宁夏笑笑,回复:是不是也挺好吃的?

　　江肆:还好。

　　这话说的,许宁夏好像已经看到某人面无表情地咽下这些零食,一副冷萌的样子了。

　　夏天不宁静:江医生你就别藏着噎着了,私下里辣条、干脆面一样不落。[机智.jpg]

　　江肆:你怎么知道?

　　夏天不宁静:你猜。[斜眼笑.jpg]

　　聊天界面上的"江肆"和"对方正在输入"又在不停切换。

　　许宁夏托着下巴等了会儿,挺想看看江肆能说出什么来,可想到江肆是回医院工作,便又敛了逗他的心思。

　　夏天不宁静:你吃完快去忙吧,我马上也要去吃面了。

　　那边的江肆还在想她怎么知道他吃过这些的?

　　他都是偷着吃的,不该会被发现才对。

　　但这会儿医院确实忙,他吃东西都是争分夺秒,没时间再多聊。

　　手指扫了扫屏幕上的头像,江肆轻叹了一声。

　　江肆:明天见。

　　又是明天见。

　　这不是才说过的吗?江医生怕是忙糊涂了吧。

　　许宁夏也又是笑,跟吃了笑药似的:明天见。

　　结束江肆这边的对话,李多美和梁嵘那边已经快聊到99+。

　　梁嵘撺掇李多美告白要趁早,李多美心里没谱儿,问许宁夏的意见。

　　许宁夏想了想,回道:要不勇敢一次?

　　这话发出去不过三秒,许宁夏就收到梁嵘的私信。

　　嵘easy:你绝对有问题。

· 187 ·

这晚，不知是不是李多美说了许多学校里的事，许宁夏做了一个梦。
梦到高一新学期的开学典礼。
作为新生代表，江肆要在国旗下发言。
而许宁夏因为形象气质好，负责在主席台附近做礼仪引导。
那天，阳光很好，风有些热。
操场上，红旗飘扬。
学生们按照班级排成一个个方阵，蓝裤白衣，立在绿油油的人工草坪上，像是一棵棵等着长大的树苗。
教导主任站在主席台上，说道："下面有请高一新生代表江肆同学上台做新生发言。"
男生从台下走到台上，迈过一级级台阶。
站在话筒前，他调整了下支架，展开手中的稿子。
"老师们，同学们，大家好。我是高一（1）班的江肆。"
台下，掌声雷动。
许宁夏看向身边的梁嵘，梁嵘挤眉弄眼道："江肆好受欢迎啊。"
喊！冰雕也有人吹捧。
许宁夏心里腹诽，揉了揉肚子。
她早上和许青浔赌气，没吃早餐，这会儿有些头晕。
和梁嵘还有其他同学换了换位置，她站到下台出口的位置，乘着阴凉，舒服了些。
男生清冷低沉的声音在操场上回荡。
讲稿内容并不长，很快便说到了最后。
许宁夏踮起脚望过去，就见江肆收起稿子，面向所有同学，说——
"接下来的三年，将是我们人生中最重要的三年，也是我们最宝贵的青春。青春不该只在象牙塔里，它在天高海阔的远方，等着我们亲自去印证。我希望我们能够永远怀着此时的热烈，披荆斩棘，勇往直前。
"理想，终会实现。"
少年说完，台下的掌声不断，有的学生甚至在呐喊。
许宁夏看着少年的侧影。
清风吹动着他的发梢，他是那样生机勃勃、耀眼夺目，连初升旭日都化作了他的背景。
这样的江肆又有谁能拒绝呢？

/第七章/
我等你回来

清晨,小鸟落在窗台叽叽喳喳地欢叫。
许宁夏蒙上被子想继续睡,又隐约听到院子那边有压低的说话声。
她露出脑袋,再仔细听听,确定就是有人说话。
而且,不出意外还是江某。
许宁夏赶紧起床,抓上衣服披上。
一跑出去,惊起闲话的小鸟们"噗啦"一下四散开,她打开门,看到江肆正在接电话。
"你……"许宁夏的状态还在开机中,"这才六点,你怎么就来了?"
江肆手里拎着一大袋新买的零食,抿抿唇,说:"醒得早,就来了。"
其实,江肆这一晚根本就没怎么睡。
兴奋,又惴惴不安。
总怕是一场梦。
许宁夏出来,想要拉人进去,江肆躲了下。
"手凉。"
许宁夏收回手。
两人相顾无言地站着。
明明昨晚是亲密的,关系也已经确定了,这才一晚的工夫,竟有些不知道从哪里续杯。
就像少男少女互通心意后的羞涩悸动一般。牵手也不是,亲近不是,连个眼神的触碰也会激起心脏的强烈跳动。傻站着,成了唯一方式。
可许宁夏都二十七岁了,不想这么扭捏。
既然手不让牵,她干脆抓着江肆的衣摆,把人拽进了屋子里。
室内的温暖很快驱散了清晨的潮寒。
许宁夏去吧台煮热水,江肆跟在她身后,保持着一点点距离,眼睛却仿佛黏在她身上。
"大早上的,你这是紧迫盯人吗?"许宁夏咕哝,"沙发那里不能坐啊?"
江肆看了一眼沙发,神经一跳,喉结滚动了下。开口时,声音略带沙哑:"我可以要个早安吻吗?"

"咣当！"

许宁夏碰倒手边的杯子，亏得有人眼疾手快地接住了。

借着放杯子，江肆拉近了距离。

他身上有一直都在的木质香气，还有被露水浸润过的清冽青草味，被他逐渐回温的身体一烘，暖融融的，闻着叫人安心。

"你多大了？"许宁夏仰起头，问道。

江肆愣了下，一本正经地回她："二十八岁。"

这又轮到许宁夏一愣："怎么是二十八岁？"

"我是一月中旬的生日。"

哦，对。

许宁夏差点忘了，他们同年，但生日差不多快一头一尾。

"那我比你年轻。"许宁夏笑了笑。

她穿着浅蓝色的棉质睡裙，软软地贴在身上。

白皙无瑕的脸透着刚睡醒后的淡淡粉红，略微凌乱的发丝耷拉在耳畔，有几根还翘着。

有些迷糊，有些慵懒，也俏生生惹人怜。

江肆不由得握紧了手，背脊绷直，再次询问："那……早安吻，可以吗？"

问他多大的意思还是不懂呗。又不是不谙世事的毛头小子，昨晚他怎么吻她的，他是失忆了还是怎么的？干吗现在忽然纯情着还要打报告？

弄得她……她也心脏"扑通扑通"直跳，又期待，又害羞。

许宁夏咬咬唇，把心一横，想着自己直接亲上去好了，又不是没主动过。

可她刚抓住江肆的衣领就又缩了回去。

江肆都已经搂住了她的腰，见她忽然退缩，他语气中多了些紧张："怎么了？"

许宁夏捂住嘴，把人推开，瓮声瓮气地说："我没刷牙！"说着，赶紧跑进了卫生间。

鼻尖还萦绕着她过去时发间散发着的山茶香。

江肆嘴角弯了弯，放下手，侧头时视线扫过沙发那边，转而接了一杯凉水喝下去。

许宁夏少有 脸照镜子。

不是她自恋，是她的颜值确实不算低，从小到大，她没对自己的脸操过心。

可此刻，她看着自己眼尾糊着的眼屎，还有脑顶支起来的呆毛，她觉得她过去也是过于自信了。

也不知道江肆刚才靠那么近，有没有看到。

要是看到了……那恋爱的第一天就是从邋遢的尴尬中开始的。

许宁夏懊恼地抓抓头发，叹了口气，拿起牙刷，誓要待会儿再出去时惊艳江某。

这么一弄，用时稍微长些。

等许宁夏再出去，江肆不在吧台附近，而是去了落地窗那边。

男人双手插着口袋，宽肩窄腰，背影挺括。

逐渐明媚的阳光洒落在他身上，为他镀上一层柔和的光芒，让他看起来像是从童话故事里走出来的斯文绅士。

听到响动，江肆回过头。

许宁夏本还想甩甩秀发以展示自己无与伦比的素颜美，结果江肆径直向她走了过来。

原本冰凉的手此刻已是滚烫炙热。

江肆双手捧起许宁夏的脸，弯腰吻了下去。

许宁夏没来得及闭眼，被阻挡的视线中只看到男人蹙起的眉头，在吻到她后，一点点舒展，直至放松。

相对于昨晚的吻，这个吻太轻、太柔。

许宁夏有种被人捧在手心里珍视着的感觉，闭上眼，情不自禁地抱住了江肆的背。

这是一个柠檬味的早安吻。

在吧台热水壶水开的"咕嘟"声，以及院外小鸟飞过的鸣叫声中一点点交融开，再慢慢地、不舍地分开。

"早。"江肆捧着脸的手没有放下，额头轻抵了下许宁夏的。

许宁夏回了他一声"早"，问："这次怎么不提前得到我允许了？"

江肆笑得有些腼腆，真就跟初次恋爱的单纯少年没什么差别。

"等不及了。"他说。

许宁夏还想吃那家早餐铺子的豆腐脑。

到了地方，人很多，外带的顾客都排起了长龙。

许宁夏和江肆站在队尾，眼看着一碗碗新鲜热乎的豆腐脑从自己面前经过，除了饿，还在意另一件事。

"你到底喜不喜欢吃香菜？"许宁夏问。

江肆稍愣，见服务员端着个大托盘要过去，将许宁夏拉到自己身后。

"能吃。"

听到这个模棱两可的回答，许宁夏拖长音"哦"了一声，说："行，那我一会儿给你要多多的香菜，看你能吃到什么地步。"

江肆抿抿唇，勾了下许宁夏的手指，这才承认："不喜欢吃。"

"不喜欢你还每次替我吃？"许宁夏无语，"吃完不难受吗？"

江肆没答。

相对于忍受几口香菜，他更希望能为她做些什么，甚至是用这个微不足道的小事和她产生一点点关联：你不爱吃香菜，我可以吃，我们是合拍互补的。

喜欢一个人的各种细小心思，不止女人有，男人也有。

见许宁夏似乎为这事有些不开心，江肆小心试探着从勾手指变成握住手。

许宁夏看了男人一眼，嘬了嘬嘴，乖乖让他握着，但也必须说："以后不喜欢的事不要勉强自己，我们可以一起不吃香菜啊。"

"嗯。"江肆点头，弯了弯唇。

等队排到他们这边，店里也恰好有了空桌。

许宁夏吃着豆腐脑，想想一会儿的安排，不忘问："你今天一天都是休息吗？医院会不会临时叫你回去啊？"

"理论上不会。"江肆皱了皱眉，"但是……"

许宁夏笑道："还'理论上'。知道你们做医生的忙，真把你叫回去，我也不会怎么样啊。"

其实，江肆会做医生，是许宁夏没想到的。

当初她离开许家后，投奔苏洛。苏洛的根基在南城，所以她在苏洛的运作下，转学到了南城。

高考结束后，她还是听梁嵘提到一中出了个省状元，是江肆。

据说，全国各大 Top 大学轮番争抢江肆，开出的条件相当诱人。

可最后，江肆去了医学院。

许宁夏还以为依着江肆的学霸素质，会搞科研呢。

"你为什么想当医生啊？"许宁夏有些好奇，"我记得那时咱班班主任建议你学数学或者物理的。"

闻言，江肆顿了下，说："因为我爸。"

江肆小时候，有一次他爸爸执行任务时受了枪伤，子弹离心脏只有几毫米，很多医院都束手无策。

那时的他和丁静云觉得家里的天要塌了。

每天到医院待着，却又不知道能做什么，只能祈祷有奇迹发生。

绝望之际，是一位德高望重的老医生出马，这才把人救了回来。

丁静云拉着江肆，让他好好谢谢医生，说这位医生救的是他们一家。

那位医生只是和蔼地笑笑，摸着江肆的脑袋，说："救人是我的工作，都是应该的。"

这句话对年幼的江肆触动极大。

在爸爸醒来后，他和爸爸说的第一句话就是他知道自己将来要干什么了。

丁静云站在一边，笑道："我们阿野想干什么呀？不是要做玩具厂厂长吗？"

"不是了。"江肆摇摇头，"我要当个医生，治病救人。"

放下筷子，江肆表情严肃、口吻稍显深沉地说："每天都有很多人死于疾病或受伤，这些于我们而言，或许是无关紧要的，但对有些家庭来说，是致命的。如果我的微薄能力可以救一个人，让这个家不散，我觉得这是有意义的。"

这一番话，不免让人觉得过于"伟光正"。

但就像是那次真心话，李多美说她学成了要回九云做老师一样，许宁夏只觉得江肆无比真诚。

这个社会就是因为有他们这样拥有理想信念和赤子之心的人，才会这么美好。

许宁夏想到自己刚学设计的时候，也是雄心满满。

那时候她的理想是要做出有中国特色的高定，后来因为现实中处处碰壁，竟也渐渐不敢再说出口了。

不过，这些日子留在九云，倒是有些让她找回初心。

她最近的设计都添加了九云这边的民族特色，例如神话、刺绣，甚至是纸灯，用这些元素和现代服饰相结合。

希望可以碰撞出火花。

"那你要好好加油了，江医生。"许宁夏笑着说，"争取成为最顶尖的医生，那就能救更多人。"

江肆点头，一本正经："你的设计也会走上国际，让外国人知道我们文化的魅力。"

许宁夏一愣。

没记错的话，这话她好像在哪里说过。

她正琢磨着，江肆不动声色地换了话题："你今天想做什么？医院叫我回去的概率还是很低的。"

思路中断，许宁夏没能再往下想。

她戳着碗里的豆腐脑，反问："你想做什么？"说完，故作自然地看着旁边的服务生收拾桌子，补充了一句，"今天，是我们的第一次约会。"

这句话像是一枚极细的针，扎了下江肆。

随即勾起血液里的层层酥麻，仿佛一下子舒展开他所有的毛孔，让他格外雀跃。

脑子里一时间各种想法乱冒，江肆压了压，还是说："听你的。"

许宁夏思考了一会儿，不料和江肆同时开口："去博物馆吗？"

两人又同时愣了愣。

许宁夏明艳地一笑。

漂亮的琥珀色眼睛像是盛着光，有孩子的纯真，但那个笑容又是成熟女人才会有的风情妩媚。

江肆沉溺在女人的一颦一笑中，心脏"怦怦"跳动着。

今天不是周末，博物馆里人不多。

在博物馆看完蓝灰蝶还有其他展品后，许宁夏和江肆在羡安的老字号吃了午饭。

时间尚早，许宁夏还不想回去，又去了商场。

"你想看电影吗？"许宁夏心血来潮地问了一句，"最近有部悬疑片好像还不错。"

江肆说都可以，让许宁夏决定。

说看就看，许宁夏点开APP买票。

这片子比较冷门，观众就零星几个，可选择的位置很多，但目前只有最后一排最角落的位置被预订了……就比较明显。

江肆见许宁夏发呆，问票是不是卖完了。

许宁夏看了江肆一眼,咬了下唇,说没有,买了倒数第三排中间的最佳观影位。

上学时都没搞在电影院那啥啥的一套,现在更得稳重才是。

距离电影开场还有时间,许宁夏和江肆先随便逛逛。

逛到男装店的时候,许宁夏不由得说:"我觉得你比我想象中会打扮。"

江肆看向她,她又道:"就一些小细节吧。我特别受不了有的男人的打扮,太土了。你都没踩我雷区。"

"是吗?"江肆垂下眼眸。

许宁夏没看到这个不经意间的细节,倒是看上一件衬衣,在江肆身上比画了下,接话:"是啊。我以前还总在微博上吐槽呢。"

逛到差不多电影快要开场,许宁夏想去卫生间,让江肆去排队买奶茶。

等从卫生间出来,许宁夏没见到江肆,就问他是不是还在排队。

刚收到江肆回信,许宁夏就听到有人犹豫着叫自己的名字。

她闻声看去,一个瘦瘦高高的男人站在不远处。

男人见她回头,又惊又喜,跑过来说:"还真是你啊!还认得出来我吗?我康子轩啊。"

许宁夏反应了几秒,点头:"能认出来,你变化不太大。"

康子轩笑了笑,露出两个大酒窝,和上学那时一样。

要说羡安也算是F省的热门旅游地之一。

康子轩就是和家人来F省度假,顺便到羡安看看。

"真没想到啊,居然能碰上你。"康子轩说,"咱们有十多年没见了吧?你也是来这边玩的?"

许宁夏和康子轩以前倒是经常出去玩,后来因为康子轩突然告白,渐行渐远。

这冷不丁见了面,许宁夏委实也提不起叙旧的热情。

正想着该怎么结束这场重逢,江肆的微信又来了,他说奶茶买好了,现在过来找她。

许宁夏忙回:你等等再过来。

发完,许宁夏说:"是,来这边看看。"

"要做伴一起吗?"康子轩问,"你一个人啊?"

"没,也是和朋友,这就要去找他了。"

康子轩有点儿失望,掏出手机,又说:"那加个微信吧。难得老同学这么多年还能遇见,有空聚聚。我还想着说年底搞个同学会什么的呢。"

这个没法拒绝,许宁夏火速加了微信,和康子轩告别。

她看着康子轩往和自己相反的方向走,等人不见了,她给江肆发微信。

"在这里。"

许宁夏抬头,江肆拎着奶茶和爆米花站在拐角处。

她过去,见江肆脸色冷冷的,心下一动,问:"你看见了?"

江肆:"嗯。"

"那你……也还认得出来康子轩？你过去和他熟吗？"

"认得出来，不熟。"

这言简意赅的回答，很"江肆"风。

"我就是怕麻烦。"许宁夏解释，"像康子轩这种人缘不错的学生，肯定还和同学们有联系，他知道了，大家都知道了。"

江肆还是："嗯。"

他这样，让许宁夏觉得自己好像是始乱终弃、不给名分的渣女。

可她真的只是不喜欢无关的人八卦自己。

"走吧。"许宁夏主动挽起江肆手臂，轻轻晃了下，"去看电影。"

"好。"

许宁夏和江肆在电影院刚放行就进去了。

放映厅里他们到得最早，灯还没有关，许宁夏一落座，手机就振动了两下，是康子轩。

Constantine：你在羡安会待多久？我知道一家不错的餐厅，一起尝尝吗？

Constantine：你可以叫上你朋友一起。

所以说，不是许宁夏反感重逢，是重逢这东西本身就是很麻烦。

夏天不宁静：不了，谢谢你的好意。

夏天不宁静：我今晚就和朋友回去了，等以后有机会再聚吧。

Constantine：回北城吗？

夏天不宁静：是。

Constantine：那回去约吧。

夏天不宁静：好，有机会的。

放下手机，许宁夏呼了口气。

想和江肆说说话，就见对方正对着手里的奶茶发呆。

许宁夏看他已经帮自己把吸管插好，直接探过身就着他的手，吸了一口奶茶。

"味道不错啊。"许宁夏笑了笑，"不是很甜。"

江肆盯着女人嘴上残留的一滴奶茶，喉结微滚，低下头，将杯子递过去。

"你喜欢就好。"

许宁夏不接，还让某人拿着，她喝，说："你是不是生气了？"

江肆摇头。

"我和康子轩什么也没有。"许宁夏说，"这么多年也没联系过。"

江肆心想，他们也很多年没联系过。

刚要说什么，放映厅里灯灭了，大屏幕开始放招商广告。

见状，许宁夏拿走奶茶坐好，准备看电影。

这会儿工夫，其他观众也陆续进来了，不算他们，就五个人。

其中三个是闺蜜，坐在许宁夏他们前面两排，还有两个是年轻小情侣，坐在最后一排的最角落。

许宁夏在那对情侣进来时，视线就跟着他们，眼看他们坐在了整个放映

· 195 ·

厅最隐秘的位置上。

看得过于专注,她没注意到江肆也在看那对情侣,更没注意江肆捏瘪了一块爆米花桶。

电影开始,上来就是电闪雷鸣,大雨滂沱。

许宁夏一边看,一边往江肆那里拿爆米花,尽可能地把注意力都放在电影上。

但很快,身后的那个方向就传来了声响。

许宁夏挺不齿这种行为,就非得在公共场合吗?

可或许是人性本身就是存在寻刺激的本能吧,她知道这样做不对,更不好,心里却也抑制不住邪恶的绮念。

尤其某人就坐在身边。

许宁夏瞄过去,江肆认真地看着电影,应该是没分神到那些声响上去。

屏幕的光时不时照亮他的脸,那高挺的鼻子和深邃的眉眼叫她想起意大利艺术馆里的绝美雕塑。

许宁夏吸了口奶茶,继续看电影。

剧情演到三分之一,越来越烧脑,人物也越发复杂。

许宁夏本来就有些三心二意,这下是彻底跟不上了,完全搞不明白那个女人在叫什么,那个小孩又在笑什么。

都什么乱七八糟的。

她求助身边的学霸,稍稍倾倒过去一点身体,问:"这个小孩的妈妈是不是有问题啊?还有那个管家。"

江肆闻着靠近过来的山茶香。

听到这话,他怔了怔,张着口,却没言语。

等了半天没等到回应,许宁夏转头问道:"你不会也没看懂吧?"

话落,电影恰好演到天亮的场景。

乍亮的灯光照得人明晃晃的,把有些借着黑暗肆无忌惮的念头也照了出来。

许宁夏看着江肆平静冷淡的表情,眼神却是湿黏的。

黏着她。

"我……"江肆压着声音说,舔了舔发干的唇,"我没看。"

江肆说完,许宁夏轻轻捏了下他的手臂。

江肆当即放下爆米花,抓紧许宁夏的手,带她出了放映厅。

其他放映厅还在播着电影,各种爆炸音效震得地面和过道好像在抖。

江肆就近找到个安全通道,推开门,便将许宁夏抵在墙上,弯腰吻了过去。

之前他们坐着许宁夏不觉身高落差。

而眼下,江肆这般低下头,几乎是埋首在她脸边,她抱上他的脖子,还要踮起脚。

没一会儿,许宁夏就累了。

她四肢发软,身体不受控制地向下滑,江肆察觉到,就扣住她的腰往上

· 196 ·

托，几乎让她脱离地面。

他的强势急切，许宁夏昨晚有领教过。但今天又似乎和昨天有了些许不同，除了强势急切，还有一股狠劲儿。

许宁夏被吻得嘴唇和舌根发麻。

不过一吻而已，却好似已经被他拆骨入腹。

实在受不了了，她推了推江肆。

江肆仿佛这才恢复理智，一点点放缓力道和速度，直至依恋地松开人。

许宁夏睁开眼，眼神迷蒙，整个人像被暴雨淋过一遍的玫瑰，湿答答的，娇弱无力。

她嗔怪地看了江肆一眼，抓着他的衣服，靠在他怀里急促地喘气。

江肆顺着许宁夏的背，哑声说："抱歉。"

亲完知道抱歉了？

她以前怎么会觉得这个人是个性冷淡呢，明明欲得要死。

回想早晨的那个早安吻，真是纯情过头了。

等许宁夏恢复过来，她站好，看着某人质问："你是第一次谈恋爱？"

江肆一怔："当然。"

"那你怎么……算了。"

许宁夏不想表现出自己被一个吻弄得神魂颠倒，太丢人。

"电影还看吗？"她问。

江肆说："听你的。"

那别回去了。

看也看不懂，坐着怪煎熬的。

许宁夏从包里拿出纸巾让江肆擦擦嘴上的口红，她自己也整理下。

正拿出手机，江肆忽而又搂紧她，语气有些闷闷的："不要和康子轩吃饭，回了北城也不要。"

许宁夏并不怎么喜欢别人对她说"不许""不要""不行"，这类带有管束意味的词。

她从小随性，也任性惯了。

加上许青浔总是想让她成为所谓的大家闺秀、名门淑女，她多少有些逆反心理。

可不知道为什么，这话从江肆嘴里说出来，许宁夏就莫名觉得有些可爱。

他这是在吃醋吗？

想他一个高岭之花会因为女朋友要和某异性吃饭而这么严肃，关键他大概还是从刚才就开始憋着这话了，这时终于忍不住才说出来……

许宁夏笑了笑。

但可爱归可爱，有些话得说在前头。

许宁夏拉下江肆的手，问："我和你谈恋爱就不能有正常社交了？"

"不是。"江肆立刻否认。

但看许宁夏非要一个理由的样子，他低下头，胸口有些堵，沉声道："康子轩喜欢你。"

——所以,不要和他吃饭。

听这话,许宁夏也就能接受了。要是江肆去和对他有意思的女性一起吃饭,她也不让。

但前提是"有意思",正常的交友或者活动是不能被限制的。

江肆垂着眼,闷闷不乐。快一米九的大男人,那种破碎感又出来了。

许宁夏觉得又好笑又心疼。

她主动拽了下江肆的衣服,歪着脑袋看他表情:"不高兴了?"

江肆过去攥住她伸来的手,摇头:"没有。"

"不高兴也没办法。"许宁夏哼了一声,"谁叫你之前连扣我身份证的事都做得出来?江肆,没人说你很腹黑吗?"

江某自是不会回答,也不会认。

安全通道外逐渐有了人声,估计是哪个放映厅的电影播完了。

许宁夏叫江肆松开手,她要补口红。

江肆听话,松手时,手指不自觉带了下她的小拇指。

之前不管是在旅馆那次,还是在采福节的窄巷里,她每每叫他松手,他好像都会这样一下。

个人习惯吗?

许宁夏没多想。

拉开包,里面的防狼报警器露出一角,让她蓦地又想起别的。

"把你的手机给我一下。"许宁夏说。

江肆还是听话照做。

解开屏幕,许宁夏找到连接警报器的 APP 点了进去。

江肆立刻意识到什么,但想拦也晚了,许宁夏已经看到他把原先"许宁夏向你求救了"改成"心心向你求救了"。

"不解释下吗?"许宁夏晃晃手机,"江医生。"

那天在事故现场,她当时就觉得哪里不对,可沉浸在失而复得的喜悦中,也就忘了。

现在,"人赃并获"。

江肆抿抿唇,低声说:"这个名字可以自定义,只要在……"

"我是让你教我怎么用吗?"

许宁夏眼看着江肆那万年不变的冰山脸,耳根泛起的红晕层层攀高,心里顿时有些痒痒的,想上去捏捏。

她按捺下,故作生气地把手机拍江肆身上,问:"什么时候改的?"

"没多久。"

"没多久是多久?"

忍不下去,许宁夏扑过去捏住江肆的耳朵揉了揉。

江肆顺势抱住她,干净的眸子在她脸上流转一个来回,又垂下。

"看不出啊,江医生。"许宁夏笑道,"你心思挺多嘛,是不是成了我紧急联系人以后就立刻改了？"

"没有。"

"过了……两天。"

他怎么这么可爱啊。

许宁夏再也藏不住笑意，踮起脚亲了江肆脸颊一下。

江肆搂着她腰的手立刻扣紧，想要反客为主，许宁夏捂住他的嘴。

"不怕被人看见吗？"许宁夏瞧了瞧安全通道门上的小玻璃，"注意影响，江医生。"

江肆点头，嘴唇轻轻一动，碰了下许宁夏的掌心。

许宁夏顿时感觉身体过电，收手时，戳了戳见缝插针的某人心口。

原想批评两句，但想到什么，许宁夏又有些惆怅地轻叹了一声："除了苏姨，好久没人叫我'心心'了。"

这是妈妈给她起的小名。

妈妈说名字不单单是个符号，对于任何人来说，他在叫你的时候，是含着情绪在其中的。

陌生人是陌生人，身边人是身边人，不一样的。

好比妈妈就说过，她在叫心心的时候，就觉得自己很幸福，拥有全天下最可爱的女儿，所以叫"心心"时，声音格外欢愉。

想起这些，许宁夏鼻尖有些发酸，江肆用手指轻轻摩挲着她的脸，问："那你愿意我这么叫你吗？心心。"

心房微颤，似乎有一股暖流游走在许宁夏身体里。

妈妈还说了，当你听到那人叫你的名字，你是能感知出那人对你是什么样的心意的。

此刻的许宁夏便感受了。

是温柔又内敛的爱意。

她点点头，说："好啊。"

江肆休息一天，忙了一周。

但忙归忙，江肆每天都会陪许宁夏吃早餐和晚饭，稍稍空闲了，再陪她在周边散步。

这样密切的来往，第一个瞒不住的就是高焰。

他眼看他的冰山兄弟有了融化的迹象，又或者说那也不是融化，而是变成了日照雪山——看着冷，实际暖。

心里那个羡慕嫉妒恨啊。

中午吃饭时，高焰忍不了开了火。

"你谈个恋爱注意点儿，不要误伤好吧？"高焰说，"你这样，我很痛苦。"

江肆不以为意："你痛苦什么？不是一直都一个人？"

恋爱使人变得会补刀。

高焰怒咬鸡腿，酝酿了一个半天的话，这会儿也同样兜不住了。

"你都有着落了,也替我谋划谋划啊。"说着,他夹了一块青椒过去。

想起昨晚许宁夏见了青椒就不想吃东西,江肆有些嫌恶地皱了皱眉,把它埋在饭里才吃下去。

"谋划什么?"江肆问,"有话直说。"

高焰笑笑:"梁嵘不是今天来嘛,你们晚上吃饭带上我呗。"

江肆一愣:"梁嵘今天来?"

"啊?你不知道吗?"高焰蒙,"没错啊,我看她朋友圈了,说是结束马尔代夫的旅行,要来九云感受祖国的山清水秀。"

江肆握着筷子的手紧了紧,一时不知该作何感想。

高焰也没料到许宁夏没和江肆说,尴尬地清了清嗓子,没再敢多嘴。

过了会儿,江肆继续吃饭,说道:"我和她说你想来,应该没问题。"

"谢了,兄弟!"高焰又夹了一块青椒过去,"我到时候带瓶好酒,绝对珍藏级。"

下午五点,许宁夏来医院等江肆。

高焰比江肆早走了几分钟,说是要回去换衣服整发型。

天气越来越冷,许宁夏穿了件姜黄色长款毛衣,戴着顶乳白色贝雷帽,像是漫画里的秋日少女,优雅知性。

江肆远远地看见她站在门口,不由得加快步伐。

"今天很准时嘛。"许宁夏说,"我们去菜市场吧,梁嵘一会儿就到了。"

江肆顿了顿,问:"梁嵘要来?"

许宁夏点头,拉着江肆往车子那边走,解释:"昨天临时决定的。她说还想吃上次的菌汤火锅,你会弄吗?"

"嗯。"江肆应道,"不过高焰更擅长,比我手艺要好些。"

本以为还要费些口舌才能让许宁夏同意高焰也来,不料许宁夏笑着说:"我刚想说呢,你把高医生也请来吧。梁峥这次没跟着来,他还能少被怼几次。"

看着女人的笑颜,江肆压了压心里的疑惑,以及失落,说:"好。"

这是许宁夏第二次来菜市场。

之前那次,她和江肆不怎么愉快,算是稀里糊涂地完成了菜市场之旅。

这次,她和江肆一起挑菜,江肆会告诉她一些生活小技巧。她听着有趣,觉得和男朋友逛菜市场也别有一番情调。

等买完菜,他们大包小包回了宿舍。

江肆在厨房洗菜切菜,许宁夏在客厅摆桌。

乌龟慢悠悠地爬到许宁夏的脚边。

许宁夏把它拿起来放在茶几上,冲着厨房里的人说:"我给你的乌龟起个名字吧。"

说完,半天没有回应。

见状,许宁夏进厨房看看,就见洗菜的水早从盆里溢出来,而洗菜的人正呆呆地站在水池前。

"想什么呢?"许宁夏过去关上水龙头,"怎么了?"

· 200 ·

江肆回神，拉住许宁夏的手，不让她沾水，说太凉。
看他有些魂不守舍，许宁夏又问："你怎么了？医院有事？"
"没有。"
江肆将洗好的菜放到一边，半晌，说："梁嵘要来，你没提前和我说。我有些意外。"
这话说得几乎字字斟酌，生怕听得人会觉得是在抱怨。
其实不问最好，可太在意了，又怎么做到不闻不问？
许宁夏不傻，自然听出其中的丝丝意味，想了想，说："梁嵘又不是外人，来吃个饭而已，不是大事。"
江肆"嗯"了一声。
"还是说，你想问别的什么？"许宁夏靠过去，揪了下某人的衣袖。
江肆弯了下唇，说："没有其他。"
"行吧。"许宁夏挑眉，"那我不打扰你了。对了——"
"什么？"
"我想给你的乌龟起个名字。"
"好，你起。"
"就叫'江阿忍'吧。"
许宁夏拍拍江肆的肩膀，毕竟宠物随主人——非常能忍。
过了一会儿，高焰到了。
不得不说，这一番精心的捯饬，让许宁夏梦回米兰时装周。
"高医生你是不是太隆重了？"许宁夏笑道，"就吃个火锅。"
高焰说放下酒，还有刚在路上买的水果，说："态度决定一切嘛，我去帮江肆。"
许宁夏叫他等一下，她有几句话想问问。
高焰坦然，叫许宁夏随便问。
"你对梁嵘是认真的还是……"许宁夏一笑，"别怪我直接啊。"
高焰说没关系，也实话实说："许小姐，我确实对梁嵘有好感。但以后会怎么样，我觉得还是要再相处看看。不过你放心，我不是什么渣男浪荡子。这点，江肆给我做证。"
要不是看在"江肆朋友"这个标签的面子上，许宁夏能让他来吃饭？
"那行吧。"许宁夏点点头，"都是成年人，我也不多嘴了。以后你就别叫我许小姐了，大家都那么熟了。"
"那我叫你什么？"
"叫……要不和梁嵘一样，叫夏夏？"
高焰一个激灵，小声说："别别别。我怕江肆削我。"
许宁夏听了直笑："那你叫我 Calista 吧，我在国外念书时，同学或者朋友都这么叫。"
"这个行。"
高焰去了厨房帮忙打下手。

想着自己最起码没太招梁嵘闺蜜烦，他心情不错，哼起小曲儿。

可他旁边这位冰墩子让他欢不起来。

"怎么了？"高焰问，"今晚吃火锅，不是吃冷鲜。"

江肆不说话，默默切菜。

瞧他这样子，高焰多少也能猜到些。

和心心念念的姑娘恋爱虽甜，但人家貌似还没有官宣他们关系的想法，这不得不让某人心急。

"我以前是真没看出来你是这样的江肆。"高焰说，"平时对什么都冷淡得不行，怎么谈个恋爱把你黛玉妹妹的多愁善感给勾出来了呢？你们才在一起几天？"

江肆觑过去一眼，冷声说："你懂什么。"

他不是怕她不把自己介绍给身边的人，而是怕自己是哪里做得还不好，没给她足够的信任感和安全感。

这是他仅此一次的机会，他必须死死抓住，绝不放手。

沉沉气，江肆调整心态，还是决定事事依着许宁夏的步调，她想怎样就怎样。

七点刚过，梁嵘让许宁夏去楼下接。

这次过来，梁嵘依旧没坐小巴士，是许宁夏拜托之前的车行师傅去接的。

到了地方，打量着宿舍楼，梁嵘说："这住宿条件不错啊。"

"饿了吧？"许宁夏问，"就等你了。"

梁嵘嘿嘿笑，凑到许宁夏身边："不是说好我在羡安等你，一起回北城的吗？干吗突然又非薅我来九云？是不是有什么事呀？"

许宁夏料想梁嵘已经猜到个大概了，故意装失聪，摊手道："你很忙吗？你回家不也是待着，来找我再玩两天，不好吗？"

"谁说我不忙！"梁嵘说，"我日理万机！"

"嗯，日理万机地追剧。"

早几年，梁嵘在自家公司也是有职位的。

但她实在不是做生意的料，梁爸梁妈一看，让她还是以后专注分红，不要动脑子。

这事多少也是梁嵘的心结。

毕竟只有躺赢，找不到人生意义，也没有想象中那么爽。

"夏夏，那你说我能干什么？"梁嵘叹了口气，"我这次去马尔代夫想了好久，都没想出来。"

许宁夏揉揉梁嵘脑袋，说："别急。我这两天带你去个地方，说不定能给你些灵感。"

两人边走边聊，很快到了宿舍门口。

高焰早等着了，见梁嵘出现，主动帮忙拿行李。

而梁嵘看到高焰，则是愣了愣，随即看向许宁夏，许宁夏眨眨眼。

进了屋，火锅和食材都已经备好。

江肆从厨房出来,和梁嵘打招呼。

梁嵘说打扰了,还劳烦大家辛苦准备请她吃饭。

江肆一一回应,礼貌周到。

许宁夏把梁嵘的包放到沙发旁的架子上,见江阿忍还在茶几的老地方待着,摇了摇头。

要说比江阿忍还能忍的,也就是他主子了。

明明在意得不行,问她一句会不会告诉梁嵘他们的关系,有这么难吗?

许宁夏总觉得自己多少是了解江肆的,但也总是还不够,远远不够,她猜不透他到底想的是什么。

"那咱们开吃吧!"高焰说,"我开酒。"

梁嵘搓搓手,笑道:"我是真饿了。马尔代夫那边的餐食,我实在吃不惯。"

"噗"的一声。

红酒塞被起开,高焰正要说什么,许宁夏过来握住了江肆的手。

"吃之前,我先宣布一件事儿。"说着,许宁夏看向身边的男人,就见他平静的脸难得出现了一点儿茫然。

她嫣然一笑,靠着江肆的手臂,说:"我和江肆恋爱了。"

屋子里一时鸦雀无声,只有电磁锅"咕噜咕噜"冒着泡。

江肆看着许宁夏,表情从开始的丝丝迷茫变成一贯的平静淡漠,但眼里的喜悦是藏不住的。他分开许宁夏的手指,将自己的手指扣入她手中,直至十指紧握。

两人相视一笑。

江肆转过头,重复刚才的话:"我们恋爱了。"

这次再说完,接近石化的梁嵘和高焰终于有了反应。

高焰下意识地鼓掌,说:"恭喜啊。"

"嗯,恭喜!"梁嵘接话,"我……哎呀呀!我前几天就猜到你们在一起了!"

这么一说,气氛也就一下子松快了。

大家都笑了笑,江肆拉开椅子让许宁夏落座,高焰倒酒。

"给我也来一杯吧。"

江肆刚说完,许宁夏就瞪他:"你自己什么水平心里没数?"

"那,半杯。"江肆抓着桌下许宁夏的手捏了捏,"想喝一点。"

高焰帮腔:"就让他喝一点点吧,不会醉的。"

既然都这么说了,许宁夏也不好扫了这份兴致,勉强同意。

四个人举杯。

梁嵘最先说:"江肆,咱俩也算老同学了,我就不搞那些场面话了。你要对夏夏好,很好,很好。"

看到梁嵘眼底有一闪而过的水润,许宁夏抿了抿唇。

江肆在这时更加用力握紧她的手,将杯子倾斜过去,放得比梁嵘低了些。

"我和你保证。"江肆郑重地道,"我一定会对心心好,最好。"

"砰"的一声轻响。
梁嵘和江肆碰了一个，笑着说："我会监督你的。"
重要的环节圆满完成，高焰活跃起气氛。
先是说了说最近医院里的新鲜事，之后又提及后面还有没有什么想去看看、玩玩的地方，大家一起去。
许宁夏和江肆说想去趟学校，带着梁嵘一起。
"去学校好啊。"高焰积极道，"我也好久没见那帮孩子们了。"
"明天怎么样？明天我和江肆就休息。"
许宁夏看江肆，江肆说明天没问题。
余下的时间，大家有说有笑，享受了一顿美味的火锅。
饭后，梁嵘和高焰在阳台聊天。
高焰也不知说了什么，逗得梁嵘笑得合不拢嘴。
许宁夏在厨房巴头看了好几次，随口问江肆高焰以前谈过几个。
江肆不是完全清楚，但知道的，是一个。
"比我想象中少。"许宁夏在一旁擦着盘子，说道。
她美其名曰来帮江肆收拾残局，实际上就是个监工，擦盘子是最重的活儿。
但就这，江肆还不让她干，是她自己无聊非要弄。
擦到一半，江肆从身后抱住人。
许宁夏动作微顿，向斜后方看了眼，小声说："待会儿被看见了。"
"不会。"
江肆低下头，半张脸埋进许宁夏温软的颈窝，轻轻一嗅，说："这里是死角。"
江肆帮许宁夏一起擦盘子。
一开始还擦得比较认真，后面就转变成拉着她的手。
许宁夏拍开他，他再凑过来。
来来回回几次，许宁夏抓住他的手，放在手里把玩，反问他："你干吗？"
江肆说："开心。"
许宁夏"扑哧"一笑："就因为我把咱俩的关系告诉梁嵘？"
"她是你最重要的朋友。"江肆摩挲着女人小巧的指尖，"我知道这里面的分量。"
在决定要不要告诉梁嵘之前，许宁夏的确犹豫纠结过。
她不否认她现在很快乐甜蜜，但这一切仅仅是刚开始，以后会怎样，谁都不知道。
一段感情，既私密又透明。
让它公布于亲友之间，也就无形中多了局外人的审视。
将来，不管是开花结果还是无疾而终，总归是有了他人眼中的评断。
许宁夏讨厌麻烦，内心倾向于恋爱就局限在当事人之间。
但这个倾向相对于江肆的感受，她最终选择了后者。

这对她而言，也是一种赌。

她赌江肆真的不会让她失望……

没想到江肆能猜到自己这个决定背后的种种，许宁夏不免惊讶。

她转过身，说："我发现你好像很了解我。"

"有吗？"江肆轻声道。

"我觉得有。"许宁夏手臂圈上男人的脖子，"我也想了解你多一些。"

"你想了解什么？"

江肆嘴角微扬，在她为自己设下的圈子里俯身。

这看似是在俯首称臣，实际上是他用身体为她固定下了铜墙铁壁，让她不能离开分毫。

"我都告诉你。"

男人低沉喑哑的嗓音在耳边响起，带着灼热的气息，震起层层余波，波及许宁夏敏感的神经。

她抿紧唇。

收回手时，掐了某人后背下，警告他站好，她话还没说完呢。

江肆听话，稍直起身子，两只手撑在了厨台上。

许宁夏说："以后，你心里有什么想法就和我说。虽说我过去对你差了些吧，但也没这么专制，还剥夺你话语权啦？"

"好。"江肆点头，"不过——"

"不过什么？"

"你以前对我不差。"

江肆一直都清楚，她是个善良的女孩。

过去的那些态度或者行为，不过是她身处在那样的家庭中的一种反抗而已。

"我对你不差？你是抖M吗？"许宁夏好笑道，"你真觉得我过去对你不差啊？"

"不差。"

江肆很肯定，一瞬不瞬地看着她。

尽管只喝了小小的半杯酒，没有醉，但男人的脸上还是浮起了淡淡红晕。

这样的红出现在他的脸上，有种说不出的魅惑欲感，就好像禁欲者的克制即将崩裂，露出嗜血的一面。

许宁夏刚才就有些动摇，这会儿简直雪上加霜。

瞧了眼门口，她问："这里真是死角？"

江肆愣了下，明白过来后，放在厨台上的手用力抠紧，手背暴露出青筋。

注视着女人，他收回手臂，重新覆到那纤细的腰肢上，动作很轻很缓，像是怕惊到了猫咪。

直到真实地搂人在怀里，他才开始不断收网。

"千真万确。"

说罢，他低下头蹭了蹭"猫咪"的鼻子。

回到木月庭，梁嵘也没精力审问许宁夏了。

一是累，二是酒没少喝，到了能休息的地方，直接就是洗洗睡。

等转天，许宁夏和梁嵘早起去吃茶糊。

原本江肆和高焰要跟着一起的，但医院临时有些事要处理，他们得晚些过来。

坐在店门口的小板凳上，梁嵘打了个长长的哈欠。

"这家店够会选地方啊。"梁嵘指指正对面的派出所，"客流不断。"

许宁夏让梁嵘坐着，她去端茶糊。

离开的这会儿空当，一个北城的陌生号码给许宁夏打电话。

梁嵘迷糊过头，发现时，对方已经挂断。

"没事。"许宁夏不甚在意，"有事会再打，不打没准儿就是打错了。"

梁嵘点点头，吃了口茶糊，眼睛睁开不少。

随着脑子渐渐启动，昨晚没聊的话题，现下自是要补上。

"你能和江肆好，我是意外，也不意外。"梁嵘说，"不过，我很好奇他到底是怎么'制服'你的。"

许宁夏无语："什么'制服'？我是洪水猛兽吗？"

梁嵘耸耸肩："大差不差吧。"

许宁夏咬着米糕，瞥到旁边的派出所，咕哝句："主要靠扣身份证。"

"什么？扣什……"

话没说完，一个小男孩来到她们这桌旁边。

这男孩直勾勾地看着许宁夏，大大的眼睛干净得像是被水洗过。

"你有什么事吗？小朋友？"许宁夏问。

男孩看看许宁夏，再看看派出所，像是思考了片刻，最后一溜烟跑走了。

梁嵘一脸蒙："这干吗呢？"

"不知道。"

许宁夏看着男孩跑到派出所隔壁的五金店里，没再出来。

插曲过去，梁嵘敲敲桌子，让许宁夏继续坦白从宽。

许宁夏也懒得再多说什么，果断堵梁嵘的嘴："我这边现在就是顺其自然了，你和高焰呢？"

"我和他能怎么样？"梁嵘说，"最起码也得等他回北城吧。"

"那就是有戏喽。"

许宁夏笑了笑，擦擦嘴说："和高医生试试也挺好。毕竟是我男朋友的朋友，人品有保障。"

梁嵘吓得掉了包子。

老天啊，能从许宁夏嘴里说出"男朋友"三个字，可比蘑菇中毒摘苹果要惊悚多了！

吃完早餐没多久，江肆和高焰来了，大家出发前往学校。

会带梁嵘来这里，许宁夏多少有些目的。

梁家自创业成功后，一直热心公益，捐助过不少学校。

· 206 ·

许宁夏心想,或许梁嵘来看了之后,也能为孩子们做些什么。
果然,梁嵘受到了触动。
她这人心肠软,尤其对老人和小孩之类的。
看到这边孩子们淳朴无邪的脸,很感动,说回去先和梁峥说说,争取今年过年先捐一批冬衣。
吴老师热泪盈眶,感激不尽,说他们都是有爱心的人,一定会得到神明的眷顾。
正好,今天有两个老师外出学习,上午的安排是让学生们自由活动。
既然许宁夏他们来了,吴老师就让他们和孩子玩会儿。
许宁夏照旧先教小昭画画。
小昭知道她没走,高兴坏了,把最近画的作品一一拿出来展示。
等这边教完小昭,梁嵘那头早已经迫不及待,说是要举办个沙包对抗赛。
"怎么比?"许宁夏问,"分两组吗?那你们肯定输啊。"
梁嵘没明白:"怎么就我们一定输?"
江肆站到许宁夏身边,说:"我和心心一组。"
够狂啊。
"高焰!"梁嵘喊了一声,"你没什么想法吗?"
高焰撸起袖子,活动关节:"输了的请客!江肆,等着掏钱吧!"
吴老师当裁判,比赛开始。
要说高焰这个鸡贼,知道江肆在意谁,就总是攻击许宁夏,害得江肆每次都因为顾及许宁夏而丢分。
许宁夏一看,那她就攻击梁嵘呗。
招数同样好用,很快,高焰他们那边的分数就落后了。
"你别管我了。"梁嵘说,"反正我也不行。"
高焰皱眉:"说什么呢?咱俩一个队的。"
"再说了,谁说你不行?"
梁嵘一愣,燃起了斗志,开始攻击许宁夏。
于是,他们四个加起来超过一百岁的超大龄儿童,玩得比孩子们还疯。
等比赛结束,江肆和高焰去办公室接水,许宁夏和梁嵘坐在长椅上休息。
"有没有觉得身心舒畅?"许宁夏问,"好久没这么出汗了吧?"
梁嵘笑着点头:"这可比做普拉提有意思多了。"
远处青山巍峨,大雁成群飞过。
有时候大自然和孩子带给人的力量强大到有些神秘。
"嵘嵘。"许宁夏唤了一声,"你以前不是说想开家餐厅吗?你能吃、会吃,真要开了,一定会火的。"
闻言,梁嵘叹了口气:"还不是我家里的那群七大姑八大姨,说什么女孩不要搞什么事业,将来找个好人嫁了就行。"
"好人是那么好找的吗?"许宁夏说,"不如你……"
话说到一半,忽而有琴声传了出来。

梁嵘问:"谁在弹琴啊?"

"江肆。"许宁夏笑着说,"走,去听听。"

小小的教室里,放着一架立式钢琴。

高焰立在窗边,小萝卜头们或站着,或坐着,围绕着江肆。

江肆弹的是电影《傲慢与偏见》中的插曲《Mrs Darcy》。

这部电影是许宁夏高中时最喜欢的电影。

每次看到达西先生从薄雾蒙蒙的清晨中向伊丽莎白走来,太阳在那时缓缓升起,照亮整个大地……她就会觉得这世界上可能也存在真爱。

许宁夏不知道江肆怎么会弹这支曲子,但看他沉静的侧脸,仿佛修去了冷峻锋利的棱角,变得温柔含蓄。

一曲弹完,孩子们都在鼓掌,吵着让江肆再弹一首。

江肆拿起水杯,说等等再弹。

抬起头,看到许宁夏站在门口,他抿了抿唇,掩饰住了原本的笑意。

许宁夏说:"江医生就再弹一首吧,我也想听。"

江肆手里还拿着水,高焰见状,主动接了过去,打趣:"不让你对象渴着,我这就替你给她送去。"

许宁夏和梁嵘喝上水,听江肆继续弹琴。

梁嵘凑到许宁夏耳边,说:"上学那阵儿,你该和江肆合奏才对啊。"

别说,江肆的水平要比楚游高多了。

以前没这份感情在,自然不觉得有什么,现在再看,倒不失为一种遗憾。

不过,那时候的他们不太融洽,凑在一起合奏《十面埋伏》差不多。

想到这儿,许宁夏忍笑。

手机不太合时宜地响起,她跟梁嵘说一声,去了外面。

号码显示所属地是北城的,陌生号。

许宁夏犹豫了下接通,对面的人很快做了回应。

"请问是大小姐吗?"

许宁夏一怔,对于这个久远的称呼,一时有些不知道该如何应对。

"我是许宁夏。"她片刻后说。

对方顿了顿,似是舒了口气,回道:"您好,我是许董的助理。"

挂了电话,许宁夏在外面多站了会儿。

江肆半天不见她回来,早没了弹琴的心思,丢给高焰,出来找人。

中午阳光最是灿烈。

女人站在树下,长长的裙摆随风摆动成波浪,像是油画里的少女,背影纯净唯美,却也缥缈易碎。

"怎么不回去?"

听到声音,许宁夏回头,见江肆向自己走来。

心头一阵紧缩,她想说没什么事,却未能开口。

察觉到她细微的异样,江肆加快脚步走近,握住了她的手。

其实真没什么事,就是——

"许青浔的助理说他立了遗嘱,让我回去。"许宁夏说。

一行人没留在学校吃午饭。
赶在快到一点时,黑色 Jeep 停在九云古城附近的一家餐厅外。
之前的比赛是高焰和梁嵘输了,但请客的是江肆。
吃完饭,他们顺势在古城外围的小集市散步,权当消食。
高焰眼明心亮,瞧出许宁夏接完电话后似有什么心事。
他和梁嵘说了,两人便去前面逛着,给许宁夏和江肆留下独处的私人空间。
许宁夏和江肆牵着手,无心看风景。
十年了。
许青浔十年没找过她这个女儿,她也没看望过这位父亲。
某些夜晚,许宁夏想起许青浔,神奇地记起的总是她还小的时候,他抱着自己骑在肩头,给她指着远方的大海。
这种无意识中留存的父女之情虽然聊胜于无,但起码可以让许宁夏短暂忽略掉心头扎着的那根刺。
而现在,许青浔要见她。
见她做什么呢?
"这个,喜欢吗?"
许宁夏回过神,就见江肆宽大的掌心里捧着一个小巧的蝴蝶抓夹。
真的很小,看起来就和她拇指差不多大。
但做工非常精细,纯银工艺,雕刻纹案细致入微,蝴蝶身体还是用镶嵌的蓝色石头做的点缀。
"好看。"许宁夏笑道,"像蓝灰蝶。"
江肆轻抿下唇,嘴角扬起浅浅的弧度。
像是自己选的东西能得到她的青睐,于他是件极为快乐的事。
付了钱,江肆将抓夹送给许宁夏。
许宁夏迫不及待想戴上看看,拉着江肆到一边的长椅小坐。
照着手机,许宁夏仿照那种公主头,简单夹了下,问:"好看吗?"
"嗯。"江肆点头,"好看。"说着,他忍不住将许宁夏耳边的一缕碎发别到耳后。
两人目光对接,江肆的手没有放下,暖暖地贴在许宁夏侧脸上。许宁夏歪歪头,笑着蹭了蹭他掌心。
那一刻,江肆真想狠狠吻她,再把她藏起来,不让任何人接近。
只有他。
只有他可以拥有她的美好。
"决定回北城了吗?"江肆沉声问。
许宁夏一顿,眼里的笑意散了些。
"不想回。"她说,"可是——"

助理和许宁夏说，这份遗嘱事关重大，许青浔再三强调她必须到场，否则，将来有一天他死了，也会死不瞑目。

江肆揉揉许宁夏的耳垂，说："那就回去看看，凡事总是要解决的。"

闻言，许宁夏深吸口气，靠在江肆肩膀上。

"他立遗嘱，和我有什么关系呢？"许宁夏不解，"我们早就断绝关系了。他自己和我说的，生老病死，再不相关。"

提到这里，有件事压在江肆心里很多年了。

当年她离家出走的那个晚上，她是怎么度过的？在哪里度过的？

"这有什么好难猜的？"许宁夏说，"找个麦当劳或者24小时便利店就行啊。再说了，苏姨给了我酒店钱，还在转天一早就到北城来接我了。"

她说得轻巧容易。

可对于那时候的许宁夏来说，无助、害怕、伤心、迷茫，太多太多的情绪重重压在一个十六岁少女的心上。

她甚至悲观地认为她的人生算是完了。

当时的黑夜像是永夜，怎么都迎不来黎明。

江肆搂紧许宁夏的肩膀，不想再深问什么，只说："你现在已经不是以前的许宁夏了，你有你自己给的底气。所以大胆些，回去给一些事一个了结。"

看着江肆坚定的目光，半晌，许宁夏点了头："做个了结。"

说出这句话，压在她心口的石头也顿时消失了。

许宁夏拉着江肆起来，说是要去前面再逛逛。

看了几家小摊位，一群小孩在做游戏，从这边追跑过去。

里面有李多亮，许宁夏见了，把人叫住。

"今天怎么不上课？"许宁夏递去湿巾，"不会是翘课了吧？"

李多亮玩得小脸脏兮兮的，笑着说："今天上半天。谢谢阿姐。"

许宁夏也没别的意思，逗两句，让李多亮继续和朋友们玩。

只是视线一扫，发现了一个"熟人"。

早上吃茶糊时遇到的那个小男孩也在这群人中。

李多亮介绍："这是我好朋友，云福。"

云福见了许宁夏，又或者说是见了许宁夏身边站着的江肆，表情有点儿像是"小小的脑袋，大大的问号"。

江肆脸色微变，要说什么，无奈孩子已经开口。

"阿哥。"云福看着江肆，"阿姐在你身边了，以后还用我帮你盯着吗？"

不止许宁夏，李多亮都有些蒙，问："盯什么啊？"

云福指指人，说："江肆阿哥说了，这位仙女阿姐有危险。只要她去了派出所，就让我告诉他，他好第一时间保护阿姐。"

早上的时候，云福就想给江肆通风报信了，但许宁夏没进派出所，他就没说。

毕竟阿哥还说了，进了派出所才说，说一次，给一次巧克力。

在云福无比真诚的注视和询问下，江肆就近找了家小卖部，买了好多巧

·210·

克力和零食，分给所有孩子。

等孩子们嬉笑着跑远了后，许宁夏看向江肆。

"说吧。"她咧咧嘴笑，"说清楚了。"

事情已然败露，江肆无法，低头交代："你要办临时身份证，我就……"

"江肆！"

她就说嘛，怎么她前脚去了派出所，后脚这家伙就来堵门。

敢情他让个孩子盯她的梢……还用巧克力加以贿赂！

"你多大了？"许宁夏问，"这种事也做得出来？"

依着许宁夏的脾气，江肆趁人走之前，先一步拉住人，叫了声"心心"。

只这两个字。

许宁夏迈出去的腿又收了回来。

人就跟泄了气的皮球似的，剩下软趴趴的皮，心里也成了一坨糨糊，半分脾气都发不出来了。

许宁夏把要回北城的事和梁嵘说了。

梁嵘这次离家的时间比较长，也惦记爷爷那边。两人商量之下，订了后天的票，从乌城直飞北城。

江肆说请假送她们，许宁夏拒绝了。

她还是雇车行师傅，约定的早上七点出发。

吃完早餐，梁嵘清点行李，见许宁夏就带了一个小箱子，"啧啧"两声。

"牙疼带你去看牙医。"许宁夏说，"都'啧'几次了。"

梁嵘哼了声："有了男人忘姐妹。你带那么少东西，不就是为了让江肆知道你还会回来吗？看不出啊，他挺黏你的。"

黏吗？

许宁夏倒也没觉得。

从她说了许青浔的事开始，江肆就一直很理智地在她身边，还有条不紊地帮她和梁嵘安排好最舒适的回程计划。

看不出有什么不舍得。

这大概是确实也没什么好腻歪的吧，毕竟就是回去办个事。

看看时间，许宁夏再检查一遍门窗和电路。

确定无误，她正要和梁嵘说出去等吧，院外响起敲门声。

江肆来送人，高焰也跟来了。

"师傅已经在门口等了。"江肆看了一眼梁嵘，"可以先把行李放上去。"

梁嵘呵呵：兄弟，你暗示得还能再明显些吗？

将行李给了高焰一部分，梁嵘这个电灯泡拉灯，先走一步。

门口清静了，院子里也清静了。

许宁夏和江肆面对面站着，情形像是每一次见面，也像是每一次告别。

只是这次的离别再见时间会长些。

许宁夏让江肆进屋，跟他说了一些房屋使用的事。

这个房子，她和房东续了约，还可以住很久。她不在，自然得有人帮她保养一下。

进到卧室,许宁夏打开衣柜,拿出备用钥匙交予江肆。

看到衣柜里留下的衣服,两人不约而同地想到之前的那场大雨。

那时的许宁夏怎么也没想到,她这一留,就是把心留下了。

"我每天会给你发微信。"许宁夏说,"晚上我们要都有时间,就视频。"

说着,她莞尔一笑:"我觉得也用不了多久,事情就会解决。不过,我导师圣诞要来北城,我要事先看看工作室的选址,说不定……"

说了这么一大堆,又或者说从进入房子以来,许宁夏都没有正面看过江肆。此刻,她不经意抬眸,两人视线交汇,沉闷的空气中仿佛"啪"的一声起了静电。

这电激起一小簇火花,顷刻间烧着了整片野草。

钥匙掉在地上,发出"咚"的声响。

江肆一脚带上衣柜的门,扣着许宁夏的后脑按进了怀里。

这个吻攻势猛烈。

许宁夏感觉到江肆的躁动不安,也感觉到自己在节节败退。可她不想放开,拼命抱紧江肆的脖子,想以此得到他的更多。

他们像两只离了水的鱼,本能疯狂地甩动尾巴,极力想要汲取水源,重获可以呼吸的环境。

江肆感到许宁夏的迎合。

睁开眼扫了一下近在咫尺的床,用尽所有理智,抱起许宁夏去了外面的吧台。

将人放在台面上,他箍紧她的腰,加深这个吻。

可不管如何吻她,都解不了即将分别的愁闷。

哪怕只有一天看不见她、握不到她的手、闻不到熟悉的山茶香,他都会觉得自己游走在思念崩溃的边缘……

最终,客厅钟表整点报时的"嘀嗒"声将两人唤回现实。

他们分开,炽热的气息交缠在彼此的面庞。

许宁夏看着男人浸泡在潮红水雾中的黑色瞳孔,垂在他腰侧两边的腿恶劣地夹紧了下,嗔怪着:"我还以为你一点儿事没有,盼着我走呢。"

"盼你走?"

江肆一只手按住女人作怪的腿,少见地荡起几分坏意的笑:"我来之前还在想,要是再拿走你的身份证,要怎么哄你。"

许宁夏愣了下,随即笑起来,娇媚的模样像是泡在烈酒里的红玫瑰。

她更加用力缠着江肆的脖子,低下头一下一下吻他的眼睛、鼻尖,好似一只小兽在安抚伴侣的情绪。

可等听到江肆呼吸渐重,仿佛更难耐了,她反而停下,狡黠地让他抱自己下去,还说:"你怎么知道我刚才仰头累了?我都没力气踮脚了。"

江肆有些无奈地看着狡黠的女人,捏着她的下巴,有些粗暴地让人靠近过来。

许宁夏作势要躲,就感到他落在额头上的一吻。

轻柔缱绻。

她问为什么知道她累了,这很好知道。

因为她站得低了,他就要弯腰。

他愿意为她弯到尘埃里去,可那样,也不能紧紧地抱住她。

所以,总归还是需要一个平衡。

江肆抱许宁夏下来。

重新站在地面上,许宁夏的腿有些软,抓着江肆的手臂。

时间不等人,再多不舍也得面对现实,许宁夏催促江肆赶紧走。

江肆反拉住她的手,握在掌心里搓了搓,说了最重要的那句话:"我等你回来。"

抵达北城将近黄昏时分。

梁峥等在出口,臭着一张冷脸,在人群里十分招摇。

许宁夏疲乏了,不客气地丢过去行李。

梁峥一看,颇为惊讶:"就这些?"

"就这还多带了呢。"梁嵘揶揄,"要是能托运人回来,更好是吧。"

许宁夏乜去一眼,傲娇地别过头。

正琢磨怎么呛回去,手机振动了下——恰好是她想托运的那个人的微信。

江肆:落地了吗?

心心:已经见到梁峥了。

江肆:好,晚些联系。

上了车,许宁夏打开车窗吹吹风。

进入十一月的北城,已经有了冬天的雏形,风又冷又干。

梁嵘受不了,叫把窗户关了,问:"约好哪天见了吗?要不要我跟你去?"

"不用。"许宁夏摇头,"我还没联系他助理,估计最快也要周末了。"

梁嵘"嗯"了一声:"有事你给我打电话。"

"怎么突然就找你了?"梁峥插了一句嘴,"不会是有什么事吧?"

谁知道?

但江肆说了,有事也不怕,解决就好。

江肆还说……

什么时候她以江肆马首是瞻了?许宁夏不禁笑了笑。

"走一步看一步吧。"许宁夏懒洋洋地道,"总得解决。"

梁嵘向来没什么心眼,有啥说啥,开玩笑道:"不会是和其他父母似的,给你安排相亲吧?"

"我看是阿姨该给你安排了。"许宁夏反弹回去,"找个'高'才生拯救一下你的智商。"

梁嵘戴上"有钱有闲"的眼罩,勿 cue。

许宁夏在北城有套公寓。

是她从法国回来前,苏洛帮着处理了下木依蓝的部分资产,特意为她选购的。

地段不错,楼层也好,站在落地窗前,可以看到北城的锦河。

梁峥提前安排的保洁过来打扫,内里已经干净整洁,一些必备用品也都添置了。

进了屋,许宁夏放下行李,给江肆发了一条到家的消息。

对方没有很快回复,估计还在忙。

许宁夏先洗了个澡,出来后,整个人舒爽不少。

来到落地窗前,她伫立片刻。

习惯了九云入夜后的万籁俱寂,此刻看着马路上的车水马龙,霓虹万千,多少有些不适应。

也有些想念。想念某人做的桂花红茶糯米粥,想念某人饭后牵着她的手在乌里河旁漫步。

习惯真是个可怕的东西。分别不过十四个小时而已,头脑就被回忆攻陷。

许宁夏掏出手机,看到那人半小时前发的消息。

说是医院有位老伯刚才昏迷了,大家奋力抢救,老人家的生命体征又正常了。

之前看到这些事情的分享,许宁夏只觉是一种工作上的闲谈。

但渐渐地,她从这些消息里看到了江肆作为医生的意义。

也看到了江肆在为实现他理想抱负上,一步一个脚印的努力和拼搏。

她的江医生就是厉害。

许宁夏笑笑,发微信:吃晚饭了吗?吃的什么啊?

江肆也是刚下班回宿舍不久,回复了一张照片。

是一碗素面,上面浮着油菜,还有一个不怎么圆的荷包蛋。

心心:这是不是太简单了?

江肆:一个人,可以。

怎么一股子茶味儿。

许宁夏忍笑,拍了张自拍发过去。

心心:让她陪你吧。

江肆:那我再去做一道麻婆豆腐。

江肆:我女朋友爱吃。

许宁夏捂着脸笑,趴在沙发上,两条腿不受控地晃动了两下,小孩子似的。

江肆:可以视频吗?

看到这话,许宁夏又"啪"地支起脑袋,下意识地整理下形象。

只是她正打字说可以时,许青浔助理的电话打了进来。

"大小姐,打扰了。"

许宁夏顿了顿,说:"叫我许小姐就好。"

"……好的。"助理应和,"请问这周六上午您有时间吗?"

"有。地点发给我吧。"

挂了电话，许宁夏的心情和兴致跟坐过山车似的，从顶峰跌到了谷底。

即便她已经决心去面对，可许青浔对她的杀伤力太大，她实在做不到完全忽略。

她拿起手机，回复：今天有些累了，想睡了。

过了十多秒，江肆：那早些休息，晚安。

许宁夏回了"晚安"，可等躺在床上，却是一点睡意也没有。

直到快要凌晨时，她又收到江肆的两条信息。

没有问她睡没睡，也没有做任何多余的解释，就是发来一篇复杂的医学论文文稿，以及一首舒缓的轻音乐。

许宁夏听着音乐，看着论文，不知不觉地沉沉睡去。

周六上午，许宁夏准时赴约。

她没有刻意打扮，但也还是注重了场合，穿得比较严肃职业。

和侍者说了房号，对方引着她来到走廊最里面的雅间，轻声说："这里就是韵竹，您请进。"

侍者伸出手推门，许宁夏有冲动叫她再等等。

但末了，她还是深吸口气，迈入房间。

山水屏风立在中央，阻隔着门口到室内的视线，扑鼻的茶香充满空气。

那人坐在屏风后，背影单薄。

身后的侍者关门，许宁夏握了握包带，再次前进。

十年未见。

许青浔和印象中已经相差甚远。

一看便是染的黑发、稍显佝偻的背脊、深刻在额头眼角的皱纹，还有人也瘦了不少，没了过去的挺拔高大。

父女二人四目相对，谁都没有说话。

他们都在观察审视对方，也都在把对方和记忆里的形象对标。

良久。

"来。"许青浔先开了口，"坐。"

许宁夏喉咙里卡着口气，听这话，稍稍纾解了一分，点头坐下。

许青浔添茶，目光时不时打量下许宁夏，反反复复几次，不由得感叹了一句："长大了。"

闻言，许宁夏胸口微哽，没有言语。

很快，侍者进来上菜。

基本无一例外的辣菜，尤其是那道辣子鸡，辣得有些熏眼。

许宁夏侧过头揉了揉，再转回来，许青浔正为她夹菜。

"这些年，你设计了不少作品啊。"许青浔面带微笑地说，"有些还很有我们国家民族的特色。"

许宁夏一愣："你看过我的设计？"

说罢，许青浔从旁边座位拿来一本册子递了过来。

许宁夏翻开，里面贴着一张张设计稿照片，全是出自她的手。
那一刻，要说没有动容，是在骗人。
许宁夏沉了沉气，合上册子，没在面上露出多余表情，但是吃了许青浔刚刚给自己加的辣子鸡。
两人有一搭没一搭地说话，内容浮于表面。
但相对于刚见面时的疏冷，还是好了很多。
快吃完时，许青浔的助理来了，带着一沓文件。
"我老了。"许青浔叹了口气，"许氏终究要交到你手上。我知道你不懂也不喜欢做生意，我会为你请最专业的职业经理人。"
他将文件推到许宁夏面前，许宁夏没动。
她对许家的产业没有任何兴趣，也不想继承什么。
只是看着许青浔手背上斑驳的褐色纹点，生出几分恻隐之心，还是接过了文件。
而看完后，许宁夏如坠冰窖，彻底心寒。
这是一份协议。
上面指出，只要许宁夏在二十八岁结婚，三十岁之前生下儿子，并随母姓，许青浔持有的许氏股份的三分之一就会归到她名下。
以后，她就是许氏的名誉董事长。
明白了。
原来是看儿子梦无望，就把主意打到她身上来。
——退而求其次，让她为许家延续香火。
"嫁出去的女儿泼出去的水。"许宁夏嗤笑，"我的孩子怎么能是许家人呢？"
提到这点，许青浔也是不悦的，但这是没办法的办法。
"时代变了。"许青浔说，"孩子随你姓，也是我们许家人，流着许家的血。"
许宁夏直接笑出声。
她放下文件，从包里拿出自己的饭钱，起身说："我还是想多了，也天真了。你一点儿都没变。"
许宁夏放下钱走人，许青浔叫住她说："你成年了，年龄也不小了，该懂得权衡利弊。许家给你的这些，普通人几辈子都肖想不来。"
许宁夏头也没回："那你就做做善事，帮帮普通人吧。"

/ 第八章 /
你别动，我过去

回到公寓，许宁夏心口堵得透不过气。

她喝了两大杯热水，也没能得到舒缓，从手脚扩散到血液里的凉意怎么都驱散不走。

今天见到许青浔，她看他点了一桌子自己喜欢的菜，还收集自己的设计，她以为，他心里也是有她这个女儿的。

最起码这十年里，他大约是想念过她的。

结果，就是这样。

许宁夏自嘲一笑，再要斟水，江肆的微信发了过来。

江肆：见完面了吗？

眼眶莫名发酸，许宁夏突然好想见江肆。

不需要做什么，就牵着他的手，静静地坐着，都会叫她觉得舒服。

忍了又忍，许宁夏还是不想把这份负能量传递给江肆。

都是成年人，首先要学会处理好自己的情绪。

心心：见了。

消息发出去不过三秒，江肆就打来了电话。

接通后，微弱的电流声在两人之间流窜，无形中烘显了气息喘动的音量。

许宁夏握紧手机，语气颇为轻松："你没在忙啊？"

"现在不忙。"江肆顿了顿，"回公寓了吗？"

"嗯，刚回来。"

又是一阵无言。

许宁夏想说什么，却不知道能说什么。

她不想僵持着表露出糟糕的心绪，又不想挂了电话，听不到江肆的声音。

两人就这么安静了一会儿。

"如果不忙的话，和你分享个有趣的小实验，"江肆忽然说，"要看看吗？"

"实验？"

话题跳跃得有些快。

江肆解释说是昨天去学校给孩子们上生理卫生课，教他们玩的，挺有意思的。

既然如此，换换心情也好，许宁夏说那就看看。

江肆让许宁夏准备牛奶和碗，以及带颜色的饮料，要是有色素最好。

平常人家都有的饮料，许宁夏没有，色素倒是有一抽屉。

她照着江肆说的拿来这些东西，把色素滴一滴在牛奶里，随即用蘸了洗洁精的棉签放进牛奶里。

接下来的画面，惊艳了许宁夏。

那一小滴的色素在牛奶里炸开，像是烟花，但又会不规则地流动，更像是在舞在牛奶里的水墨画。

许宁夏突然来了灵感，滴了许多不同的色素进去……视觉效果不要太好。

"这是什么原理啊？"许宁夏问。

江肆说："密度不同导致的扩散效果，好玩吗？"

"好玩！"许宁夏笑道，"和我妈教我丢色彩似的，很解压。"

"那，心情有没有好些？"

许宁夏一怔，笑容倏地无力下来："这么明显吗？我什么也没说啊。"

就是因为什么都没说。

对江肆而言，许宁夏的一个眼色、一声叹息、一次停顿，他早已经琢磨过千百次。

以许宁夏的性格，这场见面怎么都不会太愉快。

而她只字不提，那就是很不愉快。

"你这么了解我，是不是拿我当课题研究过？"许宁夏随口打趣道，"该不会以前就打我主意了吧？"

江肆说："不管发生什么，都不要往心里去。有些事只是因为我们加了标签才显得不同，其实并没有那么重要。如果你想和我说，我随时都在。不想说，也没关系。"

堵在心口的闷气和怨气因为这话找到了喘气的出口。

许宁夏趴在桌上，继续戳牛奶，语气不禁软了下来："你怎么这么好啊。"

"这就是好吗？"江肆反问，语调里掺了丝丝笑意，"这是最简单的应该。"

许宁夏莞尔一笑："我会处理好这次的事，你放心。"

"好。"

挂了电话，江肆身旁的高焰早急出了爆炸头。

"大哥，今天全体会！全体会！"高焰砸手，"你想被通报批评吗？"

江肆不慌不忙地说了句"等等"，给梁嵘发了一条微信。

高焰看看时间，真等不及了，索性拽起这位"恋爱脑"就走。

江肆跟着高焰的步调，一边等梁嵘消息，一边想着另一件事。

临进大会议室前，他问："你导师之前有篇关于心脏收缩功能的论文，想让我帮着做实验，现在还需要吗？"

高焰一听，脑袋差点撞在墙上。

"你不会是要回北城吧？"高焰问，"早让你帮我老大，你不去，现在去？万一团队名单已经报上去，你就是白忙活！"

江肆清楚这些，也不否认私心，直言："她爸爸的事是她最大的心结，我不放心。"

"至于名单里有没有我，我不在乎。"

高焰扶额，想说的话一箩筐，最后化作一声仰天长叹："你就疯吧。"

根据牛奶实验，许宁夏快速起草了一张设计稿。

快画完时，梁嵘发来条微信，说江肆问她要公寓地址，给不给。

附带的是两人的聊天截图。

江肆：冒昧打扰。请问方便告知心心在北城的住址吗？只需要具体到哪栋楼，不用告知门牌号。

许宁夏看后，给梁嵘回复：问你这个做什么？

嵘easy：我哪里知道？

嵘easy：不过你对象心是真细，只问楼号，算是没私下打听你的隐私。

许宁夏嘴角翘了翘，回复：告诉他吧，具体到房号。

半小时后，许宁夏收到外卖，是甜品。

巧的是，这家甜品店是许宁夏以前就非常喜欢的一家，高中就开始吃。

那时候，市面上还不怎么流行低糖低卡的理念，这家店就以这个为主打，关键味道也很不错。

一直经营到现在，甜品店已经颇具名气。

江肆这波盲狙还挺准，许宁夏这就拆开包装，品尝起来。

嵘easy：忘了问你，今天见面怎么样？

嵘easy：没生气吧？生气老得快啊。

嵘easy：[捏腿.jpg]

许宁夏舔了舔沾着桃子味慕斯的小勺，发去语音："没生气啊，心情好着呢。"

接下来一周的时间，许宁夏忙着为工作室选址。

筹办工作室这事，构思有一年多了。

许宁夏从法国回来前，就和同学在巴黎合伙开了一家店，私人定制，针对群体是收入中层的年轻女孩。

当时她们的导师建议在中国也开一家，说是市场更广阔，这样以后就可以许宁夏专攻国内，她同学主攻国外，慢慢形成品牌。

如今，这件事要开始落地。

这对于许宁夏来说，是搭建事业城堡的重要一步。

为此，她格外用心，每天忙得头昏眼花。

期间很多次，许青浔的助理打来电话说是想再谈谈协议的事，许宁夏都比较心平气和地表示了拒绝。

这天，北城气温骤降，仿佛已然进入隆冬。

许宁夏刚去完一处门店考察现场，从创意园区赶回来，人快要冻透了。

她特别想吃菌汤火锅，恨不得现在瞬移到某人宿舍里。

想起那位某人，许宁夏轻轻一笑，搓搓手，快步往公寓走。

不想，许青浔在等她。

助理站在车外，说天气冷，请许宁夏到车上谈。

许宁夏觉得没什么好谈的，但对方不走，她又实在扛不住寒风刀子似的一直吹，还是上了车。

车里很暖，放着舒曼的钢琴套曲。

许宁夏裹挟进来的严寒让许青浔命令司机加大暖风。

两人先是一阵沉默，继而许青浔问："考虑得怎么样了？"

"我没要考虑。"许宁夏坦言，"你的助理没有传达我的意思？"

许青浔提起口气，又压下："这么多年了，你也大了，为什么脾气还是这么犟？你就非要忤逆长辈、我行我素？"

许宁夏勾勾嘴角："彼此彼此吧。"

他们父女这辈子注定是没有什么父女缘分。

其实，想让一个孩子接受自己的至亲并非那么爱自己，挺难的。因为这是人性与生俱来的一种意识：我的父母天生就该爱我。

所以，许宁夏总会很纠结，对许青浔也诸多怨怼。

但只要想通不是每个爸爸都爱自己的孩子，也就慢慢释然了。

"如果你不想那么早生孩子，可以。"许青浔退了一步，"但你也该知道，女人的黄金生育年龄是三十五岁以前。如果你第一个孩子不是儿子，你就还要……"

"你脑子里装着的究竟都是什么思想？"

许宁夏无语到反而想笑，说："曾经你逼着我妈和你的其他妻子为你生儿子还不够，现在还要来管我？许家只是做生意，难不成变成有皇位要继承了吗？"

"我再说最后一遍，我不会签。"她顿了顿，脸色冷下来，"你已经害死我妈，我不会再让你操控我。"

说完，许宁夏作势下车。

身后的人突然冷笑起来，问："不继承许氏，你能干什么？画那些没用的设计吗？还是抄袭别人的。"

许宁夏转过头："你说什么？"

许青浔不屑地说道："你之前参加的什么比赛，难道不是靠着抄袭别人上位？"

早先被冻透的身体因为突然进入温暖的环境而变得仿佛有火在焖烧。许宁夏脸在烧，手心也在烧，但内里还冷。

这感觉就像是有两股力量在撕扯她，非常难受。

许宁夏忍着这样的难受，看着许青浔，曾经关于这位父亲的仅存的一点点父爱的记忆，在褪色。

"是，我抄的。"许宁夏说，"我就算抄别人的，也不会继承你的许氏。"

"许宁夏！"

许青浔气急攻心，咳嗽两声，助理递来药，他强硬拒绝。

"我是你的爸爸，你有什么资格和我说不？"许青浔质问，"没有我，你会来到这个世上？"

"且再看看你住的这个房子吧。"他指了指，"你妈妈留给你的钱里难道没有我的？她让你继承的财产都是我们的夫妻共同财产。甚至她的画那么出名、那么值钱，也是因为我在背后为她运作。"

这话令许宁夏惊恐，她看向许青浔，许青浔自得地笑。

"你的一切，都是我给的。"他说，"包括你的命。"

许宁夏进了一家24小时便利店。

门口的小猴子叫着"欢迎光临"，她茫然地看了一眼，到一边的休息区落座。

许青浔的车子早就开走了。

可那些话，还跟念咒一般，在许宁夏耳边密密麻麻地吵嚷着。

她活动活动冻僵了的手指，感觉自己一下子回到十年前。

那天，也特别冷，风很大。

她拉着大箱子从别墅出来，走了好远，想进麦当劳里给苏洛打电话。

麦当劳门口蹲着个流浪汉，看她的眼神叫她毛骨悚然。她吓出一身冷汗，绷着脸装凶，转身快步去了便利店。

和苏洛说明情况时，她挺镇定的，也没有想哭。

苏洛叫她不要害怕，微信转了一笔钱来，让她找一家五星酒店住下。

"我现在就买票去北城。"苏洛说，"我接你走。"

许宁夏说好，挂了电话，肩膀放松下来，所有的情绪也铺天盖地席卷而来。

她多怕苏洛不管她啊。

好在，苏洛管，可以后的生活呢？

许宁夏完全看不到。

她不知道她的人生会走到何处，也不知道今天的这一个决定会把她推向哪里。

许宁夏头一次感到孤独。

很深刻的孤独。

哪怕周遭都是人，又或者朋友同学围绕着她，还是会有的孤独。

因为她觉得没有人真的在乎她。

她就是许青浔的女儿，脱掉了这层身份，什么也不是。

而此时此刻，许宁夏再次尝到那种孤独的滋味。

她感觉自己一无是处，这么多年，还活在许青浔的阴影半径下，没什么是完全属于她自己的。

许宁夏挫败地低下头，冻僵了的手，这会儿连知觉都没了。

她叹了口气，再抬眸，模糊视线中，看到马路对面站着一个人。

那人一手扶着行李箱，一手举着手机。与此同时，她的手机就振动了。

许宁夏眼睛不眨地盯着窗外那人，木讷地接通电话："喂。"

"心心。"

男人的声音透着几分小心，还有按捺不住的喜悦和期待。

"我来北城了。"江肆说，"现在在你公寓楼下，你……"

"我看见你了。"

说完，许宁夏抓起包跑出了便利店。

车来车往，阻隔着他们。

许宁夏要过来的举动吓到江肆，他有些严厉地说："你别动，我过去。"

赶在绿灯亮起的前两秒，江肆拉着箱子穿过马路来到了许宁夏身前。

两两相望，刚才还纷纷扰扰的车子和行人，一下变得轻飘虚无。

许宁夏的心脏热烈地跳动着，却还是有些难以置信。

"你怎么来了？"她问。

江肆去牵她的手，触到一片冰凉。

他顿时蹙了下眉，把手放到自己怀里最暖的地方捂着，抿了抿唇，露出一个腼腆的笑。

"想你了。"

所以，就来了。

许宁夏身上也冷，江肆带她回到便利店，买了一杯热饮让她暖手。

渐渐地，许宁夏体温回升，刚才的梦境感也一点点回归现实。

她定定地看着江肆，确定是他。

他来了。

"这两天休息是吗？"许宁夏问，"你这样太折腾了。"

江肆坐到和许宁夏并肩的靠墙位置。

这会儿店里人少，可以稍微亲近些，他拨了拨许宁夏鬓边的碎发，解释："不是两天。"

早前，高焰的导师看中江肆的能力，想把他归到团队里，让他担任实验数据的组长。

但这位导师的选题，江肆不太"感冒"，就婉拒了。

实验进行到了现在，导师一直不满意，隔三岔五就对着学生们叨叨还得是谁谁的学生江肆来才行。

所以，江肆算是顺水推舟，帮导师完成实验数据这件事，暂时回北城。

听了这话后，许宁夏挑眉："可你不是说等我回去吗？"

耳垂又有了泛红的趋势，江肆看着桌上的纸巾，一本正经："在教授手底下办事，给教授一个好印象，对于我留在三甲医院也是有益的。"

"所以，这也是为我自己的前途。"

许宁夏了然，点点头："那你怎么不早点儿为你自己呢？"

"……"

"这个实验要做多久？"

许宁夏又问，下巴垫在了男人肩上。

骨头硬邦邦的，有些硌，她歪了下脑袋调节。

看着这双近在咫尺的琥珀色眼睛，江肆移不开目光，说出的话也不再一板一眼，只得由衷心："看我想怎么完成。"

就知道。

许宁夏粲然一笑，娇俏灵动。

刚刚仿佛还满身的冰雪倏然就融化开了。

拨了拨男人的耳垂，许宁夏凑到他耳边，悄声说："那是不是到我能回九云就做完了？"

嗅着那股想了许久的山茶香，江肆手指微颤，手臂借由大衣掩盖，绕到那腰肢后面，搂住了人。

许宁夏看着他英气深邃的眉眼，也不再逗他，顺势靠近怀里。

不仅身体回暖，心也开始回暖。

他们静静地倚靠着。

窗外是匆匆而过的行人，衬得他们这一方小小的天地，尤为安宁。

"你在北城有住处吗？"许宁夏问，"住学校宿舍？"

江肆摇头："租的房子，在医学院附近。"

房主是江肆的直系学长，去英国深造了。走前，以很实惠的价格把房子租给江肆，也算是委托他多多打理维护。

许宁夏手钻进男人的大衣口袋里，隔着衣服挠挠他，问："能带我去吗？"

房子空了很久。

打开门，灰尘、家具味、霉味、潮味，混合着，一股脑地扑过来。

江肆挡在许宁夏身前，让她先在门口等等。

江肆进去打开了窗户，再掀开沙发上的盖布，见上面还没被灰尘浸透，这才让人进来。

"直接穿鞋就好。"江肆说，"地也很脏。"

许宁夏打开鞋柜看看，说："那一会儿擦完地，我穿你的拖鞋。"

房子面积不大。

但比九云的宿舍强，起码是两间房，有江肆专门的书房。

"我们现在打扫一下。"许宁夏说，"有抹布和盆吗？"

江肆让她不用管，他来弄就好。

但许宁夏说两个人收拾快，还是动起了手。

他们分工合作，一忙忙到了将近傍晚，总算是收拾出了个样子。

其实并不乱，江肆近乎强迫症的习惯让屋子保持了很好的整齐度，就是清理这些灰尘，颇为费事。

"想吃什么？"江肆洗好手，问道。

想吃你做的饭，还要喝粥。

但时间太晚了，许宁夏也怕江肆累，就说："叫外卖吧，不想出去吃。"

找了一家川菜馆，点了三菜一汤，两人解决了晚餐。

此时天已经完全黑透，夜幕的降临让北城放缓了运转速度。

许宁夏没说要走，江肆就又叫外卖点了些水果和零食。

洗好水果，江肆放在茶几上，问："要看电视吗？"

"好啊。"

今天周末，恰好有综艺节目在播。

许宁夏吃着新鲜的樱桃，跟着节目里的明星们停停笑笑。

江肆坐在她旁边，陪着一起看。

一群人追逐打闹，一惊一乍，看不出是在干什么，但那种笑声确实感染人，会让人不由自主地跟着笑。

许宁夏看到兴头上，咬樱桃时一不小心溅出果汁来，顺着嘴唇流到了下巴。

"给我抽张纸。"她托着下巴说。

江肆递过去，在看到那比平时更加红润潋滟的嘴唇时，他眸色渐深，稍低下了头。

过了一会儿，许宁夏又说口渴。

江肆去斟水，拿着两杯回来，一杯她的，一杯自己的，放在桌上。

许宁夏顾着看电视也没注意，随手摸到的那杯是冰水。

"这个是你的。"江肆帮她换过来，"温的。"

许宁夏盯着那杯冰水，抿抿唇，说："今天这么冷，你还喝冰的？"

"没事。"

闻言，许宁夏看过去一眼，眼波在男人脸上轻轻流转一圈，又收回。垂眸时，睫毛颤了颤，像停靠在花蜜上的蝴蝶，振了振翅。

江肆握着水杯的手收紧，尽可能把手心全部贴到杯壁上，以此来缓解燥热不已的体温。

可惜，收效甚微。

他只得一个仰头，喝掉了所有冰水。

电视里的明星们还在咋咋呼呼地又吵又笑，想方设法地博观众们一笑。

许宁夏听不进去，抓着沙发边缘，紧了松，松了又紧，最后，问道："你行李箱里的衣服有我能穿的吗？"

"啪嗒！"

江肆的神经仿佛绷得太紧的琴弦，被人拨了下，发出不和谐的音调。

"有。"他沉声说，"刚洗过的T恤，可以吗？"

许宁夏点头，又说："我想去洗澡。"

"……好。"

抱着江肆给的衣物和毛巾，许宁夏进了浴室。

看着镜子里的自己，她多少是有些蒙的。

怎么就突然要住下来了呢？

是不是太不矜持？又或者说，太有别的暗示性？

但不巧，许宁夏这次很纯洁。

她就是不想一个人。

但这种不想一个人，仅局限于陪在身边的是江肆。

今天他的从天而降，让她觉得自己在快要掉下去的时候，被拉了一把。

江肆仿佛就是一束光，一出现，就把她之前纠结的那些悲伤通通驱散走了，只留下有他在的光明。

她甚至不禁想，要是当年江肆在家的话，是不是也会陪着自己？

如果他在，她肯定不会那么狼狈地离开。

看了看手里干净清爽的黑色T恤，上面还沾着淡淡的木质香。

许宁夏拧开水龙头，心想住就住，又不是小孩子。

听着浴室里传来的"哗哗"水声，江肆放下水杯，双臂撑在厨台上，呼了口气。

沉淀住了体内不安分的叫嚣，江肆打开手机，又叫了几件日用品。

刷到某些特卖时，他快速跳过。

随后，江肆去卧室铺床。

柜子里的被褥存放的时间长了，他拿出来一一展开，闻了闻上面的气味。

还好，是布料本身的味道。

他抱着它们到楼道里抖了抖，回来铺上，铺得一丝褶皱都没有。

这会儿工夫，外卖员也来了。

江肆拿到东西，在卧室点燃香薰，薰衣草味的。

超市里的香薰，质量不能有太高期望，但总归可以抵消些屋里这些日子累积下的味道。

等这些都做好，江肆额头上生出一层薄汗。

浴室里的水声也停了下来。

门打开，先是水汽和沐浴露的香气从缝隙里飘散出来。

再来便是浑身缭绕着湿热潮气的女人。

江肆正要把小夜灯放到卧室床头柜，站在走廊上，回头看去。

这一眼，很不好形容。

如果非要江肆这个理科生来比喻，他觉得此时的许宁夏像一块蒸屉里的牛奶馒头，雪白，软糯，冒着甜甜的气味。

只是这样的白，偏偏穿了一件他的黑。

两种极致的颜色在她身上碰撞，就像兼具清纯和魅惑的双生花，矛盾又契合。

"有吹风机吗？"

许宁夏脚趾蜷缩了下，勾着那双大出自己脚几倍的拖鞋。

别开视线，江肆说："有，我给你拿。"

他放下一双刚买的女式拖鞋，步伐稍快地进了书房，打转一圈，又稍显尴尬地出来。

吹风机在浴室。

江肆过来，许宁夏见状挪开位置，让他进去。

两人擦肩，江肆的目光无意而过。

就见女人露出的那一截白皙纤细的后颈，宛如伶仃在黑色荆棘上的一朵白花，洁白脆弱。

似乎只要稍稍一握，就可以采下，占为己有。

江肆不动声色地压下乱了的呼吸，面无表情地从抽屉里拿出吹风机。

许宁夏接过，犹豫片刻，问道："我睡哪儿？"

"那边。"江肆指了指，"都收拾好了。"

许宁夏说好，转身过去，又停下脚步，嘱咐："你也洗澡早休息吧。"

过了一会儿，听到浴室门关上的声响，许宁夏拍拍心口，松了口气。

卧室里有面穿衣镜，她去那边给吹风机插上插头。

镜子里映出女人小巧的身躯，又宽又长的T恤穿在她身上，像小孩偷穿大人的衣服，滑稽里带着点儿可爱。

自然，在有的人眼里也是种诱惑。

男人洗澡速度都快。

许宁夏这边还没吹完头发，江肆就已经洗完出来。

听到声响，许宁夏心里又是"咯噔"一下，压着劲儿跑到了门口。

江肆也穿着黑色T恤。

裤子是灰色的，棉质，有柔软的垂度，裤脚堆出一小截，落在冷白的脚面上。

"头发吹干了吗？"

江肆说着，自己头上搭着的毛巾也在被他揉搓。

"头发要吹干，"他说，"不然容易头疼。"

许宁夏站在门框边，只露出脑袋和半个身子。

距离她不到两米的位置，男人又拿下毛巾，还有些潮湿的黑发，有几缕软趴趴的碎发贴着他额头。

乌发黑眼，少年感十足。

而唯一影响这份少年感的，大概就是他蓬勃成熟的身体带来的压迫感。

许宁夏抠了抠门边，咕哝："你也没擦干。"

"我再擦。"

说着，江肆看了一眼那未施粉黛的脸颊，晕着柔柔绯红，又将毛巾重新放回头上。

越来越多的水汽从浴室闯出来，搅得走廊上越发湿热闷气。

许宁夏不想这么待着，索性再问一句："你睡哪儿？"

男人动作一顿，回道："沙发。"

"哦。"许宁夏立刻应了一声，"那，晚安。"

"晚安。"

十点才过，刚有了人气的房子又归于寂静。

许宁夏躺在软软的床上，听到窗外有晚归的学生骑着自行车嬉笑而过。

还有一对情侣，不知因为什么吵了起来。

女生说着说着就哭了，而男生连句话也不说，最后两个人一言不发地离开了。

女朋友都哭了，怎么不哄呢？

就这还男朋友。

许宁夏噘噘嘴，心想自己要是哭了，也不知道江肆会是什么反应。

她胡乱地想着，越来越睡不着。

脑子里盘旋的既有许青浔今天说的那些话，也有突然见到江肆的喜悦，还有自己鬼使神差选择留宿。

翻了个身，许宁夏半张脸陷进枕头里。

房间里弥漫着薰衣草的香味，不能说不好闻，但和有些味道比起来，还是差了太多。

许宁夏叹了口气，找出江肆之前发她的医学论文，一个字一个字地看起来……

再次苏醒，许宁夏是被热醒的。

江肆不知道给她铺了多少层被子。

刚睡时还好，很舒适，但睡久了，就像在蒸笼里一样。

许宁夏踢开被子，透了透气。

口渴得不行，她看了眼时间，刚到深夜一点半。

许宁夏轻手轻脚地下了床，去斟水喝。

静得落针可闻的客厅里，江肆躺在沙发上。

许宁夏尽可能不发出声响，小心翼翼地进了厨房。

喝了水，人有了点儿精神，她出去时再看向沙发，又蹑手蹑脚地靠近过去。

要说这个子高也是有弊端的——睡不了沙发。

只见某人的两条腿无处安放，架空在沙发扶手上。

这样睡一晚上很难受吧？

许宁夏想笑，但又有点儿后悔留宿——江肆从九云过来，旅途颠簸，该好好休息才对。

她弯下腰，为江肆拽了拽被子。

客厅里的窗帘很是遮光，但没有拉严，仅剩下的那条缝隙，让月光穿透了进来。

借着这抹微弱的月色，许宁夏注视着江肆的睡颜。

真是好看。

不管是眉毛、眼睛，还是鼻子、嘴唇，全长在她审美点上。

许宁夏笑了笑，很轻很轻地抚了下江肆鼻尖上的那颗浅小的痣。

这么黑，她其实也看不清具体位置，只是凭感觉点了那么一下。

"明天请你吃早餐。"

她小声说完，直起腰准备回去。

刚转身，手腕忽地一热。

下一秒，沙发上的人像是蛰伏已久的野兽，猛地坐起来，一把将她扯到了他的腿上。

没有惊叫,但还是吓了一跳。

不过也并不害怕,不仅不怕,依着这段时间的恋爱默契,许宁夏已经下意识闭上了眼睛。

可除去感受到这具滚烫身躯的有力以外,她只觉那灼热的气息沿着她的锁骨流连,不断向上,最后擦着她的下颌,停靠在了耳边。

许宁夏有点儿蒙,睁开眼,刚想问怎么了。

靠在她肩膀上的人说:"别动。"

这一声,沙哑不堪。

明白了这话的内涵后,许宁夏无声地笑。

笑够了,她小声问:"那你干吗不继续装睡?"

男人不答,更深地往她颈窝里扎。

隔了一会儿,沉闷的声音传来:"抱抱就好。"

更想笑了。

许宁夏忍着,抱紧江肆的背,说:"行,让你抱。"

体会着温暖炽热的怀抱,许宁夏越发放松,江肆绷紧的肌肉也一点点松弛,直至心跳回归正常速率。

许贵州从江肆腿上起来,拿江肆当靠背垫,半躺在沙发上。

她盯着窗帘缝隙透出来的那一缕月光发呆,有那么一刻,非常希望就这样一直躺下去。

"今天是不是遇到不开心的事了?"

黑暗中,江肆低下头,眼睛精准地捕捉到许宁夏的。

许宁夏拖长音"唔"了一声,微微一笑:"还以为你不会问了呢。"

回到北城以来,许宁夏并没有和江肆提及许青浔到底做了什么。

他们是亲密的恋人,但也该有自己的空间,也要自己去解决相应的问题。

江肆是个很体贴的男朋友,从来都不会逼她说什么、做什么,而是用他的方式让她心情好起来。

但许宁夏知道,只要她愿意倾诉,他会是她最好的倾听者。

是她不想事事依赖他而已。

可眼下,当江肆问出这句话,许宁夏就觉得眼睛发酸。

举个不恰当的例子,这就好比在外打拼的孩子再累再苦,接到父母电话都可以报喜不报忧。

可等父母来了,见了面,就问了问你过得好不好、吃没吃,那一刻,委屈就绷不住了。

"许青浔想我签一份协议,为许家生个儿子。"

"很荒谬,是吧?"

说荒谬,倒也不是许宁夏觉得孩子随母姓就有问题,这是个人意愿。

她觉得荒谬是许青浔重男轻女的观念已经扭曲执念到这个地步,简直是走火入魔。

"他今天逼你了?"江肆问,声音有些冷。

许宁夏捏着他的衣摆玩，说："也不能叫逼吧。再说了，这事是他逼我就能成的吗？生孩子又不是我一个人能完成的，我上哪里找个人就……"

话音戛然而止，空气也跟着安静了那么一瞬。

许宁夏靠着江肆的胸膛，莫名就屏住呼吸，眼睛不由自主地向下瞄了眼。

瞄完后，她又心虚，抬眸想看看某人的反应。

结果，两道目光猝不及防地撞上。

"刺啦！"

空气里似闪过一撮火花。

许宁夏背脊发僵，像是触了电，动弹不得。

她看着江肆，江肆也看着她。

光线不佳，该是晦涩难辨才对。

但奇妙的是，许宁夏还看到了江肆眼里压抑难耐的情愫，像暗夜里不明显的一颗星，发出不闪，却足够亮的光。

许宁夏捏着衣摆的手变成攥，江肆感觉到，呼吸一沉。

电光石火间，江肆却是将她扶起来坐到一边，自己噌地站起来，说："我去斟杯水。"

许宁夏忙说："我也要。"

几分钟过后，两人重新在沙发上坐好。

刚刚气氛里的暧昧旖旎散了大半，只余下说不清道不明黏糊糊的意味缠绕其间。

江肆喝完水，嗓音清冷不少，继续之前的话题。

"那为什么不高兴了？"

顿时正经了。

"许青浔说了些话。"许宁夏回道，"他说我的一切都是他给的，我无权和他说不。我觉得……"

江肆少见地在别人说话时打断。

"一切？"他说，"包括你自己刻苦努力考上大学，包括你因为专业出色获得奖学金吗？"

许宁夏心头一动，握住了江肆的手。

江肆又说："心心，做儿女理应孝顺父母，但也不能因为血缘关系就变得愚钝。"

"我知道。"许宁夏点头，"我也没被 PUA。"

"我就是觉得……我长这么大好像还没有什么是完全属于我自己的。"

"也没有什么是坚定地、无条件地在我这边的。"

诚然，任何无条件的事或者感情，这世上恐怕只有父母之爱可以做到。

但许宁夏没有妈妈了，而她的爸爸又……

握着江肆的手忽然被反握。

江肆拉着许宁夏靠近，说："如果我说我会这样在你身边，完全属于你，你信吗？"

许宁夏一愣，心软下去一块。

但说实话，感动是要大于信任的。

她可以感受到江肆对自己的喜欢和爱意，但要是说把它上升到这样的高度，委实不太现实。

她始终认为，爱情做不到无坚不摧，更做不到从一而终。

爱情是一条波动的曲线，有峰值，也有低谷，甚至会从顶峰跌落到负……就是不可能无限增加。

许宁夏揪揪江肆下巴，笑得娇美，灵灵的眼睛闪着水亮的光。

"你就这么喜欢我呀？"她说，"我这么好的吗？"

听到这个回答，江肆便知道了她的答案。

心中不免失落。

他垂下眼眸，看着女人放在他腿上的手，指甲被月光照着，显露出莹白光晕。

也罢。

是他做得还不够，她总有一天会知道的。

江肆拉下那只作弊的手，说："不要妄自菲薄，你比你自己认为的要好很多。"

许宁夏莞尔一笑，又道："那有件事我是不是一直没和你说？"

"什么事？"

"你是我见过的最优秀的人。"

从前，江肆也优秀，一直优秀。

但因为许青浔的缘故，许宁夏无形中给江肆加上了许多刻板印象，总是把他往讨厌的方向想。

现在，她看清了。

也庆幸自己看清了。

"你的优秀、你的好，完完全全吸引了我。"许宁夏抚摸着江肆的脸，"我也喜欢你，江肆。"

"越来越喜欢。"

这是她比真金还真的真心话。

江肆听着欢喜，却也明白她的喜欢和自己深沉到几乎难以启齿的爱还不能对等。

但没关系，都没有关系。

江肆攥住那只柔柔的手，按到自己心口上，吻上许宁夏的唇。

吻得虔诚、珍惜。

许宁夏手心上传来男人心脏有力的震动，她回以同样的眷恋温柔。

一吻过后。

江肆说："去休息吧，时间不早了。"

许宁夏"嗯"了一声，没再犹豫扭怩，直接说："你也进去睡吧。"

江肆一怔。

"这沙发根本睡不下你，这样待一晚上，太辛苦了。"
"你不介意？又或者……担心？"
"担心什么？"许宁夏靠在男人肩膀上，"在你身边，我需要担心吗？"
她知道，只要她不点头，江肆什么都不会对她做的。
沉默片刻，江肆抱起人回了卧室。
许宁夏让江肆撤掉一条被单，不然这晚肯定热得没办法睡。
江肆照做，不止撤掉了一条，是两条。
床头柜上的小夜灯散发着微弱却柔和的光，映在墙上，勾勒出一个圆弧。重新铺好被子。
许宁夏钻进被子里躺好，身体稍稍蜷起来，像只慵懒的布偶猫，大眼睛灵动有神。
江肆抿抿唇，走到床那边坐下。
他背对着许宁夏，挺拔的背这会儿有些驼，脊骨凸出，在T恤上印出坑坑洼洼的形状。
顿了顿，江肆掀开被子躺进去。
"要关灯吗？"他问。
"关吧。"
屋里再次融于黑夜。
薰衣草的味道依旧弥漫在空气中，但许宁夏更多的是闻到她喜欢的木质香，叫她安心。
她鼻子动了动，余光往身侧瞟。
他们一人躺在一边，中间空余的位置几乎还能容纳下一个人。
这晚上要是睡着了，里面不得漏风？
那会影响睡眠的。
这个想法一冒出来，许宁夏就一骨碌滚到江肆身边。
江肆浑身一震，却也半秒都未犹豫，当即把人牢牢圈在了怀里。
许宁夏在他肩头钻出脑袋，笑嘻嘻地说："感觉有你在，剩下的被子也用不上了呢。"
江肆说不出话，许宁夏猜他耳垂肯定是又红了，于是探手想捏捏。
江肆制止没让，有气无力的语调里满是无奈和宠溺："乖一些。"
许宁夏哼了声，低头咬了一口硬邦邦的肩膀，不再动作。
贴着这片温软，江肆有些轻颤的手指笼着那光滑的肩头，不住摩挲。
很清楚这晚不好熬，但他还是想要夜夜如此。
永远如此。
"晚安，心心。"
"晚安。"

转天清早，江肆要去学校见教授，商讨实验的相关细节。
许宁夏还说请江肆吃早餐，人根本没起来。

等起来时，江肆已经走了，在微信上和她说早餐在锅里温着。
是江肆亲手做的鸡蛋饼。
他还煲了小米粥，准备了三样爽口的小菜。
许宁夏优哉游哉地坐享其成，梁嵘这时候来了通电话。
"你今天不忙工作室的事吧？"梁嵘问，"和我去趟商场。"
许宁夏咽下粥，问："你要买什么？"
"不买，见个人。"
梁嵘要见的是一位厨师。
那天他们去学校，真的给梁嵘带来了灵感。
她回家后一下子就想通了，想开餐厅的是她，谁管得着？
"行，那你接我来吧。"许宁夏说，"在学苑路这边的青年公寓。"
梁嵘卡了下，问她怎么跑到那里去了。
许宁夏说江肆来了，要陪她在北城待上一段时间。
这下，梁嵘发出毫无形象的猩猩般的吼叫声。
"姐们儿，可以啊！他这是分分钟离不开你！"梁嵘喊道，"感觉怎么样？你要是累，咱们改天也行。"
"能不能不要满脑子污秽？"
梁嵘"喊"了一声："你别和我说你俩孤男寡女，共处一室，纯睡了一觉！就江肆这品相的，不上你傻啊？"
那她就是傻。
他们也就是纯睡觉。
不过，中间有两次，江肆松开她去了浴室。
"绝了，二十七岁还搁这儿玩纯爱呢。"梁嵘无语，"不过，你俩都住一块了，早晚的事。嘿嘿嘿嘿！"
许宁夏脸颊有些热，放下筷子，反问："我有说我要住下吗？"
"那你不住吗？"
好吧，住也不是不行。
昨晚某人在她迷迷糊糊时说的话，她还记着。
他说他今天下午就会回来，每天在实验室的时间不会很长，能准时做晚饭，早饭也会做，要是加班，会提前告诉她。
啰唆了一堆，内里的意思就一个：你留下，我能照顾你。
何必弄得那么冠冕堂皇的。
想到这儿，许宁夏又止不住笑，整个人好似泡在了蜜罐里。
"住不住的，我和我男朋友商量。"许宁夏说，"你要是想我陪你出去，就来接我。"
梁嵘去的这家商场最近在搞星空秀，吸引了一大拨年轻人打卡，客流很大。
厨师在商场的咖啡厅等着，见来人是梁嵘这样的美女，愣了半天，不太敢相信这样的女人还要开餐厅。

这话听得梁嵘不怎么高兴。

都什么年代了,还以性别和长相取人啊?

于是接下来的谈话,她格外挑刺儿,却也歪打正着弥补了她的缺心眼,立起了几分精明人设。

聊得差不多,厨师还要回去上班,许宁夏和梁嵘留下吃甜品。

"这个满意吗?"许宁夏问,"做什么菜系的?"

梁嵘说:"F省菜系。"

这有些出乎许宁夏意料。

而梁嵘兴奋地笑笑,说自己想了好多天,有了这么一个主意。

"就做F省的融合菜,特色是九云菜。"梁嵘说,"到时候那些当地食材,我就从九云进货,这是不是还能带动当地的经济?"

此处必须得鼓掌了,许宁夏由衷道:"你知不知道你刚才说这话的时候,浑身冒着光?嵘嵘,我一百万分肯定,你一定会成功。"

梁嵘开心坏了,笑成了小老鼠,又说:"夏夏,你知道我多羡慕你吗?你知道你的理想是什么。你刚才说我冒着光,你在画设计的时候也是那样。所以,你也一定会成功。"

"我们,都会实现自己的理想。"

许宁夏心头发烫,和梁嵘碰了碰甜品。

是的,只要努力,她们都会实现最初的理想。

从咖啡厅出来,许宁夏和梁嵘顺带逛逛街。

许宁夏有想法给江肆买些什么,但梁嵘强烈抗议,义正词严地说闺蜜时间容不下第三者。

她只好作罢。

两人路过六楼星空展,梁嵘说要不要买票进去看看。

许宁夏在意大利看过,兴趣不大,正想着要不陪陪梁嵘好了,就听有个女声在叫她们的名字。

又是多年未见的同学了。

但许宁夏一眼认出这是袁忆谣,天天问江肆题的那位。

相比学生时代,袁忆谣更有女人味儿了。

波浪长发,半职业套裙,走起路来摇曳生姿,颇有职场风情女郎的感觉。

"还真是你们啊。"袁忆谣笑道,"我还怕我认错了呢。你们和上学时比,变化挺大的。"

哪种变化呢?

变老了?变美了?

袁同学才不会说,让你自己品。

许宁夏和梁嵘对视一眼,谁都没想应承,场面一度有些尴。

但梁嵘也还好,毕竟不和袁忆谣一个班,讨厌她,也不过是单纯看不顺眼,以及她和许宁夏的那点儿小节。

"好久没见。"梁嵘说,"你变化也不小,走在马路上我可不敢认。"

袁忆谣还是笑，眼睛扫过许宁夏的脸，又说："你们是想看展吗？这个展正好是我们艺术公司主办的，我可以直接带你们进去，走个后门。"

说这话时，她还掩掩嘴，俏皮地眨了个 wink。

许宁夏和梁嵘："……"

我们差这五十块是吗？

梁嵘笑了笑："不了，没打算看。哎，我听说你去美国了呢？这是回来出差？"

"哪有啊。"袁忆谣摆摆手，"之前就是去念个书。是工作了一段，但前年就回来了。你们呢？一直在北城发展？"

不待梁嵘说话，袁忆谣赶紧把矛头调转到许宁夏身上。

"宁夏，你怎么不说话啊？"她皱了皱眉，表情关切，"是不是之前比赛的事？我也看微博了，太可惜了。"

可惜什么？

她抄袭被举报？

许宁夏不说话，原是想着反正就是意外碰面，最后客套两句完了，没必要如何。

现在看来，人还是不能太善良。

许宁夏上前一步，浑然天成的韵味和风情，不需要挤眉弄眼，一个漫不经心的浅笑，就足以惊艳。

"是挺可惜的。"许宁夏说，"不靠着炒作我、蹭我的热度，那节目扑得悄无声息，连第二季都没有了。"

袁忆谣笑容一僵，有一瞬没装住，眼里划过嘲讽。

许宁夏知道她想的什么，无非是你一个抄袭的，还有脸说热度？

但事实就是，那个节目最开始出圈，利用的就是许宁夏的这张脸。

"对了，我和咱们班长一直有联系。"袁忆谣换了话题，"听她说，好像圣诞节那时要搞个什么联合同学会，和二班他们。你们要是有空，来一起叙旧啊。"

说完，有同事叫袁忆谣过去，可算是把这杯"白莲茶"端走了。

许宁夏和梁嵘也离开六楼。

等到五楼时，梁嵘憋不住开始吐槽。

"她怎么一点儿没变呢？"梁嵘翻了个白眼，"还这么茶里茶气的。"

许宁夏"呵呵哒"："怎么没变？那鼻子垫那么高。"

梁嵘"我去"一声："还真是垫的？我就说，看得我别扭。"说着，又杵杵许宁夏的胳膊，问，"你还记得你和她打起来的事吗？"

"声明，我没打她。"

许宁夏以前有个习惯，并且沿用至今——随身携带画本。

那时上课，尤其数学、物理这种理科科目，许宁夏要是想不睡觉，就会偶尔偷偷画上两笔，提提神。

画本累积起了一本又一本。

有段时间，许宁夏去墓地看木依蓝时，会把自己觉得画得好的作品带过去，给木依蓝看看。

久而久之，画本也成为许宁夏极为私人且重要的东西。

某次课间，许宁夏被班主任叫去办公室。

事情来得急，许宁夏没能把画本收拾到书桌里，就走了。

等她再回来，她的画本就被橙汁给泡了。

泡的还正好是她刚画完的那一页。

这幅画，许宁夏很喜欢，想着过几天是木依蓝的忌日，就给妈妈看这幅画。

这下，没了。

一旁的袁忆谣这时候走过来，小声说："许宁夏，不好意思。刚才有同学撞了我一下，我就没拿住饮料。"

许宁夏一向不喜欢袁忆谣。

太假，太做作，总是一副楚楚可怜的样子。

之前的校文艺展演，袁忆谣也有节目，临上场前，她的裙子不知道被谁弄脏了。

袁忆谣急得哭了半天，然后跑过来问许宁夏是不是最后离开化妆间的。当时所有人都看向许宁夏，那意思好像要是她最后离开，这案子也就破了。

许宁夏受不得冤枉，拉着袁忆谣去找老师，请老师调查。

结果自然与许宁夏无关，袁忆谣也没道歉，只说自己也是听别人说了一嘴，误会了。

梁子就这么结下。

但许宁夏做事一码归一码，袁忆谣这波道歉还是挺诚恳的，她就不想计较了，便说："算了，没事。"

她语气或许有些冷了，可谁平白失了东西能高兴？

但袁忆谣一下红了眼眶，眼泪说来就来，诺诺地连说了好几句对不起。

跟她要好的女同学看不下去了，站出来说："许宁夏，不就一个画本吗？你家里那么有钱，还在乎啊？干什么不依不饶的？谣谣都道歉了。"

许宁夏有点儿蒙，她说什么了吗？

"我没事，小倩。"袁忆谣擦着眼泪说，"那个画本一看就很贵，我、我赔。"

孟倩说："赔什么赔？你又不是故意的！要怪就怪她自己把本子摊在桌面上！真是那么重要，干什么不收好。"

三言两语，一拨同学围观过来。

袁忆谣哭得更厉害了，有人问她怎么回事，她也不说，就哭。

有喜欢袁忆谣的男同学出来做和事佬，孟倩闹得更欢，说什么许宁夏是仗势欺人……

许宁夏这脾气，能忍才怪，肯定是对吵。

吵到最后，这件事莫名其妙传出去，成了许宁夏和袁忆谣打起来了。

以至于许宁夏那段时间总被同学们指指点点，每次都气得梁嵘听不下去，

· 235 ·

要去找袁忆谣算账。

会哭了不起啊！

许宁夏也气。

但气归气，她更后悔一时冲动把画本给扔了。

那画本是她在一家独立书店偶然买到的，老板说上面的画是和一位英国画家的联名款，以后不会再出了。

许宁夏想把画本再捡回来，鼓起勇气去了垃圾桶，却已经不见……

现在回想起来，袁忆谣算个什么，关键是那画本是什么样来着的呢？

许宁夏怎么都想不起来，憋急了，有想法真去买点儿忘不了。

她这记忆力，是不行。

"你说这袁忆谣是不是嫉妒你？"梁嵘问，"因为以前毕业的那个校草学长喜欢你。"

校草学长又是谁？

许宁夏皱了皱眉："她不是喜欢江肆吗？"

"那完了。"梁嵘摊手，"这下不得嫉妒得上天。"

因为这个插曲，许宁夏和梁嵘换了一家商场，去了她们常去的那家。

快六点的时候，江肆来了一条微信。

江肆：心心，我回来了。

这条发完，就是老样子，"江肆"和"对方正在输入"来回转换。

许宁夏这会儿可不急，她到底看看江肆能说出什么来。

约莫过了将近一分钟，消息来了。

江肆：你在哪儿？

许宁夏抿着嘴直笑，瞧把他在意的。

心心：和梁嵘逛街。

心心：你要来接我吗？

这次，江医生秒回：好。

许宁夏和梁嵘嘚瑟男朋友来接，气得梁嵘骂了句"有异性没人性"，开着她的小Cooper麻溜走人，拒吃狗粮。

许宁夏找了一家咖啡店等江肆，脑子里还在琢磨画本的事。

她记得她特意找了杨阿姨，问杨阿姨是谁负责别墅区的垃圾桶。

杨阿姨跟她出去看了一圈，纳闷明明还没到收垃圾的时间，怎么东西就找不到了呢。

这在当时也一度成为杨阿姨心中的未解之谜。

而现在，旧事再次浮出水面，许宁夏总觉得她差一点点就能想起来那个消失的画本长什么样了。

就差一点。

正想着，梁嵘又来了微信。

嵘easy：我们班长刚才联系我了，还真要搞同学会。

嵘easy：你去吗？

夏天不宁静：兴趣不大。

嵘easy：同。

嵘easy：你要是不去，我肯定不去。

半小时后，江肆到了商场。

他略有些风尘仆仆，黑色长款风衣，衣角翩跹，高大修长的身材，鹤立鸡群。

在人群中锁定到许宁夏，他快步朝着她径直走来。

"你急什么？"许宁夏好笑道，"我又不会跑。"

江肆定了定，说："时间不早了，怕你肚子饿。"

是有些饿了，逛那么久。

许宁夏上前挽住江肆的手臂，笑着说："那咱们去吃饭吧，这里有家泰国菜还不错。"

"好。"

江肆拉下她的手握在掌中，舒了口气。

他们在商场的餐厅吃了饭，之后又随意闲逛消食。

谁也不提要走，谁都藏着心思。

有时候男女之间并非因为性别不同就猜不到对方在想什么，只是这种看破不点破的拉锯，也是番情趣。

但许宁夏今天战斗力不足，累了，想回去躺铺了好几层被子的床。

看到一家专门卖香薰精油的店，许宁夏拉着江肆进去。

导购员上前介绍，许宁夏婉拒，说自己要是有了中意的，再来麻烦。

挑了几款，许宁夏问江肆哪个好闻。

江肆说："都好。"

典型的直男回答。

"必须选一个。"许宁夏逼他，"哪个？"

江肆又闻了一遍，闻到鼻子失灵，这次是真的哪个都好了。

因为都是一个味道。

"那算了。"许宁夏怄气，"既然你选不出就不买了。我本来打算放你卧室的，我闻着还舒服些。"

说罢，她作势把香薰放回去。

手腕被握住了。

许宁夏压着嘴角的笑，绷着脸转过头，问："干吗？"

"这个。"

江肆指着味道是小苍兰的那瓶香薰，说道。

许宁夏有意刁难他："为什么是这个？"

江肆坦然："你刚才闻它的时候，笑了一下。"

让他选香薰，提她干什么。

许宁夏感觉自己被撩了，不服气道："你这人就没自己的主见吗？我让你选，你喜欢哪个啊？"

闻言，江肆牵着许宁夏去了旁边的货架，指着其中一个，说："我选的话，选这个。"

让他有主见，他又一下子太有。

许宁夏腹诽，拿下来一看——山茶花香。

很好，二撩。

她可真是小瞧江某了，纯和撩之间也能无缝切换。

两次失败的许宁夏只得偃旗息鼓，最后拿了小苍兰和山茶花两种香薰。

走出店铺，她捏了捏某人的手，江肆停住，看向她。

"每天晚上给我做饭？"

"嗯。"

"下了班就来陪我？"

"嗯。"

"那我要是腻了烦了呢？"

江肆垂眸，思考后道："我带你出去玩。"

这直男和不直男也能无缝切换啊。

许宁夏败得心服口服，抱住江肆的手臂，再装不下去，露出甜蜜的笑容："那我就跟你混了。"

江肆轻触了下她的脸，弯弯唇："好。"

两人再去趟超市，买些日用品。

许宁夏兴致勃勃，什么都拿双人份。

江肆看着她，也都由着她，眼角眉梢皆是温柔。

路过儿童玩具区，有卖那种乌龟玩偶，许宁夏忽然想起来了，问："你来北城了，江阿忍怎么办？"

反应了下，江肆才意识到这名字是乌龟的。

"我拜托高焰照看了。"江肆说，"他会去喂食。"

许宁夏这就放心了："我还挺喜欢江阿忍的，那么随主人。"

江肆不知道自己在她心里的形象怎么就和乌龟产生了联系。

但要说动物像人的话，他觉得许宁夏非常像猫，雪白的猫，慵懒里有她的优雅，撒起娇来让人招架不住。

许宁夏不想江肆这还联想起来了。

不过说她像猫，有一点她得认，那就是——懒。

这点，梁嵘也说过。

而话既然提到这儿，许宁夏又不由得想起小白来。

"小白的那户领养人家，你们后来有联系吗？"许宁夏问，"你还有去看过小白吗？"

有。

但小白在许宁夏离开北城的第二年，因为急性肾衰走了。

江肆不想告诉许宁夏这件事，只说："去过。照片应该还在，我找找。"

"好啊。"许宁夏忽而非常期待，"给我看看。"

· 238 ·

过了会儿,江肆找到照片,递给许宁夏。

看到小白的那刻,许宁夏眼眶有些酸热。

除却那份人与动物间的感情以外,小白也是她学生时代一个标记啊。

许宁夏越看越怀念,忍不住隔着屏幕伸手摸摸小白的脑袋和耳朵。

视线向下,在看到小白琥珀色的眼睛时,愣了愣。

许宁夏有些茫然地看向前面的男人。

他低着头,刘海稍挡住了眉眼,正在挑选她爱吃的零食。

那一丝不苟的模样,好像她能否吃上顺口的零食,对他来说也非常重要。

许宁夏握紧手机,一时哑言。

——"为什么喜欢小白?"

——"眼睛好看。"

"这两个口味喜欢吗?"

江肆不知什么时候走了过来,许宁夏恍惚了下,按灭手机屏幕。

太扯了。

这个关联太扯了。

猫的眼睛本来就很漂亮,大多数人喜欢猫也是喜欢眼睛,哪里就能因为她和小白都是琥珀色瞳孔就有了什么特殊意义呢。

再说,那时候的她和江肆除了同住一屋檐下,几乎没什么交集。

许宁夏想通,看看江肆手里的两种零食,笑笑:"喜欢,都买来尝尝吧。"

在超市买了一大堆东西,江肆一手拎着两个巨大的购物袋,一手牵着许宁夏。

他们叫了一辆车,还要回公寓那边拿许宁夏的换洗衣物。

路上,两人的手机同时振动了下。

昔日班长群发消息,询问大家十二月中下旬是否有空参加同学会。

"你想参加吗?"江肆问。

当然是不太想。

别说许宁夏本身对这种场合早就感到厌倦了,她也没在一中念到毕业啊,还算上她干吗。

"你呢?"许宁夏问,"想参加吗?"

江肆无所谓。

相对同学会,很快就是许宁夏生日。

"你知道我的生日?"许宁夏惊讶,"哦,我知道了,是不是扣我身份证时偷看了?"

江肆垂眸:"嗯。"

前面开车的司机听这话,心说现在小情侣们之间的情趣是扣身份证?

好新颖的玩法。

江肆问:"你想怎么过?"

许宁夏没什么想法。

在国外的这些年,她都没过过生日了,每次收收梁嵘和苏洛寄来的礼物就算过完了。

"要不,我授权你替我安排了吧。"许宁夏说,"我就负责等着你给我惊喜。"

江肆一顿:"那你是想我们两个人?"

"不然呢?"许宁夏笑道,"你不想和我二人世界?"

江肆不说话,扣着她手指的手,按压了下她手背。

许宁夏现在是明白了。

很多时候,江医生喜欢做,不喜欢说。

这倒是符合他寡言少语的性格。

余下的路,许宁夏靠着江肆刷手机。

梁嵘发来几条消息,文字带截图。

大致意思是袁忆谣在她的姐妹群里说今天见了许宁夏,话里话外暗示许宁夏事业不顺,面带憔悴,不复往日光彩。

这群里有个女生和梁嵘关系凑合,知道梁嵘和许宁夏是死党,就八卦问梁嵘是不是真的。

嵘easy:袁忆谣是不是有病!

许宁夏哼了一声,江肆问怎么了。

不问还好,这下给了许宁夏做文章的话柄。

"有人造我谣。"她说。

江肆蹙了蹙眉:"谁?"

许宁夏坐直了,故意和某人拉开距离,阴阳怪气地说:"你曾经的迷妹。"

许宁夏挑眉:"想不起来啊?也是,毕竟上学时在意你的女生太多了。"

她凶巴巴地瞪了瞪眼,像只奓毛猫,说:"袁忆谣!知道了吧?"

江肆一顿,回忆片刻:"谁?"

"江医生,演技不错啊,可以转行当演员了。"

"我……"

许宁夏噘噘嘴,满不在意:"我又不会吃醋,你怕什么。"

"我真的不记得。"江肆说,一脸诚恳。

这要是演的,那就是奥斯卡影帝级别了。

"你真不记得袁忆谣?"许宁夏没想到,"这不可能吧,你记性那么好。"

江肆叹了口气:"我记忆力或许是比普通人好些,但也容量有限。只会记我想记的人和事。"

闻言,许宁夏又笑着凑回来,勾了勾某人的小手指。

"那要是这样,你以后必须把我的所有都记下来,听见了吗?"

江肆攥住那只手,点头:"嗯。"

一直如此。

许宁夏在江肆那里彻底扎了根。

原本有些空的房子，迅速被填得满满当当。各种有意思的小点缀，也陆陆续续出现在角落，显示出新主人的品位和主权。

许宁夏什么都占用了江肆的一半，甚至三分之二。

除了床。

因为每晚她都是睡在江肆怀里，哪怕半夜热得睡出去，也会被捞回来，几乎不怎么占地方。

过了一段清闲甜蜜的日子。

许宁夏和导师还有同学商量后，最终定下艺术园区的一家门店。

生日前一天，许宁夏来店里量尺寸，准备按照自己的想法设计店铺。

休息的时候，许青浔的助理竟然找上了门。

许宁夏蛮佩服这人的毅力。

也是，这年头钱不好挣，干什么不得拼一拼。

"您姓刘，是不是？"许宁夏礼貌一笑，"刘助理，您真的不用再在我身上浪费时间。与其想方设法让我签什么协议，您不如帮许青浔再认养一个儿子。"

认子这事，许青浔不是没干过。

只是血脉这种东西是无法改变的，许青浔还是过不去那个坎儿。

刘助理说："许小姐，退一步想。您如果恋爱结婚了，生子是很正常自然的事。既然如此，为什么不接管属于您的这些资产呢？"

"您这是和我谈利益咯？"许宁夏放下尺子，神色淡定从容，"那您应该也看见了，许青浔只转给我他名下股份的三分之一。说直白些，我不就是个傀儡吗？"

看许宁夏的长相和气质，助理以为不过是个绣花枕头。

不想，其中的关系，她一眼看穿了。

许宁夏过去敲开门，依旧心平气和："慢走，不送。"

不速之客离开，许宁夏继续手底下的活儿。

快完事时，梁嵘又打来电话。

"真不用我回头再给你办一场？"梁嵘问，"包你满意啊。"

许宁夏笑道："又不是小时候了，生日就那么回事。"

梁嵘老气横秋地感叹了声"长大了"，又说："你以前多爱搞Party这套啊。尤其十六岁那次，叫了那么多同学上你家。你还记得吗？"

"可能忘吗？"许宁夏反问，"我挨了一周的数落。"

那次生日，搞得最大最热闹。

也把家里弄得乌烟瘴气、鸡飞狗跳。

许宁夏请了好多同学来，大家一起游戏、唱歌，吵吵闹闹，搞得杨阿姨神经衰弱了好几天。

还记得，里面有个环节是黑灯游戏。

也不知道是谁提出来的，估计是偶像剧看多了，说是让黑灯三十秒，借着这个工夫，大家放飞自我。

刺激是刺激，但许宁夏可不想被什么人占了便宜。

于是，在游戏开始前，她悄悄去了家里楼梯下面的小凹口躲着。

本以为能绝对安全地过了这三十秒，但不想到最后几秒时，有个人不知从哪里突然冒出来，握住了她手腕。

许宁夏没有遇事尖叫的习惯，只是定住了。

那人的手心滚烫无比，烙铁似的贴着她的皮肤，激起她一身的鸡皮疙瘩。

正要呵斥对方松开时，那人又忽然跑走，消失在了黑暗中。

等灯再打开，许宁夏立刻找了一圈。

离自己最近，最有可能"犯罪"的就是梁峥。

梁峥死活不认，但通红的脸容不得他抵赖。许宁夏看在梁嵘的面子上，让他给自己买一周牛奶。

这件事就此翻了篇。

回忆至此，许宁夏当年的好奇心又被勾起。

"哎，你说梁峥这小子以前对我……"

话没说完，有人敲了敲玻璃。

许宁夏转头一看，江肆来了。

什么事都暂且抛到一边，她笑着挥挥手，转而道："先不说了啊，周末咱俩吃饭。"

"唉。"梁嵘一声叹息，"去吧！去谈酸臭的恋爱吧！"

许宁夏拎着她的小行李包出来。

这是昨晚江肆让收拾的，想来是要带她出去过夜。

门口停着一辆黑色探岳，江肆打开副驾驶的门，邀请她上车。

"要去很远的地方吗？"许宁夏问，"还租车了啊？"

江肆说这车是他的，前年买的。

当时参加了一个学长外接的项目，报酬不低，就买了一辆代步。

这段时间没开，是因为车子闲置太久，要送去4S店检查保养，这才提回来。

"高焰说你有小金库，原来是真的。"许宁夏笑道，"厉害了，江医生。"

这话并非恭维。

许宁夏虽然不了解医学生或者医生的收入情况，但在法国时，她的室友是中国人，室友的姐姐就是学医的。

室友说她姐姐经常为没钱发愁。

没办法，平常人二十出头就可以毕业工作挣钱，读医的三十岁没准儿还在写作业。

除非家里有些底子，否则医生很难在早期实现经济自由。

江肆靠着自己能达到现在的水平，是真的是非常优秀难得了。

上了车，许宁夏打量了下。

车内干净如新，车头放着猫咪造型的香薰瓶，味道是小苍兰。

江肆将东西放到后座，也上了车。

见许宁夏在系安全带,他探身过去帮忙。

许宁夏扭头,嘴唇擦到江肆耳垂,两人稍稍一怔。

身体里流过一阵酥麻,许宁夏说:"这个安全带是好的,你干吗还来?"

"这不是男朋友的义务吗?"江肆答,"就是要我来。"

许宁夏抿嘴笑笑,略抬起头,江肆便吻了下来。

狭窄的空间往往更容易激发绮念。

江肆捧着许宁夏的脸,辗转厮磨间,两人没一会儿就乱了呼吸,大有要无限延长的意思。

好在许宁夏还没色欲熏心到那么严重的地步,赶在江肆又一轮进攻前,将人推开。

"还走不走了?"许宁夏声音有些软黏。

江肆舔舔唇,沉了一会儿,将被他拽下的衣服重新穿回主人肩头。

"走。"他说,"现在出发。"

许宁夏问:"去哪儿啊?"

江肆坐好,回道:"不是要惊喜吗?"

许宁夏笑笑,揪了揪男人红通通的耳垂,说:"你越来越会了嘛。"

江肆规划的目的地是昇明岛。

属于隔壁市管辖的区域,但从北城开车过去,只要一个半小时。

"昇",顾名思义,体现了这座岛招揽顾客的卖点——日出。

江肆定的当地非常有特色的树屋民宿,位于昇明山半山腰,可以在露台直接看到日出。

对于这个安排,许宁夏既惊喜又喜欢。

她高中时看过一个外国的探险题材电视剧,那时就幻想着住树屋里,没想到在二十八岁生日时实现了。

来到露台,许宁夏深吸了一口新鲜空气。

放眼望去,远处是一望无际的海,近处是还未沧桑的松柏,层层叠翠地分布在山上,几只鸟从林中飞出,奔向天际。

指着大海,许宁夏说:"太阳就是从那里升起来吧。"

江肆走过来,拥着她的肩膀说:"明天陪你看日出。"

许宁夏和江肆在民宿周边转了转。

等时间差不多了,又回到房间,许宁夏说想换条裙子再去吃晚餐。

换好裙子,化了一个相宜的妆后,许宁夏从卫生间出来。

本来想问问好不好看,就见那人也换了衣服,穿着西装、系着领带,站在桌边,手里拿着一个四四方方的蓝色丝绒盒子。

这还是许宁夏第一次见江肆系领带。

他平日里穿着虽然也是衬衣西裤,但少了领带,总归差了一点点正装的味道。

而现在,他系着她送的那条黑色领带,就是最优雅的绅士。

"先送礼物。"江肆看着面前的女人,"好吗?"

许宁夏点头:"好啊。"
打开盒子,里面放着一条项链。
吊坠是山茶花造型。
看到项链的第一眼,许宁夏被惊艳到。
但很快随之而来的又是略感讶异,因为这朵花和她肩后的文身很像。
"喜欢吗?"江肆问。
许宁夏嫣然一笑,说:"那得戴上才能看出来啊。万一它看着漂亮,戴在我脖子上不好看呢。"
"我来给你戴。"
许宁夏没矫情,脱掉了真丝小衫。
她今天穿了一条吊带长裙。
颜色介于雾霾蓝和克莱因蓝之间,不是完全低调,但也不过分惹眼,很像蓝灰蝶的蓝。
江肆站到许宁夏身后。
男人的目光谈不上多么胶着,但许宁夏还是可以感到黏稠的注视,好像自己每一寸皮肤都曝光在放大镜下。
她咬咬唇,稍稍提气,将垂在背后的长发侧拨到了胸前。
安静的空气里,许宁夏听到男人呼吸沉重了一瞬。
江肆觉得自己眼前是月光照耀下的一片海。
女人微微颤抖的身体,让海面有了波动,雪白和蔚蓝相交,缓缓流动。
而在上方,绽放着一朵山茶花。
江肆舔舔发干的嘴唇,看向手里的那朵山茶花,只觉不及背上那朵半分。
那朵花,从他少年起便囚住了他所有的欲望,是他贪念的源头。
"怎么了?"许宁夏问,"不会戴?江医生还有不会的事啊。"
她语气是掩饰下的轻松俏皮,实则紧张得手心起了薄汗。
江肆呼了口气,走上前,打开项链两端,绕到了女人脖子前。
在他们面前,是房间里一张既充当穿衣镜又充当艺术装饰的落地镜。
许宁夏眼看着这个高出自己一大截的男人贴在自己背后。
他垂下眼,长密的睫毛有些颤动,细细的链子在他掌中仿若无物,却又在他指间灵巧地滑动,直至落在她的脖子上。
他们身侧是连着露台的落地窗,窗外的天空处于明与暗的交界,白云淡淡,仿佛给世界披上了一层晦涩不明的纱。
屋内也似乎被感染,暧昧到了极限。
"好看吗?"
许宁夏摸摸这朵山茶花,不敢抬眼。
江肆看向镜中的她,一只手不动声色地覆在她肩后,极力克制着,没有碾揉。
"好看。"他说,"很好看。"
许宁夏娇美的笑容里带着点儿羞涩,转过身献上一吻:"我也觉得很好看，我非常喜欢。谢谢。"

江肆将人抱在怀里。

许宁夏沉浸在甜蜜之中，没有看到那只停在她肩后的手依旧没有挪开。

更没有看到那只手上凸起了一道道青筋。

整装完毕，许宁夏和江肆来到民宿自营的餐厅。

这家民宿的餐厅也充满情调。

开在山脚下一处开阔绿地上，老板特意搭建了各种独立的玻璃房，十分适合情侣来烛光晚餐。

而且等到夜幕完全降临，这里串起的星星灯就会亮起来，一颗颗宛如黄色宝石的小星星，像是森林里精灵们联欢的小城堡似的，非常浪漫。

许宁夏和江肆享受着美食，吃得差不多，餐厅东侧的露天小舞台开始有乐队和歌手表演。

"要出去看看吗？"江肆问。

许宁夏说好，搭上江肆伸出来的手。

男人手心有些干热。

许宁夏并未觉得不妥，反而握得更紧，只觉暖烘烘的很舒服。

来到草地中央，不少情侣也是用完餐来看节目，其中也有个别是三口之家。

男歌手抱着吉他坐在高脚凳上，"喂喂"了两声，声音富有磁性，说："今天开场的第一首歌，是一位客人点来送给他女朋友的。"

许宁夏心下一动，余光看了眼身边的人。

男人面色平静，不见端倪。

"这位客人说，他怕自己嘴笨，又怕形式太过会让女朋友尴尬，所以就不让我特别说出女朋友的名字了。"男歌手打了个响指，"他想表达的都在这首歌里。"

钢琴声响起。

"Can't Help Falling In Love."男歌手笑着说，"送给这对有爱的情侣，祝你们永远幸福。"

唯美动人的歌声唱起。

在场人都很陶醉，有的情侣情不自禁地跳起了舞。

许宁夏看向某不愿意透露姓名的男朋友，敛不住笑容："你是不是偷看了什么恋爱宝典啊？还是恶补了那些爱情文艺片？"

江肆抿抿唇，再次伸出手，问："有幸邀请你跳支舞吗？"

简直电影照进现实了。

可是许宁夏不会跳，她从小在这方面就比较笨。

"我教你。"江肆说。

许宁夏更惊讶了："你还去学了跳舞？这么用功。"

她将信将疑地把手搭上去，刚触到那片暖热，就被一股不容拒绝的力道吸扯过去，然后整个人脱离地面。

再落地时，她的脚踩在男人鞋面上。

"这样就好了。"江肆说。

许宁夏反应过来，心像是坠在浸满了巧克力糖霜的棉花上，甜到眩晕。

她抱住江肆脖子，这也是她仅有的支撑。

"你这一套套的，想了多久？"许宁夏问，"都是自己想的？"

江肆低头垂眸，随节奏微微摇摆的身体带动着女人一起。

他深深地凝视着她，那张粉润娇媚的脸近在眼前，和过去无数次梦境里的重叠。

"想了很久。

"很久。"

这个答案让许宁夏颇为疑惑。

很久是有多久？难道是从九云就开始构思了吗？

然而，气氛烘托到这儿，容不得人去想这些细枝末节。

许宁夏收紧手臂，想就着江肆的脚踮脚尖，又怕踩疼了他。

好在江肆明白过来她的用意，弯弯嘴角，搂紧她的腰，把她半抱了起来。

本想好好体味这个吻的。

只是一触到男人的嘴唇，沾着酒精味道的气息便递给了许宁夏。

"你喝酒了？"许宁夏轻轻推开人。

没吻到她，江肆皱皱眉，像是吃不到糖果的孩子，倔劲儿上来，弯下腰非要亲到不可。

许宁夏也没拒绝，依顺他。

这下，可以百分之百肯定江肆确实喝了酒。

/ 第九章 /
让我做你的影子

歌曲唱完，两人回到玻璃房。

许宁夏叫来服务生，询问后才知道江肆那边的饮料上错了。

刚来的实习生还不太会分辨果汁和果酒，给许宁夏上的是蓝莓汁，给江肆上的是混合果酒。

果酒酒劲儿并不大，但江肆喝了整整一瓶。

实习生不是故意的，更何况喝酒的本人都没尝出来不妥，许宁夏自是追究不了什么。

结束后，许宁夏带着江肆回房间。

此时最是上头。

江肆一下变成那次喝完喜酒的状态，成了许宁夏的尾巴，跟着她，寸步不离。

想起之前的有问必答，许宁夏忍不住又起了坏心思。

她问江肆："你什么时候知道自己酒量这么差的？"

江肆如实回答："大一的时候。"

"大一？"许宁夏惊讶，"你居然那时候就喝酒？"

"嗯。"

不敢想象，一身正气到道德楷模般的江同学居然这个时候就喝酒了。

你对得起那些以你为榜样为骄傲的老师们吗？

"江肆，你又有把柄在我手里了。"许宁夏嘚瑟起来，"你以前打架的事，我可还记着呢。"

江肆看着她。

许宁夏又问："那你为什么喝酒？是不是有什么烦心事呀？"

似是想起什么不好的过往，江肆表情有些悲伤，肩膀跟着沉下去，低声道："难过。"

许宁夏一愣："难过？为什么难过？没考好？"

"不是。"江肆摇头，"就是难过。"

许宁夏本想借着江肆醉酒，好好地"审问"他一番。

但现在看江肆的神情，她莫名不忍心，就觉得江肆大约是有一段很伤感

· 247 ·

的时光。

可那时她已经离开许家，无法知道他身上到底发生了什么。

但不管是什么事，有些可以开玩笑，无伤大雅；有些，还是不要随意触碰。

进了屋，许宁夏打开灯。

看着眼前面颊泛红的男人，有些哭笑不得。

"准备得这么充分，结果你自己不争气。"许宁夏说，"以后，我陪你练练酒量吧。"

说着，她作势要脱掉高跟鞋，身后就黏来一大块热宝。

江肆下巴垫在许宁夏肩膀上，两只手臂紧紧绞在她腰间，略微硬的发梢扫动着白皙的侧颈和下颌。

许宁夏有些痒，咯咯笑了笑，扭扭身子想要挣开。

可江肆大概误会了什么，反而抱得更紧，紧到有些勒骨头。

"别走。"

男人沙哑的声音里藏着丝丝缕缕的脆弱无助。

许宁夏神经微跳，不动了。

她抬起手摸摸江肆的脸，语气不禁带着哄人意味："我不走啊，我不就在你身边了吗？"

闻言，江肆缓缓松开手，将人转过来面冲自己。

女人眼里含着柔柔的光，笑着望着他，好似只看得见他一个。

一时之间，心里锁着的野兽猛然挣了一下锁链。

江肆眸色骤然深沉下去，捏住许宁夏下巴，又急又狠地吻了上去。

牙齿被磕了下，许宁夏有些吃痛。

特别是这个吻不能完全称得上是吻，说是撕咬也不为过。

但不知是不是越是这种原始野蛮的渴求越能激发人的亢奋因子，许宁夏体内也燃起了一股躁意。

她忽然很想看看她和他之间，究竟是谁占上风。

许宁夏用力回抱住江肆，几乎是在用自己的身体重量压下男人的腰，指尖也毫不客气地抠进他的背脊里。

她以为这是在显示她的威力，殊不知疼痛在这个时候是火上浇油。

江肆顿时睁开眼，像松懈倦怠的猛兽开始认真了，平静的眼中散开猩红。

他松开许宁夏的唇，手稍稍用力，轻而易举地撕裂了她的开衫，转而埋首流连在她的锁骨和脖子之间。

时而亲吻得缱绻，时而含咬得粗暴。

许宁夏后脑抵着墙。

浑身发麻也发软，两只手无力地抓着江肆头发，高高扬起的头，将她优美又脆弱的颈部暴露无遗。

"江肆……"

她音调细碎，唇间溢出这两个字，像是在告饶。

也像是以猎物的方式埋伏下更危险的陷阱。

江肆呼吸一滞，沉默着将人抱起，来到了床边。

陷进去之前，许宁夏唯一能抓住的就是那条领带。

她狠狠一扯，男人便老实地靠近过来，撑在她身前。

江肆低下头，看着女人软润的嘴唇，眼角眉梢吊着几分迷离，湿漉漉的琥珀色眼睛无辜纯洁，偏又在顾盼时媚得勾人，漾出些娇嗔。

江肆喉结滚动，呼出的气息分外灼热。

"你这算第二份生日礼物吗？"

许宁夏歪歪头，松开领带，手指沿着男人紧实的小腹，弹琴似的来到胸前。

如所料般听到那更加混乱深沉的呼吸声，她得意地挑挑眉，改抓着衣领，猛地把人继续往下压。

与此同时，许宁夏支起脑袋靠到男人耳边："我喜欢。"

接下来的一切都变得顺理成章。

即便许宁夏想到江肆现在喝了酒，很可能会在明天忘记他们的第一晚，不免有些不满委屈。

也没有停。

比起那一点不满和委屈，她现在更急着拆礼物。

但就在许宁夏快要解开所有衬衣扣子时，在她身上放肆撒野的人忽然停住了。

像被定了格。

江肆撑起身子，凌乱的黑发耷拉在眼前，眼里情潮汹涌，人却是一点点退下，直到倒在许宁夏身边。

许宁夏蒙到失语。

屋子里一时静得只有他们错跳着的心跳声。

过了一会儿，江肆抓来床上的单子盖在许宁夏身上。

许宁夏这才回神，弹坐起来，质问："你这是什么意思？"

江肆一只手搭在额间，好似不敢见光，半敞的衬衣更是显得他尤为颓败消沉。

"不行。"江肆还有些喘息，声线轻颤，"这样，不行。"

许宁夏看了一眼某个位置，他管这叫不行？

她搞不懂，完全搞不懂。

但这种时候被这样，没有哪个女人受得了，她扔开单子，去床下捡衣服。

见她动作，江肆也坐起来，在人要起身之前，抱住了她。

"松开。"许宁夏冷声说。

江肆不松，仍在发抖的手指震着女人腰间柔软的肌肤。

"抱歉。"

许宁夏哼了一声："抱歉什么？是我自愿的，你有什么好抱歉的。"

她嘴上这么说，可事实明明他先招惹的，身体又是那样的反应。

结果到了关键时刻，他把她给晾了？

许宁夏越想越气，憋不住要发火，一动，再次感到那不容忽视的存在，抵着她。

"你到底怎么回事？"她不解又羞恼，"你这……"

江肆还是那句："不行。"

许宁夏气急败坏，转过身，对上男人通红的脸，还有眼里的无措和恳求，似乎明白了什么。

其实这样的状态，许宁夏也有过。

半醉不醉。

通常这种情况下，人不是完全清醒的。

但尚存一些意识，能感知自己在做什么，也能知道什么能做，什么不能做。

所以说酒后乱性，实际上是不成立的。

因为醉了，乱不了；没醉，不会乱。

江肆现在的状态就是有清醒，但不多。

他还能清楚的是，不能在这个时候对她做那件事。

"你说的不行……"许宁夏缓缓出气，"是现在这个时机不行？"

江肆看着她，又重复了一遍："不行。"

要不是知道他的身体状况，许宁夏真想捶爆他的头。

不行什么不行！

谁家不行是这样的！

可了解过江肆这个人，许宁夏也就知道他意乱情迷下的克制多么难得，自尊也就不那么受伤了。

她点了下某人的脑袋，赌气地说："以后你再敢喝酒，你就是狗。"

江肆连忙攥住那只手，死死握着。

许宁夏叫他松开，他不松。

两人拉锯半天。

最后许宁夏吼道自己是要去够衣服，江肆才一点一点将手松开。

但裙子也不好穿，许宁夏索性围着单子，去浴室拿浴袍。

等回来，江肆还坐在床边。

"去洗澡吧。"许宁夏说，"还愣着干什么。"

江肆没动，许宁夏推推他，视线落在某处，发现他反应居然还在。

此情此景，太割裂了。

男人的神色是和往日一般的清冷淡漠。

要说不同，就是他的形象。

一点儿没有平日里的规整，不管是皱巴巴的衬衣，还是下巴、脖子上的口红印，以及他冷白皮肤上沉浮着的潮红，有种既破碎又浪荡的荒唐美感。

要想摧毁"美"的这种邪恶念头，不止男人有，女人也有。

许宁夏看着这样的江肆，就萌生了一个不太纯洁的想法。

——她想让这朵开在高处的出尘之花，碾落在她手里。

坐过去，许宁夏抿抿唇，戳了下江肆后背，问："你是不是很难受？"

尽管身体里仿佛有熊熊大火一直在烧，烧着五脏六腑，烧着所有神经，但他必须克制。

他坚定不能在这种情况下对许宁夏做什么。

许宁夏自讨了个没趣:"我洗澡去,你一会儿……"

刚站起来,手腕被握住。

许宁夏低下头,就见江肆定定地看着自己,眼睛里压抑着什么,也在窜动着什么。

他还是不言不语,就是手上的力气越来越大,根本没有放她走的意思。

许宁夏在浴室待了好久,看看镜子里的自己,从脖子开始的吻痕遍布锁骨,一路向下,直到被衣领遮盖……

等洗完澡出来,许宁夏准备好不给那位好脸色看,而那位倒好,睡着了。

许宁夏踹过去好几脚,气鼓鼓地又去浴室拧毛巾。

给江肆擦脸时,许宁夏的手依旧在抖。

"以后我再让你给我制造惊喜,我也是狗。"许宁夏咬牙道,"长这么大,我还没这么伺候过人!"

说罢,民宿的钟楼响起撞钟的声音。

听老板说,有不少新人在这里举办草坪婚礼,所以他们就建了一个钟楼,要是愿意搞西方那套,也可以。

听着钟声敲满十二下,许宁夏正式迈入二十八岁。

这种时候,人难免会回顾下收获,展望下未来,许宁夏也不能免俗。

她想了想自己这一年都干了什么大事。

参加了比赛,被冤枉抄袭;躲去了九云,重逢江肆;重逢江肆之后,有了个男朋友。

男朋友。

许宁夏从没想过自己会恋爱。

可她不仅谈了,还谈得挺好,越来越离不开这个男朋友。

想到这儿,许宁夏会心一笑。

正准备再期待下未来,江肆醒了。

开口第一句便是:"心心,生日快乐。"

许宁夏笑起来。

这人都醉了,还睡着了,听见钟声,居然还能记得祝她生日快乐。

这是多想给她过生日?

许宁夏想回个谢谢,未开口,江肆又连说了十个生日快乐。

加一起,说了整整十一个。

"知道的,你是喝多了。"许宁夏笑道,"不知道,以为我长了十一岁呢。"

江肆静静地看着她。

这会儿的他,目光安静柔和。

像是一只大型犬,毛茸茸的,叫人想要揉揉他的脑袋。

许宁夏笑着叹了口气,再次感叹某人无缝切换的本领。

"看在你这么卖力气祝我生日快乐的份上,我的愿望分你一个。"许宁夏说,"现在就说啊。现在说,我保证会实现。"

此刻,万籁俱寂。

连风声都被抵在窗外,仿佛是在为他们完好保留下这一幕,也让男人接下来说的话,一字一字刻进许宁夏心里。

"我希望你可以快乐地做你自己,心想事成,健康平安,然后——

"让我做你的影子。"

这样,我就可以永远在你身后。

清晨,天刚亮。

带着孩子来的那家人在外面玩闹,追跑打闹,声音不断。

许宁夏烦得不行,往江肆怀里扎。

江肆也还没睡够,朦胧意识中,一只手拍拍许宁夏的背,一只手捂住许宁夏露在外面的耳朵,呓语着:"没事。"

烦躁被瞬间安抚,许宁夏抱紧男人的背,再次睡去。

睡眠充足的代价就是两人都没看到日出。

江肆要比许宁夏早醒一些。

昨晚的记忆零零星星在他脑海里浮现,很难连贯。

但某件事,残存的感觉还在。

几乎一点即燃。

江肆小腹随之绞起沸腾的热,背脊紧绷,轻轻松开手,想要去卫生间。

这一动,弄醒了怀里的人。

许宁夏皱皱眉,下意识地舔了下干燥的嘴唇,粉扑扑的脸,纯净无瑕。

睁开眼,女人水汪汪的眼波里透着迷蒙。

看见那张英俊好看的脸,她憨憨一笑,像只撒娇的猫,往人家怀里蹭了蹭,软声道了句"早啊"。

江肆呼吸微滞,只觉自己心要化了。

他小心爱惜地轻吻了下许宁夏额头,回她:"早。"

许宁夏逐渐清醒,踩着江肆的腿伸了个懒腰,问:"几点了?"

"九点。"

人一下子彻底醒了,许宁夏支起脑袋:"我们错过日出了?"

"嗯。"

江肆垂眸,拽了下被子。

许宁夏又坐起来,望向露台外,确实天光大亮。

"抱歉。"江肆自责道,"睡过了。"

许宁夏回过头,说道:"这有什么好抱歉的?我也睡过去了啊,昨晚实在是……"

话音戛然而止,好似有人突然按了暂停键。

许宁夏默默把头转回去,头皮发麻。

· 252 ·

"要不要吃早餐？"身后的人问道。

许宁夏"啊"了一声，说好，然后便爬下床跑进了浴室，说是要洗漱。

听到门关上，江肆长长地舒了口气，他穿上长裤，去找水喝。

民宿有早餐服务，可以送餐到房间，让客人在露台上看着景色享用美食。

许宁夏和江肆各自整理得一身清爽，去了露台。

风有些冷。

但那种冷被山里的整片森林过滤过，吹在皮肤上是沁人心脾的通畅。

许宁夏深呼吸。

眺望远方的大海，感叹："这样也很美，是不是？"

江肆为她披上衣服，点头："秋水共长天一色。"

"还念起诗来了。"许宁夏笑道，"念诗也没用，你得赔我一个日出。"

江肆说："那我们今天再住一晚。"

"不行。"

"为什么？"

许宁夏转过身，这时又起了一阵风，她哆嗦了下。

见状，江肆把人裹到怀里，低头问："明天有工作要处理，是吗？"

"不是啊。"

她仰头说，脸上挂着明媚的笑。

江肆不解，眉宇间还隐隐透出些许紧张，像是怕她不高兴。

许宁夏依旧笑着，抬手揉开他微蹙的眉心，叹了口气："你是不是傻？我以后不过生日了吗？等我下一个生日，你再带我看日出，不就好了？"

江肆愣了愣，心脏"怦怦"直跳，露出一个浅笑："嗯，明年带你看。"

"你要是喜欢，我们每年都看。"

这话，许宁夏挺满意，也很受用。

但是，有一点她必须强调。

"你以后不许再沾酒，听到了吗？"

"……嗯。"

许宁夏又说："你这种酒量，真的很危险。万一身边有个不安好心的，你转天还什么都不记得，那不就……看过那种悬疑惊悚片吧？"

闻言，江肆抱着人的手，颤了下。

他抿抿唇，低声说了句："也不是都不记得。"

空气又一次被人按下暂停键。

许宁夏反反复复咂摸这句话，最后只能得出一个必然的结论。

二十八岁的第一天，从乘男朋友之危被发现开始。

许宁夏推开人，不玩了！

江肆赶紧拉人，想抱回来，许宁夏不肯。

"你这断片怎么还是有选择的断片啊？"许宁夏气道，"我……我要是知道……"

她哪好意思啊！

"心心，你听我说。"

"我不听！"

"你这个骗子！喝酒也喝得这么鸡贼，简直……"

话没说完，许宁夏被打横抱起，带回了屋里。

江肆抱着她坐到沙发上，她别过脸不肯看人。

无奈之下，江肆只好稍稍使力将她的脸扭过来冲着自己。

"心心，我是想和你说对不起。"

许宁夏一愣："为什么？"

江肆眉头皱得很深，神情少见地有些窘迫，哑声说："是我喝酒没控制好自己。以后，我一定不会了。"

戳戳某人发烫的脸颊，她问："你该不会是不好意思了吧？"

江肆不说话，但通红的耳垂出卖了他。

许宁夏刚刚还难为情，这会儿反倒放开了，笑道："你是我男朋友，这不是很正常吗？"

"江医生，你是不是过于纯情了？"

恰恰相反。

江肆一个学医的，什么没见过？什么不懂？

他只是不想她取悦自己。这会让他有负罪感的同时，也更加难以抑制他本性里对她的丑陋欲念。

"怎么不说话了？"许宁夏晃晃他，"我都没不好意思呢。"

说着，她胆子又回来了，凑到江肆耳边问了一句话。

江肆一怔，这下连脖子都红了。

许宁夏在他怀里笑得前仰后合，忍不住加码："那你还记得你一直说自己'不行'吗？男人不是不能说自己不行吗？你怎么……"

好吧，这话果真是男人的死穴。

因为许宁夏看到江肆的脸色有些阴沉，露出了不满。

许宁夏见好就收，转而乖巧地靠在江肆肩头，又说："其实，我还有那么一点点得意。"

"嗯？"

"因为那个样子的你，只有我见过。"

没了平日的清冷禁欲，眼尾荡着红，冷白的皮肤上贴着被汗水濡湿的黑发，每次胸膛起伏都会从喉咙里漾出难耐的低吟。

性感得要命。

而许宁夏不知道的是——

江肆这副模样不是只有她见过，是这样的他只会在她面前出现。

"好啦，既然你都知道，说开也好。"许宁夏说，"免得我一个人还怪心虚的。"

江肆郑重保证："我以后绝对不喝酒了。"

"半杯或是一点点，还是可以的。"许宁夏坏心眼地揪了下还红着的耳

. 254 .

朵,"毕竟喝了酒的你,也很帅。"

江肆还是不言语。

许宁夏向来是只看得到他红了的耳朵,看不到他隐藏在血液里的无声疯狂。

片刻后,服务生送来早餐,中西合璧,什么都有些。

许宁夏想喝南瓜粥,一口尝下去,烫得吐了下舌头。

"慢些喝。"

江肆将碗拿走,递去涂好酱的面包片。

许宁夏咬了口面包,问:"一会儿什么安排?还在这附近吗?"

"这里有个观景台,可以去看看。"江肆说,"又或者你想休息、回去,都可以。"

"回去的话,晚上有江大厨的爱心餐吗?"许宁夏问,"想吃麻婆豆腐。"

江肆弯弯唇:"有。还有蛋糕。"

"你做的吗?"

"嗯。"

风吹着男人的发梢,扫着他的眉宇。

明明是张冷峻的脸,却生出无限温柔。

许宁夏翘了翘嘴角,尝了颗草莓,再抬起头,又见男人在帮她搅粥。

腾腾热气绕过他的手,他神情专注,时不时手指贴到碗壁上,感知温度。

不知道怎么回事,那一刻,许宁夏冒出一个特别朴素的想法。

察觉到注视着自己的视线,江肆看过去,问:"怎么了?"

许宁夏手肘撑在桌上,托着下巴,慵懒的模样分外惬意,说:"没什么,你好看啊。有种贤夫良父的气质。"

搅着粥的手一顿,江肆看似开玩笑地问了一句:"那把我'娶'回家怎么样?"

嘴角的笑意凝固了下,许宁夏目光闪躲,又马上恢复如初,回以同样玩笑的口吻:"那我可不'娶','娶'回去就要负责。都说婚姻是爱情的坟墓,你这么想和我进坟墓啊?"

男人含笑不语,将温度适中的粥送过去。

许宁夏喝着粥,再次望向远方的海。

以前的她连恋爱这一步都不考虑,能和江肆走到现在这步,已经超出她的预期。

至于结婚,她确实从未想过。

可神奇的是,她刚刚冒出的那个朴素想法是——

想和这个男人过一辈子。

从昇明山回来,许宁夏和梁嵘吃了顿饭。

北城凛冬已至,走在大街小巷的行人都换上了厚重的冬衣。

早几年,许宁夏还走要风度、不要温度的路线。

可现在，恨不得浑身贴上暖宝宝，给自己放进暖气里，一点儿风寒都不要受。

她每天会去工作室测量，再就是去建材市场、家具城采购。

江肆有时间一定会陪她，没时间就一定做完实验去接她，两人夜夜窝在屋子里，什么都不做，就觉得满足。

这天，许宁夏想吃火锅。

江肆到工作室接上她，两人在菜市场买了不少食材。

回到公寓，热乎乎的暖气扑面而来，烘得人很是舒服。

江肆去厨房洗菜切菜，许宁夏在沙发上吃水果看电视，当老佛爷。

陌生电话打进来，她以为是建材城的人，很快接通。

"喂，您好。"

她说完后，那头的人没有立刻回音。

许宁夏看了一下屏幕，还在通话中，又说："喂？"

"是我。"许青浔的声音经电流传输过来，显得尤为苍老。

"有事吗？"

许青浔顿了顿，说："听说你恋爱了。"

心里"咯噔"一下，许宁夏下意识地看向厨房。

江肆系着围裙，衬衣袖子卷到小臂上，正在切菜。

许宁夏反应还算快，想到要是许青浔知道她对象是江肆，不可能是以这样的一句话开口。

于是，她便放下心，问："怎么了吗？"

许青浔又说："既然已经恋爱，结婚生子，合情合理。你为什么一定要那么抗拒在协议上签字？签了它，对你有好处。"

"是对你的执念有好处。"许宁夏戳破，"你就不能把那些糟粕的老观念摒弃吗？"

对方沉了沉气："那你就不能为了你的父亲让一次步吗？"

改打亲情牌了是吗？

许宁夏冷笑："你忘了，你和我断绝关系了。"

"我再说最后一次，不签。

"你要是这么一直纠缠不放，好啊，我现在就和我男朋友生个孩子，继承你的股份，然后我再转手全卖了。"

挂了电话，许宁夏给自己顺顺气。

无意间回过头，江肆站在厨房门口，手里端着一盘虾滑。

许宁夏眨眨眼，琢磨自己刚才说了什么来着？

现在就和男朋友生个孩子？

心脏一抽，她放下水果，正襟危坐，若无其事地道："可以吃了吗？"

"嗯。"江肆应，"来吧。"

许宁夏刚起身，手机又一次响起。

她以为是许青浔不死心，还要来给她洗脑，点开电话就不太友好地"喂"

了声。

或许是语气吓到了电话那头的人，对方先是卡顿，再来轻笑一声："怎么，这么多年没见，就这样对老同学啊？"

是楚游。

楚游打这通电话没什么特别的意思，就是想说联合同学会，他也会参加，问许宁夏到时候去不去。

许宁夏顿了顿，眼睛不由自主地瞟向厨房，忽然就后悔刚才稍显惊讶地叫了一声楚游。

现在，厨房里一点儿声音没有，江肆肯定听到了。

"我就不去了吧。"许宁夏说，"我中途就已经转学走了。"

楚游笑了笑："那怎么了？我还是三班的，不也去凑热闹？"

"但你要是不想去，也不勉强。"楚游语气十分亲和有礼，"找个时间，叫上梁嵘，一起吃个饭怎么样？"

这话说得坦荡，如果许宁夏连这种都要扼杀，反而叫人觉得别有问题。

"好啊，回来我问问梁嵘。"

挂了电话，许宁夏放下手机，跑到厨房。

江肆正在搅拌糯米粥，背影立在周遭的烟火气中，显得尤为挺括清冷。

许宁夏觉得自己没必要心虚。

可想起曾经在赤云古城发生的事，她又莫名有些紧张。

"粥好了吗？"许宁夏轻声问。

江肆"嗯"了一声，说："坐下等吧，马上就可以吃了。"

许宁夏没动，靠着门框，一只脚在地上画圈圈，咕哝："刚才的电话是楚游打来的，他可能从以前的同学那里打听来了我的电话。"

回答她的又是一声："嗯。"

"我和楚游真的不熟。"许宁夏强调，"就上学那会儿一起表演过一次，大家有交集，接触得多了些。其余的时候，联系都没有。"

"啪嗒！"

江肆关了火，转过身，目光温和："我知道，吃饭吧。"

和往常一样，吃完饭，江肆陪许宁夏看节目。

许宁夏洗完澡想改设计，江肆便把书房让给她，给她热了牛奶，不做打扰。

唯一不同的，是江肆今晚没和许宁夏一起入睡。

他说实验室有些数据需要复核，所以去了书房工作，一直到凌晨以后才回卧室。

这其实也正常。

但女人天生敏感，恋爱中的女人更敏感。许宁夏直觉江肆在为楚游的事情不高兴。

难道就因为两人以前打球闹过不愉快，江肆记仇到现在？

该是不至于，那就还是吃醋。可这醋吃得未免有些荒谬，她和楚游什么都没有啊。

事后几天，许宁夏和梁嵘出去吃饭时，提起这事。

梁嵘笃定："就是吃醋。你不要觉得男人的心胸就很宽广，其实还没咱们女人大气呢。"

梁嵘一副早已看透一切的模样。

"男人的小心思也很多的。"她说，"而且，你上学那时候和楚游的绯闻满天飞……你换位思考下，要是江肆和袁忆谣这样，你什么感觉？"

许宁夏嫌弃地皱皱鼻子。

"所以嘛，"梁嵘耸了耸肩，"楚游说的吃饭，去不去，你想好了。"

吃个饭而已，有什么好想的。

许宁夏现在想的是另一件事，一件可以表表自己忠心的事。

"我想去参加同学会。"许宁夏说，"和江肆一起。"

梁嵘呛了口饮料，咳嗽起来。缓了半天，她感叹："你是真被江肆拿下了，不怕麻烦了？"

许宁夏实话实说："还是有些怕。但我又想，江肆又不是见不得人，我俩谈恋爱更没什么见不得人，知道就知道吧。他们爱议论就议论去好了。"

"牛。"梁嵘竖大拇指，"人家参加同学会要么为装相，要么为孩子上学找路子，你为爱官宣。"

许宁夏笑起来。

牛不牛她不知道，但和江肆恋爱到现在，她确实在为他一点点打破以前立下的原则。

打破的时候有没有犹豫或者纠结？

有。

但想给予江肆更多安全感的愿望更强烈。

还记得在羡安遇上康子轩那次。许宁夏叫江肆先躲着不要找她，江肆照做。两人碰面时，江肆眼里的失落，她并非看不到，只是选择了视而不见。

后来，她把他们的关系告诉了梁嵘和高焰，他又是那么高兴，仿佛她给了他什么海誓山盟似的……

诚然，参加一个同学会，这也算不上给予什么。

比起江肆给她的，还有她从江肆那里得到的，她公布恋爱显得很不够瞧。

但是，做出这些，也是真的花了她很多勇气和决心。

而江肆似乎非常理解她的决定背后的意义。

在听到她说一起去同学会时，半天说不出话，眼里含着雀跃的光。

见他这样，许宁夏觉得特别满足，特别值得。

"江医生，你这人还蛮在乎头衔啊这些的。"许宁夏眯了眯眼睛，"我要是没决定参加同学会，你就还夜夜加班呗。"

自己那点儿小矫情被抖搂出来，江肆低下头不言语。

许宁夏霸道地抬起他的下巴，语气凶凶的："少扮可怜。说！是不是？"

江肆瞥了一眼气鼓鼓的女人，斟酌着说："不全是。这几天实验室确实忙，有个关键数据总出现纰漏，教授……"

"那至于你工作到凌晨以后吗？"许宁夏打断，"是谁之前说出了实验室就陪我的？你这就是出尔反……"

话没说完，她被男人打横抱了起来。

许宁夏吓了一跳，赶紧抱住江肆脖子，惊讶道："你干什么啊？"

"睡觉。"

江肆说着，抱着人进了卧室。

许宁夏抓空看了眼表，还不到九点半。

"我还不困呢！"她说，"干什么这么早就……"

"补回来。"

"什么？"

"把这几天没和你睡的时间补回来。"

许宁夏脸一红。

心说什么叫"没和你睡"？学没学过语文，懂不懂语句歧义？

但脸红归脸红，她确实还挺想和他……睡的。

同学会定在了十二月中旬。

当天，原计划是许宁夏和江肆成双入对地出现在众人面前，来个高调官宣。但梁嵘那天临时决定和房东谈店铺租金的事，怕自己露怯，硬是拉上了许宁夏一起，说多个人砍砍价。

而江肆那边，好巧不巧，实验室也有一些事情要紧急处理，两人便分头前往聚会。

地点定在时下流行的一处餐厅，专门搞同学会。

班长租的是餐厅里最大的包房，类似街头厂房那种。

大到可以装下半个篮球场，还有台球桌子，各种抓娃娃机，以及一小部分仿照教室布置的课桌和黑板。

许宁夏和梁嵘先到。

昔日一中两朵最亮眼的鲜花同时出现，一下子就点燃了场子。

尤其是许宁夏。她中途转学离开，身上自带神秘属性。加之之前她参加比赛的丑闻，极少数人也略有耳闻，都惦记今天没准儿能看看笑话，感慨一下美人落寞呢。

不想，岁月一点儿没败了美人。许同学依旧那么明艳夺目，比之学生时代，还多了女人味。

一头乌黑微卷的长发随意披散，配上米白色百褶长裙，颇有几分收敛张扬，却又欲盖弥彰的从容自信。那标志性的琥珀色瞳孔，琉璃般晶莹剔透，眼波稍一流转，叫包间里的灯光都黯淡了下去。

不少暗恋过她的男生，哪怕隔了这么多年再见，也还是会怦然心动，忍不住害羞。

客套的寒暄开场免不了。

许宁夏和梁嵘接应一圈，楚游来了。在他身边还跟着康子轩。

见状，许宁夏太阳穴一跳。

一来来一双啊。

不过，康子轩这次带了女朋友，过来无非是客气一下，没提羡安重逢的事。

许宁夏这也就明白了，给老同学留着面子，绝不多嘴。

康子轩离开后，剩下楚游。

楚游就不一样了。

梁嵘提醒过她，说楚游回国的原因里，她或许占了一小部分。

"这么多年没见，更漂亮了。"楚游笑道，"不愧是咱们一中的校花。"

楚游也不差。

过去的阳光男孩，现在成熟许多，但少年时的那种意气风发还在。

这样的气质放男人身上，迷人中带了些可爱，极有异性缘。

许宁夏说："你也更帅了。还事业有成，叫人羡慕。"

两人友好地你来我往，遵守着合适的社交规则。

不远处，袁忆谣看着这幕，冷笑一声。她身边的孟倩也是如此，眼里尽是不屑和嘲讽。

她们都觉得许宁夏这样的女人一无是处，却占尽了先机——优越的家庭背景，还有一张勾人不偿命的脸。

"我听说江肆今天也来。"孟倩说道，"你还记得你当年和我说的那件事吗？"

闻言，袁忆谣脸色更差了。

袁忆谣素来自视甚高，认为比之许宁夏，差的不过一个有钱的爸爸。

还记得，高一开学典礼上，袁忆谣几乎在看见江肆的第一眼，就在意上了。

可听说江肆家庭条件一般，她后面又看到回母校做演讲的学长，对方学的金融，家里人都在银行工作，家底殷实。

比较之下，袁忆谣觉得还是学长更好。

她有意亲近，但学长却对着许宁夏大献殷勤，还扬言愿意等学妹毕业，希望到时候能给一个追求的机会。

袁忆谣对此嗤之以鼻，从那时起看许宁夏就各种厌恶。

而江肆不同。

在男生们都喜欢私下讨论许宁夏，围着许宁夏打转时，江肆从未把许宁夏放在眼里过。

这让袁忆谣有些"幸灾乐祸"，对江肆的好感也加深了。

可就在高二上学期，一次课间操。

袁忆谣鼻炎没上操，回班里拿东西时，看到江肆趁着许宁夏睡着，小心翼翼地摸了许宁夏的头发。

她怎么都忘不了江肆当时的表情。

那么疏冷的一个人，流露出无限温情，仿佛他抚摸的是什么稀世珍宝。

这件事一直扎在袁忆谣心里，每每想到就会嫉妒得发疯。

"记得又怎么样。"袁忆谣冷声说，"你觉得许宁夏会看上江肆吗？没看她和楚游现在眉来眼去的,楚游是什么身家?"

孟倩点点头,回了一句"也是"。

楚游和许宁夏说了些在国外求学时的趣事。

许宁夏听个一知半解,不好打断,梁嵘那边和老同学叙旧叙得忘情,也不解救她。

她时不时地看看时间,楚游发现了,问她是不是在等谁。

话音刚落,许宁夏收到微信。

她嫣然一笑,说:"等我男朋友。他到了,我去接下。"

许宁夏来到餐厅大堂,江肆正巧进来。

见女人穿着裙子就出来了,江肆作势要脱掉大衣,而许宁夏看周围也没人,灵活地钻进了他怀里。

"不要披着你的衣服进去。"许宁夏噘噘嘴,"太大了,丑死了。"

江肆心发软,抱紧人,弯了弯唇:"你穿什么都好看。"

呀,江直男越来越会说话了。

许宁夏笑得娇俏,抓住他的领带,拽了下,又说:"参加个同学会而已,你别什么领带夹?领导下基层啊。"

江肆把女人弄歪了的领带夹重新夹好在标记位置,说:"好看。"

许宁夏"哦"了一声:"那这是谁送的?这么有品位呢。"

"我女朋友。"江肆答,"心心。"

心花怒放的女朋友一听,踮起脚啄了下男朋友的脸颊。

等腻味够了,两人手牵手往包间走。

门打开的一刹那,冲击力是巨大的。

整个包间的同学们同时闭上了嘴,有的甚至屏住了气,眼看着许宁夏小鸟依人地靠在江肆身边,眉眼间透着小女人的妩媚甜美。

至于江肆,一个高冷到快与世隔绝的终极学霸,抬手轻柔地拨正了许宁夏有些歪了的耳钉,眼里的温柔满得直接溢了出来。

察觉到人们诧异又好奇心爆棚的视线,许宁夏面上晕开一抹绯红,掐掐江肆的手臂,小声说:"和同学们打招呼啊。"

"大家好。"江肆唯女朋友命是从,"抱歉,来晚了。"说罢,又补了句,"我是许宁夏的男朋友,江肆。"

后面这句话乍一听,似乎没什么不对,但又莫名叫人觉得哪里奇怪。

大家反应了一会儿,才纳过闷来。

谁不认识你是江肆?你是为了强调你是许宁夏的男朋友吧!

这波狗粮,吃得猝不及防。

许宁夏也无语了,红着脸挽上江肆的手臂,又狠狠地掐了一下。

江肆面不改色,在所有人的注视之下,和许宁夏进了包间。

梁嵘先迎上来,随口一句"来了",表明自己早就知道两人恋爱这件事。

至于其余同学,惊讶过后也就接受了。都是在社会上摸爬滚打过几年的小江湖了,有什么接受不了的。

零散着几句恭喜响起,许宁夏和江肆都欣然接受。

作为新加入的成员,江肆起码得和大家照个面,许宁夏陪着他。

快到楚游面前时,许宁夏看到楚游的表情除了震惊和不敢相信,还透着几分形容不清的怪异。

许宁夏没有深想,她和楚游真就是普通朋友,交情有限。

再来,是袁忆谣。

相对楚游维持着成年人该有的体面,袁忆谣的表情有那么一点没管理好。

还是孟倩拽了拽她的手臂,她才恢复如常,似笑非笑地调侃一句:"要说同学会有惊喜呢,没想到是个这么大的惊喜。"

"就是说啊。"有同学应和,"你们两个怎么会在一起啊?"

许宁夏笑了笑,看向江肆。江肆平静道:"前段时间重逢,我追的心心。"

一句"心心",在场人员又是唏嘘不已。

人已经到齐,班长让服务生准备自助。

一道道餐盒摆上长桌,大家三三两两,拿着碟子,随意自取。

梁嵘凑到许宁夏跟前,压着声音说:"看见袁忆谣刚才的表情了吗?我差点以为她要当场表演哭一个。"

"没那么夸张。"许宁夏淡淡道,"不过看这意思,她对江肆是有些执念。"

许宁夏和梁嵘随意聊着,以前几个关系还不错的女同学加入,大家闲谈起来。

那边江肆也不闲着,男同学围绕,有的是过去学霸之间的惺惺相惜,有的则是好事之徒来打探隐私。

江肆这人,除了遇上许宁夏,就没谁能让他"热"起来。

那些想要获取桃色八卦的人,很快就被那股子高冷冻人挡在外面,没了兴致。

不过其中有位同学,学的是生物制药,算是和江肆在工作上有些关联,两人就着专业领域,多说了几句。

吧台旁,刚听完袁忆谣说的话的楚游,始终注视着江肆。

吃到一半,两班班长站在长桌桌头,举起酒杯。

二班班长吆喝了一声,说:"难得大家还能聚在一起。过去是回不去了,但未来,一定更好!来,咱们一起喝一个,敬未来。"

大家都笑,觉得说"敬未来"这话不免中二,但又都齐声说了出来。

喝了几轮,聚会气氛松弛了不少,话也多起来。

江肆陪在许宁夏身边,两人时而说说话,时而应酬过来的同学。

聊着聊着,也不知是谁提了句"要不打场球?现成的场地,不用白不用"。

不少男生跃跃欲试。

许宁夏看了眼江肆,没来得及说话,楚游便发出邀请。

"打一场吗?"楚游微笑道,"这么多年了,看看我们到底谁更胜一筹。"

许宁夏想说算了吧,又找不到揭过去的由头。

犹疑之间,江肆说:"好。"

想让男人们热血起来的法子,很简单——比赛。

上场的男生分成了两队,江肆和楚游各在一队,分别是自己队伍的核心人物。

许宁夏站在场外,神情略有紧张。

"怎么了?"梁嵘问,"怕你家江医生和楚游闹不愉快?"

许宁夏说:"我怀疑江肆和楚游不对付,是因为他以前打球输给过楚游。"

梁嵘"啊"了一声:"是吗?"

这话说完没多久,许宁夏被"啪啪啪"打脸。

比赛中的江肆顶着一张无波无澜的脸,动作却快准狠。

一身衬衣、西裤,看起来矜贵稳重,毫无运动的活力,但只要跃起、举臂、推手,随着被夹住的领带角吹起,球肯定正中篮筐。

"你管这叫输球?"梁嵘抽了抽嘴角,"楚游根本打不过好吧。"

许宁夏也始料未及。难道之前她的分析都是错的?那为什么江肆一听见楚游的名字,就不太对劲儿呢?

不过,此时的许宁夏也顾不得去想这些。

她以前没见过江肆打球。

少年时的他总是安静的,很少动起来。有次在学校打球因为擦汗露了腹肌,导致被女同学围堵,他就基本不怎么打球了。

许宁夏看着江肆现在的模样。

心想当年的他肯定是更加神采奕奕,满是少年人的朝气蓬勃,就连流下的汗珠也是带着光泽的吧。

赛场上,到了江肆和楚游 1V1。

球在楚游手里,他守得很严。

"江肆,你不是说你打得不行吗?"楚游语气不明,似乎意有所指,"是故意骗我?还是这么多年私下苦练啊?"

江肆目光沉沉,看着对面的人,一言不发。

楚游又是嘲弄一笑:"藏得真深啊。"

话落,江肆一个假动作将球切走,随即快速移动到三分线外,动作一气呵成,命中三分。

全场喝彩。

落地后,江肆气息稍喘,擦了擦下巴快滴下的汗珠。

他走到楚游身边,回道:"随你怎么想。"

比赛结束,没什么悬念,江肆他们队获胜。

几个二十大几的男人兴奋又开心得要命,还跟过去似的,必须击掌庆祝。

江肆向许宁夏走来,许宁夏给他递了水。

想想上学时这种事没做,现在颇有弥补青春的感觉。

"怎么样?"许宁夏笑道,"有没有喜欢的女孩崇拜你的感觉?"

江肆点头,握着水瓶的手紧了紧,说:"一直想要这个。"

许宁夏只当他是顺着自己的话说,又道:"你打球很厉害啊,你和楚……"

"来来来！咱们几个快合个影！"有人插话，"我得发朋友圈感慨下我逝去的青春。"

许宁夏话没能说完，给江肆擦擦汗，让他去照相。

这场同学会比想象中进行得顺利。

散场时，大家愉快地说着一些漂亮话，为落幕画下圆满句号。

江肆去卫生间，许宁夏等在大堂，梁嵘陪着。

"官宣的感觉如何啊？"梁嵘问，"是不是也还不错？"

许宁夏点点头，眼中带笑。

她想到江肆告白时说过的话——只要给他一个机会，剩下的都交给他。

这话在一点点变成现实。

因为从确定关系那天起，她只要待在江肆身边，一切就会变得水到渠成。

曾经她那么不相信爱情，但现在，她相信江肆。

即便其中仍旧夹杂着过去经历带来的悲观，可她愿意一点点克服，又或者说，她相信江肆能帮她愈合。

梁嵘拍了拍许宁夏的肩膀，心里也替朋友高兴，笑道："你信吗？至少一周，你和江肆会是大家热议的对象。"

"这有什么不信的。"许宁夏说，"议论就议论，让他们羡慕去吧！"说完，傻乎乎地笑了半天。

许宁夏和梁嵘闲聊着同学会上的其他事。

说到一半，许宁夏发现自己的口红不见了，估计是落在卫生间的水台上了。

"我跟你去拿。"梁嵘说。

许宁夏没让："你歇着吧，看看代驾接单了没有。"

许宁夏独自往卫生间去。

快到拐角时，听到断断续续的哭声，还挺耳熟。

"她就这么好是吗……我也一直对你念念不忘啊。"

"江肆，我毕业时给你写的信，到现在都还作数，你能不能……"

"你的信我当时就退回去了。"

"抱歉，我女朋友还在等我。"

想想接下来要面对的场面，许宁夏想着自己是不是躲躲？

但已经来不及。江肆出来，袁忆谣紧跟着也追出来。

袁忆谣想抓江肆的手臂，江肆反应迅速地躲开。见状，袁忆谣干脆脚一崴，坐在了地上。

她大约是想激起江肆的同情心，但很不巧，正好坐在许宁夏面前。

尴尬如期而至。许宁夏伸手也不是，不伸手也不是，干巴巴地站着。

好在袁忆谣也是个要面子的，自己咬牙又爬了起来，抬脚就走。

路过许宁夏身边时，袁忆谣先是狠狠瞪了她一眼，随后又别有意味地笑了笑。

江肆不等人完全走出去，牵住许宁夏的手，问："来找我？"

"不是，找口红。"许宁夏把手抽出来，"你等我一下。"

江肆微微一愣，看向空了的手，有些低闷地"嗯"了一声。

楚游之前的话蓦地在他耳边回响。

回去这一路，两人都很安静。

许宁夏进了门就说要去洗澡，把江肆晾在一边。

江肆抿抿唇，去餐桌斟水喝，喝到一半，他放下水杯，进了浴室。

许宁夏裙子脱到一半，突然闯进来一个人，吓了她一跳。

"你干吗！"许宁夏抱着胸，"出去！"

才喝了水，可江肆喉咙里却发干，心脏也"咚咚"直跳。

他直觉她不太高兴。但原因是什么呢？

"心心。"江肆声音有些哑，"你是不是不开心？"

闻言，许宁夏肩膀一泄，表情冷下来："你个骗子。"

心脏猛地一缩，江肆的第一反应是楚游一定和她说了什么。

但楚游又能说什么？

他是在楚游当初邀请他打球时，撒谎自己并不擅长，可那是心理因素作祟，他仅仅是不想和楚游在某件事上再产生联系而已。

至于其他……他摸不清许宁夏生气的原因。

除非是那时的她确实对楚游有感觉，只是他横在中间，做了一些不太光彩的事，搅散了这桩好事。

但所谓不光彩，也无非是楚游在发现他俩同住一个屋檐下，想请他帮忙递信，他拒绝了而已。

如果楚游有心，大可以再找别人，这也算不得什么大的错处。

江肆定定地站在门口，面庞不显丝毫端倪。

可垂在身体两侧的手，手指已经麻痹。

"怎么不说话？"许宁夏质问，"心虚了是吧？"

江肆眉心一颤，张了张口："我……"

"哼。"许宁夏别过头。

她半露着肩膀，黑发有些凌乱地散在雪白的肌肤上，嫣红的唇微微噘起，生生把女人和女孩两种不一样的感觉融合在了一起。

既是天使，也是妖精。

江肆呼吸一沉，上前一把将人抱进怀里，想吻她。

察觉出他的意图，许宁夏更是气不打一处来，抬手推开了男人的脸。

犯了错想靠这种方式蒙混过去，谁给他的胆量！

"我告诉你，江肆。"许宁夏眼里凝霜，"这个事儿，你不给我说清楚，今晚你就睡沙发！"

江肆不知道说什么。

难道她学生时代真的在意过楚游？只是时过境迁，感觉早已经不在，所以才说他们不熟？

那她现在的生气是想要个道歉？

不过几秒，江肆思绪万千。

就在江肆心慌如麻，不知所措时，许宁夏忽然揪住了他的耳朵。

"有这么难解释吗？"许宁夏气道，"不就是袁忆谣给你递了封信诉衷肠吗？"

"你说……什么？"

"还跟我演？还演！"

许宁夏手下使劲儿，又不敢太过，怕弄疼这位奥斯卡影帝。

"你记得你给袁忆谣退回过信，不记得袁忆谣这个人是吗？"许宁夏喊道，"江肆，你拿我当三岁小孩骗呢！"

江肆愣了愣，讷讷了好半晌，才说："你是因为这个生气？"

"不然呢？"许宁夏可是听见了他们的对话，容不得某人抵赖，"还是说你还有事骗我？你和袁忆谣不会暧昧过吧？或者……唔！"

江肆忽然吻了下来，炙热又急切。

许宁夏一怔，火气暴涨，气他企图用这种方式解决问题。

她又咬又踢又踹，毫不客气，无奈面前的人好似一座山，纹丝不动。

几番反抗挣扎后，许宁夏累了。

稍一松懈，江肆乘虚而入，加深了吻。

许宁夏心窝仿佛被电到，人瞬间脱力，身体和手一软，脱到一半的裙子滑落。

坠在两人的脚上。

那衣服布料沾着暖暖的体温，还有些细滑毛绒，在脚面上缓缓摩擦，像极了每次她抚摸自己。

江肆只觉小腹一搅，随即将人抱起来，放到洗手台上。

大理石的冰凉刺激得许宁夏瑟缩了下，她下意识抱紧身边的热源，人几乎嵌进了为她量身定做的怀抱里。

扣住女人的后脑，江肆再度吻下去。

许宁夏也不再做无谓的抵抗，投入了理应的亲密之中。

暴风雨过后，男人沉静下来。

这时候的他，变得轻柔缱绻，带着磨人的脉脉温情。

许宁夏被吻得如坠云端，奁在两侧的腿，像蛇一样缠在男人腰腿间。

渐渐地，浴室的镜子上起了一层湿答答的水雾。

两人快要合二为一的身体被模糊晕化，水痕一条条地流下，累积到墙缝边缘。

许宁夏身体后仰时，手撑在上面，清醒了几分。

推开人，她呼呼地喘着气，脖子锁骨那里红了一大片，像是被人剥开的荔枝，白里透红，娇嫩鲜美。

"这算什么？"许宁夏问，眼里是被娇弱化的不服，"以色认错啊？"

江肆舌尖轻挑牙齿，勾了下嘴角，拇指抹着女人唇边的水光，说："没骗你，我发誓。"

她光听到了袁忆谣和他说的后面的话，没听到前面。

一开始，袁忆谣找他时，他完全没有印象。是袁忆谣提到了那封信，他才知道那封信是袁忆谣写的。毕竟信里的内容对于当时刚成年的他们来说，是有些露骨的，所以他有记忆。

"真的？"许宁夏半信半疑，"你如果骗我，被我知道了，下场会很惨。"

江肆保证："如果我这件事是骗你的，我出门就遇到车……"

许宁夏赶紧捂住男人的嘴，急道："你给我呸呸呸！"

江肆眼里浮现出笑意，在水台上拍了三下，让她放心。

许宁夏嗔怪地看他一眼，又说："江肆，我就和你说这一次。

"我这人呢，说小气很小气，说大度也是可以肚子里撑船的。"她顿了顿，"我对另一半的准则，最重要的就是忠诚，一定不能骗我，不能有事瞒着我。"

江肆呼吸稍停，问："要是你发现有事没告诉你，会怎么样？"

"分手啊。"许宁夏半分犹豫没有，说着，她点点江肆鼻尖上的迷你痣，笑道，"听见这个后果，还敢骗吗？"

"不敢。"江肆一脸严肃，表情又跟宣誓似的。

许宁夏"扑哧"笑起来，凑上前亲了口，说："知道你不敢，你哪里舍得我。"

"嗯。"江肆搂紧人，"舍不得。"

误会解开，该说的话也说了，许宁夏那点儿脾气来得快去得也快。

也是这时，她后知后觉自己以什么样的状态和姿势同江肆接吻。

头皮一炸，许宁夏慌忙用双手抱臂。

其实不抱还好，这种遮挡反而更加诱惑。

江肆喉结滚动，发觉许宁夏想下去，手便一下滑，将人按下。

"你……"许宁夏咬咬唇，"我……"

他们同床共枕那么多天，江肆到现在还没解除封印，说出去，怕是根本没人会信。

但两人就是纯洁的睡伴。

江肆双臂撑在水台上，俯下身靠到许宁夏耳边。鼻尖嬉戏似的蹭着她的耳垂，声音沙哑性感："别紧张，亲亲就好。"

男人的气息很烫。许宁夏缩缩脖子，想说什么，眼珠忽而一转，嘀咕了句："又没说做别的不行。"

话落，男人灼热的气息如有实质地砸在了许宁夏颈侧。

"心心，我……可以吗？"

他问得克制，又压不住浓重的期待，许宁夏听得心发痒，脚趾不由得蜷了蜷。

只是——

许宁夏转过头，笑得像只狡猾的小狐狸，漂亮无害到让人想气都气不起来。

"我生理期。"

说罢，已经沸腾起来的江医生仿佛迎头受到了一盆冰水，冰冻住后，又被无情地送出了浴室。

一门之隔，两人各自按捺下了难耐与悸动。

片刻，男人的声音在门外响起，闷闷的："心心，你想要吃些什么吗？"

刚才聚会上的自助，她没吃几口。

许宁夏捡起裙子，挂在一边，问："有什么啊？"

"你想吃什么？"

那意思，只要她想吃，他都会给她。

许宁夏嘴角一翘："还是喝一点粥吧，太晚了，会胖。"

"好。"江肆应，"我去做。"

脚步声渐远，许宁夏也敛去了笑容。

来到水池前，她正要卸妆，手机振动了下。

刚到同学会时，楚游加了她的微信，这会儿给她发了消息。

楚游：方便见面聊聊吗？

楚游：我没有任何恶意，只是有件很重要的事情想要告诉你。

楚游：你不要告诉江肆。

和楚游的见面，拖了一周。

说是拖，也不恰当。许宁夏是真的忙。导师和同学马上要从法国过来，工作室有一堆大大小小的事等着她决定，每天一睁眼就开始马不停蹄地奔波。

直到周三这天，许宁夏约了楚游中午见面。

恰好江肆要在这天出个短差，到桓城拜访一位老教授，拿些资料。

早上，两人如常吃早餐。

楚游说不要把见面的事告诉江肆，许宁夏听从了。

这倒不是说她多么相信楚游，又或者是认为江肆有什么问题。

恰恰是她太相信江肆，认为什么问题都不会是问题，才觉得没什么好说的，给了老同学这个尊重。

不过有件事，重新盘旋在许宁夏心头。

"同学会那天，我看你篮球打得很好。"许宁夏起了话头，"学霸发展得很全面嘛。"

江肆为她剥好鸡蛋，放在小碟里蘸了一圈料汁后，夹到碗里。

"有段时间靠这个休息，换换思路。"江肆说，"时间一长，就打得还可以。"

运动还是一种休息了？许宁夏无法感同身受。

她挑挑眉，咽下橙汁，十分随意地丢出去一句："那你和楚游的矛盾是什么？"

话锋转得让人措手不及。

许宁夏也确实在江肆怔愣的那短暂一瞬，看到他表情里划过的不自然。

两人不约而同地望着对方，又统一按兵不动，气氛莫名怪诞。

片刻后，江肆继续为许宁夏夹菜，说："我和他撒过谎。"

"撒谎？什么谎？"

"他曾经邀请我进篮球队，我说我水平不够，拒绝了。"

"……就这？"许宁夏觉得哪里不对。虽说明明打得好却骗人家说不行，在上学那会儿，这种行为挺装，确实让人反感。

但反感，不也该是楚游反感吗？可为什么每次一提起楚游，别扭的倒是江肆。

许宁夏还想再问，偏巧给她贴腰线的师傅来了电话，说今天临时加了个活儿，他现在就去工作室，让许宁夏过来开门。

这年头，有手艺的师傅都是大爷。无法，许宁夏只好草草吃了早餐，不能享受江肆专车接送的服务了。

出门之前，许宁夏问："周五晚上回来？"

"嗯。"江肆递她的包，"八点落地。"

许宁夏抱住人踮起脚亲了下："我去接你。"

江肆弯弯唇："好。"

忙到中午，师傅前脚离开，梁嵘后脚来接许宁夏。

两人前往商场餐厅。

"确定不用我跟着？"梁嵘问，"我不介意在白眼下蹭个饭。"

许宁夏补着口红，说："回头我请你吃好的。"

对于带上梁嵘这个决定，许宁夏很坦然。

她已经给了老同学尊重，听他的，没把事情告诉江肆。

可这么多年没见了，知人知面不知心，她也不能傻白甜到人家说什么信什么，总得留个后手。

车子停在地下车库。

梁嵘和许宁夏一起下车，说是去女装店转转。

"有事电联。"梁嵘晃晃手机。

许宁夏乘直梯来到五楼，去了一家西餐厅。

楚游已经到了，选的是角落里适合谈话的安静位置。

"不知道你喜欢吃什么，都还没点。"楚游说，"看看菜单？"

许宁夏礼貌微笑："先来杯咖啡吧。"

楚游微顿，明白这是不想久留的意思，缓慢地点了点头。

很快，饮料到位，也该开启下文。

楚游有备而来，不绕弯子，上来就问："你了解江肆吗？"

许宁夏有点儿想笑，这开场白好像那些狗血剧。

"了解啊。"她说，"我男朋友嘛。"

楚游脸色一凝，又问："你们不是兄妹吗？"

这话一抛出来，许宁夏又是一愣。

"我知道你们不是亲兄妹。"楚游继续说，"我也是高一下学期吧，意

· 269 ·

外知道你和江肆原来住在一起，有另外一层关系。"

楚游的一位表姨和江肆的妈妈丁静云是同事。某次，表姨来家里做客，和楚游妈妈闲聊起丁静云的遭遇，提到丁静云有个儿子十分优秀，和楚游一个学校……话赶话，让楚游知道了情况。

"你们没在学校公开，我想肯定就是不想同学们知道。"楚游说，"所以我也没有多嘴。"

许宁夏尝了口咖啡，语焉不详地回了句："我是不是该说声谢谢？"

楚游没这个意思，他想说的是："我知道你和江肆有这层关系后，就想'贿赂'江肆。几次邀请他到篮球队做主力，他都说自己球打得不好，拒绝了。"

"这事他和我说了。"许宁夏点头，"他这人独来独往惯了，就是不想多事，没别的意思。"

楚游轻笑着摇摇头："那我让他帮我给你递信，他说你们关系不好，他只是借住在你家，帮不了这个忙……这件事，他也说了？"

在听到楚游说"信"时，许宁夏心下一紧，似乎明白了江肆抗拒楚游的原因。

但楚游又说了后面，她不得不接应道："我们那时候确实关系不怎么样，他没有骗你。"

她说罢，楚游冷笑了一声。

那天，楚游在同学会看到许宁夏和江肆在一起后，想起递信这件陈年往事，也没多想什么。毕竟江肆拒绝帮他，他可以再找别人帮忙，委实不能把责任往江肆身上推。

可在听了袁忆谣的话，又看了她带着的"证据"后，他就没办法不想江肆当年的用心了。甚至也不得不再深想江肆在他和许宁夏之间是否做过什么挑拨破坏。

"你真的了解江肆吗？"楚游回到了原点，"百分之百了解？"

许宁夏皱起眉，一时无言。

楚游又说："我听说你们是在九云重逢的。"

"是又怎样？"

"你不觉得奇怪吗？"他问，"他一个国内Top1医学院的高才生，他们学校最好最权威的教授带着他，把他当成接班人培养，结果他跑到九云这么一个鸟不拉屎的地方规培……不好笑吗？"

许宁夏卡了一下，说："这对他的前途是有益的，他……"

"这是他跟你说的吧。"楚游拿出手机，"韩杰，你们班的。之前同学会，他和江肆聊得最多。"

韩杰是学生物制药的，那天确实和江肆聊得比较投缘。

楚游说："韩杰也算是我哥们儿，你听听他怎么说的。"

楚游按下微信里的语音。

——"江肆规培这事在他们医学院轰动一时呢。他导师让他别去，就留三甲，几个大佬也这么劝，说没必要浪费一年的时间。可江肆就跟中邪了一

. 270 .

样,非去不可。人家学医的都恨不得赶紧拿执照工作,对导师言听计从,留在最好的医院里,他就是要去那个什么……什么地方来着?哦,九云!我都没听过。"

语音结束,楚游收回手机,沉声道:"现在,你觉得你和他在九云重逢是巧合吗?"

许宁夏脑子里一空,满目茫然。

——"你为什么来九云?"

——"来这边规培有支援性质在,对我的职业规划有利。"

曾经的话还犹在耳边,字字句句,全是江肆亲口说出来的。

许宁夏握紧了咖啡杯,问:"你到底想说什么?"

"我想说什么?"楚游反问,"宁夏,你还不懂吗?江肆从一开始就没你看到的那么简单。他对你有所隐瞒,再利用你们的兄妹关系,一直对你居心叵测!"

许宁夏轻哂:"你觉得凭韩杰这段话,我就会信?江肆想去哪里规培是他的自由,这和什么隐瞒不隐瞒的,有什么关系?"

"还有,我们也不是兄妹。"

楚游拧起眉头,急切道:"你是这么想的吗?那他天天住你家,和你朝夕相处……他看起来对你并不在意,实际上是隐瞒了所有心思,在暗地里对你存有想法,你都不害怕?"

许宁夏抿抿唇:"上学时,江肆对我……"

"那你再看看这个。"

楚游找出手机里的一张照片,推到许宁夏面前。

画面很糊,但上面露脸的主人公是谁,还是能一眼看出来的。

是江肆。

至于趴在桌上没有露脸的,许宁夏不会认不出自己的背影。

"这是袁忆谣上学那时拍的。"

"什么寄养、关系不好……"楚游嘲弄地笑起来,"我看,这才是他不帮我的理由吧!"

坐在一楼某家咖啡馆,许宁夏望着来来往往的行人发呆。

回忆纷纷扰扰,应了那句:剪不断,理还乱。

但乱归乱,也总归有蛛丝马迹会被挖掘出来。

许宁夏此刻回首学生时代,少年每次低下的头、闭口不言的沉默,还有躲避的目光,似乎都有了另一种解释。

还有如今。

他们第一次在九云吃饭时,就把没有香菜的那碗倒换到她手上;清楚她的口味,知道正宗的九云米糕她不喜欢,选择了其他;她失眠,他提出看书助眠;以及办公桌上永远细心养护的山茶花……这些都不是巧合。

甚至,包括最初接种完疫苗的注意事项,以及保鲜膜。

许宁夏刚才给李多美打电话，询问九云人民医院是否提供这些。

李多美说："没有啊，多亮之前打疫苗都是医生口头告诉的……保鲜膜的话，要保鲜膜做什么？"

凡此种种，江肆究竟还瞒了她多少？又骗了她多少？

许宁夏手有些抖，还发凉，想摸着杯子焐焐，梁嵘来了。

"这么快就完事了？"梁嵘纳闷，"没吃饭吗？"

许宁夏回了句"没有"，人有气无力的。

梁嵘正脱大衣，没发觉，继续道："我刚才发现了一家文身店，老板超级帅！你说，我要不也文一个？你大一时候文的是吧？疼吗？"

"咣当！"

许宁夏碰倒杯子，热茶和碎片同时飞溅，惊到周围的顾客。

服务员马上过来处理，梁嵘拉着许宁夏腾地儿。

这一摸，发现了许宁夏的手冰凉。

"夏夏，怎么了？"梁嵘问，"不舒服吗？"

许宁夏眼眶发红，反拉住梁嵘说，语无伦次："我想起来了！我！我……这个才是原因吗？就因为我这句话？"

梁嵘一脸蒙："想起来什么了？什么话？"

去九云的话。

她和江肆提过九云。

就是她因为文身的事和许青浔争吵，被罚不能吃饭，然后江肆给她煮了鸡蛋的那个晚上。

当时，江肆说相信她不是为了气许青浔才想要文身。

因为她怕疼，如果只是想气人，不会选这么疼的方法。

而之后……

得到信任的许宁夏被戳中心思，闷闷地趴在小餐桌上。

但许是人在被冤枉时，能有一个信自己的人，就会让人觉得感动。许宁夏忽然有一点儿说话的欲望，大概是为着这口救急的食物吧。

"你听说过九云吗？"女孩问。

江肆摇头。

许宁夏"喊"他孤陋寡闻，继续说："九云是我外婆的故乡，是最美的地方。

"我外婆和我外公就是在九云定情的。"

听到"定情"二字，还懵懂着的少年耳根蓦地一烧，心跳不由得快起来。

许宁夏听木依蓝说，她的外公是英籍华人，一位植物学家。有一年，外公来F省采集标本，一路来到了九云。

九云的生态环境对植物生长非常有利，造就了植物多样性，非常适合研究，外公便在九云多住了一段日子。

某次清晨，外公去山脚采集标本。

当时有一朵盛开的山茶花，美得不可方物。

外公激动不已，小心翼翼地想要采摘下来，就听有人对他说："多好的花呀，让它开着不好吗？"

外公抬头，在晨曦朝雾中，看到了外婆。

一见钟情。

后来，外公带着外婆去伦敦生活，并生下木依蓝。

木，这个姓，就是随母姓。

外公知道外婆一直惦记着回家乡，是为他离乡背井，他不能解这思乡之苦，只能用这样的方法宽慰外婆。

外婆最喜欢和木依蓝讲九云的事，总说要带木依蓝回九云去看看。

只可惜，外婆突发疾病，在伦敦抢救无效去世，再也没能回去。

这成了外婆永远的遗憾。

受外婆影响，木依蓝从小就对九云充满憧憬，也想着回去看看。

然而，她同样没能回去。

好在，木依蓝也总和许宁夏讲九云的事，讲外婆外公的相遇和爱情。

许宁夏潜移默化，便继承了母亲回九云去看看的愿望。

"我外公在我外婆去世三个月后，也走了。"许宁夏吸吸鼻子，"死时，外公抱着一大捧山茶花，穿着他第一次见我外婆时穿的那件衬衣。"

听到这里，江肆心里酸酸胀胀，问："所以你喜欢山茶花是为了纪念外公外婆？"

许宁夏看了江肆一眼，回道："嗯，算是吧。"

虽然她和外公外婆从未见过面，但血浓于水，听母亲常说起他们，自然也生出一些亲近的感情来。

但喜欢山茶花，更多是因为在她心里，山茶花是真爱的象征。

就像外公和外婆。

而且，她答应过木依蓝，有朝一日，会带着在九云盛开的山茶花去看望外公外婆。

想到这里，许宁夏托着下巴，笑容纯真明媚，眼里含着光芒，肯定道："我是一定要去九云看看的。"

"一定。"

…………

"夏夏，你到底怎么了？"

梁嵘关切的问话把许宁夏从回忆里拉出来。

她轻眨下眼，有什么凉凉的东西从脸颊快速滑过。她别过头，擦了下。

"没事。"许宁夏说，"别担心。"

梁嵘瞧她六神无主，脸白得和纸一样，哪里像没事的？

"都这个时间了，要不咱们找个餐厅吃些东西？"梁嵘轻声说，"有什么事，和我说。"

许宁夏笑了笑："嗯，先吃饭去。"

找了家川菜馆，梁嵘做主，利落地点了一堆辣菜。

没有麻婆豆腐。

许宁夏问怎么不点这道。

"你爱吃啊？"梁嵘挠挠下巴，"光知道你爱吃辣，还真没注意具体是哪道菜。要再加一道吗？"

许宁夏嘴角似有若无地扬了下："我就这么一说，点得够多了，吃不了了。"等菜的这会儿工夫，梁嵘问楚游都说什么了。

许宁夏喝着茶，多少有些不知从何说起，她此刻也还是乱的，很多细节和问题都没有弄明白。

"你有袁忆谣的联系方式吗？"许宁夏问，"方便的话，帮我打听一下。"

听这话，梁嵘默认楚游的事是和袁忆谣作妖有关，心有不忿，点开手机说问问。

这一进微信，傻了。

之前梁嵘设置免打扰的同学群，炸锅了。

不知道是谁传出来的，说江肆和许宁夏高中时是重组家庭的兄妹，两人上学时就关系不清不楚……

梁嵘无了个大语。

别说许宁夏她爸和江肆他妈只是短暂恋爱了一段时间，再退一步，他们的父母就算是登记结婚了，国家哪条法律规定没有血缘关系的重组家庭的继兄妹不能恋爱结婚？

许宁夏等着梁嵘回话，就见梁嵘对着手机，表情变幻，便问出什么事了。

梁嵘也不隐瞒，递过去手机，说："你自己看，不知道谁挑起来的。"

许宁夏看了看，面色平静。

了解了大概意思，她把手机还回去，想了想，说："估计是袁忆谣。"

"她？"梁嵘嘴角一抽，"这女的有病，确诊了。不过，你怎么确定是她？"

许宁夏说了楚游知道她和江肆高中住一起的事。

那时候，许宁夏不仅没有把自己和江肆的关系在学校公开过，两人在校还基本是陌生人状态。

在学生的眼里，很多事情非黑即白，许宁夏不想让同学们在背后笑话自己的爸爸给她找后妈，自然不会说。

她和江肆的这段，只有梁嵘、梁峥知道。

"楚游这几天应该见过袁忆谣，很有可能说漏了。"许宁夏这么想，"楚游还不至于这么嘴碎。"

梁嵘点点头："那你打听袁忆谣的联系方式，是想撕她？"说着，她活动活动手腕，"好久没替天行道了，算上我。"

许宁夏无奈一笑，刚要说想什么了呢，许青浔的电话打了进来。

许青浔的声音一听就是压着大火，命令许宁夏立刻来见他。

四十分钟后，许宁夏去了一家私人会所。

梁嵘在车里等。这一天，把梁保镖也是折腾得够呛。

许宁夏跟着服务员进了房间，许青浔一见到她，就扬手摔碎了一个茶杯。

· 274 ·

"你想气死我是不是！是不是！"

许青浔喊得整个人在抽搐，脖子上的青筋好像要在下一秒爆裂开似的。

许宁夏绕过茶杯碎片，问："我做什么了？"

"你……你！"许青浔点点她，"你谈恋爱的对象是谁？"

许宁夏坦荡地承认："江肆。"

"砰！"

许青浔又摔了一个茶杯。

"你知不知道你和他是什么关系？"许青浔问，"他算是你哥！你这样做，我这老脸往哪儿放？你是不是想毁了许家的清誉？"

许宁夏不知道她和江肆谈恋爱碍着许家清誉什么事了。

更不懂这个和许青浔的脸面又有什么关系。

许青浔压压气，双眼充血，又说："你高中有位同学的爸爸和我算是老朋友。他听他女儿说你和江肆在一起，就打电话问我是不是有这回事。"

"许宁夏，你懂不懂什么是纲常伦理、礼义廉耻？"许青浔喊道，"你就这么缺男人，非要找上江肆？"

这么大的罪名扣下来，许宁夏好似被人猛抽了一巴掌，身体下意识后退了一步。

特别是那句"缺男人"。

从自己爸爸的嘴里说出来这样的话，饶是许宁夏再看得开，也受不住。

那感觉，就像是她不自爱到了极点，以至于自尊可以被父亲拿出来随意羞辱，还当着助理这个外人的面。

"分手，马上分手！"许青浔命令，"分手之后，你去国外待一段时间。什么国家，随你挑！等这件事过去了，你再回来。"

他说完，刘助理上前，表示可以立刻为许宁夏安排行程。

许宁夏看看助理，再看看许青浔。缓了几秒，火烧火燎的脸渐渐冷却，人也镇静下来。

"第一，我哪儿也不会去，我的事业会在北城开展。"

"第二，我不会分手。"

许青浔眼睛瞪起，又要叫嚷。

许宁夏赶在他之前，继续："第三，我不缺男人。是只有这个叫江肆的男人，能打动我而已。"

表明立场后，许宁夏转身离开。

包间里再次响起杯子砸碎的声响，以及剧烈的咳嗽声，她听了，没有停下脚步。

从会所出来，许宁夏去找梁嵘。

刚出了大门，江肆的电话打进来。

看到屏幕上的名字，许宁夏心口像是被什么扎了一下。她抿抿唇，返回会所大堂，接通电话。

"心心。"男人上来便唤她，清冷的声音里夹杂着试探和担忧，以及不容易被察觉的害怕。

许宁夏呼了口气,控制好语调,说:"怎么这时候打电话了?"

那边短暂沉默后,江肆说:"梁嵘刚才跟我说了同学群里的事。你不要生气,等我回来处理,你就当没看见,好不好?"

听他这般小心翼翼,许宁夏眼睛胀得厉害。

她强压下这股酸涩,问:"江肆,你有没有什么事瞒着我?"

这一次,沉默变得漫长。

大堂的落地窗外,寒风裹挟着枯叶在地面打转。

今天天格外阴沉,天气预报说,北城极有可能在近期迎来初雪。

许宁夏望着远处几朵污糟的云,心随着这些云,飘飘散散。

良久,她听到电话那边的人对她说:"没有。"

许宁夏握紧手机,走到背光的角落,回道:"好。"

时间再一次被无限拉长。

两人默契地都没有挂断电话。虽然相隔很远,但他们之间已经有一根无形的线可以连通彼此。

"心心……"

"等你回来,我有话和你说。"

挂了电话,许宁夏回到车上。

梁嵘问:"江肆?"

"嗯。"

"别怪我多嘴。"梁嵘说,"我感觉你今天很不对劲儿。"

许宁夏微笑:"没事。"

梁嵘发动车子,忽又想起什么,说:"对了,袁忆谣的电话我要来了。她现在不在北城,去望城出差了。"

回到青年公寓,许宁夏瘫在沙发上,一动不动。

她想着再抽丝剥茧的,可这会儿脑子里空空如也,什么都挖不出来。

这一躺,躺到了晚上。

屋里黑黢黢的,没有开灯。

梁嵘总不放心,时不时就发微信和许宁夏说说话。

同学群里的谈论热度不减,事情传到楚游耳朵里,他特意打电话解释。

"宁夏,不是我说的。"楚游语气有些急,"我说这些对我没有意义!你信我……"

许宁夏淡淡道:"是不是你,都没关系。"

"你这……什么意思?"

"你觉得我会在乎外人怎么说我和他吗?"许宁夏说,"我们是什么关系,我比任何人都清楚。"

楚游顿了顿:"那你就真的不介意?"

"你今天为什么和我说这些?"许宁夏反问,"是不是心里多少有怨气,想着得有个撒气桶接着?"

那边没回答，可答案不言而喻。

楚游喜欢了许宁夏那么多年，为她不惜放弃国外体面的高薪工作，选择回国，结果发现她已经恋爱。

还是和江肆。那个口口声声说和她关系不好，背地里近水楼台、肖想她这么多年的伪君子。

"我承认。"楚游索性说了，"但如果江肆光明磊落，我能说出来什么？"

许宁夏笑了笑。

本来是冷笑，可不知怎么的，这一笑又停不下来。

等笑够了，许宁夏说："楚游，别再和别人说你喜欢我。这会让我感到不适。"

挂了电话，许宁夏订了最快飞望城的票，是转天早晨六点的航班。

于是，她几乎一夜没睡，天没亮就去了机场。

与此同时，江肆在早上快七点的时候，降落北城。

落地的第一件事就是给许宁夏打电话——关机。

听到听筒里传来的机械女声时，江肆一时恍惚，迈空了一个台阶。

猛然的失重感让他觉得心脏抽离了一下身体。

手心冒出层层冷汗，江肆脑子里自动浮现出那一年的情景。

他参加完全国竞赛，回到许家。

杨阿姨站在大门口，和他说："小夏走了，再也不回来了。"

这句话，是江肆怎么都摆脱不掉的梦魇。

江肆握紧行李杆，快步走出机场叫了车，准备给梁嵘打电话。

打之前，他看到楚游之前给他发的短信……

北城离望城不远，航程一个半小时。

许宁夏轻装上阵，除了背了一个小挎包，就是拿着手机。

可倒霉的是，才出舱，一个熊孩子跑过来撞到她，手机掉在地上，被后面一个没来得及刹住脚的大哥踩碎了。

孩子父母见了，在那儿扯皮。

一会儿要调监控看到底是不是自己孩子的责任，一会儿又说这事和他们没关系，该赔钱的是大哥。

许宁夏懒得掰扯，不追责，快速离开机场。

凭着梁嵘之前告诉的地址，许宁夏找到袁忆谣在望城的工作地点。

袁忆谣见到她时，有些慌。但也只是慌一下，便撕下了平日楚楚柔弱的样子，正面对上许宁夏。

"去楼下咖啡馆吧。"袁忆谣说，"我不想……"

许宁夏摇头："不用了，耽误不了你多久时间，有件事麻烦你。"

闻言，袁忆谣有点儿摸不着头脑，警惕道："你找我到底什么事？"

许宁夏说："我想亲眼看看你拍的那张照片。我和江肆的。"

/第十章/
心心

梁嵘还没睡够,就被梁峥叫了起来。
想杀人的心都有了,梁嵘眯着眼睛,问自家老弟是不是活腻味了。
"我当然没活够。"梁峥气定神闲,"江肆可能是离死不远了。"
"谁?"梁嵘嘟囔了一声,人从被子里钻出来,"怎么了?"
梁峥说:"夏姐不见了,江肆要疯了。"
"人现在就在咱家客厅,你和他说去吧。"
说什么啊!发生什么了啊!

对北城发生的事尚且一无所知的许宁夏,又返回了北城。
彼时,下午一点刚过。
不过一个多半天时间,充斥着各种离谱。
许宁夏不辞辛苦找上袁忆谣,袁忆谣还以为是要算账她在同学群里放出兄妹关系又添油加醋的这件事。
结果,许宁夏只是看了照片。看完之后,她还又羞又甜地笑笑,问袁忆谣江肆是不是那时候就特别在意自己。
袁忆谣当时的心理活动像是有无数只羊驼狂奔而过。
更离谱的是,许宁夏回北城的车费和机票钱,全是袁忆谣出的。
许宁夏走后,袁忆谣坐在工位上,感觉自己人生的格局打得开开的……
下了飞机,许宁夏步伐轻快。
她身上的现金在去袁忆谣公司时都给了司机师傅,亏得她找袁忆谣还多要了二百。
许宁夏准备先回自己的公寓,换上备用手机。
才出机场,人就被抓住了。
那力量大到骇人,许宁夏似乎都听到了自己骨头发出的"咔咔"声响。
她吃痛,转过头想呵斥对方松开,就看见脸色结冰的江肆。
"你……你怎么在这儿?"许宁夏惊讶不已,"不是周五晚上才回来吗?"
江肆不说话,直直盯着许宁夏。
那漆黑的眸子像是不见底的旋涡,搅动翻滚着种种情绪,但又极力压抑着,把这些情绪藏在沟缝里,不让人看出。

许宁夏被他看到有些胆寒,不知道该说什么。

周围人来人往,也没有哪个乘客注意他们,好像他们成了流动中唯一的静止。

不仅动作静止,时间也静止了。

感受着手下的脉搏跳动,江肆再三确定无异,心口的淤塞消散了些许。

他单手给梁嵘他们回了消息,拉着许宁夏出去。

许宁夏有点儿跟不上大长腿,但又不敢说。她总感觉江肆好像下一秒就要爆炸。

等上了车,许宁夏才提了句:"回我公寓。"

江肆一愣,没有说话。

半晌,握紧方向盘的手缓缓收了力气,发动车子。

进了屋子,许宁夏直奔书房。

她急着通过袁忆谣的好友请求,好让对方给自己发照片。

许宁夏记得她有部手机在去九云前放在了这里,可找了一圈,却没找到。

再去卧室。

当许宁夏打开衣柜门的时候,身后划过一缕木质香味的冷风。

江肆从背后抱住了她。

熟悉的体温包裹着许宁夏,这一路以来的风寒随之一点点融化。

"不是说有话和我说?"男人声音干哑得厉害,像是很多年没开口说话一般。

许宁夏怔了下,刚要说话,那人又道:"我们慢慢说,你……"

他顿了顿,手臂收紧,下巴不敢太重地贴着许宁夏耳边,只虚虚靠着,说:"别走。"

只看到她打开衣柜,他就害怕了吗?

心被这两个字狠狠地绞了起来,又酸又涩,还泛着密密麻麻的痛楚。

直到现在,许宁夏才终于知道这句话到底是对谁说的。

她挣开怀抱,转过身,看着江肆,目光湿凉:"为什么不告诉我?"

江肆垂下眼,悬在半空中的手臂僵直着,声音沉重低闷:"告诉你什么。"

都这时候了,他还想瞒着她?

许宁夏推开人,走到客厅,江肆跟随。

见江肆依旧没开口的意思,许宁夏去吧台斟水。

江肆在看到楚游的短信时,就知道事情远比他想象中的严重。

除了同学们议论不休的他们的关系,还有他曾经藏在暗处的那些心思,也被撕开了个口子。

可他要怎么和她说?

说他从那时就依仗着寄养在许家的特权,默默觊觎窥伺她?

说他日日以冷脸对着她,实际每天疯狂地在意着她?

还是说,他就是因为知道她决定了单身主义,所以一直忍而不发,伺机而动,一步步接近她?

这些他亲自做下的事,他光是想想,都觉得扭曲恶心。

何况是她?

说了,只会让她讨厌自己。

"还没组织好语言吗?"许宁夏放下杯子,"你做过什么就说什么,这很难?"

她咄咄逼人,再漂亮的眼睛这会儿也像把刀子,戳人心口。

然而,已经到了这一步,江肆绷紧了太久的神经反而松了下来。

他神色比之往常更加平静淡漠,静到仿佛天砸进了海里,海也能面不改色,将其一口吞没。

走上前,江肆冷声说:"如果你想提分手……"男人停顿片刻,下面的话像是从身体里摩着血肉挤出来似的,"不可能。"

不可能什么?

不可能同意?不可能放手?

仅仅三个字,江肆杜绝了所有。

许宁夏看着他这个样子,莫名联想到路边的石头块。看着又冷又硬,顽固得很,但谁都能上去踩一脚。

而她,踩上去的这脚,最重。

"江肆,你是不是觉得我的血是冷的啊?"许宁夏问,"还是你觉得我的心焐不热?"

"你认为我是要和你分手吗?"

闻言,江肆眉眼似是有所松动。他羞赧地低下头,垂在身体两侧的手不由自主地微微颤动。

"我……"江肆皱眉,"我……抱歉。"

又是抱歉。

许宁夏提到心口的气又泄下去。他就这么没有安全感?这么没自信吗?

可转念一想,她自己又何尝不是这样。

因为父母失败的婚姻,她不敢憧憬幻想爱情,将感情视为毒蛇,避之不及。

她设下的一道道铜墙铁壁,不就是因为她怕,所以给自己保护起来吗?

直到江肆的出现,才让这些壁垒倒塌,让光照了进来。

她贪图享用了他全部的好。

现在,也是时候该她为他建立起牢固的屏障。

许宁夏从吧台里走出来,走到江肆面前。

她不知道,她每走一步,江肆的心脏就抽动一下,生怕她会说出什么来。

等她站在了他的面前时,江肆甚至想逃。

可逃是绝无可能了,因为许宁夏握住了他的手。

"江肆。"许宁夏叫他,语气轻缓,"承认你一直喜欢我,喜欢了很多年,有这么难吗?"

江肆怔然,看着许宁夏的目光也紧缩了一下,抿住了唇。

许宁夏望着他，眼底渐渐聚集起了水雾。

坦白地讲，在听到楚游说的那些话后，她心里是有过不舒服的。

试想一下，有一个人在你身边，近到和你睡觉的房间就隔着十几米……就是这样的一个人，对你冷淡疏远，好像多么讨厌你似的。

可实际上，他喜欢你。

这种把感情隐藏到极致的行为，要是放到电影故事里，或许挺绝美的，但放在现实，多少叫人后颈发凉。

这样的感情换作任何一个男人，许宁夏都会躲得远远的。

但偏偏这个人是江肆。

知道他默默喜欢了自己那么多年，从年少跨过漫漫岁月到了现在，哪怕在他们分开的那十年，他都没停止过。

许宁夏觉得庆幸。

是的，不是感动，而是庆幸。

原来在这个世界上，真的有那么一个人，完完全全属于她。

"江肆，你听好了。"许宁夏深吸口气，低下头擦了下睫毛，"我这个人确实不懂什么是爱。我妈那么爱我爸，为了他，不惜拼着生命危险去生儿子，结果死在了手术台上。而我爸，不到一年就去找别的女人。我……"

她心口堵得厉害，连眼泪也要不听使唤。

见她红了眼睛，江肆本能地反握住她的手，一下一下捏着，呢喃着心心。

许宁夏才不理他，吸吸鼻子，继续说："我从小见了我妈的悲剧，我也变得很悲观，不想相信，也不敢相信什么爱情。可是——

"可是我虽然证明不了我懂爱，但我很清楚，我想一辈子都和你在一起。

"别人都不行，我只想要你。"

说完，许宁夏再也控制不住，哭了出来。

这眼泪来得异常汹涌。

许宁夏不知道她哭的是因为心疼江肆这么多年的执着和等待，还是哭她在这一刻和自己的自卑懦弱和解了。

她再不用故作云淡风轻地把聚散离别看作寻常，她放下了自己的七情六欲。

人总归是渴望爱，追着爱走的。

她曾经把她的妈妈看作反面教材，心中多少带着些哀其不幸、怒其不争。

可事实上，她和妈妈是一样的人。

一旦认定，很难再做到潇洒放手。

江肆凝视着许宁夏，大脑里白茫茫的一片，做不出任何反应。

许宁夏看他这般茫然，心里既酸涩又有些来气。

女朋友都哭成这样了，他就干看着？是想下岗了吗？

就在许宁夏要发脾气的时候，江肆握着她的手，忽然动了动。

紧接着，他干涸得快要粘连在一起的嘴唇也动了动，哑声道："你说……你想一辈子和我在一起……只和我，别人……都不行？"

许宁夏想说你不是学霸吗？刚说的话都记不清了？

可现在的她很清楚，他记得。

关于她的一切，他都记得。

"是，我只想和你在一起。"许宁夏坚定地说，"江肆，我许宁夏，非你不可。"

耳边像是炸开了一朵又一朵的烟花。

五彩斑斓的光芒瞬间照亮了心底最幽深的地方，让曾经还灰暗躲藏的一角，天光大亮。

江肆讷讷地抬起手，帮许宁夏拭去眼泪，声音有些颤抖："你不气我那么早就……"

"气啊！"许宁夏说，"气你不早一点告诉我！"

江肆摇摇头，喃喃道："你不能早些知道，知道了……只会讨厌我，躲着我。"

他说得笃定，许宁夏也知这是事实。

可也正因为如此，她又一次看到他是多么了解自己，为了博得她的喜欢，他隐忍谋划到了什么地步。

许宁夏靠近过去，手圈到江肆背后，抓着他的衬衣，说："但我现在知道了，只觉得心疼。

"江肆，你真傻。

"我有什么值得你……"

男人的吻堵住了后面的话。

这个吻带了一点咸苦，流窜在两人的味蕾之间。

江肆一点点吻去许宁夏脸上的泪，仿佛是在把她的苦楚全部替她咽下。

他小心捧着许宁夏的脸，眼眶里含着水润，终于把压在心里十一年的话说了出来。

"心心，我喜欢你。

"喜欢很久了。"

从初见时惊鸿一瞥的怦然心动，到后来相处时窥见她的可爱善良，以至少年最后恍然大悟这就是喜欢一个人。

许宁夏闯进并惊艳了他的青春。

从此，他的心里眼里，只装得下她一个。

许宁夏紧紧抱着江肆，听到这话，笑得有些得意，又有些害羞。

她想，如果她还是少女时，有男孩和她这么告白，她肯定会和现在一样，满心欢喜。

"我也喜欢你。"许宁夏说，"会喜欢很久，一直喜欢下去。"

江肆笑笑。

少见地笑得这样开朗，像是大男孩，真心实意地显露出自己的情绪，掺不得一丝杂质。

许宁夏用额头撞他一下，他弯下腰吻她的眉毛、眼睛、鼻尖、脸颊，再来又是无尽的深吻封住她的唇。

窗外不知什么时候飘起雪花，一片片，沉醉地在空中飞舞。

这是北城的初雪，一次新的开始。

许宁夏和江肆拥吻得忘情。

刚刚还充斥在两人之间的咸苦，一扫而光，只剩下灼热气息。

许宁夏也不知道自己什么时候背靠上了墙，再无退路。

她衣衫凌乱，扣子解开了好几粒。

江肆埋首在她颈间，深沉的鼻息骚动着皮肤，带起一波又一波电流。

"心心。"

江肆伏在许宁夏耳边，不敢向下的手停在腰臀之间。

"如果你没准备好，我可以等。"

许宁夏无语，挑衅地把手放在男人腹部，轻轻挠了挠，说："江医生，你不会是怕吧？听说男人第一次都……"

她点到为止，眨眨眼，娇俏得不像话。

江肆只觉长久克制压抑的火"噌"一下爆燃，直奔一处而去。

下颌紧绷至极，江肆毫不犹豫抱起许宁夏，去了卧室。

不同于之前在民宿，这次的江肆，无比清醒。

他跪在床上，面容沉静，视线紧盯着身下的人，动作慢条斯理地一粒一粒解着衬衣衣扣，禁欲又性感不羁。

许宁夏陷在床里，不敢对视。

她咬了咬唇，忽而想起什么，紧张道："没有，没有那个。"

才说完，江肆从口袋里掏出两个小包装，精准无误地扔在了床头柜上。

"桓城医学院的学生在做宣传活动，给的。"

给得真及时。

江肆按着许宁夏的手，手指分开她的，与她十指紧扣……

雪越下越大，狂风涌动不止。

房间内旖旎温存，细细密密的亲吻之下，男人一遍遍对许宁夏重复——

"你是我的，心心。"

"是我的。"

结束后，许宁夏连澡都不想洗，只想睡觉。

江肆说给她洗，她迷糊着叫他滚，说完，就进入昏睡状态。

等再次醒来，夜幕早已悄然降临，九点了。

他们放肆胡闹了一个下午。

许宁夏浑身酸乏到好像身体不是自己的，骨头缝里也酥酥麻麻，仿佛体内的每个细胞还在震颤。

身边的位置已经空了，留着些余温。

强撑着爬下床，许宁夏像是做完了什么大手术，一点一点地蹭着走，进了浴室。

等照到镜子时，她吓了一大跳。

只见自己黑发蓬乱,眼尾糊着好几道泪痕,吻痕更是几乎遍布全身。
江肆这个禽兽!
许宁夏嘬了嘬嘴,嘴也肿了。
而最糟糕的,还是她肩后的那朵山茶花。
许宁夏费劲儿地转身照照,原本淡粉色的花朵硬是被亲咬成了嫣红色,有的花瓣还破了皮……
许宁夏气得不行,正要吼罪魁祸首进来,人在外面敲了门。
"心心,你醒了?"
这小心翼翼的语气啊。
许宁夏咬着牙不说话。
过了一会儿,门把转了转,江肆进来。
四目相对。
一个怒目而视,一个眸色沉沉。
江肆看着女人单薄的身子就围了一条浴巾,身上满是他留下的痕迹,不由得喉结滚动。
"你是狗吗?"
许宁夏想着这一声责备,不说掷地有声吧,怎么也得有点儿震慑作用。
结果,弱小无力还有些哑。
江肆低着头,关上门进来。
瞧他那低眉顺眼的样子,和床上简直判若两人。
"我炒了几道菜。"江肆轻声说,"你洗完澡去吃?"
许宁夏抓起水台上的洗面奶丢过去。
江肆利落地接住,顿了顿,随即放到一边,人跟着贴过来,抱住了生气的女人。
"干吗?"许宁夏"呲"他,"不会还想再来吧?那你干脆把我打晕好了。"
江肆低声说不是。
视线快速地扫了一圈,他抿抿唇,轻轻揉着她背后的山茶花,说:"我买药膏了,涂上会舒服很多。"
许宁夏浑然不知,怼他,问:"除了这个,你还有什么癖好?现在就说。"
江肆顿时耳根涨得通红,小声道:"这不叫癖好吧。"
他只是喜欢那朵山茶花,看见了就会……血液翻涌,尾椎都跟着发麻。
"这还不叫?"许宁夏讽刺道,"我以前怎么没发现你是这样的人呢?你的什么高冷禁欲都是幌子是吧!你就是个大骗子!"
江医生不言语,这会儿老实极了,任骂任打。
不仅老实,他听着这些话,心里还挺开心。
浴室里的暖灯逐步升高了室内温度。
燥热的空气烘烤着两人的皮肤,颇有些刚刚战事初开的意味,就是少了一点湿答答的黏腻。
见说他不动,许宁夏气鼓鼓地又扭头看向镜子。

镜子里的他们，身体交叠而站。

男人头发刚刚洗过，清爽地落在眉宇之间。

公寓里没有他的衣服，只有以前许宁夏练习做男士衬衣的样品，藏青色，很衬他冷白的皮肤。

他这么神清气爽，许宁夏却是"伤痕累累"。

可即便如此，她神态里也已然有了初尝情滋味后的娇媚韵味，宛如被深深滋润过的玫瑰，娇艳迷人。

许宁夏脸热，瞥了眼环在自己腰上的手臂。

那里，有不少她抓出来的痕迹。

估计男人的背上和肩膀，还有胸前也有不少。

活该！

许宁夏皱皱鼻子，咕哝："饭做好了？"

"嗯。"江肆点头，人又靠得近了些，"没有做辣菜，但有你喜欢吃的糖醋里脊。"

贴心也回来了。

许宁夏哼了一声："江肆，你这人就是仗着长了一张好脸！其实一肚子坏水。"

"我对别人也不这样。"江肆小小地反驳一句，"只对你。"

他还理直气壮了是吧？

许宁夏还有点儿脾气，但也有点儿没骨气地想抱抱他。

只是身上裹着的浴巾要是没有她抓着，很可能滑落，还是作罢的好。

而这时候的江肆就跟有了透视眼似的，一眼看穿，主动将她揽入怀中。

浴室里静静的，他们也静静的。

语言变得多余，不需要说，他们就知道彼此心中所想。

更何况，江肆再次低下头吻了那朵山茶花。

这一次，虔诚至极。

吃完饭将近十一点。

许宁夏之前睡得多，这会儿丝毫没有困意。

雪还在簌簌地下。

一向被霓虹渲染夜色的北城，成了冰雪世界，处处银装素裹。

江肆将书房的懒人沙发搬到落地窗前。

许宁夏喝着热牛奶，和江肆挤在一张沙发里看雪。

备用手机已经找到，充上电，刚刚开机。

许宁夏鼓捣着电话卡，想起在机场时，江肆严肃得不行的样子，有点儿想笑。

"我就是手机坏了而已。"她说，"我这么大一个人，还能跑丢？"

江肆不言，搭在许宁夏腿上的手臂稍稍收紧，将人环住。

微信登录成功，叮叮当当的声音响成一串。

许宁夏粗略地浏览了下消息，立刻去找袁忆谣的好友申请。

点了通过后，她也不考虑时间问题，直接问袁忆谣睡了没有，能不能发照片。

袁忆谣没睡，干脆地把照片传了过来。

接收到照片，许宁夏还了借来的钱，留下一句谢谢，算是和袁忆谣两清。

袁忆谣多少有些疑惑，更多少被今天的局面搞不清思路。

对于这张陈年的照片，她不知道当初是怀着什么样的心情拍下，又想作何用。

可能是嫉妒，也可能是意欲报复，告诉老师。

但结果是，它稀里糊涂被尘封，又被她别有用心拿出来。

兜兜转转，仅有的用处竟然成了江肆对许宁夏感情的证明。

忆谣：你就这么喜欢江肆？

忆谣：楚游呢？

夏天不宁静：我和楚游不熟。

夏天不宁静：江肆是我男朋友，我当然只喜欢他。

夏天不宁静：我和你同学一场，希望以后井水不犯河水。

回完消息，许宁夏看着到手的照片，忍不住笑意。

"哎。"许宁夏踹踹某人的手臂，"你到底从什么时候喜欢上我的啊？"

江肆稍愣，没有回答。

因为这个问题，他自己恐怕也没有答案。

也许是从第一眼起，也许是从朝夕相处的某个瞬间，又或者是其他。

喜欢她这件事，像是润物无声的细雨，不知不觉流入他的血液里，等发现时，根本戒不掉，只能拼命克制压抑。

许宁夏钻到江肆怀里，给他看手里的照片。

"袁忆谣拍的。"许宁夏说，"要不是看了这张照片，我真的不敢相信你那时对我有感觉。"

他伪装得太好了。

平时对她避而远之，连说一句话都恨不得用沉默代替。

哪里看得出一丝对她的喜欢？

江肆看向照片。

就见十七岁的自己，穿着校服，拘谨地站在许宁夏身边，僵着胳膊轻触她的头发。

这个画面，他还有印象。

应该是许宁夏有次生理期前吃了冰激凌，肚子疼就没去上操，趴在课桌上睡了过去。

"我醒了之后，发现水瓶里的水都是热的，是不是你打的？"

江肆没想她会记得，点头："嗯。"

"那止痛药呢？"许宁夏又问，"梁嵘帮我去医务室拿，老师说药没了。可过了会儿又把梁嵘叫回去，说有个学生把治腹泻的药拿成了止痛药，就还了回来。"

"嗯。"江肆垂眸，声音有些低哑，"是我。"

闻言，许宁夏一拳打过去。

江肆抓住她的手，紧握着，耳垂微微泛红。

学生时代，类似这样的事，他偷偷摸摸做过不少。

而这一次，是他少有地没能忍住，情不自禁地摸了下她的头发。

她那时虚弱极了，往日里明艳的笑容通通不见，像是枯萎了的花朵，让他心疼。

所以当见她睡梦中还眉头紧锁，江肆实在控制不住，太想抱着她、哄着她，替她分担她的痛，哪怕只是转移转移她的注意力都好。

"我问你。"许宁夏把手抽出来，搭在江肆肩膀上，戳了戳。

"你为什么一听楚游就不对劲儿？"她说，"就因为没帮他递信，心虚？"

江肆不太想说这个。

不是因为不好意思，而是每每回忆都觉得心中酸涩惶恐。

那时的许宁夏和楚游太般配了。

他们站在一起耀眼夺目，反衬得他格外黯淡无光，更让终日只能躲在暗处隐藏所有感情的他，嫉妒又心碎。

"你和他合奏表演那天，"江肆长叹了口气，"我失眠一整晚。"

他想，他也会弹琴。

为什么在她身边的不是他，而是楚游。

加之那时许宁夏和楚游的绯闻非常多，贴吧里很多人说他们在谈恋爱，还有人发他们同框的照片……他吃醋吃到发疯，却什么也不能做，更不能表露。

久而久之，他实在没办法不讨厌楚游。

偏偏楚游知道了他和她的另一层关系，又把他当成了她哥哥，多番以请他加入篮球队作为巴结，他更是怄气。

最过分的，就是那封信。

他恨不得当着楚游的面把信撕得粉碎。

可末了，他还是只能一板一眼地给出不引人怀疑的解释，拒绝了这件事。

许宁夏听这些话，眼里酸酸的，心里也酸酸的。

她仿佛看到了曾经那个清冷隐忍的少年佯装淡漠的倔强模样，而背过身，便独自躲到没人看到的角落咽下辛酸苦楚。

许宁夏抱住江肆的手臂，说："谁说你什么都没做？"

她想起来了。

江肆唯一一次没借她作业抄，害她被骂，就是在她和楚游合奏完不久后。

要不是这件事，她也不会往江肆书包里塞少女漫画，惹得他被同学们议论笑话，又被老师叫去谈话。

提到这儿，江肆轻弯下唇，说："我很幼稚，是不是？"

"是。"

女人嫣红水嫩的双唇微微噘起，缠抱着男人手臂的手，指尖轻轻画着他，像是生气的猫咪露出爪子警告，可实际只是用粉粉的肉垫拍了拍。

"你这样，一点儿不大气！"许宁夏嗔怪，"是我重要，还是你重要？"

看着她这般冲自己撒娇，江肆心软得一塌糊涂，说："你最重要。"

许宁夏嫣然一笑，又问："那除了这件事，我还做过什么让你生气的事啊？"

其实也没有。

毕竟那时候，江肆没有立场，也没有资格生气。

他不过是一个独角戏扮演者，她做什么都是她的自由。

但有一件事，江肆也吃醋了很久。

"我给楚游递过水？"许宁夏惊诧，"不可能！我都不看他们打篮球，怎么会给他递水呢！你一定记错了。"

怎么会记错？

要不是目睹到这一幕，江肆也不会一有时间就偷偷跑到小花园的篮球场练球。

他球打得那么好，这瓶水功不可没。

许宁夏对这件事完全没有印象。

但想起前段时间同学会上，她递给江肆水，江肆说他一直想要这个，原来是这样的想要。

"那我以后只给你递水。"许宁夏保证，"别人就是渴傻了，我也不给递！"

听着这有些孩子气的话，江肆摩挲着许宁夏的脸，眼里是可以尽情流露的温柔爱意。

夜色深沉，窗外的雪小了。

墨蓝色的天空有了光泽的弧度，几颗不起眼的星星也露出了光亮。

许宁夏靠在江肆怀里，听着他的心跳，还有很多事想问他。

但困意慢慢袭来，她只得问了最重要的那个。

"你去九云是因为我吗？"

许宁夏望着一粒在空中飘舞的雪花，片刻后，不意外地听到头顶上方那人回给她的一声"嗯"。

许宁夏抿紧唇，转脸埋进男人胸膛。

察觉到了丝丝湿意，江肆拍着许宁夏的背，说："不只是为你，更是为我。"

"可是……"许宁夏吸吸鼻子，"会不会影响你的事业？"

"不会。"

只是一年的时间而已，他给得起。

学校公布规培地点名单时，江肆也没想到九云会在其中。

他当时什么都没考虑。

没考虑职业规划，没考虑导师是否会有看法，更没考虑去了九云会不会吃苦受累……他只想到，这是他人生中难得的能与她产生的一丝关联。

她说她一定要去九云看看。

那好,他也去。

即便他们不会有任何的结果,甚至不会再相见,没关系,他去过她去的地方,也是好的。

所以,江肆毅然决然地去了九云。

只是他无论如何都没想到,会在九云与她重逢。

如果是冥冥之中自有安排,那江肆万分庆幸,命运待他不薄,让他最终可以像现在这样,抱着心爱的人。

渐渐地,雪彻底停了,风也止了。

许宁夏在江肆怀里安然睡去。

屋里的落地灯散发着昏黄的光线,落在相拥的两人身上。

江肆看着怀里女人的睡颜,低下头,一遍又一遍吻她的额头。

"心心,不要为过去纠结。"男人轻声呢喃,"都不重要。"

不管过去,还是现在,为了她,他都心甘情愿,甘之如饴。至于未来,他会牢牢牵着她的手,走下去,走到时间尽头,走到有一天生命停止。而等到那时,他便去信奉神明,诚心祈祷与她再次重逢。

休息一晚,许宁夏和江肆回了青年公寓。

江肆算是"翘班"回北城,还有些工作需要和桓城那边的医学院对接。

进了屋,江肆去书房工作。

许宁夏不做打扰,处理了些工作室上的事,然后窝在沙发里和梁嵘聊天。

嵘 easy:你是没亲眼看见啊。

嵘 easy:我都怕要是说不出你的下落,江肆会屠我满门。

许宁夏被这个描述弄得直笑,但梁嵘没夸张。

当时,江肆就站在她家客厅,清清冷冷的,脸上没有任何表情。

但就是这种太过沉稳的气场,反而有了一种要爆发前的平静,仿佛只要划过一簇星火,就足以爆炸。连梁峥都收起了吊儿郎当,紧张起来。

嵘 easy:我看他这样是不是有 PTSD 啊?还是有什么阴影?

嵘 easy:你回头和他聊聊,太吓人了。

夏天不宁静:让你受惊吓了。

夏天不宁静:找一天,我和江肆请你吃饭,把梁峥也叫上。

嵘 easy:这个可以有。

想起什么,许宁夏又问梁嵘记不记得自己以前给楚游送过水。

这么冷不丁一提,梁嵘脑子里像是有印象又没印象,犹豫着发了一条语音:"我倒是记得咱俩有段时间爱去操场篮球场那边瞎溜达,就是……咱们学校广播站那阵儿搞了个点歌台,你记得吗?"

这个许宁夏没忘。

点歌台刚成立的时候很火爆,大家积极参与。

后来,有些同学借这个告白,歌越点越直白,教导主任就给叫停了。

这个和给楚游递水有关联吗?许宁夏想不起来。

夏天不宁静：算了，我也就是问问而已。

嵘easy：哎，同学们议论的事，你们打算怎么办？

凉拌。

许宁夏确实不怎么在意其他人的议论。

和江肆在一起的是她，喜欢江肆的也是她，关旁人什么事？

不过，有一个人那里恐怕有些麻烦。

许宁夏正想着，就收到了一条短信。

刘助理说许青浔还想要再和她谈谈，让她晚上到餐厅来。

拿梁嵘当幌子，许宁夏出来赴约。

和第一次见面时一样，餐桌上摆的都是辣菜，最显眼的，依旧是那道辣子鸡。

"坐下说吧。"许青浔沉着脸道。

许宁夏莫名心有些累，落座后，想好的说辞这会儿也开不了口。

两人沉默半晌，许青浔长叹了一声。

"和江肆在一起多久了？"许青浔问，"感情怎么样？"

听这话，许宁夏皱皱眉："你想知道什么？"

许青浔不悦道："你这是什么态度？你是我女儿，我问问也不可以吗？"

许宁夏是怕了。

每当她对着这位不该抱有幻想的父亲抱有幻想时，现实总会给她一记响亮又沉重的耳光。

"我们一次把话说清楚吧。"许宁夏说，"我和江肆恋爱，合情合法，碍不着任何人的事。"

"谁也无权让我们分开。"

许青浔没有立刻接话。沉默了将近一分钟，他像是做出什么极大的让步似的，无可奈何地说："我可以允许你们在一起。可你，既然有了恋爱对象，是不是签了协议？"

绕了半天，又回到了原点。

许宁夏看着许青浔，觉得自己就像是在看一个固执不化的古代人。

究竟是什么支撑他，让他以为他可以以一副上位者的姿态去管控别人的人生？

"你当年，是不是也是这样逼我妈？"许宁夏问，"她要是不给你生儿子，你就去外面找别的女人生？"

许青浔脸色一凛，声音透着寒意："这是你和你父亲说的话吗？"

许宁夏轻笑着："我们断绝关系了，你忘了？

"你当时说过什么，需要我提醒吗？"许宁夏又问，"你从来自诩是礼仪君子，最讲规矩原则，可不能说话不算话。"

许青浔咬牙："你非要这么不依不饶、锱铢必较？"

明明是你固执己见、步步紧逼。

许宁夏暗想，拿起包，有些无力道："该说的我都说了，我希望以后你我还是互不打扰,各自安好。"

"砰"的一声。

许青浔拍桌而起,沉声说:"你是许家人,没有许家就没有你。现在,我老了,必须由你为许家做些什么,这是你的责任和义务,也是弥补你妈妈犯下的过错。"

许宁夏一怔:"我妈犯什么错了?没给你生个儿子?"

"她是我妻子,职责就是为许家传宗接代。"许青浔说,"她没有完成任务,就是失责。"

这话一下子点燃了许宁夏的怒火。

她"噌"地站起来,喊道:"那你还想怎样?她为了完成你交代的'任务'已经死了!死了!她都做了鬼了,你竟然还在埋怨她没给你生儿子……"

像是不敢相信世界上居然有这么薄情狠心的人,许宁夏身体晃了下,实在无法再压抑多年以来积压的愤恨。

"你最该恨的人,是你自己。"许宁夏咬牙道,"就因为你害死了你的妻子,上天才报应你生不出儿子,断绝了许家所谓的香火!"

她一说完,许青浔眼里冒出杀气,抬手甩上去一巴掌。

许宁夏下意识地闭上眼,却只感到一股微凉的风从面前划过,继而视线变黑,听到一声"啪"的脆响。

江肆不知道什么时候来的,挡在许宁夏身前,替她挨了这一巴掌。

许宁夏一惊,反应过来后,赶紧看江肆的脸。

就见明显的五指印在雪白的皮肤上,有发肿的趋势。

许宁夏心疼又生气,要和许青浔理论。江肆揽着她的腰,将她带到身后,浅笑着说了一句"没事"。

哪里没事?外人一看就知道是被打了,打得还很重。

江肆拍拍许宁夏的背,把她护好,转过身面向许青浔。

"许叔叔,您好。"

年轻男人相貌不凡、仪表堂堂,许青浔看着,不禁生出几分欣赏,回应了他的礼貌。

"你和她恋爱的事,我都知道了。"许青浔重新坐下,摆出大家长的威严,"你接下来有什么打算?"

江肆说:"心心的打算就是我的打算,我都听她的。"

许青浔眉头一皱,明显是不认同这种观点。

再要说话,江肆又抢先道:"刚才这巴掌,我替心心受了。但我希望您和心心道歉。"

"你说什么?"

"道歉。"江肆淡然重复,"不管出于什么理由,您都不该动手。"

像是听到什么笑话,许青浔冷哼:"好啊,原来她现在如此没大没小、不敬长辈,是找了个好靠山。江肆,我以前倒没看出来你也是个不懂礼数的。"

许宁夏不爱听这话,要站出来,江肆用手臂挡着,不让她参与。

"尊敬长辈是应该的。"江肆说，"但前提是，这位长辈值得尊敬。"

许青浔扭头看向江肆，混浊的眼中隐隐压着怒气。

江肆不卑不亢，面色依旧平静自若："许叔叔，我之前有想过如果有恰当的时机，就帮忙缓和您和心心的父女关系。"

许宁夏一愣，抠了下江肆的手，似是不同意。

江肆继续："我有这个想法，不是因为所谓老话说的'打断骨头连着筋'，血缘关系胜过一切。而是心心对父爱还有渴望，我不想她失望。"

闻言，许宁夏又蓦地眼眶一酸。

好似裹着的那些铠甲被一剑砍破，露出了里面真实的卑微软弱。

许宁夏沉沉气，另一只手抓住江肆手臂，以此抒发心底的委屈。

江肆感觉到了，更加用力地握紧她的手。

"但现在，我改变主意了。"江肆说，"这个父爱，她不要了。"

这话引得许青浔似有动容，脸色变了变。

只可惜，江山易改，本性难移。

江肆清楚许青浔不会有所改变。

如果许宁夏不尽早和他保持一定距离，到头来，受伤的只会是许宁夏。

"你以为你说几句漂亮话，就能改变我们是父女的事实吗？"许青浔问，"她身体里流着我的血。"

江肆点头："您说得没错。所以心心不能对您怎么样，我为了她，也不会对您怎么样。但是——"

在江肆看到许青浔要打许宁夏时，他仅有的理智就是这人是她的爸爸，他不能强硬。

否则，刚刚就不是他来挨那一下，而是双倍奉还。

"人总有控制不住的时候。"江肆说，"亲人反目也都是寻常。"

许青浔迎着男人冰冷的目光，忽而觉得后背发紧，咽下了原本的话。

江肆站到许宁夏身边，拥着她的肩膀，最后说："我会给心心更多的爱，让她忽略掉父爱缺失的遗憾。

"所以，也请您放心把她交给我，并且不要再打扰我们的生活。"

说完，江肆鞠了一躬，领着许宁夏离开。

一出了餐厅，许宁夏就跑去药店买冷敷贴，还有活血化瘀的药膏。

等进了车里给江肆处理完脸上的伤，她就扎进江肆怀里，不想出去。

江肆并不说话，搂着她，温热的掌心按在她肩头。

过了一会儿，许宁夏心里舒服了些，问："你怎么来了？"

"家里电脑上的微信登录没有退出，我看见梁嵘和你发的消息了，知道你们没吃饭。"江肆解释，"为什么不告诉我许叔叔之前为难过你？"

许宁夏嘟了嘟嘴，咕哝："没什么好说的，反正我也不听他的。"

"那也该告诉我。"江肆说，"我来解决。"

许宁夏扯扯唇："事事都让你解决，你不累？"

"不累。"

江肆不带任何犹豫，简简单单的两个字却是十足的真诚，让许宁夏心安。

她舒了口气，转而坐好望向餐厅的大门，缓缓开口："这家店开了好多年，我小时候就开着。每次来，我都爱点那道辣子鸡。"

之前从九云回来，许宁夏见到阔别十年的许青浔还为她点辣子鸡，她有过动容。

她就想，这人老了，该是心软了，想通了，如果他希望晚年身边能有孩子陪伴，她也愿意抽出一些时间，陪他喝喝茶、吃吃饭。

可事实就是，她和她妈妈一样傻，总希望从不可能的人身上得到不可能的东西。

"上次我也吃了这道辣子鸡，不是以前的味道了。"许宁夏说，"厨师换了。"

江肆顿了顿，问："那你要不要再试试别的厨师做的？"

"江厨师吗？"许宁夏笑着问，"好是好，我就怕我吃上瘾了，以后更吃不了别的厨师做的了。"

听这话，江肆把人拉回怀里，捏捏她的下巴，声音里染着温和的笑意："有这样的好事，你不早说？"

许宁夏笑得明媚。

想到他刚才说的要给她很多很多爱，她就觉得心头发热，对未来充满期待。

凑上去亲了亲，许宁夏撒娇："我饿了。除了辣子鸡，还想吃你做的麻婆豆腐，还有还有，还要喝粥。"

江肆弯弯唇，低头回吻，应道："好。"

晚上，许宁夏吃饱喝足又洗了个美美的澡。

时间还早，她在书房改设计。

期间，刘助理发短信说许青浔要去新加坡疗养一段时间，协议在他手里，如果许宁夏愿意，可以随时来签。

据说，股份也提高了。

许宁夏消息都不回了，该干吗干吗。

江肆进来送热牛奶时，许宁夏觑了他一眼，问他刚才在客厅坐着干吗呢。

他说没干什么，然后也去洗澡。

不一会儿，许宁夏又收到梁嵘微信，说江肆在同学群里说话了。

梁嵘发来截图。

江肆：同学们，晚上好。我是江肆。关于最近大家讨论的我和我女朋友许宁夏的事，我想做如下说明。

第一，我们的父母确实短暂在一起过，但我是以寄养身份留在许家，不存在与她的兄妹关系。

第二，我在学生时代也确实已经在意她了，她本人对此一无所知，一切是我个人的行为。如今在一起，是我多次争取得到的结果，我极为珍惜。

第三，大家同学一场，即便我们已经步入社会，不复校园时光单纯的环境，也请大家不要以恶意揣测他人。谢谢。

江肆发完这些，就又退了群。

梁嵘说之后的一个小时里，没有一个同学在群里说话，但个别小群里吵翻了天。

说什么的都有，有买账的、羡慕的，也有觉得做作的。

不少人问到袁忆谣那里去，袁忆谣破天荒地选择了沉默。

至于楚游，更是冒都没冒出来过。

嵘easy：江医生不愧是学霸，做个解释也这么霸道，够刚。

嵘easy：请问作为当事人的你，有什么想法？

嵘easy：激不激动？意不意外？

许宁夏能有什么想法？

就是心脏"咚咚"跳，嘴角忍不住疯狂上扬呗。

和梁嵘又说了两句，许宁夏放下手机，去了浴室。

等江肆洗完澡出来，就见人站在门外，直勾勾地看着他。

"怎么了？"江肆擦着头发问。

许宁夏不说话，围着人转了一圈，上上下下打量。

江肆颇为奇怪，刚要再问，许宁夏突然跳起来抱住他，人吊在了他身上。怕她摔倒，江肆赶紧单手将人托起，做起了树袋熊妈妈。

"到底怎么了？"江肆疑惑，"许叔叔又找你了？"

许宁夏摇头："我就是想看看总背着我重拳出击的这个人，他是怎么做到在我面前这么淡定的？"

江肆一顿，明白过来后，说："之前就说我来解决。只不过……"

这也不叫解决。

悠悠众口哪里是这么好堵住的？

害她这样受人议论，江肆眉心轻蹙了下，不免自责。

许宁夏揉开眉间那道浅浅的痕迹，说："我根本不在乎他们怎么说。"

"你不用安慰我。"

"谁安慰你了？"许宁夏挑眉，"恋爱是咱俩谈，他们八卦就是吃饱了撑的。而且，保不齐他们就是嫉妒我，毕竟我……"

她抽走男人头上的毛巾，扔在地上。

同时收紧两条腿，膝盖抵着男人的腰两侧摩擦了几下，连带脚丫也不老实，勾了勾臀部后面的衣料。

江肆喉结滚动，想把人放下去，许宁夏不肯。

两人就这么你看看我，我看看你，身体燥热起来。

片刻后，江肆说："我抱你回屋休息，嗯？"

圣诞节前夕，许宁夏的导师和同学从巴黎过来。

许宁夏为他们订了带有中国风元素的酒店，两人都很为中国文化着迷，什么设计工作都不想考虑，就想先在北城好好玩玩。

"Calista，你前段时间给我的设计太令我惊叹了。"导师说，"那些花纹太美了，我从来没有见过。"

许宁夏笑了笑，解释那是九云当地的古文字，还有神话故事。

导师赞不绝口，说实在太喜欢了，就替许宁夏把作品投到了比赛里，希望能有好结果传来。

许宁夏一听是哪个比赛，就知道没戏。

那个比赛是典型学院派，注重设计感，不注重创意。

不过，重在参与。

许宁夏的同学也说："奖项无所谓。等比赛期过去，可以做出来放在橱窗里展示，一定会吸引很多顾客！"

三人在烤鸭店边吃边聊。

快结束时，许宁夏收到微信，江肆说他在餐厅外面等。

从大堂出来，正好有一波外面的顾客推门进来，风跟着猛地灌入。

许宁夏正在围围巾，被呼了一脸冷风。

她同学Daniel见了哈哈笑，上前帮忙，趁机捣蛋揉乱了许宁夏的头发。

等许宁夏整理好围巾，也毫不客气地打开Daniel的手，两人笑作一团。

这幕，恰好让江肆看见。

四人照面，许宁夏上前挽住江肆的手，和导师还有同学介绍这是她男朋友。

导师笑着说了几句，许宁夏正要翻译，江肆操着一口正宗的法语，感谢对方的赞美。

许宁夏一愣："你还会说法语？"

"一点。"江肆说。

送客人回了酒店，许宁夏和江肆返回青年公寓。

一路上，车里略显安静。

许宁夏再次确定旅程安排。

她预定了南河度假区的四合院民宿，过两天要带导师和Daniel过去，梁嵘和梁峥也参加。

确定无疑，许宁夏关灭手机，揉了揉眼睛。

放下手时，她余光不由自主地瞄了瞄身边过分沉默的男人。

侧脸冷峻。

优越的下颌线和高挺的鼻梁让他在昏暗的光线中有种不真切的美感。

加之纯黑衬衣，领口解开两粒扣子，又衬得露出的那一截脖子几乎到了苍白的地步，禁欲中带了几分破碎感。

许宁夏现在光看已经不能满足，趁红灯时，捏了捏那人的下巴。

江肆握住她的手，攥在手心里用温暖的体温烘着，低沉的嗓音磁性十足："乖，坐好。"

"我不。"许宁夏理直气壮，"你哪儿我不能摸？"

许宁夏又去拨拨耳垂，之后手指还不老实地在江肆肩膀上弹琴。

· 295 ·

那里有她昨天刚咬下的牙印,一碰,有沙沙的痛感。

江肆忆起那时极致的感觉,踩着刹车的腿紧绷了下。

等绿灯一亮,他一脚油门开出去,把车子停在前面的停车位里。

秉承只撩不负责原则的许大小姐立刻坐好,正经道:"这可是大马路哦。你注意影响,江医生。"

她一向这么"坏",江肆能怎么办?

看着人,一点点把火压下去。

见他不是很好受的样子,许宁夏得逞地笑,问:"你刚才是不是不太高兴?"

"没有。"江肆答得生硬。

许宁夏眯眯眼睛:"真没有?"

闻言,江肆垂眸。

长密的睫毛经由车里的顶灯照着,在脸上留下淡淡的剪影。

外国人的观念和日常习惯不比国内,江肆知道他们不拘小节。

只是,心里还是不舒服。

片刻,江肆闷声说:"你没说你同学是男的。"

看看,这委屈的。

许宁夏忍笑,绷着脸道:"你也没问啊。再说了,谁说女人的合作伙伴就得是女人?你们医院里都是男医生吗?"

"不是。"江肆说,"我就是……"

"就是什么?"

恋爱至今,随着亲密的不断深入,江肆比一开始要得更多了。

最初,他要的是留在她身边,成为她的男朋友;后来,他希望她告诉所有人他们是恋人;再来,占有她,以至无时无刻都要确定她是他的,只属于他。

这样强烈的占有欲对江肆而言,倒也没什么吃惊。

他对她,很早就抱有这样的念头。

只是这样的念头最近越来越难以克制,他要花大力气才能压抑下去。

"没什么。"江肆摇头,"心心,我不会妨碍你的事业。"

说罢,他舒了口气,准备发动车子。

许宁夏睨他,转过脸笑了笑,转回来又严肃道:"这就对了,你有这样的觉悟我很高兴。"

去南河度假区的当天,梁峥也开了一辆SUV来。

许宁夏以要和梁嵘说一件事为由,把导师和Daniel打包带上了梁峥的车子。

到了地方,大家先各自回房间整理内务。

许宁夏自是和江肆一间房,睡在东南面,正对着一片小湖。

许宁夏换了一条中式立领长裙,头发用木簪绾了髻,出来便问江肆好不好看。

江肆正在看手机，慢了一拍看过去，浅笑着说："好看。"

"是不是实验室有事啊？"许宁夏捕捉到他刚刚一闪而过的严肃，"要是需要你，你先回去处理也没关系，我有梁嵘呢。"

江肆放下手机过去，抬手拂了拂女人耳畔的碎发，说："我和梁嵘还是不一样的。"

许宁夏"扑哧"笑起来，踮起脚抱住江肆的脖子，歪头道："是不一样。"一过了二十五岁，梁嵘可注重养生了，绝对不会让她熬夜，天天睡眠不足。

午后休息片刻，一行人去了度假区的古文化街闲逛。

梁嵘的社牛属性不分男女老少，国内国外，拿着她的散装英语，和Daniel聊得头头是道。

等入了夜，大家回到四合院吃涮羊肉。

民宿老板是地道的老北城人，不仅提供专业的大铜锅，备料也是十分足。

许宁夏有点儿累了，就让江肆给自己调料。

这餐大家吃得愉快。

不仅因为聊得尽兴，也因为冬天没什么是一顿涮羊肉带动不起来的。

等吃完，老板告诉他们古文化街那边晚上会亮起红灯笼，感兴趣可以去看看。

许宁夏想消食，但其他人都嫌冷，不想动，那就只有江肆陪着她。

北城冬天干冷，寒风似刀。

许宁夏围紧围巾，一只手插在自己口袋里，一只手插在江肆口袋里。

有江肆的手的口袋自然更暖和。

许宁夏仰头看着一串串大红灯笼，说："今年过年，我们在九云过，你说好不好？"

江肆稍愣，点头应好。

他这转瞬即逝的停顿，许宁夏又一次精准捕捉到。

其实从到了四合院，江肆看过手机之后，她就能隐隐约约感觉到江肆心里有鬼。

相处得久了，她也越来越了解他。

"你有事要和我说。"许宁夏站定，"不要一个人憋在心里。"

江肆捏着口袋里小小的手，回道："上午是高焰来的消息。"

高焰说前几天九云一个厂子意外发生坍塌，伤了好多人。

所幸大家争分夺秒，日夜不停地抢救之后，没有人员死亡，但也有几个重伤患者还没过危险期。

而因为医院一直人手不够，不少老医生为这次的抢救相继累得病倒了。

听到这儿，许宁夏也就懂了。

"你想回九云了。"她说。

江肆不再隐瞒，点头。

虽说在九云只是规培，但他穿上了白大褂，就有了责任和使命。

诚然，最初他说过北城这边的实验进程是要看他怎么做，但他再怎么做，也不可能真的玩忽职守。

许宁夏他要守，病人他也要救。

到现在为止，实验已经差不多完成了，江肆不能再待下去。

"那就回去啊。"许宁夏笑着说，"怎么，你还怕留我一个人会照顾不好自己？拜托，我以前也都是一个人，不也好好的？"

江肆知道她很独立，可再独立，他也想陪着她。

见他颇为低落惆怅，许宁夏将手抽出来，转而抱住他。

江肆怕她冷，解开大衣，拉着她得进去，让她在里面抱。

"你知道你在我眼里最迷人的时候是什么时候吗？"许宁夏望着江肆的眼睛，问道。

"就是那次你在早点铺子说你想救人，让家庭不散。"许宁夏微微一笑，"所以，按照你的意愿去做。

"江医生是最帅的！"

她夸张地做了个崇拜的表情，江肆弯弯唇，将人裹进怀里。

许宁夏脑袋蹭蹭他的下巴，又说："你支持我的事业，我肯定也支持你的啊。而且，那是治病救人。

"江肆，你要坚定地去实现你的理想和抱负。"

江肆揪心不已，不仅觉得感动，还觉得有股更大的力量注入了他身体里。

"心心，有你真好。"

这晚，许是嗅到离别的气息，两人都有些控制不住。

许宁夏颤抖着问男人回九云会不会想自己？

江肆眼中情潮汹涌，回道："现在就开始想，想得快疯了。"

结束过后，两人连体婴似的睡去，一觉便是快到中午。

窗外，小湖泛着粼粼水光，几只鹭鸟喝了水振翅飞远。

梁嵘和梁峥带着导师和 Daniel 爬山去，许宁夏收到微信，无力地踹了江肆一脚。

这下可好，所有人都知道他们昨晚干什么了。

江肆却是如沐春风，喃喃着："知道好。"

江肆没能和许宁夏一起跨年。

有时候，这种特殊时刻很重要；有时候，也特别不重要。

许宁夏送江肆到机场。

恰好梁峥到附近办事，自愿当了一回免费司机。

安检口外，许宁夏说了几次进去吧，却没有撒手。

她这样，江肆的心就跟在油锅上烹似的，每分每秒都是煎熬酷刑。

想说我不去了，这不可能；想说你和我走吧，同样不现实。

人生总归不是只有情爱，还有很多其他。

许宁夏说："Daniel 会在北城这边的工作室坐镇一段时间，他要了解中国市场。我们两个先一起经营一段时间，等我手里的新设计做出来，我就去九云找你。"
"好。"江肆摸摸她的脸,"每天按时吃饭。我在你包里放了巧克力,如果实在忙,含一块巧克力也好。"
"嗯,知道。"
"还有,你很久不开车,如果可以,让梁峥带带你。"
"放心吧。"
广播里,再次催促前往清城的乘客立刻过安检,准备登机。
许宁夏吸吸鼻子,松开手时,江肆俯身轻吻她额头。
"我在九云等你。"说罢,江肆转身离开,没有回头。
许宁夏站在安检口外,直到看不见人,也不想离去。
早就等得不耐烦的梁峥过来,"啧"了一声:"至于吗?又不是见不着了。"
"你懂什么?"许宁夏呛道,"一个单身狗。"
梁峥呵呵:"我是不懂,不懂江肆怎么会喜欢你这么久?他这样的人,绝种了吧。"
许宁夏愣了愣,纳闷道:"你怎么知道他喜欢我那么久?"
"啊?"梁峥也愣了愣,"他没跟你说你生日那次,黑灯游戏的人是他吗?"
"我替这哥们儿背了十年锅啊!"
许宁夏怔住。
反应过来后,立刻打了江肆电话,已经关机。
没能第一时间问问他,心里多少有些焦急难耐。
但这份焦急难耐里又含着甜蜜的释然。
原来,是他啊。

元旦过后,北城又下了一场雪。
气温一降再降。
许宁夏开着黑色探岳,往来于青年公寓和工作室之间。
相对于她自己的公寓,青年公寓离工作室要远些,梁峥说她多此一举,应该搬回自己那边住。
许宁夏不愿意。
她已经习惯在他的书房改设计,也习惯睡在残留着他味道的床上睡觉……如果缺少这些,她心里会空落落的。
江肆说,他们最近救了一个车祸小女孩。女孩术后恢复得很不错,人已经可以下地行走,偶尔会给护士和医生们唱歌听。
"唱的九云当地的歌吗?"许宁夏托着下巴问,"下次再唱,你录下来给我听听。"
说到这里,她随口问了一句:"你平时爱听歌吗?"
"还好。"江肆抬抬眼镜,"听得比较少。"
许宁夏又问:"那你是不是偏爱老歌啊?"
前两天,工作室招前台。

许宁夏面试了几个二十出头的年轻女孩,和人家闲聊时,才发现自己跟人家的代沟不是一点点。好多她们说的歌手,她连名字都没听过。

江肆浅笑:"那我肯定更没听过了。"

许宁夏心说江医生这种老干部风的,十有八九听的是老古董了。

她想具体问问是什么歌,又跳跃性思维想起来今天下午遇见康子轩的事。

一提康子轩,江某还皱了下眉头。

许宁夏笑道:"人家订婚了,你的醋可以完全挥发掉了。"

"订婚了?"

"对啊。"许宁夏点头,"他和他未婚妻在商场买东西,我们碰见的。他还说要邀请我和你参加他婚礼呢。"

闻言,江肆垂眸。

镜片略有反光,挡住了他的眼睛,不知在想什么。

许宁夏问是不是累了?

江肆摇头:"没有。就是听到同学结婚了,觉得时间过得有些快。"

说这话时,他定定地看着许宁夏的表情,漆黑的瞳孔里藏着些许期待。

隔着屏幕,许宁夏并不好发现很细微的东西,只是就着这话接话道:"你这个感慨来得有些晚啊,咱们同学还有已经生完孩子的了,你怎么不说?"

"是吗?"

"是啊,梁嵘说孩子都会走了呢。"许宁夏笑了笑,"某人……"

她话说一半,戛然而止。

江肆"嗯"了一声询问,许宁夏笑着说没什么。

之后,两人看着视频中的对方,一时无话。

这种情况在他们分开的这段时间里有很多次。

明明把这一天都聊得差不多了,可就是不愿意结束通话。

好几次,就这么一直保持着,两人各干各的,哪怕睡觉都不挂断。

前天晚上刮大风。

许宁夏没关牢浴室的窗户,半夜就听砰的一声,把她吓坏了。

但提心的一秒过后,她就又听到电话里的那人和她说:"别怕,心心。是风。"

许宁夏顿时安心下来,在江肆的"陪同"下,去关了窗户……

这样想见却不能相见的日子,太难熬了。

许宁夏只希望快一点儿结束,越快越好。

所幸快到某人生日了。

二十九岁的老男人啊,还是有人陪着过比较好。

临近一月中旬,许宁夏赶出来了样衣。

有了样衣,就基本是万事俱备,只欠模特。

Daniel 说就许宁夏自己上,绝对闪瞎所有人的眼。

可许宁夏设计的这条裙子必须得是个子高的女生穿才好看,最好一米七五以上。

她跟最低标准还差了十厘米。

这天，许宁夏一早出发，准备去北城舞蹈学院看看。

临出门前，她给江肆发微信，调侃自己要去和舞蹈女孩们比美。

江肆没回。

从昨天晚上七点以后，江肆就一直没有回信。

她估计是医院里又有什么紧急情况或者手术，没工夫看手机。

和江肆在一起久了，许宁夏对回信息这件事的要求大大降低，只要对方不忙的时候能回一句就行。

把手机塞进拎包里，许宁夏不疑有他，前往舞蹈学院。

来舞蹈学院选成模特的希望多少有些渺茫，毕竟舞蹈演员不能太高。

可许宁夏想要模特有东方女性温婉典雅的气质，专业模特都太过硬朗板正。

大致看了看，许宁夏没找到合适的。

她紧紧围巾，正想买杯热饮驱驱寒，就听有人叫了她名字。

竟然是罗珊珊。

原来她是学现代舞的，怪不得那时候许宁夏觉得她身材和仪态不错。

"这大冷天的，你这么找得找到哪辈子？"罗珊珊说，"而且二月就过年了，有的系已经放假，学校剩的人不多。"

许宁夏一听，有点儿着急。

见状，罗珊珊挑眉："你要是请我吃顿好的吧，我可以……"

"走。"许宁夏不带犹豫，"火锅怎么样？"

罗珊珊爽快地答应。

到了餐厅，许宁夏也挑出来了几位候选人。

知道她要着急，罗珊珊介绍的都是现在还能联系上的，可以随时见面。

许宁夏感激不尽，给罗珊珊奉上奶茶。

罗珊珊尝了一口，一脸痛惜地放到一边，含泪说了句自己福薄。

许宁夏听了直笑："你够瘦的了，多喝些也没事。"

"我易胖且爱水肿。"罗珊珊一声叹息，"要是我老师知道，我……哎。"

罗珊珊忽然盯着许宁夏，眼神别有深意。

许宁夏愣了愣："我的脸脏了？"

"是谁和我说跟江肆哥哥就是普通同学的？"罗珊珊哼了一声，"你那时候是不是为了让我放松警惕，故意那么说的？"

许宁夏干笑了下："高焰告诉你的？"

"若要人不知，除非己莫为。"罗珊珊嘟嘟嘴，小表情十分委屈，"我是彻底没戏了……呜呜呜呜，江肆哥哥。我的江肆哥哥！"

怕她真哭，许宁夏赶紧下了半盘羊肉涮好了夹过去。

罗珊珊麻利地拿起筷子，一边吃，一边呜呜呜。

当了会儿开水壶，她又自我开解，抹抹嘴说："输给你，我还算服气。"

毕竟你和江肆哥哥站在一起，我还能养养眼。"

"……大气。"

"那是。"

其实在九云的时候，罗珊珊就感觉到江肆对许宁夏和旁人不一样。

江肆掩饰得很好。不管是表情和眼神，都不露痕迹。可他忽略了一点，那就是下意识的第一反应。

好几次，当有人说话时，罗珊珊都发现江肆第一眼看向的，永远是许宁夏。这种几乎已经融到骨子里的反应是最真实的，造不了半点儿假。

又下了点儿虾滑，罗珊珊这次是真想通了。

反正她对江肆始于颜值，他现在找了个和他一样颜值高度的女朋友，依旧造福她这只颜狗。

罗珊珊笑了笑，原想说以后大家都在北城了，没事出来玩，话到嘴边，又"嘖"了一声："我发现你这人心还挺大的。"

"怎么了？"许宁夏一顿，"什么事？"

罗珊珊皱起眉："你不担心吗？我听我妈说，我大姨昨儿听到消息的时候，直接吓晕了。早晨一起来，就开始阿弥陀佛一直念叨。"

"什么啊？念佛干吗？"

见她这样，罗珊珊了然："你还不知道是吧？F省那边有个小地方，叫什么……蛰乡。对，蛰乡。新闻上报了，那里昨天突发地震，情况有点儿严重。我表哥和江肆哥哥都去支援了。"

"噗"的一声闷响。

许宁夏筷子上的鱼丸掉进碗里。

下午，梁嵘到青年公寓找许宁夏。

一进屋，梁嵘便问来消息了没有。

许宁夏摇摇头，素白的脸，唇上不见血色，轻飘飘地坐回了沙发上。

梁嵘同样联系不上高焰。

她跟过去坐下，强行乐观道："那边是山里，比较偏僻，估计信号不好。而且，这忙起来也没个清闲时候。你说……是吧？"

许宁夏机械地点下头，下了决心。

"你要过去？"梁嵘喊了声，"夏夏，这个时候你……"

许宁夏打断："我不去添乱，我就是回九云。"

"起码……离他近些。"

梁嵘想着那人，心里也是不得安宁，说："我和你一起回去。"

"不用。"许宁夏站起来，"你餐厅一堆的事等你处理。况且万一我工作室有什么，我还得麻烦你。"

"放心，高医生那边有什么情况，我会第一时间告诉你。"

明知不该带着许宁夏去危险的地方，可所有话堵在梁嵘嘴边，就是说不出口。

良久，她焦躁地说道："怎么大冬天还会地震呢？"

· 302 ·

许宁夏笑了下,回她:"地震是地壳运动,和天气无关。"

订了最快的机票,许宁夏晚上八点降落乌城。

出发之前,她联系过李多美。

李多美已经放寒假回家,蛰乡的事她都清楚,得知许宁夏要来,特意和李多南开车到乌城机场接人。

许久没见,三个人却没有多少再聚面的喜悦,反倒颇为严肃。

等上了车,许宁夏问李多南蛰乡的情况。

"场面大致是控制住了。"李多南叹了口气,"但听说总是有余震。"

心里一凉,许宁夏点点头说知道了。

李多美拍拍她的手,安抚道:"夏夏姐,你别急。我阿哥的朋友就是蛰乡的,说总体还是好的,肯定没问题的。"

回到木月庭。

李多美和李多南没久留,让许宁夏收拾收拾,赶紧休息。

站在客厅中央,许宁夏想起前段时间,江肆还和她在这里视频,帮她简单做了下卫生,说等着她回来一起过年……

许宁夏心口憋堵厉害,扶着沙发,缓了口气。

拉箱子的时候,手机响了。

许宁夏瞬间感应这是江肆的电话。

果不其然。

接通后,江肆那边的环境有些杂乱,什么声音都有,尤其是有人在喊快点儿。

许宁夏眼眶一酸,问:"怎么不告诉我?"

隔了几秒,江肆声音有些哑:"抱歉,心心。"

谁要他的抱歉了!

许宁夏吸吸鼻子,也不敢浪费时间矫情,又问:"你们都还好吗?现在情况怎么样?"

"事出突然,我们也是临危受命。"江肆沉声道,"蛰乡现在的情况……"

话未说完,有人大喊着"医生快来"。

许宁夏张张口,没来得及嘱咐一句,江肆匆忙说了一句"再联系",便挂了电话。

听着电话里的"嘟嘟"声,许宁夏无力地垂下手,滑坐在沙发上。

过了会儿,电话又一次响起,来电的是梁嵘。

"夏夏,我这边看到F省红十字会在征集物资。"梁嵘说,"我和梁峥商量了,我们就捐五百箱水。回头我联系红十字会。"

许宁夏感谢,忽而有个想法,叫梁嵘等等,她联系下李多南……

转天,许宁夏去了快递站。

五六个小伙子已经整装待发,李多南牵头,叫他们再检查一遍东西。

蛰乡地震,周边几个地方或多或少也受到影响。

李多南他们几个商量后,都暂停了快递业务,想着还有几辆车,可以给

· 303 ·

蛰乡的同胞们送点儿东西，跑跑腿。"
　　昨天见面，李多南没和许宁夏说，就是怕她跟着。
　　"阿姐，梁阿姐捐的水，我们一定送到。"李多南保证，"你要不就……"
　　许宁夏说："我不会给大家添麻烦的，多个人也是多份力。"
　　"那好吧。"李多南皱着眉头，"阿姐，你可千万注意安全啊。"
　　从九云开车去那边，车程两个半小时。
　　开在公路上时，一切仿佛都安然无恙，看不出前面发生过什么。
　　而一进了蛰乡地界，单说气氛就明显紧张起来。
　　抢救的车辆和军用车来回穿梭，行走在马路上的居民大多满脸惶恐不安，人讷讷的。
　　许宁夏也经历过地震。
　　但城市里的地震，就是晃了晃，又或者看到吊灯晃了晃。
　　有时，甚至都察觉不出，地震就已经结束。
　　像现在这样来到地震受灾现场，许宁夏还是第一次，心脏咚咚直跳。
　　车子开进临时搭建的救助站点。
　　这里搭了许多帐篷和小屋，周边开阔，比较安全。
　　许宁夏才下车，就看到有医护人员架着一个浑身是血的大哥从前面经过。
　　那血腥味直冲大脑。
　　她强忍着，才没有干呕。
　　上前几步，许宁夏又看到更靠边的位置，有两排什么盖着布。
　　等她明白过来，李多南挡在她面前，说："阿姐，做咱们能做的。"
　　许宁夏点点头，转过身，身体克制不住发抖，不敢再看过去。
　　许宁夏帮着运送车上带来的东西。
　　不少志愿者从四面八方赶来，大家都不认识彼此，却默契地做着同一件事。
　　快到午后时，救护车的鸣笛声从远处传来。车子很快开到救助站点外，车门打开，下来了一群医护人员。
　　许宁夏看去，就见江肆一脸沉重严肃地和高焰帮着把遇难者抬下来。
　　江肆仿佛看不到周围，目光坚定沉着地冲向前面的临时手术室。
　　他们从许宁夏身边经过时，许宁夏看到担架上躺着一个昏迷的小男孩，瘦瘦小小的，也就六七岁大，少了一条腿。
　　时间一晃到了傍晚。
　　许宁夏觉得自己都没干什么，就到了这个时候。
　　只是等得空坐下时，身上好似登时压下来几十斤的重量，疲惫极了。
　　她身边有不少从前方运送过来的受灾群众，伤势不太重的，都聚集在帐篷外。
　　家已然没了，现在无处可去，先就此安顿下来。
　　有个阿妹说："快六十个小时了。"
　　"是啊。"另一个叹了口气，"希望渺茫了。"

眼前这些人，全是刚刚死里逃生的幸存者。

据说，有个村子建在两座山的山脚下。

地震时引起山体滑坡，几乎把整个村子都给覆盖住了，生还者寥寥无几。

许宁夏从没有像此刻这般目睹生死。

木依蓝去世时，她还小，很多事情不懂，而且木依蓝的死是有迹可循的悲剧，不像现在——毫无征兆的天意。

因为年轻，便总觉得死亡这件事离自己很遥远。

可事实上，生命在大自然面前脆弱得就像一张纸，也许只要一阵风，就能把它吹得褶皱不堪，甚至吹破。

许宁夏搓着发凉的手臂，忽而听见有人在叫自己。

她看过去，看见了高焰。

"还真是你！"高焰跑过来，"你怎么来这儿了？江肆知道吗？这儿很危险。"

许宁夏有点儿站不起来，仰着头说："嵘嵘很担心你。"

高焰稍愣，深沉的目光温和了一瞬："我这就是出来给她回电话的，之前实在顾不上。你……哦，我给你叫江肆去！这会儿能喘口气。"

等待的工夫，许宁夏脑子里很空，望着高焰进去的那扇门，眼睛不眨。

不到一分钟，门被推开，江肆出现在门口，四下张望。

视线对接上的一刹那，两人身体不约而同地颤了颤。

周围似乎静止下来。

许宁夏只听得到自己的心跳声，一下一下，快要从胸口撞出来。

江肆看她了片刻，胸膛深深起伏了下，张开怀抱。

可他低头又一看，自己的白大褂不仅脏，还沾着很多血渍。

江肆作势要收回手，许宁夏已经扑进了他怀里。

感受到她的温暖和颤抖，江肆的心仿佛被揪起来，立刻将人紧紧回抱住。

两人贪婪地享受着这一刻。

分开的这段日子，他们做梦都想尽早见到对方。

可谁也没想到会是在这样的情境下。

但即便这样，思念还是会跨越过很多其他东西，冲在最前面。

"怎么过来了？"

江肆语带焦急，推开人，先是给许宁夏戴上了口罩。

"灾区很多情况不明，病菌也多。"他说，"要一直戴着。"

说罢，江肆看着许宁夏脏脏的小脸，又皱起眉头，还是那句话："你怎么来了这里？这里很危险。"

许宁夏说："你不也来了？"

"我是医生。"

"我是医生的女朋友。"

她说得硬气，那双琥珀色瞳孔看着江肆，眼里冒出了些红血丝，看得江肆心疼。

想和她说别闹,这不是儿戏,可话到嘴边又哪里舍得。

她来这里,都是为了他。

这会儿是难得的片刻安宁。

许宁夏拉着江肆去自己休息的角落,给他递去一瓶水。

江肆拧开便喝了起来,喉结不住地滚动,很快,水就全被他喝光了。

许宁夏再递去了一瓶,同样如此。

这是江肆今天第一次喝水。

许宁夏坐在江肆身边,握着他的手,轻轻捏着,问:"肚子饿吗?我这里有饼干。"

江肆反问:"你吃了吗?"

"我一会儿和多南回九云,要什么没有?"许宁夏把饼干塞到江肆手里,"你快吃。"

听这话,江肆也不客气了。

这也是他今天第一次吃东西。

/第十一章/
放肆爱我

夜幕来临。

救助站的小灯泡依次亮起光，远处山峦巍峨矗立，留下一大片沉默的黑色。

许宁夏和江肆就这么坐在一边，感觉时间过了很久，又感觉时间仿佛没动。

有警察同志过来他们这边问询，问认不认识照片里的人。

是个年轻男子，闭着眼睛，僵直地躺在木板上，人可能已经……

许宁夏摇摇头，江肆也不认识。

警察同志再去问别人，离开时叹息了一声。

许宁夏心口泛酸，问："是找不到联系人吗？"

"是啊。"警察同志说，"没人管，也没人认识，连身份都核实不了。"

看着警察同志一路问过去都没有结果，许宁夏小声问江肆："这种情况怎么办？"

江肆沉声说："国家会统一安排。"

统一安排……

不是说找不到认识的人，连身份核实不了吗？

那岂不是连个名字都没有？

许宁夏抿紧了发干的唇，心里没来由地感到恐惧难安。

江肆拍拍她的手，说："和多南回去吧。再晚，路上不安全。"

自知这时再留下也帮不上忙，许宁夏点点头："我明天还会来送水。"

江肆看她满手通红，有的地方还被磨破了皮。

他摘下口罩，轻轻吹了吹，然后放在手掌里慢慢地揉，嘱咐："晚上泡泡脚。手的话，可以涂一些维E。木月庭的备用药箱里，我放了一瓶。"

许宁夏乖乖地说"好"，也想嘱咐他注意休息。

可这嘱咐了，也是白嘱咐。

看了看男人的白大褂，她问："还有可以换的吗？要是有的话，这件我带回去洗洗吧。"

实在太脏了，味道也重。

· 307 ·

江肆考虑了下，说"好"，脱下白大褂给了许宁夏。

还要再说什么，高焰突然跑出来，喊道："江肆，那孩子心脏停搏了！"

江肆脸色一沉，二话不说跑了回去。

许宁夏都没能多看看他的背影，便只剩下手里的白大褂，证明他来过。

回九云的路上，车里异常安静。

几个小伙子都累坏了，灰头土脸。

中途，也不知是谁忽然吸了吸鼻子，低声道："有个阿妈为了保护孩子，下半身被大石头压成肉泥了，我……阿妈好伟大。我想我阿妈了。"

他一说完，压抑了一路的哭声在车里断断续续响起。

李多南在前面开车，狠狠揉了把眼睛，说："咱们也想想好的！咱人民解放军和消防队员，还有医生们也救了好多人。"

闻言，一个小伙子说今天有一对姐弟同时被压在了下面，救上来的时候都只剩了一口气。

姐姐让先救弟弟，弟弟让先救姐姐。

弟弟一说完，人就不行了。

医生立刻实施抢救，心脏按压了几百次都不行，好多人都不抱希望了，医生还在救，说没到放弃的时候。

最后，弟弟从死神那里又回来了，恢复心跳。

他虚弱地和医生说了句谢谢，医生摸摸他的脑袋，回道："不用谢，这是叔叔应该做的。你和你姐姐都会没事的。"

说到这里，有小伙子接话："我听说那对姐弟的父母也被救了，知道孩子们没事，孩子阿爸给医生磕了好几个响头。"

另一个小伙子插话："以后送咱们医院的快递，我都收一半的钱。"

"咋还收一半钱呢？"李多南笑笑，"就该免费！医生们都太了不起了，救的不是一个人，是一个家。"

许宁夏坐在前面默默听着，不由得攥紧手里的白大褂。

这一刻，她彻底懂了江肆口中医生这个职业的意义。

回到木月庭，许宁夏按照江肆之前说的，照顾好自己。

梁嵘照旧打电话询问情况，许宁夏简单说了说，心情沉重。

梁嵘不能说完全体会，但也不得不提那句老话："意外和明天真的不知道哪个先到啊。"

许宁夏"嗯"了一声，长长地叹了口气。

这晚，许宁夏做了个噩梦。

她梦见江肆出现意外，被困在一个空间里。

他想联系外界，可外界没有人知道他是谁，和谁有关系，他就一直被困在那个空间里，永远出不来了……

许宁夏惊醒，急忙找手机想给江肆打电话。

就见两分钟前，江肆给她发了一条微信，说可以休息了，叫她放心。

为了不吵醒江肆，许宁夏忍着，没有打这个电话。可是她心神不宁，人也坐立难安。

那个梦好似映照了警察同志今天的问询。

她知道这是迷信，更知道这样的情况不可能发生在江肆身上，可只要一想到江肆会有什么危险……

恋爱至今，许宁夏从最初无法抗拒对江肆的心动，到一步步彻底对他敞开心扉，完全爱上他，她以为，他们之间已经是很圆满的了。

就这样保持着，足矣。

可这两天发生的事让她突然觉得这还远远不够。

他们之间需要更加紧密牢固的联系，她要把自己的名字和江肆捆绑在一起。

许宁夏看向晾在客厅里的那件白大褂。

过了一会儿，去卧室拿出了针线盒。

再次来到救助站。

相较昨天，今天好了些。

江肆和高焰刚参与完一波救援，这会儿正在给剩余伤者做基础检查。

见许宁夏来了，高焰说自己应付得来，让江肆好歹过去和人家说几句话。

许宁夏知道他们医生忙，也不耽误江肆的时间，给了他几块巧克力，又把白大褂给他。

江肆现在穿的是一位同事的，尺寸稍小，这下正好换上。

江肆脱掉身上的，正要穿自己的时，瞥到衣服里层靠近胸口的口袋位置似乎沾了什么东西。

他一看，是针线绣上的两行字，写着——

　　姓名：江肆
　　紧急联系人：许宁夏156×××××××

江肆愣住，捧着衣服，半晌说不出话来。

许宁夏抿抿唇，咕哝："我这也算是从你给我的报警器上找了点儿灵感吧。虽然没你那个有科技含量，你就……"

说不下去，因为她希望他一辈子都用不上这个。

他去救人，拯救家庭。

可他也是个普通人，他同样有无比在乎他的人。

要是他出了什么事，她也会觉得天塌了。

江肆攥紧衣服，上前摸了摸许宁夏的脸，为她擦掉眼泪，说："这是我的护身符。"

许宁夏心头一跳，抬头看过去。

就见江肆眼眶微微发红，浅笑着和她说："有了它，我一定会平安回到你身边的。"

一周后，救援结束，江肆返回九云。
医院体恤大家这次辛苦，特意给放了三天假，让大家好好休息。
江肆搬去了许宁夏那里，差不多有两天时间都在睡觉。
到了第三天，精神和体力终于补充完毕的江医生在上午醒来。
怀里是空的，他习惯性地去抱身边的人，不想却摸了一片凉。
江肆倏地睁开眼睛，当即喊了声"心心"。
没人应。
到底过不去心里的那道坎儿，江肆掀开被子下床。
客厅里也是空的。
江阿忍在窗户台上慢悠悠地挪步。
这里的环境它还不怎么熟悉，一听见风吹草动，把头缩进了壳里。
江肆找了一圈人，依旧无所获。
吧台上还留有余香的咖啡杯孤零零地放着，杯沿印着淡淡的粉红色唇印。
想来人应该只是出去了。
江肆又来到院子。
九云的冬天比北城要暖和很多，温度维持在七八度之间，虽不及有些地方适合过冬，但也绝对是个不错的去处。
微风阵阵。
晾衣架上挂着很多衣服，她和他的，都有，混在一起放。
不知道为什么，看见这些随风飘荡的衣物，江肆心里产生一种前所未有的安宁。
长舒了一口气，他正准备给许宁夏打电话，人回来了。
许宁夏穿着奶茶色羊绒大衣，搭配牛仔裤，头发随意梳了个低马尾，浑身散发着恬静的温柔。
怀里抱着的一大捧不知名的花儿，是刚刚从街边阿婆那里买的。
许宁夏心情不错，见家里的睡美人站在院子里，笑着揶揄："江医生居然醒了，我还以为你进入冬眠期了呢。"
江肆一向自律。
听这话不免有些羞赧，上前接过许宁夏手里的东西，笑容略带腼腆。
他鲜少露出这样的表情。
非常少年，透着股干净纯真，会叫许宁夏想起以前的他。
许宁夏可不想再忍着，揪住某人下巴，踮起脚亲了一口，问："想吃些什么？"
"我来。"江肆说，"你休息。"
许宁夏笑道："怎么，害怕我的黑暗料理啊？"
说着，把人拉进了屋里。
末了，这顿早午餐还是许宁夏做的。
不过说是她做的也不准，她主要就是加工，煮了速冻的小馄饨，又拌了沙拉而已。

但就是这样,江肆吃着也觉得幸福。
饭后,许宁夏也不让江肆动手,还担了刷碗的重任。
刚开始刷,江肆便从后面抱住了她。
终于刮了胡子的下巴不比前两天,每次弄得许宁夏又痒又扎,这会儿的男人像一只温顺的大狗狗,腻着主人。
"这段时间辛苦你了。"江肆说,"快过年了,我到时候一直陪着你。"
提到过年,许宁夏没接话,转而问:"高医生那边怎么样?"
救援快结束的时候,高焰救下的一个小女孩没能挺过去。
高焰眼睁睁看着孩子就那么没了,人也跟着颓下来,这几天把自己关在家里,没个消息。
"先让他静静。"江肆说,"等过几天,会有专业的心理医生来给我们会诊。"
灾后重建。
到底不是只建设家园,很多人心里的家园也需要重新建设。
"那你呢?"许宁夏转过身,"还好吗?"
江肆垂眸,他多少也得需要时间缓冲。
毕竟总归还是个学生,和真正经历过、看过生死的医生们相比,差了许多。
但或许年幼时父亲的离世让他内心还是有着成熟和坚强,通过这次救援,他想的更多的是要精进专业技术,这样才能救更多的人。
听他这么说,许宁夏放心了不少。
搭上江肆的肩膀,她笑着道:"多美说李奶奶晚上请咱们过去吃饭,你把高医生也叫上,一起。"
到了傍晚,大家聚到李家小超市门口。
高焰看起来是缓过来了一些,眼里没有那么死气沉沉。
趁着开饭前,江肆和他又在外面聊会儿,等回来,精神头更是好了不少。
李奶奶做了一大桌子的菜,真是把看家本领拿了出来。
她感谢江肆和高焰为蛰乡同胞做的事,祝福他们得神明庇佑,平安顺遂。
说罢,李奶奶做了九云人表达祝福的手势,李多南、李多美、李多亮三人跟着一起。
江肆和高焰对视一眼,心中发热。
许宁夏默默握了下江肆的手,学着李多美他们,也做了一遍祝福手势。
大家其乐融融地享受了这顿晚餐。
眼看还有半个月就要过年,九云这边会很热闹。
李奶奶说:"你们回家吗?要是不回的话,来我这里吃年夜饭。"
"好啊!好啊!"李多亮积极响应,"阿哥阿姐来吧,我们一起放炮!"
李多美点点弟弟的小脑袋,说他就会吃,问:"夏夏姐,北方那边是不是都吃饺子?我们班有北方来的同学,说是一到过年一家人就围在一起包饺子?"
"是要吃饺子。"许宁夏说,"这是传统。"

· 311 ·

高焰是不打算回家过年的。

一帮七大姑八大姨立体环绕式催婚,不如陪病人过。

"你们回吗?要是不回的话,咱们到南小哥这儿包饺子吧。"高焰提议,"我手艺还不错呢。"

江肆看向许宁夏,以为她会同意,可她却说:"今年的话……还没想好。要是留下的话,那咱们就一起包饺子。"

闻言,江肆心有疑惑。

但也没说什么,想着听她的就是。

吃完饭,两人回到木月庭。

江肆想问问过年怎么安排,许宁夏急着要去洗澡。

她洗完出来,又催他去洗,说是今天累了,要早休息。

江肆只好依言去洗澡。

而等他再从浴室出来,就听到啪嗒一声,屋里停电了。

"心心?"江肆叫她,"你在哪儿?不要乱动,我去看看……"

"祝你生日快乐……祝你生日快乐……"

歌声传来,江肆扭头看去,就见吧台那边亮起一束光芒。

许宁夏捧着蛋糕走来,红红的烛火映得她笑容明艳温暖,眼里也仿佛蕴含着一颗星星,晶亮闪动。

"生日快乐。"许宁夏说,"江医生。"

江肆愣了好一会儿,后知后觉才想起来前几天是他生日。

"你记着啊。"他会心一笑,"谢谢。"

许宁夏的原计划就是在江肆生日时来九云,给他一个惊喜的。

不想出了这样的突发状况,只得一切从简。

许宁夏让江肆看看蛋糕。

花样并不复杂,只做了最简单的装裱,但上面的字——

我的江医生最棒!

江肆抿抿唇,压不住上扬的嘴角。

"我的",这两个字胜过所有。

"许愿吧。"许宁夏说,"这是我亲手做的蛋糕,许愿百分之百灵验。"

江肆点头,闭上眼睛。

周围黑漆漆的,只有他们之间的这方小天地是亮的。

许宁夏看着江肆,烛火在他脸上形成明暗交错的光影,好似又描摹了一遍他的五官,弱化了冷峻锋利,看起来柔和许多。

许完愿,江肆弯腰将蜡烛吹灭。

许宁夏光想着黑灯有氛围,忘了蜡烛一灭,屋子里也就彻底黑了。

她刚想说她去把电闸拉上,手上的蛋糕便被取走,放在了一旁的小柜上。

紧跟着,又是腰间一紧,人被搂进熟悉的怀抱里。

江肆顺势低下头，脸埋在了柔软香甜的颈窝，嗅了嗅。

许宁夏抱着江肆，声音有些小，像是为了不惊扰夜的黑。

"这样让我想起那年的黑灯游戏。"她不禁一笑，"居然是你。"

这件事，在江肆离开那天，已经通过微信方式承认了。

只是个中细节没有多说。

"想知道？"

江肆挽着腰的手臂收紧，将蛋糕取回交给许宁夏拿着，然后抱着她和蛋糕去了沙发那边。

两人一边吃着蛋糕，一边聊当年的往事。

那年生日，许宁夏心血来潮想办个热闹的Party。

她早早和杨阿姨说了要买什么、准备什么，还有模有样地写了邀请函。

江肆日日听着、看着，面上不见波澜，实际上抱着一丝希望，有那么一张邀请函可以送到他手上。

而许宁夏邀请将近四十个人，没有他。

不仅没有他，许宁夏还在Party前一晚和他说："你明天不要露面，知道的吧？"

这是自然。

他们都没让同学知道他们住在一起，他肯定不能出现。

只是心里又酸又苦的，涩得江肆难受。

他点点头，低着头说知道了。

当天，同学们带着礼物过来，楚游也来了。

大家把礼物堆在客厅的角落，便投入各种游戏聊天中。

江肆躲在二楼的走廊后面听。

听她在笑，听她和祝自己生日快乐的同学说谢谢，还听她弹着吉他唱了一首歌。

很好听。

心里有什么一直在骚动，江肆忍不住，悄悄在墙边探出了一点点目光。

只见女孩被大家簇拥着坐在中心，像是众星捧月的公主。

她扬着笑脸，边弹边唱，唱的是一首民谣。

表演完，所有人为她鼓掌，楚游还站出来说太可惜了，没有钢琴，不然他一定为小寿星伴奏。

同学们吁的一声，眼神别有意味地在两人之间逡巡。

许宁夏大方地看向楚游，礼貌地笑笑。

目睹着这一幕，江肆握紧了拳。

Party继续。

中途，有同学提出玩黑灯游戏。

那时，江肆本来都打算回房间了，听到这个，便怎么都迈不动脚步。

他知道这样做不对，更不好。

但他也知道能有这么个机会是千载难逢，错过了，不会再有。

所有纠结在灯黑下来的那一瞬间变成奔向她的全部动力。

他一下就猜到,依照许宁夏的性格,是不可能让人轻易靠近的,她肯定会躲起来。

所以,他很轻松就找到了人。

黑暗中,少女纤弱的轮廓藏于角落之中。

江肆舔舔干涩的唇,双手克制不住微微发抖。

他不敢靠近,怕会泄露。

但渴望了太久的人近在咫尺,又让他做不到就此放弃。

进退两难间,有人喊了一句"还剩十秒"。

十秒。

唯一的十秒。

江肆屏住呼吸,顾不得那么多,冲过去一把握住了许宁夏的手腕。

许宁夏没有叫,只是定在原地。

光线全无,江肆连女孩的表情都看不到,他也没心思看。

所有的感觉全部聚集在他手中,他感受着女孩脉搏的快速跳动……一时间,压抑在内心深处的疯狂因子叫嚣起来。

可倒计时响起了。

江肆终究不得不克制。

他恋恋不舍地松开手,手指勾了一下她的小拇指,趁着光来临前,重新躲回了角落里……

蛋糕味道不错,就是坯子硬了些,不够软糯。

许宁夏喂了江肆一口,问他:"那你都没说给我准备礼物呀?不仅没有,还占我便宜。"

江肆说:"准备了,你也收了。"

她怎么不知道!

许宁夏放下叉子,立刻想。

想来想去,她记起那年她收到一个猫咪八音盒,非常喜欢。

只是因为大家的礼物在参加Party前都堆在了一边,这个礼物也没署名,她当是哪个同学眼光好,并未多想。

"怎么办!"许宁夏着急,"我离开许家的时候,没有带走这个八音盒!"

说这话,并不是她知道这个是江肆送的,所以这会儿就惦记了。

是她走后真的有想起过这个八音盒,也真的是可惜没有把它带走。

那上面的猫咪和小白很像。

江肆摩挲着许宁夏的耳垂,唇边染笑,说:"我带走了。"

许宁夏惊喜:"那现在在哪儿啦?"

"想拿回去?"

江肆靠近过来,有些热的气息拂过许宁夏侧颈。

"我的生日礼物呢?"他问,"今天是我的生日。"

许宁夏缩了下脖子,心跳骞地加快,故意和他对着来:"谁说今天是你

· 314 ·

的生日？你生日是三天前，已经……唔！"
确实是忍到极限了。
当江肆吻过来的时候，许宁夏头脑空白一瞬，随即什么八音盒、黑灯游戏的，全抛在脑后，只晓得要抱住眼前人。
他们吻作一团。
缭乱灼热的鼻息和呼吸交缠，在寂静的夜里激出层层不绝的声波……
院子里杜鹃花树随风摇曳。
卷起的花瓣一会儿飘向天空，一会儿坠入凡尘，来来回回，不知疲惫。
等一切停歇。
许宁夏被伺候着洗了澡，回到床上便趴在江肆胸膛上睡去。
半梦半醒间，她想起还有一件重要的事没说。
许宁夏的手无意识地攀上江肆肩头，再一点点滑到耳垂，揉了揉。
"我想过年去拜访丁阿姨，你看看能安排吗？"
江肆一怔。
半晌，唤了一句"心心"。
心也仿佛融化了。

春节假期前，江肆和医院提前请了一天假。
工作以来，院领导把江肆的表现都看在眼里，加之听说请假是要带女朋友回家见父母，痛快地批准了。
和医生听说这件事后，也觉得开心欣慰，问是不是那位打破伤风针的漂亮姑娘。
江肆看了看桌上的山茶花，眉眼含笑，说："是她。"
赶在大年二十九晚上，江肆降落北城机场。
许宁夏比他早回北城一周，过来接人。
到了公寓，许宁夏杜绝一切活动，全副心思扑在明天的会面上。
江肆少见她对一件事这么上心，虽被冷落，心里也泛甜。
转天，除夕当天。
江肆开车带许宁夏前往荷城。
他们上午出发，开车大概要三个小时。
早几年前，江肆刚上大学时，丁静云还没有卖掉北城的房子。
后来，荷城音乐学院聘请丁静云去担任教授，她和江肆商量，将北城的房子卖掉，在荷城靠海的位置买了一个小别墅。至于剩下的钱，全部存起来，将来给江肆支配。
别看是别墅，但两座城市的房价天差地别。
荷城这边的两百平方米放在北城买不到市区边上的小三居。
随着车子进入荷城，沿着海岸线一直下去，许宁夏的紧张也将将达到顶峰。
她摊开化妆包，对着小镜子补妆。

江肆停车停得稍微晃了那么一小下,她也要发脾气说他谋害自己。

冤得江肆无奈地笑。

等车子再开进了别墅区,许宁夏叫江肆先停下。

深呼吸,许宁夏转头看向江肆,表情严肃,问:"我今天的妆看起来怎么样?"

"很漂亮。"江肆如实说。

"那衣服呢?"许宁夏又问,"我今天的……"

"也很漂亮。"

江肆握住许宁夏的手,见有些凉,搓了搓。

"这么紧张吗?"他问,"我妈性格很随和,不用害怕。"

在许宁夏的印象中,丁静云确实温婉和蔼。

可她还是怕,怕丁静云和许青浔一样,会在意她和江肆曾经的关系。

"万一丁阿姨接受不了我怎么办?"许宁夏抿着唇,水灵灵的眼睛里满是担忧。

早知她会这样,江肆就不该听她的,急着带她来,而是先做好丁静云的工作。

可现在已经到这一步,没有退路。

江肆顿了顿,说:"我教你一个办法,保证管用。"

许宁夏眼前一亮:"什么办法?你怎么不早说?害我……"

话未说完,江肆握着她的手送到唇边轻吻了下。

他看着她,十分坚定地说:"你就牵着我的手,别放。"

"剩下的交给我。"

心头一软,充斥在许宁夏胸腔里的那团气,松快了。

再次深呼吸,她点点头:"走吧。"

两人拎着礼品,按下门铃。

屋里很快传来女人温和的声音,听着叫人悦耳。

"来了,来了。"丁静云快步上前,"欢迎回……"

门打开的那一刻,丁静云看到许宁夏那张叫人惊艳的脸,话音戛然而止。

许宁夏看出丁静云的惊讶,心里"咯噔"一下。

但江肆紧握着她的手,她就没什么好怕的,礼貌谦和地笑了笑,说:"丁阿姨,过年好。"

丁静云快速看了一眼江肆,脸上的笑容多少有些僵硬。

"过年好。"她说,"好久不见了,小夏。"

许宁夏:"好久不见,丁阿姨。"

话落,江肆也开了口:"妈,我们回来陪您过年。"

一句"我们",丁静云就算有什么疑惑和不适也得先咽下去,先引着二人进了屋。

家里收拾得窗明几净,一架漂亮的三角钢琴放在落地窗旁。

茶几上摆着饮料和茶,还有各种坚果和水果。

"来，快坐下歇歇。"丁静云说，"东西放在那里就好。"

许宁夏稍顿，略有失落，把自己千挑万选的礼物放在角落。

三人坐下，气氛远比想象中尴尬。

许宁夏每每挑起话题，丁静云虽说都有接应，但总是透着股疏离生分。

许宁夏不怪人家。

怪就怪她过去对这位长辈也不怎么恭敬，更何况还有许青浔这一重关系夹在里面。

"都这个时间了，我去准备年夜饭。"丁静云站起来，"你们坐。"

许宁夏忙道："我帮您，阿姨。"

丁静云微笑："不用，你们……"

"我帮您。"

江肆起身，手轻按了下许宁夏的肩膀，没让她起来。

母子俩一前一后进了厨房，许宁夏松口气的同时，心里其实也更加沉重。

这样提心吊胆的状态一直持续到晚上开饭。

三个人围坐在圆桌旁，客厅的电视播着春晚预热的采访。

丁静云最先举杯，说了吉祥话，然后看向许宁夏，又说："今天最开心的是阿野带了小夏回来。我祝你们两个新的一年一切顺遂。"

许宁夏愣了愣。

她有点儿受宠若惊，又有些不可置信，下意识地看向江肆。

江肆拍拍她在桌下的手，她回过神，立刻举杯回敬："谢谢阿姨。祝您新年快乐，身体健康。"

过后，气氛相较于一开始，明显有了不同。

丁静云话多了些，还会给许宁夏夹菜，问问她的工作和生活。

许宁夏不知道江肆怎么搞定的丁静云，这也太神速有效了吧。

但这会儿也不方便问，只能先顺其自然。

吃完年夜饭，三人在客厅看节目。

中途，丁静云忽然说房间已经收拾好了，想让许宁夏和她上去看看还缺什么。

许宁夏一顿，点头说"好"。

二楼有四个房间。

一间是丁静云的卧室，一间是客房，还有两间是江肆的书房和卧室。

许宁夏被安排在客房，和江肆的房间挨着。

进去时，丁静云笑着看了一眼许宁夏，那意思好像在说搞两个房间也是多余。

许宁夏的脸腾地一热，心想今晚分房睡，必须的。

进了房间，丁静云打开阳台的玻璃门，海风吹了进来。

"小夏，下午见到你时，不好意思啊。"

许宁夏摇头："阿姨，我都明白的。但您放心，我和我……我爸不怎么联系，不会让您为难的。"

丁静云笑了笑，将玻璃门又关上，屋里很快恢复温暖。

"咱们坐下说吧。"丁静云指指沙发，"我是有几句话想和你聊聊。"

丁静云坦言，她并不害怕或者顾虑因为许宁夏和江肆恋爱就要面对许青浔这事，她这把年纪了，还有什么看不开。

许宁夏进门时，她想的是这要是让亲戚们知道了，少不得流言蜚语。

"流言蜚语的杀伤力，我受过。"丁静云说，"可以说它改变了我，也改变了阿野。"

丁静云回忆起江肆的爸爸江衡刚去世时的往事。

当时，跟着江衡一起牺牲的队友的家属们，联合上门找丁静云要说法。

丁静云心力交瘁。

一面沉浸在江衡的去世中难以自拔，一面疲于应付那些声讨。

小区里很快有了他们家的流言蜚语，说江衡为了邀功害死同事，死了是报应。

街坊邻里全避着他们母子走，有的不怕事的，还会站出来说两句"公道话"，说他们该去那些牺牲的警察家属家里挨个谢罪。

丁静云本来觉得这件事错不全在江衡。

他也是依照现场情况去执行任务，哪里会想到悲剧就此发生。

可渐渐地，听周围人的话听多了，丁静云也觉得要不是江衡，事情或许就不会发生。

有一次，又有家属上门来闹。

丁静云实在承受不住，想要出去下跪替亡夫谢罪时，江肆跑了出来。

他那时候不过六岁，小小的，抄起了家里的扫帚，一边挥，一边喊："我爸爸是英雄！我爸爸为了抓坏人牺牲了！你们不许说我爸爸！"说完，蹲在地上哭起来，身体不停抖动，但竟是一点声音都没有发出来。

可那样的压抑却仿佛在楼道里产生了回响，震得在场的人都愣住了。

就是从那天起，丁静云决定不再这么执着，卖了房，另买别处，带江肆搬家。

"你不知道，阿野小时候可好动了，好奇心还重，总喜欢问为什么。"丁静云笑着说，"我和他爸爸有时候给他解答问题都解答不过来。"

许宁夏也笑着，问道："阿野？"

她记得以前在许家，丁静云似乎私下里是这么叫江肆的，但那时的她自然不会听进心里。

丁静云点头："'阿野'是他小名。"

说起这个小名，还有个小故事。

说是江衡去派出所登记江肆户口时，字写得太连了，户籍科的工作人员看了后，问是不是叫江野。

江衡一听，觉得这个名字也挺好听，就赶紧打电话请示丁静云。

丁静云听后说："要不小名叫'阿野'？"

江衡说"好"，拍板定了大名还叫江肆，小名叫阿野。

这事传回刑警队同事们的耳朵里，大家都笑话江衡事事听老婆的，唯老婆命是从。

江衡从来不觉得丢面子，听见这话就回："那我不听我老婆的，听谁的？"

提及这些琐碎的过往，丁静云不禁又是怀念又是感慨。

"江衡的离开，对阿野打击非常大。"她说，"我看着他从一个爱说话的孩子变得一言不发，有时甚至你不主动问问他，他两三天都不会开口。"

听丁静云这么说，许宁夏仿佛看到了小江肆清冷的脸，黑漆漆的眼睛不复孩童的活泼朝气。

她心里堵得厉害，不知道该说什么。

想着要是有时光穿梭的机器就好了，她去陪着那时的江肆，谁要是说他的爸爸，她就帮他通通打跑。

丁静云叹了口气，擦擦泪，又说："今天在厨房，阿野和我说他喜欢你。我问他喜欢到了什么程度？为什么会喜欢？他说——

"不知道到什么程度。

"但这么多年，我从没对别人产生过这样的感情。

"只是看看她，我就觉得很满足，好像她的出现让我的世界有了色彩。"

丁静云当时听到这话，心中大为震撼。

别人或许不懂这话的分量，但她作为母亲，再清楚不过。

江衡去世后，江肆一直活得很压抑。

他无力对抗外界对他崇拜的父亲的诋毁流言，也很难消化却又不得不接受父亲的离开。

他听话懂事得叫人心疼，好像一夜之间长大，再也不是那个缠着爸爸妈妈不停问问题的孩子。

他把自己的世界不断缩小，也把内心封存。

丁静云知道，那个世界是灰白的。

而现在，他说他有了色彩，那对他而言，无疑是生命的崭新开始。

"小夏，谢谢你。"丁静云红着眼眶说，"谢谢你来到了阿野的身边。"

十点多时，丁静云回房间休息。

许宁夏早上醒得早，没过一会儿，也想上楼。

江肆关了电视，陪她一起。

到了房间门口，江肆堵着道不让许宁夏走。

许宁夏问他知不知羞。

江肆说："什么也不做，就抱着你。"

许宁夏抿着嘴，不让自己露出笑意："那也不行，各回各屋。"

两人拉锯。

但顽固挣扎的江某还是不敌许某狡猾，不慎让人溜走，孤零零地在门口站了会儿，不开心地回了房间。

许宁夏洗完澡出来，差不多快十一点半。

吹干头发，她坐在床上拿起手机。

除了收到朋友们的春节祝福，有个人的画风和别人特别不一样。

江医生：好久没回家，睡不习惯。

江医生：没有熟悉的东西或者人，今晚恐怕睡不着了。

江医生：回来前，每天就没睡好。

这一套套的卖惨啊，看得许宁夏哭笑不得。

谁能想到一向冷面正经的江医生私下里有这么幼稚的一面。

心心：那你就别睡啊。

心心：按照传统，今天就是要守岁的。

发完，又是老样子，聊天界面上的"对方正在输入中"不停闪烁。

许宁夏躺在床上，悠哉看看那人能说出个什么来。

等了会儿，对方回——

江医生：我的充电器落到你包里了。

话题转得有些生硬，但许宁夏还是看了下，充电器确实在她这里。

这算什么？台阶、邀请、敲门砖……算了，管它是什么，反正都可以让她去见他。

去不去呢？

许宁夏犹豫了一秒钟，之前还坚决分房睡的想法，忘得干干净净。

江肆一直等在门边。

听到隔壁房有动静传来时，他弯了弯唇，当即打开门，把人拽进了怀里。

然后，门"砰"地又关上，反锁。

许宁夏几乎体验了把瞬移，掐着人说："你也不看看？万一是阿姨呢？"

"不会。"江肆说，"我有感应。"

"说得好听。"

许宁夏哼了一声，推开人，打量了下房间。

毕竟很少回来，也不是从小住的旧屋，摆设和装饰和客房大差不差。

但这个房间的阳台要比隔壁大很多，视野宽阔。

许宁夏找了件江肆的大衣穿上，两人去了阳台。

荷城虽然和北城挨得近，但因为是沿海城市，冬天并没有那么冷。

许宁夏吹吹海风，困意消散不少。

看向身边的男人，她想起什么，唤了声："阿野。"

江肆一怔。

许宁夏拨开吹到嘴边的长发，笑道："你这小名很好听呀。"

江肆有点儿形容不出刚听到她这么喊自己的感觉，类似于亲昵和情趣的混合，仿佛是毛茸茸的猫尾巴骚动着他的心。

"你再叫一声。"江肆看着人，低声道。

许宁夏挑眉："你让我叫我就叫，我这么好使唤的吗？"

"我刚才没听清。"

还会撒谎了是吧。

许宁夏勾勾手指，叫人过来。

等靠近了,她踮起脚凑到耳边,先是鼻息一沉,撩得江肆背脊发紧。再缓缓张开红唇,喊了一句:"就不叫!"

瞧着女人小伎俩得逞后的娇俏模样,两只眼睛亮晶晶的,望着他,江肆心软得不行。

他低头笑了笑。他怕她冷,上前将人拥进怀里。

有人靠,许宁夏又立刻切换成了软脚虾模式,把重量全部压给身边的男人。

两人一起眺望着一望无际的大海。

过了一会儿,许宁夏忽然说:"叔叔去世后很长一段时间里,你都很难过吧?"

此刻如此甜蜜,该是不提起这个的好。可许宁夏听完丁静云的话,实在没办法那么快做到平静。

她有的地方能体会江肆,有的却不能。不能的地方像是一根刺,扎着她,让她心疼。

江肆料想到丁静云和许宁夏说了什么。

想起父亲和过往,他叹了口气。

片刻,他回道:"很多人指责他,说他急功近利,害人害己。可在我心里,他是最好的爸爸。"

会给他讲各种有趣的故事,会带他出去骑车,会背着丁静云偷偷塞给他糖果……更重要的是,在他的人生道路上,爸爸是他的第一座灯塔。

"还记得我和你说有次我爸重伤,在那之后,我决定做一名医生吗?"

许宁夏点头,当然记得。

江肆说道:"小孩子的愿望总是容易变化,大人们听了就是听了,并不入耳。"

可那次,在江肆说完之后,等江衡身体恢复起来一些,和他说的第一句话就是:"阿野,爸爸支持你的梦想。你要加油,努力学习,将来成为一名出色的医生,救很多人。"

所以,江肆为了梦想,也为了不辜负父亲当初的信任,一路走到现在。

他知道江衡是一个有赤子之心的人。

他唯愿能同样怀着这份赤子之心,让父亲在他心里长久地存在下去。

许宁夏借江肆肩膀蹭了蹭眼角,然后仰起头,笑着戳戳他的脸。

"恭喜你了,江医生。"她说,"你现在又多了一位忠实的支持者。"

江肆刚要说话,许宁夏又道:"不过,这位支持者有个要求。"

"什么要求?"

"江医生不忙的时候,时间都要归我。"

病人需要他,她也需要。很需要。

江肆浅笑着向她保证一定做到。

话音刚落,天空忽然炸开一朵烟花。

许宁夏吓一跳,往江肆怀里钻。

江肆拍拍她的背，说："倒计时了，马上就是新年。"

许宁夏一听，又挣开怀抱，让江肆看着计时器，她要在迈入新年的那一刻许愿。

随着天空被绚丽色彩渲染，许宁夏许下了她的新年愿望。

睁开眼，她说："你也许啊。"

"许完了。"江肆说。

"许完了？"许宁夏犹疑，"这么快？"

江肆点头。

想起这人前段时间刚过完生日，也许了愿，许宁夏心生好奇："许的什么？和生日那次一样吗？"

"不能说，会不灵验。"

许宁夏"喊"了一声，嗔他讲究多，十分小气地回击："那我也不告诉你我许的什么了。"

把人重新拉回怀里，江肆问："你本来是打算告诉我的？"

许宁夏狡黠一笑，理直气壮地回他："当然没打算！"

烟花又一次绽放。

五彩的光映照在女人白皙的脸上，她眼里有坠落的星光，星光里有男人最温柔的脸。

新年愿望：

——希望我的阿野平安健康，我和他年年有今日。

——希望我的心心事事如意，快乐无忧，许下的愿望都能成真。

五月初，江肆结束在九云为期一年的规培。

许宁夏特意回到九云，陪他做告别。

李奶奶一家最舍不得，老人红着眼絮叨着"有空就回来看看，有空就回来看看"，还准备了好多好多特产，让带回去。

李多美更是请假回来，和李多南一起将他们送到机场。

许宁夏和江肆都很感动，但送君千里终须一别。

而离别，也是为了下一次重逢。

回到北城后，江肆第一时间回医学院和教授报到。

教授早就想他回来了，这一见面，就给安排了不少任务，连带他未来的发展规划也一并告知。

只要江肆完成最后这一年的规培，就可以在北城最好的三甲医院上班。

忙完回归的这段时间，许宁夏约上梁嵘和高焰，四个人去吃自助。

高焰对梁嵘很是殷勤，梁嵘也可以相应的热情。

但两人似乎总是差了一口气，止步于此，不能再往下。

取餐时，许宁夏问梁嵘怎么想的。梁嵘说："能怎么想？我都快奔三了。要是只谈恋爱，随便谈。可现在……"

早些天，梁嵘从朋友那里听到关于高焰前女友的事。

说两人从十几岁就开始谈了,感情特别好,大学四年异地也熬了过来,大家都以为两人毕业即领证。

可谁想到,毕业就分手了。

还是高焰提的。

"说实话,高焰看着大大咧咧的,其实心思很细。"梁嵘叹了口气,"再看看吧。"

许宁夏支持梁嵘的任何决定,但也想着回头去让江肆探探口风。

女朋友和兄弟孰轻孰重,江医生应该心里有数。

梁嵘看闺蜜提起某人就跟喝了糖浆一样,真是跟以前判若两人。

"你说啊,我现在在咱们老同学里找找,会不会还暗恋我,为我守身如玉的?"梁嵘问,"有的话,我立刻嫁了!"

许宁夏笑道:"问问也不是不行。"

不过,提及老同学,倒是有件事——康子轩的婚礼。

"我答应去了。"梁嵘说,"康子轩他小姑和我妈关系不错,我妈让我必须去。"

许宁夏点点头:"康子轩也给我发邀请函了,邀请我和江肆。"

"那你们去吗?"梁嵘问,"会有不少同学也到场吧。"

就是因为有好多同学到场,许宁夏才有了去的念头。

之前的她对这种场合总是嫌麻烦,但现在,她觉得带着男朋友去看看没什么不好。

谁叫她男朋友那么拿得出手呢。

太优秀了,没办法。

回公寓的路上,许宁夏和江肆说了想参加婚礼的事。

江肆都听她的,她说参加,那就参加。

两人腻腻乎乎地回去,仿佛空气里都冒着粉红色泡泡。

可等许宁夏洗完澡出来,气氛却有了变化。

江肆坐在书房,气压有些低,指指许宁夏的手机,说是有微信。

楚游发的。

大致意思就是自己会去康子轩的婚礼,如果许宁夏他们也去,提前告知一下,以免到时候尴尬。

这有什么好尴尬的?

许宁夏礼貌地回复了一句,并未在意。

但家里多了个雪人。许宁夏知道江某醋性大,一开始便哄了几句。

可见对方还是有些冷淡,她心里生出不快,说:"什么事都没有也不行?那袁忆谣呢?婚礼她要是也去的话,我是不是也得生气?"

江肆皱眉:"现在是楚游,提那个人做什么?"

"为什么不能提?"许宁夏耷拉着嘴角,"她给你递过信,你还看过呢。"

"我跟她什么也没有。"

"我跟楚游也什么都没有!"

因为这条微信，两人莫名其妙地"冷战"起来。

用梁嵘的话说：你们就是平时甜腻了，所以换个口味玩玩。

事情是可以这么理解。

但那两天，他们虽然和平时一样生活，可少了亲昵，就是不舒服。

许宁夏脾气倔，绝对不会主动服软。

再者说，这事她就是冤啊。

她还能管得着楚游给不给她发微信吗？

而且最重要的，江肆居然敢这么和她闹脾气，谁给他的胆量？

都怪她平时太宠他了，惹得他恃宠而骄。

许宁夏成功给自己洗脑，坚决不再哄人。

等第三天晚上。

两人吃完饭后，江肆走到玄关换鞋，问："要去超市吗？"

许宁夏背对着人坐在沙发里，装听不见。

江肆也不走，换好鞋就原地站着。

一秒、两秒、三秒……

给他个面子。

许宁夏跑到卧室换了身衣服，和江肆一起下楼。

到了超市，两人隔着一点距离共用一辆购物车。

换到以前，都是许宁夏挽着江肆，江肆推车，两人一路说着话，生生把十分钟能买完的东西延长到一个小时。

最先逛的永远是零食区。

许宁夏拿了几样自己常吃的，跟在江某身边继续走。

最后去了冷鲜区。

才进去，许宁夏想起来她的胶棒用完了，跟江肆说了一声就又去了文具区，甩江肆一个人逛。

而等她买完东西回来，江肆正在和一个推销酸奶的售货员说话。

那售货员一看就是外出兼职的女大学生，想看江肆又不好意思看，红着一张脸，说话软软糯糯的。

许宁夏的火"噌"地冒起来，气汹汹地走过去，就听江肆在说——

"还有其他味道吗？"

"最好是桃子味，可以加些燕麦，我女朋友比较喜欢。"

"葡萄味也可以，她也喜欢。"

心突然凹陷下去一块。许宁夏没再上前，站在了江肆身后。

察觉到身后有人，江肆转过头。

生鲜区这边的冷气很足，许宁夏穿着中裙，小腿露在外面。

见状，江肆过去握住许宁夏的手，用身体挡住她身侧冷藏柜吹出来的冷风。

"买好了？"江肆问。

许宁夏瞄了眼两人交握的手，点头："回去吧。"

"好。"

结完账，两人又一路无言地回到公寓。

坐电梯时，许宁夏抬头看到镜面反射中的江肆正在看着自己。

指尖微微一颤。

她有些克制不住要往江肆身边靠，而江肆拎着袋子的手早就凸起了青筋。

两人的目光在镜子中对接。

只是很轻地一触，空气里仿佛"啪"地响了一声，起了静电。

就在江肆要转身时，电梯外的邻居急匆匆跑过来，喊了声"等一下"。

于是，许宁夏和江肆都各自刹了车，压着提起的那口气，面上维持严肃正经，重新站好。

直到进了房间，许宁夏蓦地手腕一热，连惊呼的时间都没给她留，人就被抵在门上，承受热吻。

刚买的橙子"哗啦啦"滚落在地。

"把楚游的微信删了。"

两人吻得忘乎所以时，江肆说了这么一句。他语气里有情动时的急促难耐，但也带着不容拒绝的强势。

许宁夏愣了下，推了推人，问："你气的是这个？"

不然呢。

江肆知道他们之间什么都没有。但他更知道自己的小气，他就是不允许对她有过心思的人存在于她周围。

"江医生啊。"许宁夏为着这个原因，实在想笑，"你是不是有点儿过于霸道了？"

"是。"江肆承认，"你是我的，别人想都不能想。"

裙子掉在地上。

江肆甚至等不及带许宁夏回卧室，抱到沙发就是极限。

康子轩婚礼定在六月中旬。

彼时，天气不冷不热，颇为宜人。

许宁夏提前一天准备参加婚宴的衣服，连同江肆的。

自从在蛰乡地震那次给白大褂绣了字，许宁夏就有点儿想"掌控"江肆的衣服，恨不得把他的穿着全部和自己的联系在一起。

婚礼这天，许宁夏穿的是一条宝石蓝新中式长裙，给江肆配的是藏青色衬衣和宝石蓝领带。

一眼看去，就知道两人是一对。

他们手牵手出现在酒店，刚露面，就引来不少回头率。

特别是之前议论他们关系的同学，见他们登对到神仙情侣的地步，嘴再硬，也唱衰不了两人了。

梁嵘比他们早到了半小时，见许宁夏来了，急着和她八卦新得的一手资讯。

其中有一条，还和许宁夏有关。

许宁夏洗耳恭听，但梁嵘示意了下寸步不离的"吉祥物"江某。

"帮我去拿一杯橙汁吧。"许宁夏说，"加冰。"

江肆说："加冰不行。"

许宁夏想说怎么不行，江肆补充："马上是你生理期。"

好吧，他记得比她清楚。

江肆一走，梁嵘就按捺不住了。

她说这次婚礼，康子轩其实是不想邀请许宁夏的。毕竟当年康子轩在学校也算是高调告白，很多同学都知道他喜欢过许宁夏。可康子轩老婆不干，非要让康子轩请许宁夏参加。

"我听那意思，可能是想和你炫耀下幸福，顺便再警告你康子轩已经有主了。"梁嵘说，"你准备好接招吧。"

许宁夏无语："她同学会不是见过江肆？不知道我有人？"

梁嵘笑了笑："还有个八卦，也不知道谁传的，说你和江肆吵架，你还是被甩的那个。"

胡说八道，岂有此理。

随着入席的人越来越多，吉时也快到了。

许宁夏和江肆坐在同学这桌，不少人眼睛往他们身上瞄。

但这两人眼里只看得见彼此，对于外界的各种窥视猜测，完全无视。

宴会厅灯光变化，典礼开始。

康子轩也不知道从哪儿找的司仪，一惊一乍不说，还就只会一句：来，我们掌声送给这对新人。

从新娘出现到交换完戒指，许宁夏鼓掌鼓到最后，手都快麻了。

不过典礼里有个环节还不错，就是大屏幕回顾了下新郎新娘的青春岁月。只可惜他俩不是一个学校的，总归差些意思。

"哎，等你和江肆结婚的时候，也搞一个。"梁嵘说，"里面我的出镜率绝对高。"

梁嵘不过就事提了一句，许宁夏心里却起了涟漪。

结婚啊，和江肆结婚……

许宁夏走神，江肆发现，问她是不是不舒服？

"你这是职业病吗？"许宁夏笑道，"看见人有什么就以为对方不舒服。"

江肆弯弯唇，扣着她手指的手紧了紧。

许宁夏靠近了些，试探着问："你觉得他们这个婚礼办得怎么样？"

"还好。"

"还好是哪种好？"

"就是还可以。"

"你这不跟没回答一样吗？"

江肆就是觉得还好。

在他的世界里，除了有关于她的那部分，剩下都是还好。

交换完戒指后，还有个小游戏环节。

要说如今结个婚也是有够麻烦，生怕场子炒不热。

游戏奖励很单薄，就是新娘手里的手捧花不抛了，改成送给游戏胜出的嘉宾。

非常无聊。

加之司仪也是不会说话，说什么"哪位女嘉宾想赶紧嫁人，快来参与"。

这谁还好意思去啊。

康子轩也是服了这个司仪，拿过话筒找碴儿："男嘉宾也可以来啊。捧花代表着我和我太太最真挚的祝福，希望接到捧花的亲朋好友，今年一顺百顺！"

嗯，康子轩可以考虑当个司仪。

"想要吗？"江肆问。

许宁夏一愣，想说不想。但除却捧花，还有个超大的爱心熊玩偶是附赠奖品，蛮可爱的。

"什么游戏啊？"许宁夏问，"你能行？万一输了丢脸呢。"

江肆没说话，报了名。

大家一见江肆上台，比之前看见新郎新娘还激动。

尤其是女性朋友，年纪大的赶紧打听有没有对象，年纪小的赶紧补妆琢磨要个微信。

所有参加游戏的人站成一排，司仪挨个问他们游戏开始前，有什么宣言？

不少宾客听了，实在忍不住笑了。

梁嵘也绷不住："这司仪哪个公司的？赶紧上业界黑名单吧。好歹问个对新人有什么祝福啊，游戏宣言什么鬼？"

许宁夏也憋笑，看着司仪把话筒送到江肆面前。

男人仪态挺拔，气质清贵优雅，低沉的嗓音带着磁性，说："首先，我祝福一对新人新婚快乐。"

台下响起一片掌声。

这在刚刚几个参与者身上，可是没有的。

"其次，"江肆看过去，"我希望可以把手捧花的好运送给我女朋友，让她每天开心。"

他一说完，台下的掌声就有些言不由衷了。

毕竟一大票女性燃起的心思就这么突然地全军覆没。

唯一得意扬扬的，只有有点儿脸红但必须保持端庄冷艳的许大小姐。

作为康子轩的伴郎，楚游在听见这话后，目光也不由得去看许宁夏。

看到的就是女人掩不住的甜蜜笑意。

最终，游戏胜出者是江肆。

这游戏简直就是为了让他赢的，居然是记数字，看谁记得多。

江肆随便看了一眼，就记到三十位开外，赢得遥遥领先，轻轻松松抱着熊和花回到许宁夏身边。

· 327 ·

许宁夏摸摸熊脑袋,笑得像个纯真少女。

江肆见她喜欢,眼里也浮现出笑意,以及满满的宠溺。

看得众人又是一阵羡慕。

游戏结束,新郎新娘便开始转桌敬酒。

有过这方面经验,许宁夏直接用江肆晚上还得回医院,不能喝酒为由,谁来劝都不让他喝。

至于想要来宣示主权的康子轩老婆,许宁夏笑着说:"我和江肆祝你们百年好合,早生贵子。江肆这杯,我替他喝。"

江肆脸色一沉,想阻止,可许宁夏摆明了就是要把面子给得足足的,利落地干了两杯酒。

怕她喝了酒会胃里难受,江肆赶紧拜托服务员上一碗粥来。

那样在意疼惜的神情和目光,只要长了眼睛的,就知道谁分手,这两个也不可能分。

江肆太喜欢许宁夏了。

康子轩老婆还没出师,就被接二连三的狗粮噎得说不出话。

刚才游戏时,要不是因为在场这么多人,她都不想让江肆赢!秀什么恩爱!

她手下狠狠掐了康子轩一把,康子轩痛得差点叫出来。

等许宁夏他们这桌转完,康子轩头上起了一层汗。

婚礼进行到快尾声,许宁夏去卫生间。

回来时,遇上楚游。

看楚游的意思,大概是特意过来等她。

"有什么事吗?"许宁夏问。

楚游忙说:"你别误会。我等你,就是想为之前的事和你说声抱歉。我不该把你和江肆上学时的关系泄露给袁忆谣,让她做了文章。"

"没关系。"许宁夏说,"都过去了,我和江肆也没受影响。"

楚游"嗯"了一声,沉默一阵,还是问出了那一句:"还能做朋友吗?"

许宁夏微笑着说:"还是不了。你将来一定会遇到对的那个人,我想她应该也不希望有我这么一个存在吧。"

这话,楚游不否认,但总是心有不甘。

"宁夏,要是我上学时勇敢些,又或者我没出国,我们的结局会不一样吗?"

看着楚游恳切的目光,许宁夏不想骗他,答案是:不会。

她这样一个把自己困在安全罩里的人,必须得有一个无比坚定的人才能唤起她爱的意识。

光有勇气是不够的。

"楚游,我对你而言也许只是青春岁月里的一个美好幻想而已。"许宁夏说,"真实的我,脾气很坏,也很自私,你未必喜欢。"

楚游垂下头,喃喃了一句"是吗"。

许宁夏拿出手机，也不藏着掖着，开诚布公："微信我就删了，祝你以后一切安好。"

说完，许宁夏先一步离开。

快到宴会厅门口时，看到站在柱子后面的江肆。

许宁夏差一点儿气笑了："你鬼鬼祟祟的不怕人家看见笑话你吗？"

江肆上前，牵住许宁夏的手，说："你做得对，对他也好。"

"这你都听得见？"

江肆才不会说他刚才是在前面的柱子后面偷听。

但他偷听也不全然是基于吃醋，到底同学一场，他也希望楚游能从这段不可能的感情中走出来，迎接新生活。

两人牵着手回到宴会厅。

进门时，外面大厅里放了一首歌。

一般这种星级酒店都是放钢琴曲之类的。

但可能因为今天有新人结婚，又或者是新人自己要求的，这时播放的都是流行歌曲。

而这会儿放的是《彩虹》。

一首很经典的老歌。

许宁夏脚步一顿，下意识扭头看向了楚游。

一时之间，一段记忆油然复苏。

她终于记起来自己什么时候给楚游送过水了……

江肆发现许宁夏回头看楚游，那醋劲儿又上来，挡着她的视线，问她看什么。

许宁夏服了他的小心眼儿，故意气他："看帅哥的背影。"

就因为这一句话，许宁夏这晚被磨得快要崩溃……

偏某个幼稚鬼就是不给痛快，问她："我和楚游谁好看？"

许宁夏已然软成了一汪春水，无力地说："你。"

"背影呢？"

"……你。"

窗外清风阵阵，吹不散一室旖旎缱绻。

九月，初秋。

都说秋天是个收获的季节，许宁夏接二连三收到好消息。

先是她设计的那件以九云文化为底蕴的礼服长裙，被她导师投到比赛中后，终于传来了结果——还是好结果。

她得了金奖，作品被巴黎最有名的时尚专刊进行了特别报道，外国媒体评价她是中国最美国风设计师。

然后是，工作室运营以来不瘟不火，直到前段时间一个三四线女演员穿着她设计的私服被记者拍到，出圈了。

连带工作室也声名大噪，生意暴涨。

而除去这两个好消息外,最重要的,还是许宁夏的江医生。

江肆的一篇论文在《柳叶刀》上发表了。

讨论主流心脏支架再狭窄和血栓……许同学尽力了,还是记不住,光是回忆就会忍不住打哈欠。

总之,这是很牛很牛的成绩,引起了国内外医学界的广泛关注。

不少国外的顶级研究所和医院纷纷向江肆递来橄榄枝,希望他可以考虑到外国工作,薪资待遇好到令人咋舌。

但江医生那么仙儿的一个人,不为名利浮华所动,就很淡定。礼貌地拒绝了一圈,每天照旧是只要能按时下班,就会去菜市场买菜,回家做辣子鸡。

中秋节,江肆带许宁夏回荷城陪丁静云过节。

知道他们要回来,丁静云早早期待着,买了好多食材,准备一展厨艺。

许宁夏能力有限,但打打下手还是没问题的。

她帮丁静云一起,两人在厨房边聊天边做事。

丁静云前几天穿着许宁夏设计的中式改良长裙去学校,引得同学和同事们赞美不断,不少人问她是哪里买的。

丁静云笑着说:"我儿子的女朋友是服装设计师,特意为我做的。"

那一副骄傲开心的模样啊,着实叫人看着眼热。

"您喜欢,我再给您做。"许宁夏说,"您的气质和身材都特别适合中式风,有您给我当模特,我真是赚了。"

丁静云笑得合不拢嘴,想起什么,又问:"小夏,你知道一中请阿野参加校庆的事吗?"

许宁夏稍顿,摇摇头。

临近节日,他们都忙,这段时间交流得少了些。

"校方想请他在校庆时做个优秀毕业生的演讲。"丁静云说,"阿野似乎不想参加。"

知道这事,也是丁静云和一中的一位音乐老师有旧交,对方代表校方请丁静云和江肆说说,让江肆出席。

一中每年都会举办校庆。

五年一小庆,十年一大庆。

学校也不搞开放日,专攻精英氛围,能在大庆上被邀请回校的,都得是在社会上取得一定成就的优秀人才,又或者是各领域的成功人士。

"他没和我提这个事。"许宁夏说,"我回来问问他。"

晚上,三人吃团圆饭。

丁静云买了好多大闸蟹,许宁夏想吃又嫌麻烦,江肆就给她剥。

别说,江医生拿小刀剥蟹的架势和拿手术刀时有异曲同工之妙。

加之他手好看,手指修长,骨节分明,剥起蟹来,倒像是一种艺术行为,赏心悦目。

江肆将剥好的蟹肉沾了泡着姜的醋汁递给许宁夏。

许宁夏撒娇说不想吃带醋的，江肆揉揉她的脑袋，轻声说螃蟹寒凉，有姜会好些。
　　许宁夏噘噘嘴，乖乖听话。
　　接着，江肆又给丁静云剥。
　　丁静云对蟹一般，承了这份孝心，笑道："我上个月回北城开会，看市中心新开了个楼盘很不错，就去转了转。"
　　闻言，许宁夏和江肆皆是一愣。
　　江肆问："妈，您想搬回北城？"
　　"哪里。"丁静云摆摆手，"我在荷城养老很惬意。我是给你们看的，等你们结婚了，总得有新房啊。"
　　丁静云说完后，餐桌上的气氛凝结了一瞬。
　　三人面面相觑，只有电视里的晚会节目嘻嘻哈哈地热闹着。
　　丁静云还要说什么，江肆先一步道："谢谢妈。但结婚的事，我和心心还没探讨过，不急。"
　　丁静云皱了皱眉，但到底没质疑多问什么，揭过去这个插曲，叫他们趁热吃菜。
　　而许宁夏看了江肆一眼，瞧不出他有情绪变化，就也没说话。
　　十点整，丁静云生物钟很准时，该回房休息了。
　　许宁夏和江肆过会儿也上了楼。
　　许宁夏在客房洗完澡，悄悄溜到江肆的房间。
　　这做法多少有些掩耳盗铃。
　　可许宁夏脸皮薄，实在不好意思在丁静云眼皮底下就和江肆一间房。
　　毕竟他们就是男女朋友。
　　想到这儿，许宁夏又想起丁静云吃饭时说的话。
　　她窝在江肆怀里，有点儿不知道怎么开口。
　　而每当这个时候，江肆就好像有透视眼似的，能把她一眼看穿。
　　"心心，我妈提的结婚的事……你怎么看？"
　　男人尽可能保持往日里平静的口吻，但其中暗藏的小心翼翼，许宁夏听得出。
　　她抿抿唇，问："你怎么看？"
　　江肆垂眸，长密的睫毛总是能完美盖住他的心事。
　　"我听你的。"江肆说，"只要你不离开我，结不结婚，都可以。"
　　他知道，原生家庭带给许宁夏的阴影不是说没有就能彻底没有的。
　　她虽没有亲口提过，但她恐婚，他都知道。
　　江肆告诉自己，他该懂得知足。
　　能和她像现在这样生活下去就已经很好，一张纸而已，无所谓。
　　江肆面上丝毫不显心绪。
　　许宁夏看了半天，也是没看出端倪。
　　但某人环在她腰上的手，手指蜷缩，没能逃过她的眼。

有时候，许宁夏挺想不通的。

像江肆这样的天之骄子，样样出挑，优秀到许多人都望尘莫及，怎么一到了她这里就变得很卑微呢？

大概是他太爱，而她给的还不够吧。

许宁夏呼口气，靠在江肆肩头，说："这件事，我们可以以后再议。"

江肆低着头"嗯"了一声。

看他这委屈巴巴的样子，许宁夏忍笑，换了话题："丁阿姨和我说一中想请你回去做演讲？"

江肆解释了这件事。

倒也不是他不想去，是那天有个讲座，他导师希望他在场帮帮忙。

许宁夏明白，想想说："那，万一你不去讲座，导师会给你穿小鞋吗？"

江肆被这俏皮话弄笑，捏捏她的脸，说："不会，只是一个普通讲座。"

"哦。"许宁夏放心了，"那你去参加校庆吧。"

"嗯？"

见他不解为什么要让他去，许宁夏攀上他的肩，靠到耳边，软声说："丁阿姨说可以带家属去呢。"

江肆一愣。

许宁夏继续加码，指尖似有若无地在男人胸口画圈圈玩。

"我这辈子呢，是不可能以优秀毕业生的身份回去了。"她故作失落地叹了口气，"但以优秀毕业生家属的身份，总能去吧。

"你能不能圆我一个荣归故里的梦啊？"

"阿野——"

话音未落，女人娇绵的尾音就被男人悉数吞掉。

江肆抱着人去床上。

许宁夏踢着腿说不行，撩完就想撤："说好的！在这里不能！"

江肆不听，轻松制住尿了的女人，捂住她的嘴，哄着："乖，待会儿小声些。"

校庆在十一长假后的第二个周末举办。

在此之前，江肆要去伦敦参加研讨会，没能陪许宁夏过节。

许宁夏非常善解人意地说没关系，还让江医生不要为了儿女私情就耽误了事业，未来的医学界还等着他发光发热呢。

她惯会这样逗人，江肆每每听了都会浅浅一笑，心里泛甜。

可见不到面的日子，他还是无法克制，会非常想她。

也想快些结束工作，回到她身边。

江肆这么不听劝，这样"儿女私情"，反观某人就很"没心没肺"。

刚分开的几天，他们晚上还坚持视频。

但没过多久，江肆发去的视频邀请就会被无情拒绝。

许宁夏先是用时差这个理由搪塞，但江肆依着的是北城时间，并不耽误她什么。

再后来,许宁夏说是去给梁嵘餐厅帮忙,没工夫。

一天下来,两人除了微信上寥寥数语的吃了吗、忙完了吗、睡吧,再无他话。

江肆并不疑心许宁夏是有什么情况,但她这么不黏自己,多少叫他郁郁。是激情在慢慢消逝?

可他的还很饱满,不仅饱满,并且日日增加,时时热烈。

带着这样的沉闷低落,江肆工作效率大幅度提高,提前一天完成了工作,返回北城。

他要给她惊喜,把他们的激情再燃起来。

可等他晚上进了家门,家里却是空的。

看看时间,已经九点。

江肆的计较变成不放心,赶紧给许宁夏打去电话,接的人却是梁嵘。

梁嵘的语气有些生硬,说:"她帮我参谋装饰品呢……不是,她帮我画画了,一会儿就完事。"

"好。"江肆沉声道,"你们在餐厅?我过去接她。"

听筒里静音了十多秒。

再传来声音,是许宁夏的。

"你回来了?"她惊讶道,"不是明天吗?"

江肆沉默片刻,语气倏地霸道起来:"我想见你,马上。"

一小时后,两人回了公寓。

许宁夏直觉江肆不高兴。

她也能猜到他为什么不高兴,可她现在还不能露出马脚,只好赶紧哄人。

而哄人的代价就是许宁夏转天没能下来床。

更可恨的是,某人得了便宜还卖乖,举着手机说:"你昨天说的话,我都录下来了。"

许宁夏蒙上被子。

见状,江肆点下播放键。

听筒里便立刻传来那个无比娇媚的声音:"怎么会没有激情了呢?我一看见你就浑身激情啊,难道你没感觉出来?要不我……"

"江肆!"

许宁夏气得丢过去枕头。

江肆接住,看着女人跟只毛小猫似的,赶在她还要发脾气前,他浅笑着过去吻了她的唇。

"我在。

"一直在。"

终于,到了校庆那天。

许宁夏这次拿出了全副审美来打扮自己,以及优秀代表江同学。

只是男人的衣服穿破天也是西装，所以重点在于细节，在于够不够讲究。

许宁夏穿的是自己设计的山茶花一字领长裙，戴的是江肆在她生日时送的山茶花项链，可谓相得益彰。

她的调性定下来，就着手江肆的穿搭细节。

不管是领带、袖扣，甚至包括衬衣的材质，全部由许宁夏精心安排。

江肆穿戴完毕出来，就和20世纪老钱风的古典绅士没什么区别，完美得像是从油画里走出来。

一切准备就绪，两人出发前往一中。

算上今年，许宁夏整整十二年没有回来过。

有人说十二年是一个轮回。

许宁夏如今对此深信不疑，只是看看身边的男人，恐怕还要再加一句：新的开始。

校门口，鲜艳的横幅挂在最显眼的位置。

有些未能到场的毕业生纷纷送上祝贺花篮，把往日里偏于庄严的校园点缀得活泼起来。

大多数的优秀代表都已经到了，正在参观母校。

还有受邀的现任学生家长代表，以及自愿利用周末时间来参加校庆的学生，也游走在各处。

梁峥也来了。

作为北城老牌企业的接班人，于情于理，都得把他算在成功人士里。

至于梁嵘，和许宁夏一样，借人家的光来打酱油。

过去许宁夏和江肆的班主任王德梁，外号"王恐龙"，见到他们一同出现，还手牵着手，惊得眼镜差点儿掉了。

"你们、你们……"王德梁摇摇头，"哎哟"一声，"没想到啊。"

许宁夏笑道："王老师，您还记得我呀？"

王德梁一笑脸上都是皱纹，尤其眼角周围，像是被时间打上的印记，去不掉。

"你每次数学考那个成绩，还不好好写作业，我能不记得吗？"王德梁说，"再说了，老师那时还是头一次教那么漂亮、画画又好的女孩呢。"

在许宁夏离开一中时，王德梁有给她打过电话。

那么严厉又嘴碎的一个中年男人，没有冲她唠唠叨叨，只是说："转学了没关系，主要是学。我看你的志向栏不是写着当服装设计师吗？既然有目标，就好好努力。老师相信你一定能行！"

当时听这话，许宁夏必定是动容的。

只是此刻再回味，动容中带着感恩——谢谢老师对每一位学生付出的真心。

许宁夏上前给了王德梁一个拥抱。

"谢谢您，王老师。"

没说因什么而谢，只此一句话，却是王德梁工作大半辈子的所求。

他鼻尖酸涩，说："你们以后好好的啊。"

十点半，所有人聚集到大礼堂。

程序都是那么个程序，先是校长讲话，再来一个个代表讲话。

江肆排的位置比较靠后，可以陪许宁夏多坐会儿。

看到一中今年选的学生代表时，许宁夏微微一怔，和江肆耳语："这孩子的感觉和你以前有些像。"

清冷、干净，眼睛里一尘不染。

江肆看去，少年将校服穿得工整，一双球鞋能看出洗得有些发白。

家庭条件该是不好，但少年并无表现出任何自卑，眉宇间是自洽的温和从容。

少年自我介绍是高二（1）班的周述，来自大山，梦想是有朝一日进入国内最好的学府，学有所成，再回到大山建设家乡。

少年声音沉稳、表情诚恳，没有唱一句口号，字字句句都是发自肺腑的朴素之言。

在场不少人都为之感动鼓舞，等他说完，便响起热烈掌声。

许宁夏也跟着鼓掌。

视线不经意一瞥，看到一个分外漂亮的女同学。

眼眸如星，眉眼如画，气质颇为古典，笑容却张扬甜美。

她同样在为少年鼓掌。

因为是参加学校的正式活动，她穿的是制服，上面别着一枚勋章，应该是获得过什么了不起的荣誉。

现在的孩子都太厉害了——许宁夏这个学渣感叹。

没过多久，轮到江肆上场。

许宁夏冲他笑笑，小声说："江医生加油。"

台上，江肆站定在树德立人的演讲台后面。

一中作为北城的市重点，每年往各地985、211输送的人才，数不胜数。

能在这时候回归母校进行演讲，都不是等闲之辈。

大家保持肃静，认真听江肆讲话。

这篇演讲稿秉承过去江肆发言的传统，言简意赅，毫不冗长，很快就到了最后。

"梦想的实现，在过去，需要汗水和努力的浇灌。"江肆说，"但在当今快速发展的社会中，许多时候，付出不一定会有回报。

"但无论何时、何地，不放弃才是我们最难能可贵的品质，因为不放弃，你还有赢的机会；而放弃了，就是不战而败。

"同学们，你们的路还很长，我仅以下面一句话作为我们共同的勉励。

"愿我们，越战越勇，永不言败。"

说完，台下掌声雷动。

很多同学站起来为江肆鼓掌。

许宁夏也站起来，好几次都想喊"江医生最棒"，可为了江医生的高冷人设不倒，只能忍下。

从大礼堂出来，学校安排了自助餐。

许宁夏借口和梁嵘去卫生间，让梁峥盯着江肆。

这对于从过去就给这两位把门的梁峥而言，位置十年如一日地没有变化。

江肆和梁峥跟其他毕业生寒暄交谈。

过了快二十分钟，许宁夏都没回来，江肆便要打电话问问。

算准时机的梁峥立刻看着手机装模作样道："坏了，我姐说夏姐可能脚崴了，在小音乐厅那边。"

江肆一听，立刻往小音乐厅去。

小音乐厅是一中最早建的供学生们搞大型活动的场地。

当年的校文艺展演，都是在这边举办。

江肆和梁峥赶到小音乐厅外。

找了一圈，没有看到人，江肆询问梁峥有说在哪里崴的吗？

梁峥看看，指着小音乐厅的侧门，说："里面有光，估计我姐是带着夏姐去里面坐下了。"

江肆不疑有他，推门进去。

结果刚迈入室内，梁峥就从外面将门关上。

而不待江肆反应，小音乐厅的灯光又骤然熄灭一片，只余舞台上的一束追光。

在光下，许宁夏穿着以前的一中校服，抱着吉他，坐在高脚凳上。

她和江肆的目光隔着距离，遥遥相对，开始弹奏。

伴着乐声，许宁夏唱："爱了就别伪装，迷失了也别彷徨……"

听到这首歌，江肆怔怔地定在原地，仿佛被一下子拉回到那年初春的午后……

"学校搞的点歌台，你们知道吧？"

"那怎么不知道呢？听说都点爆了，根本排不上队。"

"我还听说七班那谁利用这个跟五班的张璐表明心意呢，哎哟，挺会整事嘛。"

同学们课间时闲谈不断，江肆坐在靠窗一边，正收耳机。

他同桌和他关系还好，一时好奇，便问："在听歌？"

"嗯。"江肆点头，拿出习题册。

"听的什么？"同桌又说，"我最近听摇滚，有几首不错。"

江肆没有立刻回答，听着前面的同学还在讨论点歌台的事。

"没有女生会觉得这个不浪漫啊，肯定喜欢。"

听到这话，江肆也不知道自己是怎么想的，就鬼使神差地说了一句："《彩虹》。"

同桌"啊"了一声："《彩虹》？哪首？不会是以前那个二人乐队吧？"

"嗯。"

不远处，梁嵘陪着从小卖部买完橙汁的许宁夏回来。

梁嵘耳朵贼尖,听到江肆和他同桌的话,拍拍许宁夏的手,说:"你听见了吗?江肆喜欢听《彩虹》。我的妈啊,这首歌好老啊。"

许宁夏叹了口气:"好老,你不是也听过?"

"挺好听嘛。"梁嵘嘿嘿笑,"你听过吗?夏夏。"

许宁夏没答,余光划过江肆的侧脸。

过了三四天,校点歌台说改了投稿规则。

因为投稿的同学实在太多,所以改成电脑随机筛选,听什么全凭天意。

神奇的是,那首《彩虹》在此期间出现了至少三回。

有广播站的同学说,站长怀疑这是有人黑进系统里了,可又想不到哪个高中生能有这本事。

许宁夏觉得有意思,拉着梁嵘出去听,恰好遇上楚游他们打完篮球。

见许宁夏手里有水,楚游就问她能不能给自己,他太渴了。

许宁夏当时心思都在跟着歌曲的节奏走,也没在意,顺手就把水给了楚游……

回忆随着许宁夏的歌声越发清晰,仿佛就发生在昨天。

江肆看着台上的人,眼底渐渐湿润。

许宁夏望着他,心中也是百感交集。

要不是康子轩的婚礼,她大概真的要彻底遗忘了。

而有了记忆,她又有了猜测,问了以前和江肆同在竞赛班的梁峥,江肆的计算机水平怎么样?

梁峥回忆道:"有老师想让他参加计算机竞赛,他拒了。"

听到这话,许宁夏便确定了。

原来少年也曾将爱意藏于隐处,向她告白。

等这首歌唱完,许宁夏把吉他立在一边,说:"江肆,这首《彩虹》我现在也送给你。"

江肆弯了弯唇,喉咙微哽,回:"我很喜欢。"

他的声音在空旷的小音乐厅产生回应,飘飘荡荡地围绕着许宁夏,像他每次的怀抱。

许宁夏笑笑,望向那人又说:"既然你喜欢,就得回报我。你到台上来抱我下去。"

如此请求,江肆哪里能不满足。

他快步向着舞台走去,在马上就可以拥抱到那人时,又听她说了一句"等等"。

"我觉得你抱我下去这个要求,太简单了。"女人眨眨灵动的眼睛,"我想换一个。"

江肆点头:"你说什么,我都答应。"

许宁夏莞尔一笑:"这可是你说的。"

"我说的。"

他说罢,许宁夏站直,整理了下刚才坐得有些乱的裙摆。

这么多年过去，校服于她而言，终归是显得稚嫩青涩了。

但所幸她的眼睛还和少女时期一般纯真，带着女孩子不被世俗所染的净透澄澈。

许宁夏做了个深呼吸，表情一点点变得认真，直至诚挚。

"我记得在昇明岛的那天早晨，你问我愿不愿意把你'娶'回家。"

江肆一愣，心跳霎时狂乱起来。

有个他期待了太久，却总不敢宣之于口的事，似乎正在发生。

"其实我当时是没有考虑过结婚。"许宁夏承认，"但那时，我有想和你一辈子生活在一起的想法。所以——"

许宁夏上前一步，眼里噙着泪光："我不知道我现在才请求把你'娶回去，你还会不会同意？"

江肆的眼眶发红，皱起眉，略带哽咽地说："你是在向我求婚？可你不是……恐婚吗？"

许宁夏说："我是恐婚。但如果结婚对象是你，我想，我会迫不及待。"

女人露出一个明艳温暖的笑容："江肆，你愿意……"

话没说完，江肆单膝跪地。

没有戒指，没有信物，他什么都没有准备，捧出去的，只有他的双手。

那掌心红红的，浮着一层细细的汗，亮汪汪的。

"心心，让我来。"

江肆沉沉气，胸膛不住地剧烈起伏。

那里面积压了太多对她的感情，恐怕一辈子都倾诉不完，只是现在，它们暂且化作了一句话：

"心心，你愿意嫁给我吗？"

许宁夏从他跪下时，眼泪就再也止不住了。

看着他，脑海里划过他们在一起的点点滴滴，只觉幸福原来是有具象的，就是眼前这个男人。

"你没按照我剧本走。"许宁夏嗔怪，"你……我……我找不到其他词了。"

"我愿意。"

她哭着过去把人拉起来，扑进江肆怀里。

脖子侧面有点儿凉，似是有什么滑下来，浸入了她的皮肤。

许宁夏抬起头，江肆看着她，唇边、眼角、目光，皆是温柔又热烈的爱意。

"所以，前段时间你是在准备这个？"江肆问。

不说还好，一说许宁夏就想起自己哄人的代价。

她揪揪罪魁祸首的耳朵，语气半是埋怨半是撒娇："我都多少年没弹吉他了，不得练练啊？"

江肆握住那只闹着小脾气的手，一会儿送到唇边吻着，一会儿按到他心口，让手的主人感受他此刻的心跳。

最后，再慢慢地变成和她十指紧扣。

"心心，我爱你。"

"我也爱你。"

就在两人要顺理成章地拥吻时,侧门忽然打开。

梁嵘就跟以前给许宁夏把风时一样,喊着:"快走快走!教导主任发现我偷开舞台灯了!梁峥那个笨蛋拦不了多久!"

许宁夏和江肆对视一眼。

下一秒,江肆一手拿起吉他,一手牵着许宁夏,两人向门口奔跑而去。

校服裙摆飞扬。

像极了盛夏晴空下,青春肆意挥洒的模样。

那时少年懵懂,才懂喜欢,便要学会克制。

而从现在开始,他可以放肆去爱他的女孩。

因为他的女孩,也爱着他。

/ 独家番外 /
岁岁宁安

婚后第三年,许宁夏和江肆各自迎来事业上的关键时刻。

江肆忙着冲主任医师,要是考核通过了,他就是医院里有史以来最年轻的主任医师;许宁夏则是为国内某位国际巨星备战戛纳电影节的礼服,忙得日夜颠倒。

两人将近一个月没能坐下来好好吃顿饭。

说不想念是假的,但在一起那么久,默契也是有的。

每天一条简单的"晚安"或者"早安",都是对彼此最好的鼓励和抚慰。

这天,许宁夏在工作室改设计图时,国际巨星的经纪人来消息:OK 了。

那一刻,许宁夏有种得道升仙的飘然感。

自从她的个人服装品牌进入影视圈和大众视野后,想借她衣服的明星,太多了。

许宁夏对自己的设计一向爱惜,从不会因为对方的喜爱而修改自己的创意初衷,顶多就是改改尺寸。

但国际巨星的咖位实在太大了。

找上她时,她都以为是在做梦。

为着国际巨星的形象气质,也为着国际巨星这份为自己国家服装设计师站台的魄力,许宁夏为她量身打造礼服。

前几次的方案,国际巨星都不满意。

许宁夏成日焦虑,怕会被刷掉,没想到这又通过了。

经纪人表示他们整个团队和国际巨星本人都非常欣赏这次的设计,并且诚邀许宁夏和他们一起出席电影节。

许宁夏想把这个好消息第一时间分享给江肆。

微信编辑到一半,她又觉得这样不够惊喜,不如明天直接去医院让江医生好好见一见他朝思暮想的江太太。

许宁夏按捺住满心欢喜,转而约了全身 SPA 外加贵妇美容,准备闪亮登场。

另一边,还在医院苦苦加班的江肆并不知道他的强心剂即将到位。

刚下台,他累得不行,在更衣室坐着就眯了过去。

高焰完事比他早，本想看看他要是也能走，两人就一起吃顿饭。
　　眼下见人睡得熟，高焰不忍心打扰，不仅不忍，他还打了个哈欠，困劲儿也上来了。
　　听到响动，江肆睁开眼，视线对上快要迷糊的高焰。
　　"有事？"江肆捏捏眉心醒神。
　　高焰又打了个哈欠，说："我能有什么事？我现在就想吃饭睡觉，多活几年。"
　　江肆打开衣柜换衣服，瞧见白大褂胸口处微微隆起，他浅浅一笑，摩挲着上面紧急联系人的刺绣。
　　"我陪不了你。"江肆说，"论文还差一点儿，我得接着校对。"
　　高焰作揖："我求你给我们这些平庸之辈一条活路吧！这次正高，你肯定没问题，别用功了，成不？"
　　江肆："不成。"
　　他答应江太太要让她做主任医师的太太，不能食言。

　　转天，清早。
　　许宁夏起床后就开始准备爱心午餐。
　　她前段时间从多美那里学会了一道蘑菇汤，用的都是菜市场里常见的菌类，保证无毒，煲出来的味道还鲜美可口。
　　许小白跳到厨台上巡视监工。
　　这只白猫被许宁夏和江肆收养后，江肆养得格外精心，通体白毛柔亮水滑，琥珀色的眼睛更是漂亮极了。
　　许宁夏怕许小白会给自己添乱，让它下去。
　　许小白不乐意，"喵喵呜呜"又跳到地上。缩在角落的江阿忍见了，便立刻追上去，做它的跟屁虫。
　　忙到十一点，许宁夏带上汤和三明治，前往医院。
　　路上，她点了奶茶和点心，送给江肆的同事们。
　　等到科室，护士们已经喝上奶茶，见了许宁夏就是一通感谢。
　　"太客气了。"许宁夏笑道，"你们江医生呢？"
　　护士说："江医生在台上，恐怕得等会儿才能完事。宁夏姐，你还是在江医生办公室里等吧。"
　　许宁夏道谢，熟门熟路进了江肆的办公室。
　　江肆这人多少有些洁癖，再加上职业属性，他的办公室收拾得相当整洁。
　　可偏偏许宁夏最热爱的，就是给江医生搞破坏。
　　她坐在他的转椅上，肆无忌惮地吃着零食，落在桌上的碎渣被她用纸巾扫成一座小山，以便挑战江医生的强迫症。
　　吃完零食了，她也闲不住，一会儿拨锦旗的穗穗玩，一会儿捡了废纸写写画画。
　　看到压在玻璃板下的行政历，上面写满苍劲有力的字迹，是江肆近期的安排。

他真的很辛苦，工作满满当当。

许宁夏瘪瘪嘴，没了捣乱的心思，有些心疼。

再往上看，凌驾于行政历之上的，是一张方方正正的淡粉色年历，刻意用笔筒挡住了一大半。

年历是江肆自己做的，上面的标注比他的行政历简单百倍，主题只有一个：许宁夏。

——心心生日。

——我们的结婚纪念日。

——心心爱看的电影上映。

——心心年度体检的日子。

…………

每个"心心"都拿玫粉色的笔写出来，年历一角还画了一朵不怎么漂亮的山茶花。

"傻瓜。"许宁夏压着嘴角说。

她费了大劲儿把年历从玻璃板下面抽出来，在丑丑的山茶花旁边画了一只江阿忍。

快画完时，护士敲门，告诉她江医生下手术了。

许宁夏赶紧放好年历，站起身，一时竟有些紧张，不知道是该躲在门后面，还是大大方方地坐着等人。

想来想去，她决定去接江医生好了。

许宁夏整理好衣着妆容，欢欢喜喜地出了办公室。

她知道去手术室的路线，马上就要到家属能进入的最近地界时，前方手术室的门滑开，江肆和其他几位医生出来。

许宁夏心跳加快，扬起笑容喊江肆，手术室里的护士这时又冲出来，喊道："江医生，不好了！病人血压突然急速下降！"

不给江肆往前面多看一眼的机会，他和同事们又火速返回手术室。

也就一眨眼的工夫，手术室的门合上，仿佛那人从没出现过。

许宁夏缓缓收回抬起一半的手，回到了办公室。

江肆这趟进去，很久没有出来。

护士们说这位患者病情复杂，又遇突发状况，怕是一时半会儿不能下手术台。

蘑菇汤从最开始的滚烫逐渐变为冰凉。

许宁夏不想浪费，在护士站借用了微波炉，把带来的食物，自己全吃掉了。

待到华灯初上，街上川流不息的车子都在奔往家的方向，手术室依旧没有亮起绿灯。

许宁夏在办公室坐着也是坐着，出来溜达溜达，遇上一个同在溜达的老奶奶。

老奶奶慈爱，问许宁夏是哪里不舒服了，还安慰说人吃五谷杂粮，难免生病，好好治疗，都会康复的。

许宁夏一时不知道怎么接话，路过的护士解围："杨奶奶，这是咱们江医生的爱人。没生病，过来找江医生的。"

杨奶奶"哎哟"一声，拉着许宁夏的手好一番感激，说江医生好啊，人好，医术也高，她当时心脏压塞，要不是遇上江医生就完了。

许宁夏听过太多人夸江肆，她也知道江肆有多么优秀。

但亲耳听患者赞美江医生，大概还是头一次。

她和杨奶奶聊得很投缘，杨奶奶打量许宁夏，问："两人计划要孩子了吗？可别因为年轻就以为事情不急啊。"

"我们，"许宁夏抿抿唇，"还没这个打算。"

杨奶奶摇摇头："那可不行，你们得打算起来。姑娘，要孩子可不是简单的事儿。我闺女就是，年轻时和她老公不急，就想过二人世界。后来想要了，怎么都怀不上！我闺女想试管，她老公还算疼人，说不让她受这个罪。可是我闺女吧……唉！"

许宁夏代入感极强，已经为杨奶奶闺女揪心了，忙问道："那现在要上了吗？"

杨奶奶又是一声叹息。

"我知道你们年轻人现在生活压力大，不容易。要是生了孩子，更是添乱。"杨奶奶说，"可怕就怕年龄一上来，后悔啊。"

和杨奶奶聊了快半小时，老人得回病房休息，许宁夏又恢复到无事可做的状态。

换班的医生和护士纷纷下班。

有护士说："江医生、王医生他们能行吗？这都多少个小时了，铁人也得歇歇吧。"

"医生们歇了，你叫病人怎么办？"护士长说，"小璐，你待会儿进去再看看情况。刘医生没走，能替一个是一个。"

话音刚落，手术室那边打来电话，说手术成功，病人马上转ICU。

所有人松了口气，许宁夏也松了口气。

她想去接江肆，刚走两步，又心想坏了，给江肆准备的吃的都叫她吃了，江肆怎么办？

要不她去楼下便利店买些饭团吧。

许宁夏折返回办公室拿手机，一转身，就见江肆站在不远处，看着自己。

他神态有些疲倦，但望向她的目光却带着柔柔笑意。许宁夏蓦地鼻尖一酸，二话不说跑了过去。

本都是要抱住人的，可瞥到周围护士病患投来的八卦眼光，许宁夏生生忍住，改成了抓住江肆的手。

江肆当即反握住她，问："等我很久了？"

"还好。"许宁夏说，"你饿不饿？我去买些吃的。"

江肆没应，只平静地说了一句："先回办公室。"

门"砰"地关上。

护士站的护士和实习医生们你看看我、我看看你，"哦——"了一声。

许宁夏碰倒了放在桌上的食品袋。

江肆太急，这要不是在医院，他恐怕都要控制不住。

好在屋里没开灯，只有窗外渗透进来的月光和霓虹残影，勉强掩盖住了这压抑却蓬勃的满室旖旎。

分开时，两人混乱灼热的气息拂在对方脸上。

许宁夏挂在江肆身上，嗔怪："外面的人肯定都知道咱们干什么了，多丢人啊。"

"有什么丢人？"江肆不以为意，"我想我自己的老婆，吻的也是我的老婆。"

许宁夏打他，叫他松手。

江肆不肯，抱着人又去了旁边的小沙发上，说："今天不忙？"

许宁夏立刻把喜悦分享给江肆，江肆听后，非常为她骄傲。

可若是说骄傲，许宁夏才是真真正正骄傲。

她的丈夫每天都在和死神搏斗，拯救生命，这世上有什么职业比医生更加神圣？

"你一定饿了吧。"许宁夏关心道，"本来有不少吃的，都叫我……我现在去买，你想吃什么？"

"你想吃什么？"

"我？"

"我们去餐厅吃。"江肆说，"我现在下班。"

连续加班多日的江医生第一天在八点之前离开医院。

他牵着自己的妻子，在值班医生和护士羡慕的目光中，脸上也有了冰雪融化的温和。

上了车，江肆又问许宁夏想吃什么。

许宁夏品位高，去的餐厅也都不会太低档。

但今天想着江肆工作劳累，她也就不挑剔了，两人在家附近找了一家口碑不错的餐厅，点了几道家常菜。

坐在许宁夏和江肆隔壁桌的是一个三口之家。

孩子挺能闹，叽叽喳喳不说，还好动，不是玩筷子就是玩碗，非得爸爸吼一下、妈妈哄一下，才老实。

放在过去，许宁夏和这种熊孩子挨着，肯定是有多远躲多远。

但今天不知道是不是因为听了杨奶奶的话的缘故，她竟然觉得那孩子也有些可爱。

要是她也生一个，孩子结合她和江肆的颜值，肯定还非常漂亮。

许宁夏不由得憧憬起来。

江肆发现她有点儿心不在焉,问怎么了。

她就说了孩子的事。

江肆当即放下筷子。

"岳父又找你了?"他皱眉,"这两年不是不提了吗?"

许宁夏和江肆刚结婚那时,许青浔总还盼着他们能生个孩子,继承许家的香火。

可江肆知道许宁夏因为木依蓝的难产,心底留下阴影,是不想要孩子的。两人为着孩子这一问题,开诚布公地聊过。

江肆只要许宁夏就够了,他打算去做结扎手术,以防万一;可许宁夏不想这样,她拿不准自己到底想不想要孩子,便说顺其自然。

结婚这三年,江肆把许宁夏保护得很好,两人过得也很幸福,有无孩子,真的无所谓。

"谁说和他有关了?"许宁夏戳戳米饭,"我就是问问,你别那么敏感。"

江肆半信半疑,说:"我的答案还和以前一样。我只要你。"

许宁夏得意地笑了笑:"我就这么招江医生喜欢啊?"

"嗯。"江肆一本正经地点头,"我所有对喜欢的感觉,都在你身上了。"

这话说的。

许宁夏不免脸热。

没办法,越是严肃克己的人说出的情话,杀伤力越大。

许宁夏舀了一小勺鸡丁到江肆碗里,问:"要是我想要孩子了呢?"

闻言,江肆愣住,半天没回过神来。

那天的话,许宁夏和江肆看似都没深究,但实际上都入了心。

尤其是许宁夏。

她不想生的原因主要在于木依蓝的婚姻悲剧,而难产与否,现在医学发达,江肆又是医生,也轮不到她出事。

至于婚姻悲剧,那更是和她不沾边。

其实,她会动生孩子这个念头就是源于江肆对她的爱。

他太爱她,她也爱他。

爱到一定程度,延续生命或许就成了一种本能。

许宁夏和江肆说了她的想法,江肆一切尊重她,两人决定还是顺其自然。

只是这次的顺其自然中含了期待。

某天晚上,许宁夏躺在江肆怀里,突然问他:"万一我们有了宝宝,叫什么名字好呢?"

江肆沉吟片刻,回答:"宁安。"

许宁夏说这名字好,好听不说,关键是男孩、女孩都能叫。

她翻身趴在江医生胸膛上,又问:"你是不是早就想过咱们孩子的名字了?"

江肆笑而不语。

· 345 ·

宁安。
希望我的爱人岁岁宁安。
也希望我们的小家永远平安。

- 全文完 -